LE CYCLE DES SEPT-2

LE RITUEL

Du même auteur
aux Éditions J'ai lu

Les illusionnistes (n° 3608)
Un secret trop précieux (n° 3932)
Ennemies (n° 4080)
Meurtres au Montana (n° 4374)
La rivale (n° 5438)
Ce soir et à jamais (n° 5532)
Comme une ombre dans la nuit (n° 6224)
La villa (n° 6449)
Par une nuit sans mémoire (n° 6640)
La fortune des Sullivan (n° 6664)
Bayou (n° 7394)
Un dangereux secret (n° 7808)
Les diamants du passé (n° 8058)
Les lumières du Nord (n° 8162)
Les feux de la vengeance (n° 8822)

Lieutenant Eve Dallas :
Lieutenant Eve Dallas (n° 4428)
Crimes pour l'exemple (n° 4454)
Au bénéfice du crime (n° 4481)
Crimes en cascade (n° 4711)
Cérémonie du crime (n° 4756)
Au cœur du crime (n° 4918)
Les bijoux du crime (n° 5981)
Conspiration du crime (n° 6027)
Candidat au crime (n° 6855)
Témoin du crime (n° 7323)
La loi du crime (n° 7334)
Au nom du crime (n° 7393)
Fascination du crime (n° 7575)
Réunion du crime (n° 7606)
Pureté du crime (n° 7797)
Portrait du crime (n° 7953)
Imitation du crime (n° 8024)
Division du crime (n° 8128)
Visions du crime (n° 8172)
Sauvée du crime (n° 8259)
Aux sources du crime (n° 8441)
Souvenir du crime (n° 8471)
Naissance du crime (n° 8583)
Candeur du crime (n° 8685)
L'art du crime (n° 8871)

Le cercle blanc :
La croix de Morrigan (n° 8905)
La danse des dieux (n° 8980)

Les frères Quinn :
Dans l'océan de tes yeux (n° 5106)
Sables mouvants (n° 5215)
À l'abri des tempêtes (n° 5306)
Les rivages de l'amour (n° 6444)

Magie irlandaise :
Les joyaux du soleil (n° 6144)
Les larmes de la lune (n° 6232)
Le cœur de la mer (n° 6357)

Les trois clés :
La quête de Malory (n° 7535)
La quête de Dana (n° 7617)
La quête de Zoé (n° 7855)

Les trois sœurs :
Maggie la rebelle (n° 4102)
Douce Brianna (n° 4147)
Shannon apprivoisée (n° 4371)

Trois rêves :
Orgueilleuse Margo (n° 4560)
Kate l'indomptable (n° 4584)
La blessure de Laura (n° 4585)

L'île des trois soeurs :
Nell (n° 6533)
Ripley (n° 6654)
Mia (n° 6727)

En grand format

Le secret des fleurs :
Le dahlia bleu
La rose noire
Le lys pourpre

Le cycle des sept :
Le serment

Le cercle blanc :
La croix de Morrigan
La danse des dieux
La vallée du silence

NORA ROBERTS

LE CYCLE DES SEPT-2

LE RITUEL

Traduit de l'américain par Maud Godoc

J'AI LU

Titre original :
THE HOLLOW
Editeur original
Jove Books published by arrangement with the author
and The Berkley Publishing Group,
a division of Penguin Group (USA) Inc.

À la mémoire de mes parents

Toujours entretenez les feux du foyer.

Lena GUILBERT FORD

Le penchant naturel de l'esprit humain n'est pas d'aller de plaisir en plaisir, mais d'espoir en espoir.

Samuel JOHNSON

Prologue

Hawkins Hollow, juin 1994

Par une belle matinée d'été, un caniche nain abricot se noya dans la piscine des Bestler. Lynne Bestler, sortie en catimini pour piquer une tête tranquillement avant le réveil des enfants, crut tout d'abord qu'il s'agissait d'un écureuil – ce qui aurait été déjà assez triste. Mais lorsqu'elle trouva le courage de récupérer la boule de poils dégoulinante, elle reconnut Marcell, le chien adoré de sa voisine.

En général, les écureuils ne portaient pas de collier en strass.

Les cris de Lynne et les gerbes d'eau quand elle laissa retomber l'infortuné animal en même temps que le filet dans la piscine alertèrent son mari qui se précipita dehors en caleçon. Réveillées par les sanglots de leur mère et les jurons de leur père, qui avait sauté à l'eau pour attraper le manche du filet et tirer le petit cadavre jusqu'au bord, les jumelles se retrouvèrent bientôt en train de hurler sur la terrasse dans leurs chemises de nuit *Mon Petit Poney* aux coloris coordonnés. En quelques instants, l'hystérie familiale ameuta les voisins qui accoururent à la clôture à l'instant où M. Bestler se hissait hors de l'eau avec son macabre fardeau. Comme beaucoup d'hommes, il avait développé un attachement immodéré pour ses sous-vêtements sans âge et le poids de l'eau fut fatal à l'élastique distendu.

Ce fut donc avec un chien mort, mais sans caleçon, qu'il émergea de sa piscine, si bien que la belle matinée d'été débuta à la fois dans le drame et la farce à Hawkins Hollow.

Fox apprit la mort prématurée de Marcell quelques minutes après avoir franchi le seuil de chez *Mae,* où il était venu acheter une bouteille de Coca et deux Slim Jim.

Son père, qu'il aidait à rénover une cuisine dans Main Street, lui avait accordé une petite pause. Mme Larson souhaitait changer les plans de travail, les portes de placard, le revêtement de sol et la peinture. Ce qu'elle appelait un rafraîchissement était pour Fox l'occasion de gagner un peu d'argent de poche qui lui permettrait de payer une pizza à Allyson Brendon, puis de l'inviter au cinéma samedi soir. Avec un peu de chance, il la persuaderait de monter ensuite à l'arrière de sa vieille Coccinelle.

Ce travail ne le dérangeait pas, même s'il croisait très fort les doigts pour ne pas passer le restant de ses jours à manier le marteau et la scie sauteuse. Son père était toujours de bonne compagnie, et ce boulot le dispensait de la corvée de désherbage ou des soins aux animaux de la ferme. À lui aussi les Coca et les Slim Jim – l'un comme l'autre n'avaient pas droit de cité dans la famille O'Dell-Barry sur laquelle régnait son écolo de mère.

Il apprit donc la mort du chien par Susan Keefaffer, qui encaissait ses achats tandis que quelques consommateurs désœuvrés échangeaient des ragots devant un café.

Fox ne connaissait pas Marcell, mais il avait un faible pour les animaux et il ressentit un pincement de chagrin pour l'infortuné caniche. Ce chagrin fut toutefois atténué par la mésaventure de M. Bestler qui, selon les termes de Susan Keefaffer, « se tortillait, nu comme un ver, au bord de sa piscine ».

Même s'il était triste pour le pauvre chien, il ne fit pas le lien – pas alors – avec le cauchemar que ses deux meilleurs amis et lui avaient vécu sept ans plus tôt.

La nuit précédente, un rêve curieux avait hanté son sommeil. Un rêve de feu et de sang, et de voix psalmodiant une étrange mélopée dans une langue inconnue. Cela dit, ce même soir, il avait enchaîné deux vidéos avec Caleb et Gage – *La Nuit des morts-vivants* et *Massacre à la tronçonneuse*. Ceci expliquait sans doute cela.

Il ne fit pas le rapprochement entre un caniche noyé et les événements qui avaient ébranlé Hawkins Hollow juste après son dixième anniversaire. Après la nuit fatidique à la

— D'accord.

Fox rassembla les chutes de bois et autres déchets, puis traversa l'étroit jardin jusqu'à la benne que les Larson avaient louée pour la durée des travaux.

Au passage, il jeta un coup d'œil au jardin voisin où jouaient des enfants. À leur vue, il se pétrifia et lâcha son chargement qui atterrit sur le sol avec fracas.

Les jeunes garçons s'amusaient avec des camions, des pelles et des seaux dans un bac à sable bleu vif. Sauf que le bac n'était pas rempli de sable. Les bras maculés de sang, ils poussaient leurs camions Tonka dans une gadoue sanguinolente en imitant des bruits de moteur. L'immonde magma rouge dégoulinait le long des parois du bac jusque dans l'herbe. Fox tituba en arrière.

Sur la clôture bordée d'hydrangeas qui séparait les deux jardins était accroupi le garçon qui n'en était pas un. Un rictus hideux dévoila ses dents pointues, tandis que Fox s'enfuyait à toutes jambes vers la maison.

— Papa ! Papa !

La panique qui perçait dans sa voix fit jaillir Brian de la maison.

— Que se passe-t-il ?

— Tu ne vois pas ? Regarde !

Mais alors même qu'il prononçait ces mots, l'index braqué vers le grillage, un déclic se fit dans l'esprit de Fox : ce qu'il voyait n'était pas réel.

Brian empoigna son fils par les épaules.

— Quoi donc ? Qu'est-ce que tu vois ?

Le garçon qui n'en était pas un entama une danse sautillante sur le grillage tandis qu'un torrent de flammes réduisait les hydrangeas en cendres.

— Je dois absolument voir Caleb et Gage, papa. Tout de suite !

Brian lâcha son fils sans émettre la moindre objection.

— Vas-y.

Fox traversa la maison en trombe, déboucha sur le trottoir et s'élança vers la grand-place. À sa grande horreur, la ville avait perdu son habituelle quiétude. En esprit, il la voyait dévastée par un chaos qui dépassait l'imagination.

Comme dans son rêve. Comme sept ans auparavant.

Il fit irruption dans le bowling où les compétitions d'été battaient leur plein. Le fracas des boules et des quilles renversées lui martelait le crâne tandis qu'il courait droit au comptoir de l'accueil où travaillait Caleb.

— Où est Gage ? demanda-t-il sans préambule.

— Qu'est-ce qui t'arrive ? s'étonna Caleb. Ça va ?

— Où est Gage ? répéta Fox, et les yeux gris amusés de Caleb s'assombrirent.

— Il est occupé dans la galerie de jeux. Attends…

Caleb fit signe à Gage qui les rejoignit de son pas nonchalant.

— Salut, les gonzesses. Qu'est-ce…

Son sourire narquois s'évanouit devant la mine sombre de Fox.

— Qu'est-ce qu'il y a ?

— Il est de retour.

1

Hawkins Hollow, mars 2008

Fox se rappelait avec précision de nombreux détails de cette lointaine journée de juin. L'accroc au genou gauche du Levis de son père, l'odeur de café et d'oignon chez *Mae*, le bruissement des emballages quand son père et lui avaient ouvert les Slim Jim dans la cuisine de Mme Larson.

Mais son souvenir le plus vif, par-delà le choc et la peur, demeurait la confiance que son père lui avait témoignée.

Le matin de son dixième anniversaire aussi, il lui avait fait confiance lorsqu'il était rentré à la maison avec Gage, tous deux sales, épuisés et terrifiés. Et porteurs d'une histoire qu'aucun adulte ne voudrait croire.

Fox se souvenait encore des regards inquiets que ses parents avaient échangés lorsqu'il leur avait raconté qu'une chose noire, puissante et *maléfique* avait jailli subitement dans la clairière où se dressait la Pierre Païenne.

Ils n'avaient pas balayé son histoire d'un revers de main, la mettant sur le compte d'une imagination débordante, ne lui avaient même pas reproché son mensonge – il était, en effet, censé avoir passé la nuit chez Caleb et non en expédition dans les bois avec ses amis.

Ils l'avaient écouté jusqu'au bout. Et lorsqu'ils étaient arrivés, les parents de Caleb aussi l'avaient écouté.

Fox jeta un coup d'œil à la fine cicatrice qui lui barrait le poignet. Caleb leur avait entaillé la peau avec son couteau suisse voici presque vingt et un ans, afin qu'ils deviennent frères de sang. Depuis, c'était l'unique cicatrice qu'il arborait sur tout le corps. Avant le rituel, il avait quelques bleus et égratignures, comme n'importe quel gamin de dix ans. Mais toute marque sur sa peau avait mystérieusement disparu cette nuit fatidique – et depuis lors, il guérissait de la moindre blessure sans aucune séquelle.

C'était ce pacte de sang qui avait libéré le démon prisonnier depuis des siècles sous la Pierre Païenne. Sept nuits durant, il avait semé la terreur dans Hawkins Hollow.

Ils pensaient l'avoir vaincu, eux, trois gamins de dix ans. Mais il était revenu sept ans plus tard pour une nouvelle semaine de chaos, puis le jour même de leurs vingt-quatre ans.

Et cet été, la créature recommencerait. Elle annonçait déjà son retour.

Mais aujourd'hui, la situation était différente. Ils étaient mieux armés, et secondés par trois jeunes femmes liées au démon par leurs ancêtres, tout comme Caleb, Gage et lui l'étaient à la force qui avait pris ce démon au piège.

« On n'est plus des gamins », songea Fox en se garant devant la maison dans Main Street qui abritait à la fois son domicile et son cabinet d'avocat. Et après l'exploit que leur petit groupe avait été capable de réaliser deux semaines plus tôt à la Pierre Païenne, le démon qui se faisait appeler autrefois Lazarus Twisse pouvait s'attendre à quelques surprises.

Après s'être emparé de son porte-documents, Fox traversa le trottoir. Acquérir cette demeure ancienne lui avait coûté de la sueur et il avait dû jongler pas mal sur le plan financier. Les deux premières années avaient été maigres – faméliques, même, admit-il avec le recul. Mais il ne regrettait pas ces privations parce que aujourd'hui chaque mètre carré de cet endroit lui appartenait – à lui et encore un peu à la *Hawkins Hollow Bank & Trust*.

Il franchit le seuil, et sursauta en apercevant Layla Darnell à la réception.

— Bonjour, dit-elle avec un sourire prudent. Tu rentres plus tôt que prévu.

Ah bon ? Comme presque chaque fois qu'elle lui apparaissait à l'improviste, il eut un blanc. Impossible d'aligner deux pensées cohérentes face à cette brune hyper canon aux yeux émeraude assise à la place de la très digne Mme Hawbaker.

— Je... euh... nous avons gagné. Le jury a délibéré moins d'une heure.

Le sourire de la jeune femme s'épanouit.

— Félicitations ! C'était cette affaire d'accident de voiture ? M. et Mme Pullman ?

— Oui.

Fox changea son porte-documents de main et demeura planté à l'entrée de la réception.

— Où est Mme H ? s'enquit-il.

— Chez le dentiste. Elle avait rendez-vous. C'est noté dans ton agenda.

Évidemment.

— Très bien. Je suis dans mon bureau.

— Shelley Kholer a téléphoné deux fois. Elle a décidé d'attaquer sa sœur pour aliénation d'affection et parce qu'elle est, je cite, ajouta Layla en prenant son bloc-notes : « une bonne à rien d'allumeuse et une sale p... – elle a dit texto : p trois points ». Au deuxième appel, elle voulait savoir si, dans le jugement de divorce, elle obtiendrait le montant des paris remportés dans un championnat de stock-car en ligne par son, je cite encore : « enflure de futur ex-mari adultère ». Elle affirme que c'est elle qui a choisi les coureurs.

— Hmm, intéressant. Je lui passerai un coup de fil.

— Ensuite elle a fondu en larmes.

— Aïe.

Fox avait le cœur tendre. En particulier pour les femmes en détresse. C'était son côté chevalier servant.

— Je l'appelle tout de suite.

— Non, seulement d'ici une heure, répondit Layla après un coup d'œil à sa montre. Pour l'instant, elle fait sa thérapie capillaire. Elle a opté pour le rouge – ça va saigner. Dis-moi, elle ne peut quand même pas attaquer sa sœur – je passe les noms d'oiseaux – pour aliénation d'affection, non ?

— Tu serais étonnée de l'imagination que possèdent certains justiciables. Je vais essayer de la dissuader. Si tu peux me rappeler dans une heure de lui téléphoner. Ça va ? ajouta-t-il. Tu n'as besoin de rien ?

— Tout va bien. Alice – Mme Hawbaker – est une prof hors pair. Et très protectrice envers toi. Si elle ne me croyait pas capable de voler en solo, elle ne m'aurait pas laissée seule. Et puis, en tant qu'assistante en cours de formation, c'est plutôt à moi de te demander si tu n'as besoin de rien.

Pour commencer, il aurait préféré une assistante qui ne fasse pas démarrer ainsi sa libido au quart de tour. Raté.

— Tout va bien pour moi aussi. Je serai dans mon…

Avec un vague geste de la main, il se dirigea vers son bureau.

Il fut tenté de fermer la double porte capitonnée, mais craignait de se montrer impoli. Il la laissait toujours ouverte, sauf quand une affaire requérait une certaine discrétion.

Mal à l'aise en costume, Fox se hâta d'ôter son veston et l'accrocha à la patère en forme de cochon rigolard. Non sans soulagement, il dénoua sa cravate et la suspendit à sa voisine la vache, tout aussi guillerette. Il y avait encore une poule, une chèvre et un canard, tous sculptés par son père qui affirmait qu'avec une bande de bestioles aussi déjantées, aucun cabinet d'avocat ne pouvait paraître guindé.

C'était exactement l'atmosphère chaleureuse qu'il avait voulue pour son bureau. Ses dossiers et les ouvrages de référence dont il avait besoin le plus souvent étaient alignés sur des rayonnages d'une sobriété toute professionnelle, mais il y avait aussi disposé des souvenirs personnels : une balle de base-ball dédicacée par le célébrissime Caleb Ripken, un kaléidoscope en verre multicolore fabriqué par sa mère, quelques photographies sous cadres, la maquette du Millenium Falcon qu'il avait assemblée avec amour et minutie à douze ans.

Et à la place d'honneur trônait le grand bocal en verre rempli de billets d'un dollar. Un pour chaque gros mot prononcé dans l'enceinte du cabinet, sur décret d'Alice Hawbaker.

Il sortit un Coca du mini-réfrigérateur et s'approcha de la fenêtre. Que deviendrait-il quand Mme Hawbaker l'aurait abandonné pour Minneapolis et qu'il affronterait la charmante Layla cinq jours par semaine ?

— Fox ?

— Hein ?

Il pivota d'un bloc. Layla se tenait dans l'embrasure de la porte.

— Un problème ?

— Aucun, à part notre Grand Méchant Démon. Ton prochain rendez-vous est dans deux heures, et puisque Alice est absente, je me disais qu'on pourrait peut-être en parler. Tu as du travail, je sais, mais…

— Ça va aller.

Voilà qui l'aiderait peut-être à oublier un instant son regard de sirène et ses lèvres pulpeuses.

— Tu veux un Coca ? proposa-t-il.

— Non, merci. Sais-tu combien cette canette contient de calories ?

— Ça vaut le coup, crois-moi. Assieds-toi.

— Je suis trop à cran, répondit Layla qui se mit à arpenter le bureau d'un pas fébrile. À chaque jour sans incident, je sens la nervosité monter. C'est stupide, je sais. Je devrais être soulagée. Mais il ne s'est plus manifesté depuis que nous sommes allés tous ensemble à la Pierre Païenne.

Layla s'arrêta et fit face à Fox.

— J'en tremble encore en revoyant Caleb poignarder la masse noire grouillante. Et maintenant plus rien depuis presque quinze jours. Avant, c'était presque quotidien.

— Nous lui avons sans doute porté un sale coup. Il est parti panser ses blessures là où vont les démons.

— D'après Cybil, c'est une ruse, et il va frapper encore plus fort la prochaine fois. Elle passe ses journées à faire des recherches. Quant à Quinn, elle est plongée dans la rédaction de son bouquin. J'ai beau être la petite nouvelle du groupe, j'ai quand même la nette impression qu'on n'avance pas beaucoup.

Elle passa la main dans ses cheveux à la coupe très stylée.

— Ce que je veux dire, c'est que... il y a deux semaines, Cybil avait ce qu'elle croyait être des pistes solides sur l'endroit où Ann Hawkins aurait accouché de triplés.

— Et ça n'a rien donné, je sais.

— Je crois pourtant que c'est une des clés. Ce sont vos ancêtres, à Gage, à Caleb et à toi. Leur lieu de naissance peut être capital. Et puis, il y a le journal d'Ann. Il existe forcément d'autres volumes qui pourraient nous en apprendre davantage sur le père de ses fils, nous sommes tous d'accord là-dessus. Qui était Giles Dent, Fox ? Un homme, un sorcier, un démon bienfaisant, si cela existe ? Comment a-t-il emprisonné la créature qui se fait appeler Lazarus Twisse depuis la fameuse nuit de 1652 jusqu'à celle où tous les trois, vous l'avez...

— ... libérée, termina Fox.

— Cette libération faisait partie du plan de Dent ou de son sortilège, nous sommes aussi d'accord là-dessus. Mais sinon, nous n'en savons pas plus qu'il y a quinze jours. Nous sommes au point mort.

— Peut-être Twisse n'est-il pas le seul à avoir besoin de recharger ses batteries. En tout cas, nous l'avons touché. C'est la première fois que nous y parvenons. Nous lui avons flanqué la frousse.

À ce souvenir, les yeux mordorés de Fox luirent d'une froide satisfaction.

— Jusqu'à présent, nous n'avions été capables que de nettoyer les dégâts après coup, reprit-il avec espoir. Désormais, nous savons que nous pouvons l'atteindre.

— L'atteindre ne suffit pas.

— C'est vrai.

S'ils en étaient au point mort, c'était en partie sa faute, il le concédait. Il avait freiné des quatre fers, trouvé des tas d'excuses pour ne pas aider Layla à développer le don qu'elle partageait avec lui.

— À quoi suis-je en train de penser ? lui demanda-t-il à brûle-pourpoint.

Elle le dévisagea avec étonnement.

— Pardon ?

— À quoi suis-je en train de penser ? répéta-t-il, récitant délibérément l'alphabet dans sa tête.

— Je te l'ai déjà dit, je ne sais pas lire dans les pensées. Et je ne veux pas...

— Et je t'ai expliqué que ce n'était pas exactement ainsi que ça se passait.

Il se percha sur le coin de son vieux bureau massif, si bien que son regard se retrouva au niveau du sien. Ses cheveux bruns ondulés, qui encadraient un visage aux traits anguleux, frôlaient le col ouvert de sa chemise Oxford.

— Tu peux percevoir des impressions, des sensations et même des images, enchaîna-t-il. Essaie encore.

— Avoir de l'instinct ne signifie pas...

— Tu redoutes ce qui est en toi à cause de son origine, et parce qu'il te rend différente...

— D'un humain ?

— Non. Différente, c'est tout.

Fox comprenait la complexité de ses sentiments. Lui aussi avait en lui cette différence qui s'avérait parfois plus difficile à porter qu'un costume-cravate.

— L'origine de ce don n'a aucune importance, Layla. Si tu l'as, c'est pour une bonne raison.

— Facile à dire quand tes ancêtres descendent d'une belle âme lumineuse et les miens d'un démon qui a violé une malheureuse gamine de seize ans.

— Avec un tel raisonnement, tu lui permets seulement de marquer des points. Essaie encore, insista Fox qui, cette fois, lui prit la main avant qu'elle ne puisse se dérober.

— Je ne... Arrête de me forcer, se rebiffa-t-elle, plaquant sa main libre contre sa tempe.

C'était un choc, il le savait, de sentir son cerveau investi sans y être préparé. Mais l'épreuve était inévitable.

— À quoi est-ce que je pense ?

— Je n'en sais rien. Je vois juste un tas de lettres dans ma tête.

— Bravo, la félicita-t-il avec un sourire qui illumina son regard. C'est exactement ça. Un tas de lettres. Tu ne peux plus faire machine arrière et tu le sais. Tu ne peux pas rentrer à New York comme si de rien n'était et demander à ta patronne de te reprendre à la boutique, ajouta-t-il d'une voix douce.

Layla lui arracha sa main, les joues empourprées.

— Je ne veux pas que tu fouines dans mes pensées.

— Non, tu as raison. Sache que je n'en fais pas une habitude. Mais si tu refuses de me faire confiance, nous serons quasiment inutiles, toi et moi. Caleb et Quinn ont des visions d'événements passés, Gage et Cybil entrevoient des images possibles de l'avenir. Nous deux, nous sommes le présent. Tu te plaignais qu'on soit au point mort. Eh bien, avançons.

— C'est plus facile pour toi d'accepter ce... truc, fit-elle remarquer en désignant sa tempe de l'index, parce que tu l'as en toi depuis vingt ans.

— Pas toi ? Il est probable que tu l'as depuis ta naissance.

— À cause du démon qui squatte mon arbre généalogique ?

— Exactement. C'est un fait établi. L'usage que tu fais de ce don ne dépend que de toi. Tu as choisi de t'en servir il y a quinze jours sur le chemin de la Pierre Païenne. Je te le répète, Layla, c'est une question d'engagement.

— Mais je l'ai pris, cet engagement. À cause de lui, j'ai perdu mon boulot et sous-loué mon appartement à New

York. Je passe mon temps à me casser la tête avec Cybil et Quinn.

— Et tu es frustrée de ne rien trouver. Un engagement, c'est plus que le temps qu'on y consacre. Et pas besoin d'être télépathe pour savoir que ce discours t'énerve.

— J'étais dans la clairière, Fox. J'ai affronté cette créature, moi aussi.

— Exact. Pourquoi est-ce plus difficile pour toi d'affronter ce que tu as en toi ? C'est un outil, Layla. Si on laisse un outil s'émousser ou se rouiller, il ne fonctionne plus. Si on ne s'en sert pas, on finit par oublier comment l'utiliser.

— Et si cet outil est rutilant, bien affûté et que tu n'as pas la moindre idée de son mode d'emploi, tu peux causer de sacrés dégâts.

— Je t'aiderai, proposa Fox, la main tendue.

Layla hésita. Le téléphone sonna à l'accueil et elle en profita pour battre en retraite.

— Laisse, lui dit-il. Ils rappelleront.

Elle secoua la tête et regagna l'accueil en hâte.

— N'oublie pas Shelley, lança-t-elle.

« Quel fiasco », songea Fox, dégoûté. Il ouvrit son porte-documents et sortit le dossier du procès qu'il venait de gagner. Parfois on gagne, parfois on perd.

Supposant que Layla préférait avoir la paix, il l'évita le reste de l'après-midi. Il lui demanda par l'intranet de lui sortir la procuration dont il avait besoin pour un client, d'imprimer une facture et passa ses appels lui-même, sans passer par le standard, une habitude qui lui avait toujours paru stupide de toute façon.

Comme s'il ne savait pas se servir d'un simple téléphone.

Il parvint à calmer Shelley, rattrapa sa paperasse en retard et gagna une partie d'échecs en ligne. Mais quand il envisagea d'envoyer un nouveau mail à Layla pour la libérer, il réalisa qu'il ne s'agissait plus de maintien de la paix, mais carrément d'une manœuvre d'évitement.

Lorsqu'il sortit dans le couloir, il aperçut Mme Hawbaker à l'accueil.

— J'ignorais que vous étiez de retour.

— Je suis là depuis un moment. Je viens de vérifier les documents que Layla a sortis pour vous. Il me faut votre signature au bas de ces lettres.

— D'accord.

Il s'empara du stylo qu'elle lui tendait.

— Où est-elle ? Layla ?

— Elle a fini sa journée. Elle s'est bien débrouillée.

Comprenant qu'il s'agissait autant d'une question que d'une opinion, Fox hocha la tête.

— Oui, elle s'en est bien sortie.

D'un geste vif et précis, Mme Hawbaker plia les lettres que Fox venait de signer.

— Vous n'avez pas besoin de nous deux à temps plein et pas les moyens de payer double.

— Madame H...

— Je vais venir à mi-temps jusqu'à la fin de la semaine, s'empressa-t-elle d'ajouter tout en glissant les lettres dans les enveloppes dont elle colla le rabat. Juste pour m'assurer que tout se passe bien. S'il n'y a pas de problèmes – et à mon avis, ce sera le cas –, je ne viendrai plus après vendredi prochain. Nous avons des tas d'affaires à trier et à emballer avant le départ du camion pour Minneapolis. Sans compter les visites pour la vente de la maison.

Fox laissa échapper un juron entre ses dents. Elle se contenta de pointer un index accusateur, les sourcils froncés.

— Quand je serai partie, vous pourrez jurer comme un charretier tant que vous voudrez, mais d'ici là, surveillez votre langage.

— Oui, madame. Madame H...

— Et pas ces yeux de chien battu avec moi, Fox O'Dell. Nous avons déjà parlé de tout cela.

Il percevait son chagrin. Sa peur aussi. Inutile d'y ajouter la sienne.

— Je garderai le bocal à gros mots dans mon bureau en souvenir de vous.

La remarque la fit sourire.

— Vu votre débit en matière de grossièretés, vous serez riche quand sonnera l'heure de la retraite. Mais vous êtes quand même un bon garçon. Et un bon avocat. Vous pouvez y aller maintenant. Il me reste juste une ou deux bricoles à terminer avant de fermer.

— D'accord.

Fox s'arrêta sur le seuil et jeta un dernier regard à son assistante de toujours, avec ses cheveux blancs impeccablement coiffés, très digne dans son tailleur bleu marine.

— Madame H ? Vous me manquez déjà.

Il referma la porte derrière lui, puis, les mains fourrées dans les poches, descendit le perron. Un coup de klaxon lui fit lever les yeux. Il salua Denny Moser qui passait en voiture. Denny Moser dont les parents tenaient la quincaillerie locale. Denny Moser qui avait été un gardien de troisième base à la grâce aérienne dans l'équipe des Hawkins Hollow Bucks au lycée.

Celui-là même qui durant les derniers Sept l'avait pourchassé avec une clé anglaise, bien décidé à le trucider.

Aujourd'hui, Denny avait une femme et un enfant. Et si, pendant les prochains Sept, il agressait sa femme ou sa petite fille ? Et si sa femme, ancienne pom-pom girl devenue assistante maternelle, tranchait la gorge de son mari dans son sommeil ?

Il y avait des précédents. Crise de folie collective de gens ordinaires.

En cette soirée venteuse de mars, Fox avançait d'un pas décidé sur le large trottoir pavé, conscient qu'il ne pouvait laisser l'horreur se reproduire.

Sans doute Caleb était-il encore au bowling. Il allait s'y rendre, boirait une bière et pourrait même y dîner tôt.

Comme il approchait de la grand-place, il vit Layla sortir de chez *Mae*, de l'autre côté de la rue, un sac plastique à la main. Elle eut une seconde d'hésitation en l'apercevant, ce qui eut l'heur de l'agacer. Après qu'elle lui eut adressé un salut désinvolte, chacun se dirigea sur son trottoir respectif vers les feux du carrefour.

Ruminant sa frustration de sentir, malgré la distance, qu'elle préférait le voir poursuivre dans Main Street pour ne pas avoir à engager la conversation avec lui quand elle aurait traversé au passage piétons, Fox était presque parvenu à l'angle de la rue quand la peur s'empara de lui – soudaine, brutale. S'arrêtant net, il leva abruptement la tête.

Sur les fils électriques qui surplombaient Main Street et Locust Avenue, des dizaines de corbeaux étaient perchés en rang d'oignons dans un silence absolu. Les ailes repliées sur leurs gros corps luisants, ils observaient. De l'autre côté de la chaussée, Layla les avait repérés elle aussi.

Résistant à l'envie de courir, il traversa la rue en quelques enjambées rapides et rejoignit la jeune femme pétrifiée sur le trottoir.

— Ils sont réels, murmura-t-elle. Au début, j'ai cru que ce n'était encore qu'une… mais non, ils sont bien réels.

Fox lui saisit le bras.

— On va faire demi-tour et se mettre à l'abri à l'intérieur. Après, on…

Un bruissement se fit entendre derrière lui. Aux yeux écarquillés de Layla, il comprit qu'il était trop tard.

Dans un concert de piaillements suraigus et de claquements d'ailes, la nuée d'oiseaux fondit sur eux avec la puissance d'une tornade. Fox poussa Layla dos contre le mur, puis au sol. Plaquant le visage de la jeune femme contre son torse, il l'enveloppa de ses bras et lui fit un rempart de son corps.

Une pluie de verre s'abattit autour de lui. Les crissements de pneus se mêlaient au fracas métallique des carrosseries qui se percutaient. Le martèlement de pas précipités ponctués de cris de panique lui résonnait aux oreilles. Avec une force sidérante, les corbeaux l'attaquaient en piqué, lacérant ses vêtements et transperçant son dos de leurs becs acérés. Les bruits d'impact mats et humides qu'il entendait étaient ceux des oiseaux heurtant le bitume après avoir percuté les murs et les vitres.

L'assaut ne dura guère plus d'une minute. Un enfant hurlait – une seule longue note suraiguë après l'autre.

Le souffle court, Fox se redressa un peu afin que Layla puisse voir son visage.

— Reste ici.

— Tu saignes. Fox…

— Ne bouge pas, d'accord ?

Il se redressa. Au carrefour, trois voitures étaient entrées en collision. Leurs pare-brise étaient étoilés à l'endroit où les corbeaux les avaient percutés. Pare-chocs tordus, ailes cabossées, nota-t-il comme il s'approchait en courant. Les dégâts auraient pu être bien plus graves.

— Personne n'a rien ?

Plutôt que d'écouter les mots – « Vous avez vu ça ? Ils ont foncé droit sur ma voiture ! » –, Fox écouta avec ses sens.

Nerfs à vif, petites coupures et ecchymoses, mais pas de blessures sérieuses. Il retourna auprès de Layla.

Le capharnaüm avait alerté commerçants et clients, qui étaient sortis dans la rue.

— J'ai jamais vu ça, ne cessait de répéter la serveuse de chez *Mae* qui contemplait, effarée, la vitrine en miettes du petit restaurant.

Fox agrippa la main de Layla.

— Allons-y.

— On ne devrait pas plutôt aider ?

— Il n'y a rien à faire. Je te ramène chez toi, et nous préviendrons Caleb et Gage.

— Ta main, fit Layla avec un mélange de tension et de respect. Elle guérit déjà.

— Ça fait partie des avantages, répondit-il sombrement en l'entraînant de l'autre côté de Main Street.

— Un avantage que je n'ai pas, fit-elle remarquer d'une voix calme en courant presque pour se maintenir à sa hauteur tant il marchait vite. Si tu ne m'avais pas protégée, je serais dans un sale état. C'est douloureux, n'est-ce pas ? continua-t-elle, portant la main à la coupure sur le visage de Fox qui commençait à cicatriser. Tu souffres de la blessure, puis de la guérison. Je le sens, murmura-t-elle, les yeux baissés sur leurs mains jointes.

Comme il faisait mine de la lâcher, elle resserra son étreinte.

— Non, je veux savoir, souffla-t-elle.

Elle glissa un regard aux cadavres de corbeaux qui gisaient sur la grand-place, puis à la petite fille en larmes dans les bras de sa mère.

Inspirant un grand coup pour se donner du courage, elle leva les yeux vers Fox.

— Ça m'horripile de l'admettre, mais tu as raison. Je ne serai d'aucune aide si je n'accepte pas ce qui est en moi, et si je refuse d'apprendre à l'utiliser. Fini de se voiler la face.

2

Fox buvait une bière, assis à la petite table bistrot entourée de chaises fantaisie en fer forgé qui conférait à la cuisine une atmosphère typiquement féminine. C'était du moins son avis. Les pots d'herbes miniatures de couleurs vives alignés sur le rebord de la fenêtre renforçaient encore cette impression, et le long vase étroit avec ses marguerites qu'une des filles avait dû acheter chez la fleuriste en ville apportait la touche finale.

En quelques semaines, Quinn, Cybil et Layla avaient réussi à faire de cette maison en location un foyer chaleureux grâce à quelques meubles de récupération, des mètres de tissu et surtout beaucoup de couleurs.

Et cela tout en consacrant la majeure partie de leur temps à enquêter sur le cauchemar qui s'abattait sur Hawkins Hollow durant sept jours tous les sept ans. Un cauchemar qui avait commencé vingt et un ans plus tôt, la nuit de leur dixième anniversaire, à Caleb, à Gage et à lui, lorsqu'ils avaient conclu le fameux pacte de sang.

L'affaire avait connu un nouveau rebondissement lorsque Quinn avait débarqué à Hawkins Hollow pour jeter les bases d'un livre qu'elle souhaitait écrire sur la ville et ses légendes. Désormais, cette histoire allait bien au-delà d'un simple livre pour la pulpeuse blonde amatrice de paranormal, qui était tombée amoureuse de Caleb dans la foulée. Elle représentait aussi plus qu'un simple projet pour Cybil Kinsky, sa meilleure amie, qu'elle avait appelée à la rescousse. Toutes deux y étaient impliquées jusqu'au cou. Layla Darnell aussi, du reste. Mais pour cette dernière, c'était un problème.

« Elle gère cette situation toute seule », se rappela Fox, comme chaque fois qu'il commençait à perdre patience avec la jeune New-Yorkaise. Caleb, Gage et lui se connaissaient depuis l'enfance – et même avant puisque leurs mères avaient suivi le même cours de préparation à l'accouchement. Quinn et Cybil étaient amies depuis le début de leurs études universitaires. Layla, elle, n'avait personne.

Cybil entra, un bloc-notes à la main. Elle le lança sur la table avant de s'emparer d'une bouteille de vin. Ses longues boucles étaient retenues en arrière à l'aide de pinces argentées qui tranchaient sur le noir profond de sa chevelure. Elle portait une chemise rose bonbon sur un pantalon noir moulant. Sur les ongles de ses pieds nus, elle arborait un vernis coordonné à sa chemise.

Fox trouvait toujours ce genre de détail particulièrement fascinant. Lui, le maître incontesté des paires de chaussettes dépareillées.

La jeune femme plongea son regard sombre dans le sien.

— Bien, je vais prendre ta déposition, attaqua-t-elle.

— Tu ne me lis pas d'abord mes droits ?

Devant son sourire désarmant, il haussa les épaules.

— On a déjà raconté l'essentiel à notre arrivée, fit-il remarquer en désespoir de cause.

— Des détails, maître. Quinn les réclame pour son livre, et nous avons tous besoin de nous faire une idée précise de la scène. Quinn recueille le témoignage de Layla ; elle est montée se changer. Son chemisier était taché de sang. Le tien, je suppose, puisqu'elle n'a pas la moindre égratignure.

— Moi non plus. Maintenant.

— C'est vrai, ton pouvoir de super héros. Très pratique. Bon, tu veux bien récapituler pour moi, mon mignon ? C'est pénible, je sais, parce que quand les autres vont arriver, eux aussi vont vouloir entendre ton histoire. Mais à force de rabâcher, il arrive qu'on se souvienne d'un détail supplémentaire.

Cybil n'avait pas tort. Il commença donc au moment où il avait levé les yeux et aperçu les corbeaux.

— Que faisais-tu juste avant ?

— Je marchais dans Main Street avec dans l'idée de passer voir Caleb au bowling. Et boire une bière.

Avec un demi-sourire, il leva sa bouteille.
— Je suis venu ici et j'en ai eu une gratuite.
— C'est toi qui les as achetées, je te rappelle. Dis-moi, si tu marchais en direction de la grand-place pendant que ces oiseaux faisaient leur numéro à la Hitchcock au-dessus du carrefour, tu aurais dû les remarquer plus tôt, non ?
— J'étais distrait. Je pensais à... des trucs de boulot.
Fox fourragea dans ses cheveux encore humides de la longue douche purificatrice qu'il venait de s'accorder.
— J'imagine que je regardais davantage de l'autre côté de la rue qu'en face. J'avais vu Layla sortir de chez *Mae*.
— Elle était allée acheter du lait écrémé, ce truc immonde qu'ingurgite Quinn. Selon toi, était-ce un hasard que vous vous soyez trouvés tous les deux à cet endroit au moment fatidique ? demanda Cybil, qui inclina la tête de côté en haussant les sourcils. Ou était-ce voulu ?
Fox appréciait la vivacité d'esprit de la jeune femme.
— Je pencherais pour la seconde hypothèse. Si le Grand Méchant Démon voulait annoncer son retour dans la partie, il s'assurait un impact plus marquant avec au moins l'un de nous sur les lieux. La plaisanterie aurait été moins drôle si nous en avions été informés indirectement.
— Je suis de ton avis. Les animaux font partie de ses victimes favorites. Les oiseaux, c'est déjà arrivé.
— Oui. Des corbeaux ou autres volatiles en folie qui brisent les vitres et fondent sur les gens. Quand cela se produit, même ceux pour qui ce n'est pas une première sont surpris comme si c'était nouveau. Une manifestation supplémentaire du syndrome, pourrait-on dire.
— Il y avait du monde dehors – passants, automobilistes ?
— Bien sûr.
— Et personne ne s'est arrêté en s'exclamant : « Mon Dieu, regardez tous ces corbeaux là-haut ! » ?
— Non. Personne ne les a vus ou ne s'est étonné de leur présence. Ça aussi, c'est déjà arrivé. Des gens qui voient des choses qui n'existent pas, d'autres qui ne voient pas des choses qui existent. Mais c'est la première fois que cela a lieu si tôt avant les Sept.
— Qu'as-tu fait après avoir aperçu Layla ?

Piqué par la curiosité, Fox inclina la tête et tenta de déchiffrer à l'envers les notes de Cybil, mais ses griffonnages cabalistiques lui demeurèrent hermétiques.

— Je me suis arrêté une seconde, je crois, puis j'ai continué de marcher. Et c'est là que j'ai… *ressenti* la présence des corbeaux. Je fonctionne ainsi. Une sorte de prise de conscience, avec les poils qui se dressent sur la nuque, ou un fourmillement entre les omoplates. Ils me sont apparus en esprit, puis j'ai levé les yeux, et je les ai vus. Layla aussi les a vus.

— Et toujours personne d'autre ?

— Non. Enfin, je ne crois pas, répondit Fox qui se passa de nouveau la main dans les cheveux. J'ai voulu mettre Layla à l'abri, mais je n'en ai pas eu le temps.

Cybil écouta son récit sans l'interrompre. À la fin, elle posa son crayon et lui sourit.

— Tu es un amour, Fox.

— Hmm, pas faux. Pourquoi ?

Sans cesser de sourire, elle se leva, contourna la table, prit le visage de Fox entre ses mains et le gratifia d'un léger baiser sur la bouche.

— J'ai vu ta veste. Elle est toute déchirée, maculée de sang et de Dieu sait quoi. Ça aurait pu être Layla.

— Je peux m'acheter une autre veste.

— Comme je disais, tu es un amour.

Elle l'embrassa de nouveau.

— Désolé d'interrompre cet intermède touchant, ironisa Gage en pénétrant dans la cuisine, ses cheveux bruns ébouriffés par le vent, une lueur cynique dans ses yeux verts.

Il rangea dans le réfrigérateur le pack de six canettes qu'il avait à la main, puis se sortit une bière.

— Trop tard, annonça Cybil. Dommage que tu aies raté toute l'animation.

Il fit sauter l'opercule de sa canette.

— De l'animation, il y en aura encore, tu peux me croire. Ça va ? demanda-t-il à Fox.

— Oui. Je ne risque pas de regarder mon DVD des *Oiseaux* avant un moment, mais à part ça, tout va bien.

— Layla n'a rien, à ce que m'a dit Caleb.

— Non, heureusement. Elle se change là-haut. C'était un peu… salissant.

Fox coula un regard à Cybil qui haussa les épaules.

— C'est le moment pour moi, j'imagine, de monter voir comment elle s'en sort et de vous laisser bavarder entre hommes.

Tandis qu'elle s'éloignait, Gage la suivit des yeux.

— Jolie à regarder dans un sens comme dans l'autre, commenta-t-il.

Il but une longue gorgée de bière et s'assit en face de Fox.

— Tu lorgnes dans cette direction ?

— Quoi ? Oh, Cybil ? Non.

Elle avait laissé dans l'air, réalisa Fox, un parfum mystérieux et envoûtant. Mais...

— Non. Et toi ?

— Ça ne coûte rien de regarder. Alors, c'était comment aujourd'hui ?

— On a vu bien pire. Essentiellement des dégâts matériels. Plus quelques coupures et ecchymoses. Si je n'avais pas été là, ajouta-t-il, le visage soudain dur, ces saletés de corbeaux l'auraient massacrée, Gage. Elle n'aurait pas eu le temps de se mettre à l'abri. Ils ne se contentaient pas de percuter les voitures et les bâtiments. Ils fondaient droit sur elle.

— Ça aurait pu être n'importe lequel d'entre nous, observa Gage après réflexion. Le mois dernier, c'est à Quinn qu'il s'en est pris alors qu'elle était seule au club de sport.

— Il vise les femmes, approuva Fox avec un hochement de tête. Plus précisément quand elles sont seules, partant du principe – erroné – qu'elles sont plus vulnérables.

— Pas si erroné que ça, objecta Gage en s'adossant à sa chaise. Elles ne possèdent pas notre pouvoir de guérison. Impossible de les garder toutes les trois sous cloche pendant que nous essayons de venir à bout d'un démon séculaire hyper remonté. Et puis, nous avons besoin d'elles.

Gage entendit la porte d'entrée s'ouvrir et se refermer. Il se retourna sur sa chaise comme Caleb entrait, les bras chargés de sacs en papier kraft.

— Burgers et poulet grillé, annonça celui-ci.

Il déposa ses achats sur le plan de travail tout en étudiant Fox.

— Ça va ? Et Layla ?

— La seule victime est ma veste. Alors, ça donne quoi dehors ?

Caleb prit une bière et s'attabla avec ses amis, ses yeux gris empreints d'une colère froide.

— Une dizaine de vitres et vitrines brisées dans Main Street, plus les trois voitures embouties au carrefour. Pas de blessés sérieux cette fois. Le maire et mon père ont rassemblé une petite équipe pour le nettoyage. Le shérif Larson recueille les témoignages.

« Si l'affaire suit son cours habituel, d'ici un ou deux jours, plus personne n'y pensera. C'est peut-être mieux ainsi. Si les gens gardaient ce genre de choses à l'esprit, Hawkins Hollow serait une ville fantôme. »

— Est-ce que ce serait si grave ? Épargne-moi le vieux couplet sur la ville natale où on a tous grandi, objecta Gage sans laisser à Caleb le temps de protester. Ce n'est qu'un minuscule point sur la carte.

— Ce sont des gens, corrigea Caleb, même si ce débat les avait déjà opposés. Ce sont des familles, des entreprises, des foyers. C'est aussi notre ville, bon sang ! Et Twisse, ou quel que soit le nom qu'il se donne, ne réussira pas à nous la prendre.

— Ne t'est-il pas venu à l'idée qu'il serait mille fois plus facile pour nous de le vaincre si nous n'avions pas à nous préoccuper des trois mille habitants de Hollow ? rétorqua Gage. Que fait-on au bout du compte durant la majeure partie des Sept, Caleb ? On s'efforce d'empêcher les gens de s'entre-tuer, on prévient les secours, bref, on gère les conséquences. Comment combattre la cause du mal dans ces conditions ?

— Il n'a pas tort, intervint Fox. Moi aussi, j'ai rêvé de pouvoir évacuer la ville et d'en venir enfin à l'épreuve de force. Mais on ne peut pas obliger trois mille personnes à quitter leurs maisons et leur travail pendant une semaine. On ne peut pas vider une ville entière.

— C'est arrivé avec les Anasazi, intervint Quinn depuis le seuil.

Elle entra dans la pièce et se dirigea d'abord vers Caleb. Sa longue chevelure blonde retomba de chaque côté de son visage comme elle se penchait au-dessus de sa chaise pour l'embrasser.

— Salut.

Lorsqu'elle se redressa, ses mains demeurèrent sur les épaules de Caleb. Fox n'aurait su dire s'il s'agissait d'un geste affectueux ou de simple réconfort. Mais quand Caleb les recouvrit des siennes, la complicité qui les unissait lui parut évidente.

— Il est déjà arrivé que des villes ou des villages soient désertés pour des raisons mystérieuses et inexplicables, reprit Quinn. Ainsi, la colonie de Roanoke fondée par les anciennes communautés Anasazi dans les canyons d'Arizona et du Nouveau-Mexique. Les causes peuvent en être une guerre, une épidémie ou… autre chose. Je me demande si, dans certains de ces cas, cette autre chose ne serait pas le genre de créature que nous affrontons.

— Tu penses que Lazarus Twisse a exterminé les Anasazi ? demanda Caleb.

— Comme le drame de Roanoke a eu lieu après 1652, il n'est pas possible de l'imputer à notre démon. C'est juste une hypothèse qui me travaille. Quoi qu'il en soit, si on mangeait ? conclut-elle en indiquant de l'index les sacs en papier kraft.

Tandis que le couvert était mis dans la salle à manger, Fox prit Layla à part.

— Ça va ?

Elle lui saisit la main et la retourna pour examiner sa peau intacte.

— Oui, répondit-elle. Et toi aussi, j'imagine.

— Écoute, si tu veux prendre un ou deux jours de congé, au cabinet, je veux dire, ça ne pose aucun problème.

Layla lui lâcha la main et observa longuement son visage, la tête inclinée.

— Tu me prends vraiment pour une froussarde ?

— Non, je voulais juste…

— Si, si. Sous prétexte que je ne suis pas emballée par cette idée de… fusion mentale vulcaine, je suis une lâche.

— Pas du tout. Je pensais que tu serais secouée – qui ne le serait pas ? Un bon point toutefois pour la référence à *Star Trek*, même si elle est inexacte.

— Ah bon ?

Layla le planta là et alla s'asseoir à table.

Quinn glissa un regard mélancolique au hamburger de Caleb, puis attaqua son poulet grillé.

— Bon, nous sommes tous au courant de l'incident qui s'est produit près de la grand-place aujourd'hui. Nous allons le répertorier dans nos tablettes et j'ai l'intention d'aller interroger des témoins dès demain. Je me demande s'il ne serait pas utile d'envoyer un de ces cadavres d'oiseau à un laboratoire pour analyse. Peut-être une autopsie mettrait-elle en évidence une modification physique, la présence d'une infection, quelque chose d'anormal.

— On te laisse t'en occuper, dit Cybil avec une grimace, tout en chipotant sur son poulet qu'elle avait coupé en petits morceaux. Et interdiction de parler d'autopsie à table. Petite question sur les événements d'aujourd'hui : si Layla et Fox ont tous deux senti et vu les oiseaux simultanément, ou à peu près, est-ce simplement à cause de notre lien commun avec les forces à l'œuvre à Hawkins Hollow ou de l'aptitude spécifique qu'ils partagent ?

— Les deux, je dirais, répondit Caleb. Avec un petit plus pour la seconde hypothèse.

— J'aurais tendance à être d'accord, approuva Cybil. Donc, question suivante : comment utiliser cela ?

— On ne peut pas, intervint Fox qui prit une frite. Pas tant que Layla freinera des quatre fers. Tu n'es pas obligée d'apprécier ma remarque, ajouta-t-il à l'adresse de la jeune femme qui le foudroyait du regard, mais c'est un fait : ton don ne t'est d'aucune utilité, et pas davantage à l'équipe, si tu refuses d'apprendre à t'en servir.

— Je n'ai pas dit que je refusais, mais je n'ai pas non plus envie que tu me forces la main. Et essayer de me faire honte ne marchera pas non plus.

— Quoi, alors ? rétorqua Fox. Je suis ouvert à toutes les suggestions.

Cybil leva une main apaisante.

— Puisque c'est moi qui ai ouvert la boîte de Pandore, laissez-moi essayer de régler ce différend. Layla, si tu nous expliquais les raisons de tes réserves.

— J'ai l'impression de perdre des morceaux de moi-même, ou de celle que je pensais être. J'ai peur de ne plus jamais être la même qu'avant.

— La belle affaire, intervint Gage d'un ton narquois. De toute façon, tu risques de ne pas survivre au mois de juillet.

— Mon Dieu, c'est vrai, railla Layla qui prit son verre de vin. Merci de me rappeler de voir le bon côté des choses.

Caleb gratifia Gage d'un regard réprobateur.

— Essayons autrement, dit-il. Il y a fort à parier que tu aurais été blessée aujourd'hui si ça n'avait pas fonctionné entre Fox et toi. Et ça a fonctionné sans qu'aucun de vous deux ne s'y emploie sciemment. Quoi ? demanda-t-il à Quinn, voyant qu'elle voulait prendre la parole avant de se raviser.

— Non, rien.

Quinn échangea un bref regard avec Cybil.

— En fait, ce que je veux dire, Layla, c'est que tu devrais peut-être voir la situation sous un autre angle. Au lieu d'avoir l'impression de perdre quelque chose, considère que tu as quelque chose à y gagner. Nous espérons toujours découvrir d'autres volumes du journal d'Ann Hawkins à l'endroit où elle s'est réfugiée avant l'affrontement entre Giles Dent et Lazarus Twisse et a vécu jusqu'aux deux ans de ses triplés. Et Cybil a bouclé l'étude de son arbre généalogique.

— Pour autant que je sache, ma lignée est plus récente que toutes les vôtres, enchaîna celle-ci. Une de mes ancêtres, une dénommée Nadia Sytarskyi, est venue s'installer ici avec sa famille au milieu du XIXe siècle. Elle a épousé Jonah Adams, un descendant d'Hester Deale. En fait, il y a même deux branches qui remontent à elle vu qu'une cinquantaine d'années plus tard, un autre de mes ancêtres, du côté des Kinsky, a aussi immigré ici et s'est marié avec la petite-fille de Nadia et de Jonah. Donc, comme Quinn et Layla, je suis une descendante d'Hester Deale et du démon qui l'a engrossée.

— Eh oui, nous formons une belle et grande famille, ironisa Gage.

— Je ne vois pas d'un bon œil d'avoir un aïeul démoniaque, poursuivit Cybil, s'adressant directement à Layla. En fait, ça me met hors de moi. Au point d'être prête à tout pour lui botter le train.

— Tu ne crains pas qu'il soit capable de t'utiliser ? demanda Layla.

Cybil sirota une gorgée de vin, le regard soudain froid.

— Qu'il essaie.

— Moi, ça m'inquiète.

Layla parcourut ses compagnons des yeux.

— Ça m'inquiète d'avoir en moi une force que je ne peux ni comprendre complètement ni maîtriser. J'ai peur qu'à un moment ou à un autre, cette chose prenne le contrôle sur moi. Encore maintenant, poursuivit-elle en secouant la tête comme Quinn voulait intervenir, j'ignore si je suis venue ici de mon plein gré ou si j'ai été manipulée. Plus perturbant encore, je ne suis plus sûre qu'aucun de mes actes soit le fruit de ma volonté ou d'un plan échafaudé par ces forces mystérieuses. C'est...

— Personne ne te force à rester, tu sais, l'interrompit Gage.

— Lâche-la un peu, intervint Fox, mais Gage haussa les épaules.

— Pas question. Si elle a un problème, nous avons tous un problème. Alors réglons-le. Et si tu reprenais tes cliques et tes claques pour New York ? Retourne donc vendre des chaussures hors de prix à des bonnes femmes désœuvrées et pétées de thunes.

— Laisse tomber, Gage.

Layla posa la main sur le bras de Fox qui avait commencé à se lever.

— Non, dit-elle. Je n'ai pas besoin d'un chevalier servant. Pourquoi est-ce que je ne pars pas ? Eh bien, parce que cela ferait de moi une lâche et que, jusqu'à présent, je ne l'ai jamais été. Je ne pars pas parce que le démon qui a violé Hester Deale, puis l'a poussée à la folie et au suicide après l'avoir engrossée, n'aimerait rien tant que de me voir prendre mes jambes à mon cou. Je sais mieux que quiconque ce qu'il a infligé à cette pauvre fille parce qu'il me l'a fait ressentir dans ma chair. Voilà peut-être pourquoi j'ai davantage peur que vous autres ; si ça se trouve, ça fait partie du plan. Quoi qu'il en soit, je n'ai pas l'intention de partir, mais je n'ai pas honte d'admettre que j'ai peur. De ce qu'il y a là, dehors, et en moi. En nous tous.

— Il faudrait être stupide pour ne pas avoir peur, fit remarquer Gage qui leva son verre comme pour porter un toast. La raison et l'introspection sont des armes plus efficaces que la stupidité contre la manipulation.

— Tous les sept ans, des gens raisonnables et capables d'introspection commettent des horreurs contre autrui et eux-mêmes, lui rappela-t-elle. Des actes qui ne leur viendraient jamais à l'esprit à n'importe quel autre moment.

— Tu crains d'être contaminée ? l'interrogea Fox. De te retourner contre quelqu'un ? L'un de nous ?

— Comment être sûre que je suis immunisée ? Que Cybil et Quinn le sont ? Ne devrions-nous pas considérer qu'à cause de notre héritage génétique nous sommes peut-être encore plus vulnérables ?

— Question pertinente, commenta Quinn. Perturbante, mais pertinente.

Fox se tourna sur sa chaise et plongea son regard dans celui de Layla.

— Cette hypothèse ne tient pas la route. Les choses ne se sont pas déroulées comme Twisse l'avait prévu grâce à l'intervention de Giles Dent. En l'emprisonnant, ce dernier l'a empêché de semer davantage d'héritiers dans la nature, si bien que la lignée s'est abâtardie. En fait, d'après ce que nous savons et pouvons conjecturer, tu fais partie de ce qui va nous donner l'avantage cette fois, à Caleb, à Gage et à moi. Tu dis avoir peur de lui, de ce qui est en toi ? Et si, au contraire, c'était Twisse qui avait peur de toi ? Pourquoi essaierait-il de t'effrayer, sinon ?

— Réponse pertinente, commenta Quinn.

— Deuzio, poursuivit Fox, ce n'est pas seulement une question d'immunité par rapport au pouvoir qu'il possède de con-traindre les gens à commettre des actes violents. C'est une question de possession de l'un ou l'autre aspect de ce pouvoir, même dilué, qui, une fois réunis, nous permettra de venir à bout de ce monstre une fois pour toutes.

Layla scruta Fox avant de murmurer :

— Tu y crois vraiment ?

Il faillit répondre, puis lui prit la main et raffermit son emprise quand elle voulut se libérer.

— À toi de me le dire.

Il sentit sa réticence initiale, instinctive, au lien qui les unissait. Il dut résister à l'envie d'explorer son esprit plus avant et se contenta d'ouvrir le sien. Même quand la connexion se fit, il attendit sans rien dire.

— Tu y crois sincèrement, dit Layla avec lenteur. Tu… tu nous considères comme les six brins d'une seule corde.

— Et nous allons pendre Twisse avec.

— Tu les aimes tellement. C'est…

— Euh…

Ce fut Fox qui lâcha prise, confus qu'elle ait vu davantage qu'il ne l'en croyait capable.

— Bon, maintenant que le problème est réglé, j'ai envie d'une autre bière.

Il battit en retraite dans la cuisine. À l'instant où il se détournait du réfrigérateur, une canette à la main, Layla entra.

— Je suis désolée. Je ne voulais pas…

— C'est sans importance.

— Si, c'est important. J'ai juste… C'était comme être dans ta tête, ou ton cœur, et j'ai vu – j'ai senti – cette vague d'amour, ce lien que tu as avec Gage et Caleb. Ce n'est pas ce que tu m'avais demandé de faire. Encore désolée de m'être montrée aussi indiscrète.

— Pas de problème. Écoute, c'est une manœuvre délicate. J'étais un peu plus ouvert que je ne l'aurais dû parce que j'imaginais que tu n'y arriverais pas autrement. En fait, tu n'as pas autant besoin d'aide que je le pensais. Et que *tu* le pensais.

Layla s'approcha de la fenêtre et son regard se perdit dans l'obscurité.

— Non, tu fais erreur. J'ai besoin que tu m'apprennes. Gage avait raison.

— Nous commencerons demain.

— Je serai prête, répondit-elle avec un hochement de tête convaincu.

Elle se retourna vers lui.

— Peux-tu dire aux autres que je suis montée ? La journée a été très bizarre.

— D'accord.

Elle l'observa un instant sans mot dire, puis :

— J'ai une confession à te faire. Désolée si elle t'embarrasse, mais je ne peux pas la garder pour moi : je trouve exceptionnel qu'un homme possède une capacité à aimer aussi profonde que toi. Caleb et Gage ont beaucoup de chance de t'avoir comme ami.

— Je suis ton ami à toi aussi, Layla.

— Je l'espère bien. Bonne nuit.

Resté seul, Fox médita sur sa relation quelque peu ambiguë avec Layla. Son ami, voilà ce qu'il allait s'appliquer à être. Il serait ce dont elle avait besoin quand elle en aurait besoin.

3

Dans le rêve, c'était l'été. La canicule agrippait les êtres de ses mains moites et les essorait, en exprimant ce qui leur restait d'énergie. Dans Hawkins Wood, le soleil implacable transperçait les épais feuillages verdoyants comme autant de rayons laser qui éblouissaient Fox. Les mûres sauvages étaient presque à maturité sur les ronciers aux épines acérées, et les lys sauvages d'un orange surnaturel étaient en pleine floraison.

Il connaissait son chemin par cœur. Depuis toujours, lui semblait-il. Chaque arbre, chaque détour de sentier. Sa mère aurait parlé de mémoire sensorielle. Ou de flashs d'une vie antérieure.

Il aimait la quiétude du sous-bois – le bourdonnement assourdi des insectes, le bruissement léger d'un écureuil ou d'un lièvre, le chœur mélodieux des oiseaux qui, par cette chaleur accablante, ne trouvaient le courage que de pépier.

Oui, les bruits de ces bois lui étaient familiers, ainsi que leur atmosphère au fil des saisons. Il identifia donc aussitôt le rafraîchissement de l'air et la variation brutale de la lumière, cette nuance de gris qui n'était pas simplement due à un nuage masquant le soleil. Il reconnut le grondement sourd qui semblait venir de toutes les directions et fit taire les mésanges et les geais.

Fox poursuivit son chemin en direction d'Hester's Pool avec la peur pour compagne. Elle ruisselait sur sa peau tel un filet de transpiration, l'incitant à prendre ses jambes à son cou. Il n'avait pas d'arme et, dans le rêve, ne s'interrogeait pas sur sa présence solitaire en ce lieu sans moyen de défense. Quand les arbres – à présent dénudés – se mirent à saigner, il continua de marcher. Le sang était un leurre, un reflet de la peur.

Il ne s'immobilisa que lorsqu'il aperçut la femme. Debout sur la rive du petit étang sombre, elle lui tournait le dos. Elle se penchait pour ramasser des pierres dont elle remplissait ses poches.

Hester. Hester Deale. Dans son rêve, il l'appelait, bien qu'il sût qu'elle était perdue. Impossible de remonter les siècles pour la sauver de la noyade. Pourtant, il lui fallait à tout prix essayer.

« Ne fais pas ça, lui cria-t-il, tandis que le grondement se muait en un ricanement terrifiant. Ce n'était pas ta faute. Rien n'était ta faute. »

Lorsqu'elle pivota vers lui et le regarda dans les yeux, ce n'était pas Hester, mais Layla. Les larmes ruisselaient sur son visage blême.

Je ne peux pas m'arrêter. Je ne veux pas mourir. Aide-moi.

Fox s'élança vers elle, mais le sentier s'étirait encore et encore, et le ricanement s'amplifiait au point de lui percer les tympans. Elle tendit les mains vers lui, ultime supplication avant de basculer dans l'étang et de disparaître.

Il bondit. L'eau glacée fut un choc brutal. Il plongea, scruta les profondeurs jusqu'à ce que ses poumons en feu le contraignent à remonter à la surface. Dans les bois, les éléments se déchaînaient : de violents éclairs d'un rouge aveuglant déclenchaient des incendies qui ravageaient des arbres entiers. Fox plongea de nouveau, appelant Layla par l'esprit.

Lorsqu'il distingua sa silhouette, il s'enfonça plus profondément encore. Leurs regards se croisèrent et, de nouveau, elle tendit les bras vers lui.

L'agrippant de toutes ses forces, elle plaqua sur sa bouche un baiser aussi glacé que l'eau. Et l'entraîna vers le fond.

Fox se réveilla en sursaut, cherchant de l'air et la gorge en feu. Le cœur cognant à tout rompre, il tâtonna pour allumer sa lampe de chevet et s'assit au bord du lit, la respiration laborieuse.

Pas dans les bois, pas dans l'étang, s'efforça-t-il de se rassurer. « Je suis chez moi, dans mon lit. Je devrais pourtant avoir l'habitude de ces cauchemars », se dit-il, les paumes pressées contre les yeux. Gage, Caleb et lui en enduraient tous les sept ans depuis le fatidique anniversaire.

Il aurait dû aussi être habitué à souffrir du contrecoup au réveil. Gelé jusqu'aux os, il était agité de spasmes et le goût ferreux de l'eau croupie lui tapissait encore la gorge. Pas réel, se rappela-t-il. Pas davantage que les arbres qui saignaient ou les incendies qui ne brûlaient pas. Rien qu'un coup tordu de plus de ce maudit démon. Sans conséquence.

Fox se leva, sortit de sa chambre et gagna la cuisine. Il prit une bouteille d'eau du réfrigérateur et en vida la moitié d'un trait.

La sonnerie du téléphone raviva brusquement son inquiétude. Le numéro de Layla s'afficha sur l'écran.

— Layla, que se passe-t-il ?

— Dieu merci, tu vas bien !

Elle laissa échapper un long soupir haché.

— Pourquoi en irait-il autrement ?

— Je... Seigneur, il est 3 heures du matin ! s'exclama-t-elle. Désolée. Une crise de panique. Pardon de t'avoir réveillé.

— Tu ne m'as pas réveillé. Pourquoi n'irais-je pas bien, Layla ?

— Ce n'était qu'un rêve. Je n'aurais pas dû t'appeler.

— Nous étions à Hester's Pool.

Il y eut un silence.

— Je t'ai tué, souffla-t-elle.

— En tant qu'avocat de la défense, je me dois de souligner qu'il va être difficile d'engager des poursuites étant donné que la victime est actuellement bien vivante dans sa propre cuisine.

— Fox...

— Ce n'était qu'un cauchemar. Il joue avec ta faiblesse, Layla.

« Et la mienne », réalisa-t-il. Parce qu'il avait voulu sauver l'infortunée Hester.

— Je peux passer si tu veux, proposa-t-il. Nous...

— Non, non. Je me sens déjà assez bête de t'avoir téléphoné. Mais c'était si réel, tu comprends ?

— Oui, je comprends.

— J'ai juste décroché le téléphone sans réfléchir. Ça va maintenant, je suis calmée. On en reparlera demain matin.

— D'accord. Essaie de dormir un peu.

— Toi aussi. Et, Fox, je suis contente de ne pas t'avoir noyé dans l'étang.

— Et moi donc. Bonne nuit.

Fox emporta la bouteille d'eau dans sa chambre où, debout à la fenêtre, il contempla la rue en contrebas. Rien ne bougeait. Hollow était aussi paisible qu'une carte postale.

Il était seul à monter la garde dans l'obscurité, songeant à un baiser aussi glacial qu'un tombeau. Et pourtant si enivrant.

— Te souviens-tu d'autres détails ?

Cybil prenait des notes sur le cauchemar de Layla, tandis que celle-ci finissait son café dans la cuisine.

— Je crois que je t'ai tout dit.

— Parfait.

Cybil se cala contre le dossier de la chaise, tapotant sur la table avec son crayon.

— Tout porte donc à croire que Fox et toi avez fait le même rêve. Ce serait intéressant de voir s'ils concordent dans les moindres détails.

— Intéressant ?

— Instructif. Tu aurais pu me réveiller. Nous savons tous combien ces cauchemars sont déstabilisants.

— Je me sentais mieux après avoir parlé à Fox, répondit Layla avec un pâle sourire. Et puis, pas besoin d'être psychanalyste pour comprendre que ce rêve trouve en partie son origine dans notre conversation d'hier soir. Ma crainte de faire du mal à l'un de vous.

— Surtout à Fox.

— Peut-être, puisque nous formons pour ainsi dire équipe. Tu raconteras mon rêve à Quinn.

— Dès qu'elle reviendra de la gym. Comme Caleb l'accompagnera sans doute, je les mettrai tous les deux au courant et quelqu'un préviendra Gage. À propos de Gage, il ne t'a pas ménagée hier soir.

— C'est vrai.

— Tu en avais besoin.

— Peut-être, admit Layla, jugeant inutile de se lamenter. J'ai une question à te poser. Gage et toi allez devoir collaborer aussi à un moment ou un autre. Comment allez-vous vous y prendre ?

— Je sauterai le pas le moment venu. On trouvera bien un moyen de gérer la situation sans s'étriper.

— Si tu le dis. Bon, je monte m'habiller et je file bosser.

— Tu veux que je te conduise ?

— Non, merci. Un peu de marche me fera du bien.

Layla prit son temps. Avec Alice Hawbaker aux commandes, elle n'aurait pas grand-chose à se mettre sous la dent. En sa présence, un tête-à-tête avec Fox sur leur rêve commun ne serait guère judicieux. Et pas davantage une leçon sur l'art d'affûter son don de télépathie.

Elle se contenterait d'accomplir les tâches courantes et les menues courses que lui confierait l'assistante en chef. Il ne lui avait fallu que quelques jours pour intégrer le rythme de travail. Si elle avait eu un quelconque intérêt pour la gestion d'un cabinet d'avocat, celui de Fox lui aurait convenu à merveille.

Sauf qu'au bout de quelques semaines, elle se serait ennuyée à mourir.

Quelle importance que le travail lui plaise ou non ? Le but était d'aider Fox, d'avoir un revenu et d'occuper son temps.

Parvenue sur la grand-place, elle s'immobilisa, se forçant à affronter les séquelles des événements de la veille, et se promit de faire son possible pour contrer la force maléfique à l'œuvre.

Puis elle fit demi-tour et redescendit Main Street afin de gagner le cabinet, à quelques rues de là.

Hawkins Hollow était une belle ville, si on faisait abstraction des Sept. Main Street était bordée de charmantes maisons anciennes et de jolies petites boutiques. Elle aimait les larges porches, les marquises, les jardins proprets et les trottoirs pavés. C'était un endroit agréable et pittoresque, du moins en surface, et pas tout à fait assez touristique pour être ennuyeux comme un décor de carte postale.

Elle s'était vite accoutumée au rythme de la ville. Ici, les gens marchaient au lieu de courir, s'arrêtaient pour échanger quelques mots avec un voisin ou un ami. Quand elle se rendait chez *Mae*, de l'autre côté de la rue, on la saluait par son prénom et on lui demandait comment elle allait.

À mi-chemin, Layla s'arrêta devant la petite boutique de cadeaux où elle avait acheté quelques bibelots pour la maison. Devant son magasin, la propriétaire contemplait sa vitrine brisée. Elle se retourna, les yeux embués de larmes.

Layla s'avança vers elle.

— Je suis tellement désolée. Y a-t-il quelque chose que...

La femme secoua la tête.

— Ce n'est que du verre, non ? Du verre et des colifichets cassés. Deux de ces maudits oiseaux se sont engouffrés dans la boutique et ont saccagé la moitié de mon stock. On aurait dit qu'ils le faisaient exprès, comme des poivrots à une fête trop arrosée.

— Je suis vraiment navrée.

— Je me dis qu'il y a les assurances. Et M. Hawkins fera réparer la vitrine. C'est un bon propriétaire et je sais qu'il va s'en occuper sans délai. Mais ça semble sans importance.

— Moi aussi, j'aurais le cœur brisé à votre place, compatit Layla qui posa une main réconfortante sur le bras de la commerçante. Vous aviez de si jolies choses.

— Elles sont en miettes à présent. Il y a sept ans, une bande de gamins a fait irruption dans la boutique et a tout dévasté. Ils ont même écrit des obscénités sur les murs. Nous avons eu du mal à remonter la pente, mais nous y sommes parvenus. Je ne sais pas si j'aurai le courage de repartir à nouveau de zéro. Non, je ne sais pas.

Abattue, la commerçante rentra dans sa boutique tandis que Layla poursuivait son chemin.

Elle avait le cœur gros lorsqu'elle pénétra dans le cabinet. Assise à son bureau, Mme Hawbaker tapait sur son clavier à toute allure.

— Bonjour !

Elle s'interrompit et sourit à Layla.

— Vous êtes jolie comme un cœur ce matin.

— Merci, répondit Layla qui ôta sa veste et la suspendit dans la penderie de l'entrée. Une amie de New York s'est occupée de m'expédier ma garde-robe. Voulez-vous que je vous prépare un café ?

— Fox m'a demandé de vous envoyer dans son bureau à votre arrivée. Il lui reste environ une demi-heure avant son prochain rendez-vous, alors allez-y, ne traînez pas.

— D'accord.

— Je pars à 13 heures aujourd'hui. N'oubliez pas de rappeler à Fox qu'il plaide au tribunal demain matin. C'est inscrit dans son agenda et je lui ai envoyé un mémo, mais mieux vaut le lui rappeler encore à la fin de la journée pour plus de sûreté.

D'après ses propres observations, songea Layla en traversant le hall, Fox n'était pas si distrait qu'Alice ou lui-même se plaisait à le penser. La porte était ouverte, mais elle frappa pour la forme sur le chambranle, fit quelques pas et s'immobilisa, les yeux écarquillés.

Debout devant la fenêtre, les pans de sa chemise sortis de son jean, Fox jonglait avec trois balles rouges. Les jambes écartées, l'air détendu, il les lançait d'une main et les rattrapait de l'autre sans jamais quitter des yeux le cercle qu'elles formaient.

— Tu sais jongler.

L'intervention intempestive de Layla perturba son rythme, mais il parvint à récupérer deux balles dans une main et la dernière dans l'autre avant qu'elles ne voltigent dans la pièce.

— Oui. Ça m'aide à réfléchir.

— Tu sais jongler, répéta-t-elle, à la fois sidérée et ravie.

Parce qu'il était rare de la voir sourire ainsi, Fox lui fit une démonstration. Il lança les balles très haut tout en marchant et pivotant sur lui-même.

— C'est juste une affaire de synchronisation, expliqua-t-il. Trois objets, même quatre, de taille et poids identiques, ce n'est pas vraiment difficile. Si je cherche le défi, je varie les objets. Ici, c'est juste du jonglage de réflexion.

Il rattrapa les balles et les rangea dans un des tiroirs de son bureau.

— Ça m'aide à m'éclaircir les idées quand je… Eh ! s'exclama-t-il en la parcourant de la tête aux pieds. Tu es… superbe.

— Merci.

Layla portait une veste courte cintrée sur la jupe assortie. Elle se demanda si sa tenue n'était pas trop élégante pour une simple assistante.

— Je viens de recevoir le reste de mes vêtements et puisque je les avais sous la main, je me suis dit… Enfin bref, tu voulais me voir ?

— Moi ? Ah oui, se souvint-il. Attends.

Il traversa le bureau pour aller fermer la double porte capitonnée. Son esprit éclairci par le jonglage se retrouva de nouveau embrumé à la vue des jambes divines de Layla.

— Euh… tu veux boire quelque chose ?

— Non, merci.

Il sortit un Coca du mini-réfrigérateur.

— Vu que j'ai un peu de temps ce matin, j'ai pensé que nous pourrions comparer nos notes sur le rêve. Assieds-toi.

Elle prit place dans l'un des fauteuils destinés aux clients et Fox s'assit dans l'autre.

— Tu commences, dit-elle.

À la fin de son récit, il se leva, rouvrit le réfrigérateur et en sortit une bouteille de Pepsi Light qu'il lui fourra dans la main avant de se rasseoir.

— C'est ce que tu bois, n'est-ce pas ? s'enquit-il, comme Layla le fixait sans mot dire. Tu en trouveras dans le frigo à la place qui t'est réservée.

— Merci.

— Tu veux un verre ?

Elle fit non de la tête. Cette simple attention n'aurait pas dû la surprendre, et pourtant.

— Tu as aussi une réserve de Sprite Light pour Alice ?

— Bien sûr. Pourquoi pas ?

— Pourquoi pas, murmura-t-elle avant de boire une gorgée. J'étais dans les bois, moi aussi. Sauf que je n'étais pas moi. Elle était dans ma tête. Ou l'inverse, difficile à dire. Je ressentais son désespoir, sa peur comme s'ils étaient les miens. Je… je n'ai jamais été enceinte, mais mon corps était différent.

Elle hésita, puis décida que si elle avait pu confier les détails à Cybil, pourquoi pas à Fox.

— Mes seins étaient lourds et j'avais conscience d'avoir allaité, de la même façon que j'avais eu conscience du viol. Et je savais aussi où j'allais.

Layla fit une pause et se tourna dans son fauteuil afin de voir le visage de Fox. À sa façon d'écouter, elle savait qu'il comprenait le sens caché derrière chacun de ses mots.

— Je ne suis allée qu'une fois dans ces bois, mais je savais que je me rendais à l'étang. Et pourquoi. Je ne voulais pas y aller, mais impossible de m'en empêcher. Je hurlais en moi-même parce que je ne voulais pas mourir, mais elle le voulait. Elle ne pouvait plus le supporter.

— Supporter quoi ?

— Le souvenir du viol. Et aussi de la nuit fatidique dans la clairière. Twisse contrôlait son esprit et lui avait ordonné d'accuser Giles Dent de viol et Ann Hawkins de sorcellerie. Elle les croyait morts et était incapable de vivre avec cette culpabilité. Il lui a dit de courir.

— Qui ?

— Dent. Dans la clairière, juste avant l'incendie, il l'a regardée avec compassion ; il lui avait pardonné. Elle lui a obéi et s'est enfuie à toutes jambes. Elle n'avait que seize ans. Tout le monde croyait que l'enfant était de Dent et s'apitoyait sur son sort. Elle seule connaissait la vérité, mais elle était trop effrayée pour revenir sur ses accusations.

L'horreur et le désespoir de la jeune fille transpercèrent Layla à l'instant même où elle parlait.

— La malheureuse avait peur en permanence, elle était rongée par la culpabilité. Imagine, Fox, j'ai senti l'enfant dans mon propre ventre comme si c'était moi qui le portais. Hester voulait mourir et emporter son bébé avec elle.

Le regard attentif et compatissant de Fox s'assombrit.

— Elle a envisagé de tuer l'enfant ?

Layla hocha la tête, inspirant avec lenteur.

— Elle en avait peur, elle le détestait et l'aimait tout à la fois.

— Hester considérait sa fille comme une créature du diable, pas comme un être humain.

— Oui. Mais elle n'a pu se résoudre à la tuer. Si elle l'avait fait, je ne serais pas ici aujourd'hui. Elle m'a donné la vie en épargnant l'enfant, et voilà qu'elle allait me tuer parce que j'étais prise au piège avec elle. Si elle m'a entendue tandis que nous marchions, elle a dû penser que j'étais une de ces voix qui la rendaient folle. Je n'ai pas réussi à lui faire entendre raison. Et c'est alors que je t'ai vu.

Layla prit le temps de boire une gorgée pour apaiser ses nerfs mis à rude épreuve.

— Je t'ai vu et je me suis dit : « Merci, mon Dieu, il est là. » Je sentais les pierres dans ma main quand elle les ramassait, leur poids dans les poches de la robe que nous portions. J'étais impuissante, mais je me disais…

— Tu pensais que je pourrais l'arrêter.

Lui aussi avait cru pouvoir sauver l'infortunée Hester.

— Tu l'appelais, tu lui répétais que ce n'était pas sa faute. Tu as couru dans sa direction et, l'espace d'un instant, je crois qu'elle t'a entendu. J'ai senti qu'elle voulait te croire. Puis nous étions en train de couler. J'ignore si elle est tombée ou si elle a sauté, mais nous étions sous l'eau. Ne t'affole pas, ai-je tenté de me rassurer, tu es bonne nageuse.

— Capitaine de l'équipe de natation.

— Je te l'avais dit ? s'étonna-t-elle avec un petit rire avant de boire une nouvelle gorgée de Pepsi. Je pensais être capable de remonter à la surface malgré le poids, mais c'était peine perdue. Pire encore, je n'étais même pas en mesure d'essayer. Ce n'était pas seulement les pierres qui m'attiraient vers le fond.

— C'était Hester.

— Oui. Je t'ai vu explorer les profondeurs de l'étang et alors…

Layla ferma les yeux, les lèvres pincées.

— Ça va aller, la réconforta Fox qui referma la main sur la sienne. Nous sommes indemnes.

— Fox, je ne sais pas si c'était elle ou si je… je ne sais pas. Nous nous sommes agrippées à toi.

— Tu m'as embrassé.

— Nous t'avons tué.

— Nous avons tous connu une triste fin, je te l'accorde, mais quoique saisissante de vérité, cette scène n'était pas réelle. Cette intrusion dans l'esprit d'Hester était pour toi une rude épreuve, mais à présent, nous en savons davantage sur elle.

— Pourquoi étais-tu là ?

— Si tu veux mon avis, je crois que c'est à cause de ce lien entre toi et moi. J'ai déjà partagé des rêves avec Caleb et Gage. Même phénomène. Mais cette fois-ci, il y avait plus, la connexion se faisait à un autre niveau. Dans le rêve, c'était toi que je voyais, Layla. Pas Hester. Je t'entendais aussi. Voilà qui est intéressant et mérite réflexion.

— D'où le jonglage.

Il sourit.

— Ça ne fait jamais de mal. Il faut qu'on…

L'interphone bourdonna.

— M. Edwards est arrivé.

Fox se leva et actionna l'interrupteur sur son bureau.

— Très bien, accordez-moi une minute.

Il se tourna vers Layla qui se leva à son tour.

— Il faut qu'on parle de tout cela plus longuement. Mon dernier rendez-vous est à…

— 16 heures. Mme Halliday.

— Exact. Excellente mémoire. Si tu es libre, que dirais-tu de continuer cette conversation chez moi ensuite ?

Il alla ouvrir la porte de son bureau.

— Nous pourrions même dîner, ajouta-t-il.

— Je ne veux pas te déranger.

— J'ai enregistré dans la mémoire de mon téléphone tous les endroits dans un rayon de dix kilomètres qui livrent à domicile.

— Pratique, commenta Layla avec un demi-sourire.

Il la raccompagna jusqu'à la réception où M. Edwards et ses cent dix kilos remplissaient un fauteuil. Sous son T-shirt blanc, son ventre débordait par-dessus la ceinture de son jean. Une casquette John Deere couvrait ses cheveux gris broussailleux. Il se leva péniblement et serra la main que Fox lui tendait.

— Comment allez-vous ? s'enquit celui-ci.

— À vous de me le dire.

— Venez, monsieur Edwards.

Un manuel qui travaille dehors, conclut Layla, tandis que Fox s'éloignait avec son client. Dans l'agriculture peut-être, ou le bâtiment. La soixantaine, et plutôt abattu.

— Quelle est son histoire, Alice ? Si ce n'est pas trop indiscret.

— Un conflit de propriété, répondit l'assistante tout en rassemblant un paquet d'enveloppes. Tim Edwards possède une ferme à quelques kilomètres au sud de la ville.

Des promoteurs ont acheté des terrains qui jouxtent ses champs et lui contestent environ huit hectares. Bon, je file à la poste.

— Je peux y aller.

Alice agita l'index.

— Et je n'aurais pas droit à ma balade et mes petits potins. J'ai ici des notes sur un fidéicommis sur lequel travaille Fox. Si vous les mettiez au propre pendant mon absence ?

Une fois seule, Layla se mit au travail. Au bout de dix minutes, elle se demanda pourquoi les gens avaient besoin d'utiliser un pareil jargon pour exprimer les choses les plus simples. Elle progressa avec précaution à travers le document, répondit au téléphone, prit les rendez-vous. Lorsque Alice revint, les questions ne manquaient pas. Elle nota qu'Edwards semblait beaucoup moins découragé en ressortant du bureau de Fox.

Vers 13 heures, alors qu'elle était de nouveau seule, Layla imprima avec satisfaction le document de fidéicommis vérifié par Alice. À la page deux, l'imprimante signala que la cartouche d'encre était vide. Elle traversa donc la bibliothèque de Fox pour se rendre à la minuscule réserve où étaient entreposées les fournitures, espérant qu'il faisait des stocks. Elle repéra la boîte de cartouches sur le rayonnage supérieur.

Pourquoi toujours tout en haut ? pesta-t-elle

Se hissant sur la pointe des pieds, elle parvint à pousser un angle du carton au bord de l'étagère. L'autre main calée sur celle du bas, elle gagna encore trois centimètres.

— Je vais chercher un truc à manger, annonça Fox dans son dos. Si tu veux quelque chose... Attends, laisse-moi faire.

— J'y suis presque.

— Oui, et tu vas le recevoir sur le crâne.

Il se pencha et tendit le bras à l'instant où elle se retournait.

Leurs corps se frôlèrent. Layla leva le visage vers Fox, emplissant son champ de vision, tandis que son parfum l'enveloppait tels des rubans de satin. Ses yeux de sirène avaient sur lui un effet ensorcelant. « Bas les pattes, O'Dell », s'ordonna-t-il. Il commit alors l'erreur de laisser son regard descendre jusqu'à sa bouche. Et c'en fut fait de lui.

Il inclina la tête vers elle et l'entendit retenir son souffle. Layla entrouvrit les lèvres et il franchit le dernier murmure qui les séparait. Leurs bouches s'effleurèrent d'abord avec la légèreté d'une plume. Puis Layla abaissa le rideau de ses cils sur son regard envoûtant et sa bouche rencontra de nouveau celle de Fox.

Leur baiser fut une lente descente dans une douce chaleur qui embrouillait les sens de Fox. Tout ce qu'il souhaitait en cet instant, c'était de se laisser sombrer.

Layla émit un petit soupir. De plaisir ou de désarroi, il n'aurait su le dire tant son sang lui rugissait aux oreilles. Soudain, il reprit ses esprits, réalisant qu'il était littéralement en train de plaquer Layla contre le rayonnage des fournitures.

— Excuse-moi, je suis désolé.

Quelle mouche l'avait donc piqué ? Elle travaillait pour lui, bon sang !

— Je n'aurais pas dû, s'excusa-t-il de nouveau. C'était complètement déplacé. C'était…

Stupéfiant.

— Fox ?

La voix derrière lui le fit sursauter. Il fit volte-face, l'estomac dans les chaussettes.

— Maman.

— Désolée de vous interrompre, dit la nouvelle venue en adressant un sourire radieux à Fox, avant de se tourner vers Layla. Bonjour, je suis Joanna Barry, la mère de Fox.

Layla aurait tout donné pour disparaître dans un trou de souris.

— Enchantée de vous rencontrer, madame Barry. Je suis Layla Darnell.

— Je t'avais dit, je crois, qu'elle m'aidait au cabinet, reprit Fox. Nous étions juste en train de…

— Oui, vous étiez juste en train de…

Elle laissa sa phrase en suspens avec un sourire entendu.

Sans doute Layla aurait-elle dévisagé fixement la mère de Fox même si elle n'avait pas été frappée de stupeur. C'était en effet le genre de femme qui attirait les regards avec sa chevelure d'un brun riche ondoyant autour d'un visage à l'ossature marquée et aux lèvres pleines dépourvues de maquillage. Dans ses grands yeux noisette se lisait un mélange d'amusement, de curiosité et de patience. Elle possédait le genre de silhouette élancée qu'un pull moulant, un jean taille basse et des boots mettent particulièrement en valeur.

Fox paraissant frappé de mutisme, Layla s'éclaircit la gorge.

— Je... euh... j'avais besoin d'une nouvelle cartouche. Pour l'imprimante. Tout en haut de l'étagère.

— Oui, c'est ça. Et j'allais la lui attraper, intervint Fox qui, en se tournant vers le rayonnage, réussit à heurter Layla de nouveau. Oh, pardon !

« Bougre d'andouille », se rabroua-t-il en silence. Quel maladroit !

À peine eut-il descendu la boîte que Layla s'en empara d'un geste vif et s'esquiva.

— Merci !

— As-tu une minute à me consacrer ? demanda Joanna d'une voix suave. Ou dois-tu reprendre là où tu en étais à mon arrivée ?

— Arrête.

Carrant les épaules, Fox précéda sa mère dans son bureau.

— Elle est très jolie. Qui pourrait te blâmer de jouer un peu au patron et à la secrétaire.

— Maman, bougonna-t-il, se passant les mains dans les cheveux. Ce n'était pas ça. C'était... Laisse tomber.

Il se laissa choir dans un fauteuil.

— Qu'est-ce qui t'amène ?

— J'avais quelques courses à faire en ville. Entre autres, aller déjeuner chez ta sœur. Sparrow me dit qu'elle ne t'a pas vu depuis quinze jours.

— L'intention y était.

Joanna s'appuya contre le bureau.

— Manger quelque chose qui n'est pas frit, industriel et bourré de produits chimiques une fois par semaine ne te tuera pas, Fox. Et tu devrais soutenir ta sœur.

— D'accord, j'irai aujourd'hui.

— Bien. Sinon, j'ai quelques poteries à déposer chez Lorrie. Tu as dû voir ce qui est arrivé à la boutique.

— Pas précisément.

Fox pensa aux vitrines brisées, aux cadavres de corbeaux éparpillés dans Main Street.

— Il y a des dégâts ?

— Beaucoup, répondit Joanna qui posa la main sur le trio de cristaux qu'elle portait en sautoir autour du cou. Fox, elle parle de fermer et de s'en aller. Ça me brise le cœur. Et ça me fait peur. J'ai peur pour toi.

Fox se leva, passa le bras autour des épaules de sa mère et frotta sa joue contre la sienne.

— Ça va aller. Nous y travaillons.

— Si seulement je pouvais t'aider. Ton père, moi, tout le monde, nous voulons agir.

— Tu le fais chaque jour de ma vie, assura Fox qui resserra son étreinte. Tu es ma mère.

Joanna prit le visage de son fils entre ses mains.

— Tu tiens ce charme de ton père. Regarde-moi dans les yeux et promets-moi que tout va bien se passer.

Sans une hésitation ou la moindre once d'hypocrisie, il plongea son regard au fond du sien.

— Ça va bien se passer. Fais-moi confiance.

Elle l'embrassa sur le front, puis les deux joues et termina par une légère bise sur sa bouche.

— J'ai confiance en toi, mais tu restes mon bébé et je veux que tu me promettes de prendre soin de toi. À présent va déjeuner chez ta sœur. Sa salade d'aubergine est en plat du jour.

— Miam-miam.

Tolérante, Joanna lui donna un petit coup de coude dans les côtes.

— Ferme donc ton cabinet une heure et invite cette jolie fille à déjeuner.

— Cette jolie fille travaille pour moi.

— Comment ai-je pu fabriquer un fils aussi respectueux des règles ? C'est démoralisant.

Après une nouvelle bourrade affectueuse, elle se dirigea vers la porte.

— Je t'aime, Fox.

— Moi aussi je t'aime, maman. Attends, je viens avec toi, s'empressa-t-il d'ajouter, devinant que sa mère n'aurait aucun scrupule à s'arrêter au bureau de Layla, histoire de lui tirer les vers du nez.

— J'aurai une autre occasion de la coincer entre quat'z' yeux et de la cuisiner, lâcha Joanna avec désinvolture.

— Oui, mais pas aujourd'hui.

La salade d'aubergine n'était pas si mauvaise et, en mangeant au comptoir, Fox avait eu un peu de temps pour bavarder avec sa sœur cadette. Comme elle ne manquait jamais de le mettre de bonne humeur, il regagna le cabinet, tout guilleret, appréciant cette belle journée ensoleillée et venteuse. Il l'aurait encore appréciée davantage s'il n'était tombé sur Derrick Napper, le tortionnaire de son enfance, aujourd'hui shérif adjoint, qui sortait de chez le coiffeur.

— Tiens, voilà ce cher O'Dell ! s'exclama Napper qui chaussa ses lunettes de soleil et jeta un coup d'œil appuyé de part et d'autre de la rue. Bizarre, je ne vois pourtant pas d'ambulances à prendre en chasse.

— Tu as entendu ces rumeurs de réduction de budget à la mairie ? Quelqu'un est trop payé.

Les lèvres de Napper s'étirèrent en un mince sourire sur son visage carré de dur à cuire.

— J'ai entendu dire que tu étais sur les lieux hier au moment de l'incident sur la grand-place. Tu n'as pas attendu pour donner ta déposition et tu n'es pas non plus allé remplir un dossier au poste. Tu devrais pourtant savoir que ça se fait, l'avocaillon.

— Comme d'habitude, tu as tout faux. Je suis passé parler au shérif ce matin. Mais j'imagine qu'il ne raconte pas tout à ses lèche-bottes.

— Tu ferais bien de te rappeler combien de fois ton arrière-train a tâté de ma botte par le passé, O'Dell.

— J'ai une mémoire d'éléphant, Napper.

Fox continua son chemin. Petite brute un jour, gros con toujours, se dit-il. Avant la fin des Sept, ils auraient sûrement encore l'occasion de se colleter. Mais pour l'heure, il le chassa de son esprit.

Avant de se mettre au travail, il avait une mise au point à faire. Autant s'y coller tout de suite, décida-t-il en ouvrant la porte du cabinet.

Alors qu'il entrait, il tomba sur Layla, un vase de fleurs à la main. Elle s'arrêta net.

— J'ai juste changé l'eau. Il n'y a pas eu d'appel depuis ton départ, mais j'ai fini le fidéicommis et je l'ai imprimé. Il est sur ton bureau.

— Bien. Écoute, Layla…

— Je ne savais pas trop s'il y avait quelque chose à taper concernant M. Edwards ou…

— C'est bon, c'est bon, pose ces fleurs.

Il régla la question en lui prenant le vase des mains pour le déposer sur une table.

— En fait, elles vont…

— Stop. J'ai dépassé les bornes et je te présente mes excuses.

— Tu l'as déjà fait.

— Eh bien, je recommence. Je ne veux pas que tu te sentes mal à l'aise parce que je t'ai fait des avances au bureau. Je n'avais pas l'intention… Ta bouche était juste là.

— Ma bouche était juste *là* ? répéta Layla d'un ton dangereusement suave. Sur ma figure, tu veux dire ? Sous le nez, au-dessus du menton ?

Fox se massa le front du bout des doigts.

— Oui, enfin non. Ta bouche était… Écoute, mon attitude était impardonnable. Et je vais invoquer le cinquième amendement d'ici une seconde, ou peut-être juste la folie passagère.

— Tu peux invoquer ce que tu veux, mais je te ferai remarquer que ma bouche ne disait pas *non, arrête* ou *ôte tes sales pattes de là,* ce dont elle est parfaitement capable.

— D'accord.

Il garda le silence un moment.

— Bon sang, comme c'est gênant.

— Avant ou après qu'on ajoute ta mère dans l'équation ?

— Là, ça passe carrément du gênant au grotesque, bougonna Fox qui fourra les mains dans ses poches. Suis-je en droit d'espérer que tu ne vas pas engager un avocat et me poursuivre pour harcèlement sexuel ?

Layla inclina la tête.

— Suis-je en droit d'espérer que tu ne vas pas me licencier ?

— Je vote oui aux deux questions.

Elle reprit le vase et alla le poser sur le bureau d'Alice Hawbaker.

— Au fait, j'ai commandé une cartouche d'avance pour l'imprimante, annonça-t-elle en lui coulant un regard oblique assorti d'un petit sourire en coin.

— Bonne idée. Je vais…

Du pouce, il désigna la porte de son bureau. Layla fit de même avec son bureau à l'accueil.

— Et moi, je vais…

— D'accord, dit Fox en s'éloignant dans le couloir. D'accord.

En passant devant la porte ouverte de la bibliothèque, son regard tomba sur le rayonnage des fournitures.

— Ô Seigneur, lâcha-t-il entre ses dents.

4

À 16 h 45, Fox raccompagna son dernier client à la porte. Dehors, les rafales de mars jouaient avec les feuilles mortes, les poussant le long du trottoir. Capuches sur la tête, deux enfants marchaient face au vent impétueux. Sans doute allaient-ils à la galerie de jeux du *Bowling & Fun Center*, juste le temps de caser une ou deux parties avant le dîner.

À une époque, lui aussi affrontait courageusement les assauts du vent pour une partie de Galaxia. En fait, c'était même arrivé pas plus tard que la semaine passée. Si cela signifiait qu'il avait l'âge mental d'un gamin de douze ans, eh bien, tant pis, il pouvait vivre avec. Certaines choses étaient sacrées.

Il entendit Layla dire au téléphone que Me O'Dell serait au tribunal demain, mais qu'elle pouvait fixer un rendez-vous plus tard dans la semaine.

Quand Fox se retourna, elle était occupée à entrer le rendez-vous dans l'ordinateur avec son efficacité coutumière. De l'endroit où il se trouvait, il voyait ses jambes sous le bureau, cette façon qu'elle avait de tapoter du pied en s'affairant. Ses boucles d'oreilles en argent scintillèrent quand elle pivota pour raccrocher le combiné, puis son regard accrocha le sien, et Fox sentit les muscles de son ventre se contracter.

Il devait avoir un sourire bêta parce qu'elle inclina la tête, intriguée.

— Qu'y a-t-il ?

— Rien, je réfléchissais. Important, cet appel ?

— Rien d'urgent. Il concernait un contrat de partenariat. Deux femmes qui écrivent des livres de cuisine et s'imaginent que ce sont des best-sellers en puissance. Elles veulent formaliser leur collaboration avant de toucher le gros lot. Dis-moi, tu as un emploi du temps drôlement chargé cette semaine.

— Je devrais donc pouvoir m'offrir un dîner chinois, si tu es toujours partante.

— Il ne me reste plus qu'à fermer.

— Je range mes affaires et on se rejoint dans la cuisine. L'accès à l'étage se trouve là.

Dans son bureau, Fox éteignit son ordinateur, attrapa son porte-documents, puis s'efforça de se souvenir dans quel état était son appartement.

Aïe. Encore un domaine où il avait toujours douze ans d'âge mental.

Mieux valait ne pas y penser puisqu'il était trop tard pour agir. De toute façon, est-ce que c'était si grave ?

Il entra dans la cuisine où Mme Hawbaker rangeait la cafetière, le micro-ondes et le service à café destiné aux clients. Il savait qu'elle y conservait aussi des biscuits puisqu'il pillait régulièrement la réserve, ainsi qu'une collection de vases et des boîtes de thé en tout genre.

Qui achèterait les biscuits quand Mme Hawbaker l'aurait abandonné ?

Layla entra, et il se tourna vers elle, mélancolique.

— Elle achète les provisions avec l'argent du bocal à gros mots dans mon bureau, dit-il. Je veille toujours à bien le garnir. Elle t'en a parlé, j'imagine.

— Un dollar le gros mot, sur l'honneur. Vu le bocal, j'en conclus que tu ne lésines pas sur les jurons et tiens parole chaque fois.

Il avait l'air si triste que Layla avait envie de le serrer dans ses bras et d'ébouriffer ses boucles brunes en bataille.

— Elle va te manquer, je sais.

— Elle reviendra peut-être. Enfin, dit-il, ouvrant la porte de la cage d'escalier, la vie continue. Comme Mme H ne s'occupe pas de mon appartement – en fait, elle refuse même d'y monter depuis un malheureux incident impliquant une panne d'oreiller et du linge sale qui traînait –, autant te prévenir qu'il est sans doute en désordre.

— Ce ne serait pas la première fois que je vois du désordre.

Mais quand Layla passa de la petite cuisine impeccable du cabinet à celle de Fox à l'étage, elle comprit qu'elle avait largement sous-estimé sa définition du mot désordre.

Il y avait de la vaisselle sale dans l'évier, sur le plan de travail et sur la petite table où s'empilaient aussi des journaux de plusieurs jours. Deux paquets de céréales – les hommes adultes mangeaient-ils vraiment des Choco Pops ? –, des sachets de chips, une bouteille de vin rouge, plusieurs flacons de condiments et une bouteille de Gatorade vide se disputaient la place sur le petit plan de travail près du réfrigérateur couvert de Post-it et de photos.

Trois paires de chaussures traînaient par terre, un vieux blouson était abandonné sur le dossier d'une des deux chaises et une pile de magazines tenait en équilibre sur l'autre.

— Tu devrais peut-être me laisser une heure, ou une semaine, pour faire un peu de rangement, suggéra-t-il.

— Non, non. Le reste est-il aussi chaotique ?

— Je ne m'en souviens plus. Je peux aller jeter un coup d'œil avant…

Mais Layla enjambait déjà les chaussures et pénétrait dans le salon.

Pas aussi chaotique, jugea Fox. Enfin, pas tout à fait. Décidé à faire preuve d'initiative, il entreprit de ranger un peu.

— Je vis comme un porc, je sais. On me l'a déjà dit.

Il ramassa une brassée de linge éparpillé à droite et à gauche et le fourra dans la penderie délaissée du vestibule.

La stupéfaction se lisait sur le visage de Layla.

— Pourquoi n'engages-tu pas une femme de ménage, quelqu'un qui viendrait mettre un peu d'ordre une fois par semaine ?

— Parce qu'elles partent en courant et ne reviennent jamais. Écoute, on va dîner dehors.

Ce n'était pas tant la honte – il était chez lui, quand même – que la crainte d'un sermon qui l'incita à ramasser une bouteille de bière vide et un saladier de pop-corn presque vide sur la table basse.

— On va se trouver un restaurant sympa et hygiénique.

— J'ai partagé une chambre avec deux filles à la fac. À la fin de chaque semestre, j'étais obligée de faire appel à une équipe de nettoyage industriel, raconta Layla qui s'empara d'une paire de chaussettes sur un fauteuil et la lui tendit. Mais s'il y a un verre propre, je goûterai volontiers à ce vin.

— Je vais t'en désinfecter un en autoclave.

Tout en récupérant des affaires en chemin, Fox retourna dans la cuisine. Curieuse, Layla jeta un regard à la ronde, s'efforçant de faire abstraction du désordre. Les murs étaient d'un très joli ton vert sauge chaleureux qui mettait en valeur les boiseries en chêne des fenêtres. Un magnifique tapis, qui n'avait sans doute pas vu souvent un aspirateur, s'étalait sur le parquet à lames larges en bois foncé. Les œuvres d'art aux murs étaient charmantes – aquarelles, esquisses à l'encre, photographies. Si un grand écran plat et sa cohorte d'accessoires trônaient dans la pièce, il y avait néanmoins quelques belles pièces de céramique en bonne place.

Des créations de son frère, supposa-t-elle, ou de sa mère. Elle se tourna vers Fox quand il revint dans la pièce.

— J'adore les œuvres aux murs, et les céramiques. Surtout celle-ci, ajouta-t-elle en désignant un long vase à goulot étroit dans des teintes de bleu d'une grande douceur. Quelle fluidité.

— L'œuvre de ma mère. Mon frère, Ridge, a fabriqué cette coupe sur la table près de la fenêtre.

Layla s'en approcha et suivit du doigt la ligne pure du bord évasé.

— Elle est magnifique. Et ces tons de vert, on dirait une forêt miniature.

Elle pivota pour prendre le verre de vin.

— Et les œuvres d'art aux murs ?

— Ma mère, mon frère et ma belle-sœur. Les photos sont de Sparrow, ma sœur cadette.

— Que de talents pour une seule famille.

— Il y a aussi les avocats, ma sœur aînée et moi.

— La pratique du droit ne réclame-t-elle pas un certain talent ?

— Si on veut.

Layla sirota une gorgée de vin.

— Ton père est menuisier, n'est-ce pas ?

— Menuisier, ébéniste. C'est lui qui a fabriqué la table sur laquelle se trouve la coupe de Ridge.

Elle s'accroupit pour l'examiner de plus près.

— Sans clous ni vis. Il s'agit d'un assemblage par tenons et mortaises. Il a des mains magiques.

Elle promena le doigt sur le plateau.

— La finition est aussi douce que du satin, commenta-t-elle. Quel travail superbe.

Avec un haussement de sourcils, elle essuya son index poussiéreux sur la manche de Fox.

— Tu devrais en prendre davantage soin, ainsi que du reste.

— Et si on mangeait ? suggéra-t-il, lui tendant un menu. Chez *Han Lee*.

— Il est un peu tôt pour dîner.

— Je peux commander et leur demander de livrer à 19 heures. Ça nous laissera le temps de travailler un peu.

— Porc sauce aigre-douce, décida Layla après un coup d'œil au menu qu'elle lui rendit.

— C'est tout ? Pitoyable. Je m'occupe du reste.

Il l'abandonna de nouveau pour téléphoner. Quelques minutes plus tard, elle entendit l'eau couler dans l'évier et des assiettes s'entrechoquer. Elle leva les yeux au ciel et le rejoignit dans la cuisine où il s'attaquait à la vaisselle.

— Allons-y, dit-elle en se débarrassant de sa veste.

— Non, ce n'est pas la peine.

Elle retroussa ses manches avec détermination.

— Si, s'entêta-t-elle. Mais seulement parce que c'est toi qui paies le dîner.

— Dois-je de nouveau présenter mes excuses ?

— Ça ira pour cette fois.

Elle jeta un regard étonné à la ronde.

— Tu n'as pas de lave-vaisselle ?

— Vois-tu, c'est là le problème. Je n'arrête pas de me dire que je devrais en faire installer un à la place de ce placard, et puis je me dis qu'il n'y a que moi. Et je suis un grand consommateur d'assiettes en carton.

— Pas assez souvent. Tu as un torchon propre quelque part ?

— Attends, je reviens, dit-il après une seconde de perplexité.

Layla secoua la tête et prit la relève devant l'évier qu'il venait de déserter. Laver la vaisselle ne la dérangeait pas. C'était pour elle une tâche bizarrement relaxante et gratifiante. Et puis, de la fenêtre, il y avait une jolie vue qui s'étendait jusqu'aux montagnes aux cimes inondées de soleil.

Le vent agitait toujours les arbres et chahutait avec les draps blancs suspendus au fil à linge dans le jardin en contrebas. Elle imaginait la bonne odeur de frais qu'ils auraient, tendus sur un lit.

Un jeune garçon et un gros chien noir galopaient dans le jardin avec tant d'entrain et d'énergie qu'elle sentait presque le vent sur ses propres joues et dans ses cheveux. Quand l'enfant en anorak bleu vif se propulsa dans les airs debout sur sa balançoire, les mains serrées autour des chaînes, l'impression de hauteur et de vitesse fit naître un frisson dans le ventre de Layla.

Sa mère est-elle en train de préparer le dîner ? se demanda-t-elle, songeuse. Ou peut-être était-ce au tour de son père. Mieux, ils cuisinaient ensemble, parlant de leur journée, tandis que leur fils offrait son visage au vent.

— Qui aurait pensé que faire la vaisselle pouvait être si sexy ?

Layla rit, et jeta un coup d'œil à Fox par-dessus son épaule.

— Si tu crois me convaincre de recommencer…

Fox demeura planté au milieu de la cuisine, un torchon froissé à la main.

— Quoi ? fit-il.

— Faire la vaisselle n'est sexy que pour celui qui n'a pas les mains dans l'eau savonneuse.

Il s'avança jusqu'à elle. La main sur son bras, il plongea son regard dans le sien.

— Je ne l'ai pas dit à voix haute, fit-il remarquer.

— Je t'ai entendu.

— Apparemment, mais je pensais, c'est tout. J'étais distrait par la lumière dans tes cheveux, la ligne de ton dos, la courbe de tes bras, et je me suis fait surprendre, expliqua-t-il, comme elle reculait d'un pas. Sans chercher à analyser, Layla, dis-moi juste ce que tu ressentais quand tu m'as « entendu ».

— J'observais le petit garçon sur sa balançoire dans le jardin. J'étais détendue.

— Maintenant tu ne l'es plus, observa Fox qui prit une assiette et entreprit de l'essuyer. On va donc attendre que tu le sois de nouveau.

— Toi aussi, tu peux entendre ce que je pense ?

— Les émotions viennent plus facilement que les mots. Mais je ne me le permettrais pas, à moins que tu m'y autorises.

— Tu peux le faire avec n'importe qui ?

Il la regarda au fond des yeux.

— Mais je ne le ferais pas.

— Parce que tu es le genre d'homme qui met un dollar dans un bocal même s'il n'y a personne pour t'entendre jurer.

— Pour moi, une parole donnée, c'est sacré.

Layla lava une autre assiette. Le charme des draps volant au vent et de l'enfant avec son chien s'était rompu.

— As-tu toujours su te contrôler ? Résister à la tentation ? risqua-t-elle.

— Non. Durant le premier Sept, à dix ans, je parvenais à peine à me contrôler et c'était effrayant, quoique très utile. À la fin de la semaine, je pensais redevenir comme avant.

— Et ça n'a pas été le cas.

— Non. C'était génial à dix ans d'être capable de capter les pensées et sentiments d'autrui. Non seulement j'avais l'impression de posséder un superpouvoir, mais, en prime, si je voulais cartonner dans un contrôle d'histoire, par exemple, et que le premier de la classe se trouvait dans le rang d'à côté, c'était un jeu d'enfant pour moi d'obtenir les bonnes réponses.

Fox décida de ranger les assiettes qu'il avait essuyées. Pourquoi s'arrêter en si bon chemin ?

— Après quelques bonnes notes, toutefois, j'ai commencé à culpabiliser. Et à me sentir mal parce qu'en explorant l'esprit d'un prof, histoire de savoir ce qu'il nous réservait, il m'arrivait d'apprendre des trucs qui ne me regardaient pas, genre problèmes familiaux. J'avais été élevé dans le respect de l'intimité, et je la violais sans vergogne. Alors j'ai arrêté. Enfin, presque, ajouta-t-il avec une ébauche de sourire.

— C'est rassurant de savoir que tu n'es pas parfait.

— Il m'a fallu du temps pour comprendre comment gérer. Parfois, je dérapais par manque d'attention – idem quand je faisais trop attention. Et d'autres fois, c'était délibéré. Comme avec cette petite frappe qui s'amusait à me racketter au collège. Et un peu plus tard, il y a eu les filles. C'était assez pratique pour voir si j'avais une quelconque chance de conclure avec l'une ou l'autre.

— Ça marchait ?

En guise de réponse, il se contenta de sourire et glissa une assiette sur la pile dans le placard.

— Puis une quinzaine de jours avant nos dix-sept ans, les incidents ont recommencé. Avec les autres, j'ai compris que le cauchemar n'était pas fini et j'ai pris conscience que mon don de télépathie n'avait rien d'un jeu. J'ai arrêté.

— Complètement ?

— Presque. Il fait partie de nous, Layla. Je ne peux empêcher certaines perceptions ; je peux juste contrôler l'envie de pousser plus avant l'exploration.

— C'est ce que j'ai à apprendre.

— Et aussi à insister à bon escient.

— Mais comment savoir quand, et avec qui ?

— Nous y travaillerons.

— La plupart du temps, je ne suis pas détendue en ta présence.

— J'ai remarqué. Pourquoi cela ?

Layla se détourna pour prendre une nouvelle pile d'assiettes sales, puis glissa un saladier dans l'évier. Le petit garçon était rentré. Sans doute pour le dîner. Roulé en boule sur le porche près de la porte de derrière, le chien récupérait de sa course folle avec son jeune maître.

— Parce que je te sais capable de surprendre mes pensées ou mes émotions, ce qui me rend nerveuse. J'ai toujours l'impression d'avoir une épée de Damoclès au-dessus de la tête. Tu n'as pas su ce que je pensais ou ressentais tout à l'heure quand tu m'as embrassée ?

— J'avais les circuits un peu embrouillés à ce moment-là.

— Nous sommes attirés l'un par l'autre. Grille de lecture correcte selon toi ?

— En plein dans le mille de mon côté.

— Ça aussi, ça me rend nerveuse. Et c'est déroutant parce que j'ignore dans quelle mesure nous nous entraînons l'un l'autre, et quelle est la part d'alchimie, disons, classique entre nous, avoua Layla qui rinça le saladier et le passa à Fox. De toute façon, je doute qu'il soit raisonnable de conter fleurette avec tous les soucis que nous avons. Or, il me suffit de regarder ta tête pour voir que cette idée n'est pas pour te déplaire.

— La plus brillante que j'aie entendue depuis des semaines. Des années, même.

Comme il se penchait vers elle, Layla posa sa main mouillée sur sa chemise pour l'arrêter.

— Voilà qui ne va pas m'aider à me relaxer.

— Nous aurons tout le temps après. Je peux t'assurer que nous serons beaucoup plus détendus.

Elle le repoussa fermement.

— Je n'en doute pas. Mais non, merci. Moi, je compartimente. C'est ainsi que je fonctionne. Ce qui nous arrive, je dois d'abord le ranger dans une case et y réfléchir. Si je veux pouvoir me montrer utile dans notre mission contre le démon, je dois me concentrer à fond là-dessus.

La mine grave et attentive, Fox hocha la tête.

— J'aime jongler, dit-il, séchant la main de Layla qu'il porta à ses lèvres. Et aussi négocier. Je sais quand laisser la partie adverse considérer toutes les options. J'ai envie de toi, Layla. Dans une chambre avec lumières tamisées et musique douce. Je veux sentir ton cœur cogner contre ma main, tandis que je te ferai l'amour. Mets ça aussi quelque part dans tes cases.

Il posa son torchon sur le plan de travail, tandis que Layla le dévisageait avec stupéfaction.

— Je vais chercher ton verre de vin. Ça devrait t'aider à te détendre un peu avant que nous nous mettions au travail.

Les yeux écarquillés, elle le regarda s'éloigner d'un pas tranquille. Et plaqua la main sur son cœur. Il cognait à tout rompre.

De toute évidence, elle avait encore beaucoup à apprendre si elle n'avait pas été capable de voir ce coup-là venir.

Maintenant, il allait lui falloir davantage qu'un verre de vin pour l'aider à se détendre.

Tandis que Layla sirotait son verre, Fox débarrassa la table de la cuisine. Elle ne pipait mot et il respecta son silence.

— Bon, allons-y, fit-il en s'asseyant. Sais-tu méditer ?

— Je connais le principe, répondit-elle avec, dans la voix, un soupçon d'irritation qui ne dérangea pas Fox.

— Assieds-toi, qu'on puisse commencer. Le problème avec la méditation, expliqua-t-il lorsqu'elle l'eut rejoint à la table, c'est que la plupart des gens ne parviennent pas réellement à atteindre le niveau où leur esprit se déconnecte, où plus aucune interférence ne vient les perturber – travail, rendez-vous chez le dentiste ou mal de dos. Avec un peu d'entraînement, on peut quand même s'en approcher. Grâce au yoga, à des exercices de respiration. On ferme les yeux, on imagine un mur blanc…

— Et on psalmodie « ommm ». Comment est-ce censé m'aider avec la télépathie ? Je ne peux pas me balader dans un état méditatif.

— Ça t'aidera à te vider l'esprit ensuite. Ça t'aidera – on croirait entendre ma mère – à nettoyer ton aura et à équilibrer ton chi.

— Je t'en prie.

— C'est un processus, Layla. Jusqu'à présent, tu t'es contentée d'en effleurer la surface ou d'y plonger l'orteil. Plus on s'y enfonce, plus ça vous vide.

— Par exemple ?

— Trop profond, trop longtemps ? Maux de tête, nausées, saignements de nez. Ça peut être douloureux et épuisant.

Le front plissé, Layla suivit de l'index le bord de son verre.

— Quand nous étions dans le grenier de l'ancienne bibliothèque, Quinn a eu un flash d'Ann Hawkins ; elle en est ressortie plutôt secouée. Violente migraine, nausées, sueurs.

Elle soupira, l'air embêtée.

— Bon, d'accord, je l'avoue, je suis nulle en méditation. À la fin d'un cours de yoga, je suis détendue, mais je pense aussi à ce que je vais faire ensuite. Ou si je ne devrais pas craquer pour la superbe veste en cuir de la nouvelle collection. Je vais m'entraîner, promis. Je demanderai conseil à Cybil.

« Moins risqué qu'avec moi », devina Fox qui ne releva pas.

— D'accord. Pour l'instant, contentons-nous d'effleurer la surface. Détends-toi, mets un peu d'ordre dans ton esprit, comme tout à l'heure avec la vaisselle.

— Pas évident quand c'est délibéré. J'ai des pensées parasites.

— Normal. Essaie de compartimenter, suggéra-t-il avec un sourire engageant. Range chaque pensée dans sa case.

Il posa la main sur les siennes.

— À présent, regarde-moi. Concentre-toi sur moi. Tu me connais.

Layla se sentait un peu bizarre, comme si le vin lui était monté droit à la tête.

— Je ne te comprends pas.

— Ça viendra. C'est comme ouvrir une porte. Actionne la poignée, Layla, et entrouvre la porte de quelques centimètres. Regarde-moi. À quoi je pense ?

— Tu espères que je ne vais pas manger tous les nems.

Elle *sentait* son humour comme une chaude lumière bleutée.

— C'est toi qui as tout fait.

— Travail d'équipe, je dirais. Reste concentrée. Ouvre juste un tout petit peu plus la porte et dis-moi ce que je ressens.

— Je… calme. Tu es si calme. Je ne sais pas comment tu fais. Avec ce qui nous arrive, je ne sais pas si je pourrai l'être de nouveau un jour. Et… tu as un petit creux.

— J'ai fait semblant de manger presque toute une salade d'aubergine au déjeuner. Voilà pourquoi j'ai commandé…

— Du bœuf Kung Pao avec du riz cantonais, plus une portion de nouilles froides, une douzaine de nems et… Une *douzaine* de nems ?

— S'il en reste, ils seront encore bons pour le petit-déjeuner.

— C'est écœurant. Et maintenant, tu penses que je ferais un bon petit-déjeuner, ajouta-t-elle en retirant vivement la main.

— Désolé, ça m'a échappé. Ça va ?

— J'ai un peu le vertige. Sinon, ça va. Mais c'est plus facile avec toi, non ? Parce que tu me guides.

Fox s'empara de sa bière et s'adossa à sa chaise.

— Une femme entre dans la boutique que tu gérais à New York. Elle se contente de regarder. Comment sais-tu vers quoi l'aiguiller ?

— Je me fie d'abord à son allure : âge, tenue, style de son sac à main, chaussures. Ce sont des éléments superficiels qui peuvent induire en erreur, mais c'est un début. Avec l'expérience, j'ai développé un sens plutôt affûté des différents types de clientes.

— Je parie que neuf fois sur dix tu sais quand aller sortir de la réserve le sac à main en cuir tape-à-l'œil ou diriger ta cliente vers un modèle noir plus classique. Ou si celle qui te demande un tailleur strict a en réalité très envie d'une petite robe sexy avec des talons aiguilles.

Layla laissa échapper un soupir qui trahissait son agacement envers elle-même.

— Je ne sais pas pourquoi je persiste à le nier. C'est vrai que je suis douée pour cerner les clientes. Ma patronne appelait ça mon truc magique. Elle n'était pas très loin de la vérité, j'imagine.

— Comme t'y prends-tu ?

— Quand j'assiste une cliente, je me focalise sur elle. Je l'écoute, j'observe son langage corporel, je me demande ce qui lui irait. Parfois – j'ai toujours pensé que c'était l'instinct – une image de la robe ou des chaussures se forme dans mon esprit. Je croyais lire entre les lignes de leurs propos quand je les baratinais, mais peut-être est-ce cette petite voix que j'entendais. Ou alors leurs propres pensées, je n'en sais rien.

Elle commençait à accepter l'idée de posséder un don, nota Fox.

— Tu avais confiance en tes compétences, ce qui est une autre forme de relaxation. Et tu te sentais concernée. Tu tenais à leur trouver ce qui correspondait vraiment à leur goût ou à leur silhouette. Tu voulais les rendre heureuses. Et faire une vente. J'ai raison ?

— J'imagine que oui.

Fox sortit de la monnaie de sa poche et la compta dans le creux de sa paume.

— Combien ai-je dans la main ?

— Jc...

— La somme est dans ma tête. Ouvre la porte.

— Seigneur ! Attends.

Elle but d'abord une gorgée de vin. Trop de pensées se bousculaient dans son esprit.

— Ne m'aide pas ! lâcha-t-elle d'un ton brusque comme il tendait la main vers la sienne.

« Détends-toi et concentre-toi », s'encouragea-t-elle. Pourquoi l'en croyait-il capable ? Pourquoi tant d'hommes avaient-ils des cils aussi superbes ? Oups ! On ne s'égare pas. Elle ferma les yeux, visualisa la porte.

— Un dollar trente-huit, répondit-elle en rouvrant brusquement les paupières. Mince alors.

— Joli travail.

Un coup frappé à la porte la fit sursauter.

— C'est le livreur. Fais-lui son affaire.

— Pardon ?

— Pendant que je lui parle et paie la commande, lis dans son esprit.

— Mais c'est...

— Mal élevé et indiscret, oui, c'est sûr. Nous allons sacrifier la courtoisie sur l'autel du progrès. Lis dans son esprit.

Fox se leva et alla ouvrir.

— Salut, Kaz, comment ça va ?

Le livreur avait dans les seize ans, estima Layla. Jean, sweat-shirt, baskets Nike plutôt neuves. Tignasse brune, petit anneau en argent à l'oreille droite. Les yeux bruns du garçon s'attardèrent un instant sur elle, tandis que les sacs en papier kraft changeaient de main.

Elle inspira un grand coup et entrouvrit la porte.

Fox entendit dans son dos comme une exclamation incrédule. Il tendit un pourboire au livreur, fit un commentaire sur le dernier match de basket.

Après avoir refermé la porte, il posa les sacs sur la table.

— Alors ?

— Il te trouve distant.

— Il n'a pas tort.

— Quant à moi, il me trouve canon.

— Exact aussi.

— Il se demandait si tu allais te régaler ce soir et ça ne l'aurait pas dérangé d'y goûter aussi. Petite précision, il ne pensait pas aux nems.

— Kaz a dix-sept ans, répondit Fox tout en ouvrant les sacs. À cet âge, un garçon n'a qu'une seule obsession. Tu as mal à la tête ?

— Non. Il était facile. Plus facile que toi.

Il lui sourit.

— Les hommes de mon âge y pensent aussi. Mais en général, ils savent quand se contenter de nems. À table.

Fox n'essaya pas de l'embrasser à nouveau, pas même quand il la reconduisit chez elle. Layla n'aurait su dire s'il y songea et décida que c'était mieux ainsi. Avec le méli-mélo inextricable que formaient ses propres pensées et émotions, elle allait devoir suivre son conseil et faire de la méditation.

Elle trouva Cybil sur le canapé du salon avec un livre et une tasse de thé.

— Salut. Tu veux du thé ? Il y en a encore dans la théière.

Layla se laissa choir dans un fauteuil.

— Pourquoi pas ?

— Je vais t'en chercher une tasse, proposa Cybil, sans lui laisser le temps de se relever. Tu as l'air vannée.

— Merci.

Les yeux clos, Layla s'essaya à la respiration yoga et s'efforça de se visualiser en train de se relaxer à partir des orteils. Arrivée aux chevilles, elle renonça.

— Fox m'a conseillé de méditer, dit-elle quand Cybil revint avec une jolie tasse avec soucoupe assortie. La méditation m'ennuie.

— C'est que tu t'y prends mal. Essaie d'abord le thé, répondit son amie en remplissant la tasse. Et dis-moi ce qui te tracasse. C'est le meilleur moyen pour te vider l'esprit.

— Il m'a embrassée.

— Quel choc, j'en suis sidérée !

Cybil tendit la tasse à Layla et retourna se pelotonner sur le canapé. Elle laissa échapper un rire insouciant comme cette dernière fronçait les sourcils.

— Voyons, ce garçon te couve des yeux en permanence. Quand tu sors de la pièce, quand tu reviens. Il est sacrément mordu.

— Il a dit… Où est Quinn ?

— Chez Caleb. Le champion des tapis verts s'est trouvé une partie de poker. La maison est vide pour une fois et ils profitent de l'occasion.

— Tant mieux pour eux. Ils vont bien ensemble, non ?

— Il est fait pour elle, aucun doute là-dessus. Tous ses prédécesseurs ne lui arrivaient pas à la cheville. Plus facile de parler d'eux que de soi-même, hein ?

Layla soupira.

— C'est troublant de réaliser que je ressens ce que lui ressent et d'essayer d'en faire abstraction. Si tu ajoutes à cela qu'on travaille ensemble, ça crée une sorte d'intimité, et cette intimité se doit d'être respectée, protégée même, parce que les enjeux sont si élevés.

Cybil sirotait son thé avec un sourire en coin.

— Dis donc, c'est ce qui s'appelle se prendre le chou.

— Je sais.

— Essaie plutôt ça. Simple et direct. Éprouves-tu du désir pour lui ?

— Mon Dieu, oui. Mais…

— Pas de mais. N'analyse pas. Le désir est une force vitale élémentaire. Savoure-le. Que tu passes à l'acte ou non, c'est à coup sûr une expérience énergisante. Il sera toujours temps de rajouter ensuite les autres strates. Émotions, inquiétudes, conséquences. Bien obligé, tu es un être humain, une femme de surcroît. Mais dans un premier temps, saisis ta chance et profite de l'instant présent.

Layla réfléchit tout en goûtant son thé.

— Vu sous cet angle…

— Quand tu auras fini ton thé, nous utiliserons ton désir comme point de départ pour un exercice de méditation. Et je ne crois pas que tu trouveras ça ennuyeux, ajouta-t-elle avec un sourire malicieux.

5

Après quelques fous rires initiaux, Layla découvrit qu'elle s'en sortait pas mal avec la technique de Cybil. Mieux en tout cas qu'avec sa méthode de simulation habituelle en cours de yoga. Suivant ses instructions, elle inspira son désir – du nombril à la colonne vertébrale – et expira le stress. Elle se concentra sur le « chatouillis » au creux du ventre que Cybil lui avait décrit, et le ressentit à son tour.

Quelque part entre les rires, la respiration et le chatouillis, Layla se détendit si complètement qu'elle entendit son propre pouls. Une première.

Elle dormit d'un sommeil profond, sans rêves, et se réveilla au matin toute revigorée. Cybil avait raison : la méditation n'était pas forcément d'un ennui mortel.

Avec Fox au tribunal et Alice aux commandes, rien ne l'obligeait à se rendre au bureau avant l'après-midi. Ce qui lui laissait le temps, décida-t-elle en prenant sa douche, de se plonger en mode recherche avec Cybil et Quinn, histoire de rentabiliser toute cette belle énergie. Elle n'avait pas encore catalogué l'incident de la grand-place, ni le rêve qu'elle avait partagé avec Fox.

Pour la matinée, elle enfila un pull-over sur un jean avant de préparer la tenue que Layla l'assistante porterait l'après-midi. Comme c'était agréable de s'habiller pour le travail. Durant les semaines entre son départ de New York et ses débuts au cabinet de Fox, elle avait été certes très occupée, ne serait-ce que par l'énorme effort d'adaptation qu'elle avait dû fournir. Mais son activité professionnelle lui avait manqué. Ainsi qu'une raison de porter une jolie paire de bottes – et tant pis si on l'accusait d'être superficielle.

Alors qu'elle sortait de sa chambre avec dans l'idée d'aller se préparer un café à la cuisine, elle entendit le cliquetis du clavier dans la quatrième chambre aménagée en bureau.

Assise en tailleur dans le fauteuil, Quinn tapait avec application. Sa longue queue-de-cheval blonde ondulait dans son dos au rythme d'une musique interne silencieuse.

— J'ignorais que tu étais de retour.

Quinn frappa encore quelques lettres, puis leva la tête.

— Si, si. J'ai fait un saut à la salle de sport, histoire de brûler quelques centaines de calories, effort que je me suis empressée de gâcher avec un énorme muffin aux myrtilles. Mais, à mon avis, j'ai encore de la marge après la folle nuit d'amour que je viens de passer. J'ai bu un café, pris ma douche et maintenant je tape les notes de Cybil sur ton rêve. Et j'ai toujours l'impression d'être capable de courir le marathon de Boston, conclut Quinn en étirant les bras au-dessus de sa tête.

— Dis donc, ça a dû être quelque chose cette nuit.

Se tortillant dans son fauteuil, Quinn éclata d'un rire grivois des plus éloquents.

— J'ai toujours pensé que c'était un truc des romans à l'eau de rose d'affirmer que le sexe, c'est mieux quand on est amoureux. Or, j'en suis la preuve vivante, et extraordinairement comblée. Mais assez parlé de moi. Comment vas-tu ?

Si Layla ne s'était pas réveillée en pleine forme, Quinn l'aurait ragaillardie en deux minutes.

— Sans être extraordinairement comblée, je me sens aussi plutôt guillerette moi-même. Cybil est levée ?

— Oui, elle boit son café dans la cuisine en lisant le journal. Quand je suis passée avec Caleb, elle a marmonné un truc comme quoi tu aurais fait des progrès avec Fox hier.

— A-t-elle mentionné que nos lèvres sont malencontreusement entrées en collision dans la réserve à fournitures au moment précis où sa mère arrivait ?

Les yeux bleus de Quinn s'illuminèrent.

— Elle n'était pas assez cohérente pour ça. Raconte.

— Je viens de le faire.

— J'exige des détails.

— Et moi, du café. Je reviens.

Voilà ce qui lui avait manqué aussi, réalisa Layla : rire et papoter entre copines.

Dans la cuisine, Cybil grignotait un bagel en lisant le journal étalé sur la table.

— Pas la moindre ligne sur les corbeaux dans l'édition du jour, lança-t-elle à Layla. C'est quand même extraordinaire. Hier, un entrefilet avare de détails, et aujourd'hui, aucun article de fond.

— Typique, non ? fit remarquer Layla en se versant une tasse de café. Personne ne prête guère attention à ce qui se passe ici.

— Les victimes elles-mêmes semblent avoir la mémoire courte, comme si les événements glissaient sur elles.

— Et les gens qui s'en souviennent quittent la ville, ajouta Layla qui se décida pour un yaourt. Comme Alice Hawbaker.

— Fascinant. Sinon, il n'y a rien sur d'autres attaques d'animaux ou incidents inexpliqués. Pas aujourd'hui, en tout cas.

Avec un haussement d'épaules nonchalant, Cybil entreprit de replier le journal.

— Je vais aller explorer une ou deux pistes très minces sur l'endroit où Ann Hawkins a pu passer les deux années manquantes. C'est horriblement agaçant, conclut-elle en se levant. Il n'y avait pas tant de monde dans les parages en 1652. Comment se fait-il que je n'arrive pas à percer ce mystère ?

Après avoir travaillé toute la matinée avec ses colocataires, Layla enfila un pantalon gris sur des bottines à talons pour son après-midi au bureau.

En chemin, elle remarqua que les vitres de la boutique de cadeaux avaient été remplacées. Le père de Caleb était décidément un propriétaire consciencieux. Elle nota aussi avec tristesse le grand panneau peint à la main *Cessation d'activité* placé dans la vitrine.

Il y avait de nouvelles vitres aux fenêtres de chez *Mae*, ainsi qu'à celles d'autres boutiques et particuliers de la rue. Chaudement emmitouflés, les passants allaient et venaient tranquillement comme si de rien n'était. Elle aperçut un homme vêtu d'un blouson en jean délavé, une ceinture à outils autour des hanches, occupé à remplacer la porte de la librairie.

Quand l'homme se retourna, il croisa son regard et lui sourit. Le cœur de Layla fit un bond. C'était le sourire de Fox. L'espace d'un instant, elle crut à une hallucination, puis se souvint que son père était menuisier. C'était le père de Fox qui remplaçait la porte de la librairie et lui souriait de l'autre côté de Main Street.

Elle lui adressa un signe de la main et continua son chemin. N'était-ce pas intéressant d'entrevoir à quoi ressemblerait Fox B. O'Dell dans une vingtaine d'années ?

Drôlement canon.

Layla en souriait encore lorsqu'elle prit la relève d'Alice pour le restant de la journée.

Ayant le bureau pour elle seule, elle glissa un CD de Michelle Grant dans le lecteur et se mit au travail, coupant le son chaque fois que le téléphone sonnait.

Au bout d'une heure, elle en avait terminé avec les dossiers qu'Alice lui avait confiés et mis à jour l'agenda de Fox. Considérant qu'il s'agissait encore du domaine réservé d'Alice, elle résista à l'envie de tuer une autre heure à réorganiser les tiroirs et placards du bureau à sa manière.

À la place, elle sortit l'une des versions de la légende de la Pierre Païenne qu'elle gardait dans son sac.

Bien qu'elle ne s'y soit rendue qu'une fois – visite ô combien mouvementée –, elle la visualisait dans ses moindres détails. Sombre et gris, le monolithe se dressait tel un énigmatique autel au centre de la clairière à la terre roussie, au cœur des bois d'Hawkins Wood. Drôle de nom pour un lieu qui semblait l'œuvre d'une main divine, songea-t-elle en parcourant l'ouvrage.

Il ne lui apprit rien de nouveau – une petite communauté puritaine ébranlée par des accusations de sorcellerie, un tragique incendie, une tempête aussi soudaine que dévastatrice. Elle aurait préféré lire l'un des journaux d'Ann Hawkins, mais elle craignait de les sortir de la maison.

Layla reposa son livre et essaya Internet, sans davantage de résultats. Sa force, c'était l'organisation, les liens logiques. Et pour l'instant, il n'y avait pas de nouveaux points à relier.

Fébrile, elle se leva et se planta devant la fenêtre. Il lui fallait à tout prix faire quelque chose, s'occuper les mains et l'esprit. Tout de suite.

Lorsqu'elle se détourna avec l'intention d'appeler Quinn pour la supplier de lui confier une tâche quelconque, même subalterne, son cœur manqua un battement.

La femme se tenait devant le bureau, les mains jointes devant elle. Elle portait une robe gris clair à manches longues et à col haut. Ses cheveux blonds comme les blés étaient rassemblés sur la nuque en chignon.

— Je sais ce que c'est que d'être impatiente et agitée, dit-elle. J'étais incapable de rester assise longtemps sans occupation. Il avait beau m'assurer de l'utilité du repos, je trouvais difficile d'attendre.

Un fantôme, pensa Layla. Bizarre qu'un fantôme lui apparaisse alors même qu'elle songeait à une mystérieuse puissance divine quelques instants plus tôt.

— Êtes-vous Ann ?

— Vous en êtes encore à apprendre à vous faire confiance ainsi qu'à votre don. Mais vous savez.

— Dites-moi que faire. Dites-*nous* comment l'arrêter. Le détruire.

— C'est au-delà de mon pouvoir. Et même de celui de mon bien-aimé. C'est à vous qu'il appartient de le découvrir, à vous et à ceux qui descendent de moi et des miens.

— Ai-je le mal en moi ? risqua Layla, le ventre noué par l'angoisse à cette seule idée. Pouvez-vous me le dire ?

— Ce que nous avons en nous, c'est ce que nous en faisons. Avez-vous conscience de la beauté de l'instant présent ? De l'importance de le retenir ? demanda Ann, le visage illuminé à la fois par la peine et la joie. D'un moment à l'autre, tout change et se transforme. Vous aussi. Si vous êtes capable de voir dans le cœur et l'esprit d'autrui, de distinguer le vrai du faux, ne pouvez-vous chercher les réponses en vous-même ?

— Vous ne m'offrez que de nouvelles questions. Dites-moi plutôt où vous êtes allée avant la nuit de l'incendie à la Pierre Païenne ?

— Je suis allée vivre, comme il me l'avait demandé. Donner la vie qui était précieuse. Ils étaient ma foi, mon espoir, ma vérité. Ils avaient été conçus dans l'amour. Désormais, vous êtes mon espoir. Vous ne devez pas perdre le vôtre. Lui ne l'a jamais perdu.

— Qui ? Giles Dent ? Fox, réalisa Layla. Vous parlez de Fox.

L'apparition souriait à présent, et un amour absolu éclairait son sourire.

— Il croit en la justice. C'est sa grande force, et sa vulnérabilité. Souvenez-vous, la créature cherche les points faibles.

— Que puis-je… Oh non !

Ann Hawkins avait disparu et le téléphone sonnait.

« Je vais tout noter, décida Layla en se précipitant vers son bureau. Chaque mot, chaque détail. »

Elle avait de quoi s'occuper maintenant !

Elle tendit le bras vers le combiné, et saisit à pleine main un serpent qui émit un sifflement menaçant.

Avec un hurlement strident, elle jeta au loin la masse noire qui se tortillait. L'animal s'enroula comme un cobra, ses longs yeux obliques rivés sur elle. Puis il baissa la tête et se mit à onduler sur le sol dans sa direction. Tandis que prières et supplications se bousculaient dans sa tête, Layla battit en retraite à reculons vers la porte. La pupille rougeoyante, le serpent bondit avec la rapidité de l'éclair et se lova cette fois entre la sortie et elle.

Le souffle court et rauque, Layla mourait d'envie de tourner les talons et de prendre ses jambes à son cou, mais la peur de tourner le dos à l'horrible bestiole la tétanisait. Le serpent déroula à nouveau ses anneaux d'un noir luisant et commença à onduler vers elle avec une lenteur hypnotique. Son sifflement s'intensifia lorsque Layla heurta le mur.

— Tu n'es pas réel.

Le doute qui perçait dans sa voix était évident à ses propres oreilles et le reptile continua d'avancer.

Layla luttait pour respirer calmement. « Regarde-le ! s'ordonna-t-elle. Regarde-le et rends-toi compte par toi-même que c'est une illusion. »

— Tu n'es pas réel. Pas encore, espèce de monstre.

Les dents serrées, elle s'écarta du mur.

— Tortille-toi tant que tu veux, tu n'es pas *réel* !

Layla ponctua ce dernier mot d'un coup de talon martial qui transperça le corps huileux du serpent. L'espace d'un instant, à la fois horrifiée et révulsée, elle sentit la chair sous sa semelle, vit le sang s'écouler de la plaie. Écrasant la bête de toutes ses forces, elle *sentit* sa rage et, plus satisfaisant encore, sa douleur.

— Eh oui, ce n'est pas la première fois que nous te faisons souffrir et nous avons bien l'intention de recommencer. Va au diable, espèce de...

Le serpent riposta sans crier gare. La douleur fulgurante, la sienne cette fois, précipita Layla à terre. Le temps qu'elle se redresse tant bien que mal, la bête s'était volatilisée.

Affolée, elle remonta la jambe de son pantalon à la recherche de la morsure. Pas la moindre plaie, sa peau était intacte. Encore une illusion, comprit-elle. Elle rampa en direction de son sac à main. La créature n'avait pas le pouvoir de la blesser. Juste de le lui faire croire. Les mains tremblantes, elle extirpa son portable de son sac.

Fox était au tribunal, se souvint-elle. Elle appuya sur le numéro préenregistré de Quinn.

— Viens tout de suite, parvint-elle à articuler quand celle-ci décrocha. Vite !

— Nous allions sortir quand tu as appelé, lui expliqua Quinn. Tu ne répondais ni sur ton portable ni au numéro du cabinet.

Étendue sur le canapé de la réception, Layla avait recouvré une respiration à peu près normale et ne tremblait presque plus.

— Le téléphone a sonné, mais quand j'ai décroché...

Elle prit la bouteille d'eau minérale que Cybil avait été lui chercher à la cuisine.

— Je l'ai jeté par là, acheva-t-elle en désignant le bureau.

— Il est à sa place, annonça Cybil qui souleva le combiné sur sa base.

— Parce que je n'ai jamais décroché, murmura Layla. Il me l'a fait croire, c'est tout.

— Tu l'as senti pourtant.

— Je n'en sais rien. J'ai entendu sonner et après…

Elle regarda sa main et ne put réprimer un frisson.

— Caleb arrive, annonça Cybil après un coup d'œil par la fenêtre.

— Nous l'avons prévenu, dit Quinn qui, accroupie devant Layla, lui frottait le bras. Nous avons préféré rameuter la cavalerie.

— Fox est au tribunal.

— D'accord.

Quinn se redressa lorsque Caleb entra dans la pièce.

— Tout le monde va bien ? s'enquit-il. Personne n'est blessé ?

— Plus de peur que de mal, répondit Quinn.

— Que s'est-il passé ?

— Nous y arrivions justement. Fox est au tribunal.

— J'ai essayé de le joindre, mais je suis tombé sur sa boîte vocale. Je n'ai pas laissé de message. Inutile qu'il apprenne au volant qu'il y a un problème. Gage est en route.

Caleb s'avança vers elles et caressa le bras de Quinn avant de s'asseoir près de Layla sur le canapé.

— Qu'est-il arrivé ?

— J'ai eu des visiteurs des deux camps.

Elle lui raconta l'apparition d'Ann Hawkins, marquant un premier temps d'arrêt quand Quinn sortit son magnétophone, puis un deuxième à l'arrivée de Gage.

— Elle t'a parlé, tu dis ? s'enquit Caleb.

— J'ai eu une conversation ici même avec une femme morte depuis trois cents ans.

— Mais a-t-elle vraiment *parlé* ?

— Je viens de dire… Oh, que je suis stupide ! s'exclama Layla qui posa la bouteille d'eau et pressa les doigts contre ses paupières.

— C'était sans doute une grande surprise de te retrouver nez à nez avec une morte plantée devant ton bureau, intervint Cybil.

— Je souhaitais avoir quelque chose à faire, histoire de m'occuper. Eh bien, méfiez-vous des souhaits, croyez-moi. Attendez, que je réfléchisse une seconde.

Layla ferma les yeux, s'efforçant de se remémorer la scène.

— Dans ma tête, murmura-t-elle. C'est dans ma tête que je l'ai entendue, j'en suis presque sûre. Donc, j'ai eu une conversation télépathique avec une morte. De mieux en mieux.

— On dirait plutôt des paroles d'encouragement de sa part, souligna Gage. Pas de réelles informations, juste : « Vas-y, défonce-toi pour l'équipe. »

— Cela a peut-être fait la différence au bout du compte, parce que, je l'avoue, je n'étais pas fière à l'arrivée du visiteur suivant. Le téléphone a sonné. Sans doute toi, dit-elle à Quinn. Et là…

La porte s'ouvrit sur Fox.

— On fait une fête ici et personne ne m'a… Layla !

Il se précipita et aurait renversé Quinn si elle n'avait eu le réflexe de s'écarter d'un bond.

— Que s'est-il passé ? demanda-t-il, saisissant les mains de Layla. Un serpent ? Bon Dieu ! Tu n'es pas blessée.

Avant qu'elle ait le temps de répondre, il remonta vivement la jambe de son pantalon.

— Arrête ! Je n'ai rien. Cesse de lire dans mes pensées et laisse-moi raconter.

— Désolé pour le protocole, je n'ai pas la tête à… Tu étais seule. Tu aurais pu…

— Arrête !

D'un geste brusque, Layla dégagea ses mains des siennes et s'efforça de lui interdire l'accès à son esprit.

— Je ne peux pas t'accorder ma confiance si tu sondes mes pensées de la sorte.

Fox fit machine arrière.

— D'accord, d'accord. Je t'écoute.

— Il y a d'abord eu Ann Hawkins, commença Quinn, mais si ça ne t'ennuie pas, on y reviendra plus tard. On en était déjà plus loin.

— Continue.

— Le téléphone a sonné, répéta Layla qui leur raconta par le menu l'épisode du serpent.

— Tu l'as blessé, fit remarquer Quinn. Toute seule, comme une grande. C'est une bonne nouvelle. Au fait, j'aime beaucoup tes bottines.

— Ces derniers temps, ce sont mes chaussures préférées.

— Mais tu as ressenti une douleur, intervint Caleb, désignant son mollet. Et ça, ce n'est pas bon signe.

— Ça n'a duré qu'une seconde, et, je ne sais pas… c'était peut-être juste la panique, ou l'appréhension de la douleur. J'étais tellement terrifiée qu'au début j'arrivais à peine à respirer. J'aurais perdu connaissance, je crois, si je n'avais eu encore plus peur que le serpent me touche pendant que j'étais évanouie. Les serpents et moi…

Cybil inclina la tête.

— Comment ça ? Tu souffres d'ophidiophobie ? Phobie des serpents, précisa-t-elle devant le regard perplexe de Layla.

— Elle connaît un tas de trucs du même acabit, intervint Quinn avec fierté.

— Je ne sais pas si c'est vraiment une phobie. C'est juste que… bon d'accord, j'ai peur des serpents. De tout ce qui rampe ou grouille.

Cybil échangea un regard entendu avec Quinn.

— La limace géante que Layla et toi avez vue au restaurant de l'hôtel le soir de son arrivée.

— Il exploitait ses peurs. Bien vu, Cybil.

— C'étaient des araignées quand vous étiez tous les quatre au bal de la Saint-Valentin, poursuivit cette dernière avec un haussement de sourcils. Tu n'aimes pas les araignées, Quinn.

— Exact, mais c'est plutôt un dégoût qu'une phobie.

— Voilà pourquoi je n'ai pas parlé d'arachnophobie.

— Ce serait plutôt Fox, intervint Caleb.

— Arrête, se rebiffa celui-ci. Je n'aime pas les araignées, c'est vrai, mais…

— Qui n'a pas voulu aller voir *Arachnophobia* au cinéma ? Qui s'est mis à hurler comme une gonzesse la fois où une lycose est passée sur son sac de couchage quand…

— J'avais douze ans, bon sang ! protesta Fox, partagé entre embarras et agacement. Je n'aime pas les araignées, mais ça n'a rien à voir avec une phobie. Ces bestioles ont trop de pattes, à la différence des serpents qui n'en ont pas, ce que je trouve plutôt sympa. J'ai juste un peu la frousse des gabarits plus gros que mon poing.

— Comme au bal de la Saint-Valentin, insista Layla.

Fox poussa un soupir.

— C'est vrai.
— Ann a dit qu'il cherchait à exploiter nos faiblesses.
— Il faut davantage qu'un serpent ou une araignée pour m'effrayer, ricana Gage, ce qui lui valut un sourire en coin de la part de Cybil.
— Et qu'est-ce qui t'effraie ? s'enquit-elle.
— Le fisc et les filles qui sortent des mots comme *ophidiophobie*.
Layla se massa la nuque d'un geste las.
— Tout le monde a ses points faibles, observa-t-elle. Il saura s'en servir contre nous.
— On devrait faire une pause et te ramener à la maison, suggéra Fox en la scrutant. Tu as mal à la tête. Je le vois dans tes yeux, s'empressa-t-il d'ajouter comme elle se crispait. Je vais fermer le cabinet.
— Bonne idée, approuva Quinn avant que Layla n'ait le temps d'émettre une objection. On va rentrer. Layla prendra une aspirine, peut-être un bain chaud. Et Cybil préparera le repas.
— Ben voyons, lâcha l'intéressée, avant de lever les yeux au ciel devant le sourire de Quinn. Bon, d'accord, je préparerai le repas.
Après le départ des filles, Fox se planta au milieu de la réception et la balaya du regard.
— Rien ici, fiston, fit remarquer Gage.
— Plus maintenant. Nous l'avons tous senti, répondit Fox avec un coup d'œil à Caleb qui approuva d'un hochement de tête.
— Ce n'était pas le fruit de son imagination, acquiesça Gage, et elle l'a affronté. Le trio ne comporte pas de maillon faible, c'est un point positif.
Fox pivota vers lui.
— Elle l'a affronté *seule*.
— On est six, Fox, fit remarquer Caleb d'une voix posée. On ne peut pas être ensemble, ou même à deux, vingt-quatre heures sur vingt-quatre. Il faut bien qu'on travaille, qu'on dorme, qu'on vive. Il en a toujours été ainsi.
— Elle connaît les règles, ajouta Gage. Comme nous tous.
— Il ne s'agit pas d'un foutu match de hockey, rétorqua Fox.
— Et ce n'est pas Carly, lui rappela Caleb.

Un silence de plomb s'abattit sur la pièce.

— Ce n'est pas Carly, répéta-t-il avec plus de douceur. Ce qui s'est produit aujourd'hui n'est pas plus ta faute qu'il y a sept ans. Si tu continues à traîner cette culpabilité mal placée, tu ne te facilites pas la tâche, et à Layla non plus.

— Vous n'avez ni l'un ni l'autre perdu un être cher dans cette histoire, riposta Fox. Alors vous ne pouvez pas savoir.

— Si, nous savons, objecta Gage en relevant sa manche pour exhiber la fine cicatrice qui lui barrait le poignet. Nous sommes là depuis le début.

Parce que c'était la vérité, Fox laissa échapper un soupir, et sa colère retomba.

— Nous devons mettre sur pied un système d'alerte, reprit Caleb. Afin que si l'un de nous est menacé, les autres soient aussitôt prévenus.

— Entièrement d'accord, dit Fox. Mais pour l'instant, je veux fermer le cabinet, quitter ce costume. Et boire une bière.

Lorsqu'ils rejoignirent les filles, le dîner était en route et Quinn avait été réquisitionnée par le cuisinier en chef Cybil.

— Qu'est-ce qui se mitonne ? s'enquit Caleb qui souleva le menton de Quinn et déposa un baiser sur ses lèvres.

— Tout ce que je sais, c'est que j'ai ordre de peler ces carottes et ces pommes de terre.

— C'est toi qui as eu l'idée de ce dîner pour six, lui rappela Cybil avant d'ajouter à l'adresse de Caleb : Je suis en train de vous mijoter un plat délicieux. Vous allez adorer. Et maintenant, du balai.

— Il peut éplucher les carottes, objecta Quinn.

— Fox, plutôt, proposa Caleb. Il s'y connaît en légumes vu qu'il ne mangeait que ça chez ses parents.

— Voilà pourquoi tu dois t'entraîner, répliqua Fox. Où est Layla ? Il faut que je lui parle.

— En haut. Elle... euh...

Sans lui laisser le temps de finir, Fox tourna les talons et quitta la pièce.

— Voilà qui devrait être intéressant, commenta Quinn. Dommage de manquer ça.

Fox connaissait la disposition de l'étage pour avoir aidé à y transporter les meubles lors de l'emménagement. La porte étant ouverte, il entra droit dans la chambre de Layla, qu'il surprit en slip et en soutien-gorge.

— Il faut que je te parle.

Elle attrapa un chemisier sur le lit et le plaqua sur sa poitrine.

— Sors d'ici tout de suite !

— Je n'en ai pas pour longtemps.

— Je me moque du temps que ça prendra. Je ne suis pas habillée !

— Quelle histoire, j'ai déjà vu des femmes en sous-vêtements !

Comme elle pointait l'index sans mot dire vers la porte, il transigea en se retournant.

— Si tu as un problème de pudeur, fit-il remarquer, tu devrais fermer ta porte.

— Nous ne sommes que des femmes ici, et je… laisse tomber.

Il entendit des bruissements de tissu, des claquements de tiroirs.

— Comment va ton mal de tête ?

— Bien, enfin je veux dire, c'est fini. Tout va bien, donc, si c'est tout ce que tu…

— Conseil d'ami, tu devrais descendre.

— Pardon ?

— De tes grands chevaux. Et inutile d'espérer que je te présente des excuses pour avoir lu dans tes pensées tout à l'heure. Ta peur était si intense qu'elle m'a frappé de plein fouet. Ma réaction a été purement instinctive et ne fait pas de moi un voyeur télépathe.

— Tu as intérêt à maîtriser ton instinct, Fox, et en toutes circonstances. Tu me l'as promis.

— C'est un peu plus délicat avec quelqu'un à qui l'on tient en situation de crise. Tu devras faire avec. En attendant, il se pourrait que tu veuilles commencer à penser à un nouveau boulot.

— Tu me *vires* ?

Jugeant qu'elle devait avoir eu le temps de s'habiller, Fox se retourna. L'image de Layla en petite tenue était encore imprimée dans son cerveau, mais il dut reconnaître qu'elle faisait aussi forte impression avec son pull-over, son jean et sa mine indignée.

— Je te suggère juste de te chercher un autre emploi où tu ne te retrouveras pas livrée à toi-même. Je ne suis pas en permanence au cabinet, et une fois que Mme Hawbaker…

— Tu veux dire que j'ai besoin d'une baby-sitter ?

— Non. Ce que je dis, en revanche, c'est que tu as le doigt sacrément crispé sur la détente. Tu ne dois pas te sentir obligée de revenir au cabinet, c'est tout. Si ça t'inquiète, je comprendrai, et je m'arrangerai autrement.

— J'ai atterri je ne sais comment dans une ville où un démon vient faire joujou tous les sept ans. Crois-moi, j'ai bien d'autres inquiétudes que ton secrétariat. Je te rappelle en outre que j'ai fait face et causé quelques dégâts.

— Je ne le nie pas, Layla.

— C'est pourtant l'impression que j'ai.

— Je ne veux pas me sentir responsable s'il t'arrive quoi que ce soit. Non, attends, fit-il en levant la main comme elle faisait mine de protester. Il s'agit de mon cabinet, et de mes sentiments.

Layla inclina la tête d'un air de défi.

— Alors tu vas devoir me mettre à la porte ou ravaler ton conseil. À prendre ou à laisser.

— Alors je… Marché conclu. Il nous faut en tout cas un système d'alerte plus efficace qu'une simple chaîne téléphonique.

— Comme Batman ?

Il ne put réprimer un sourire.

— Ce serait cool. On en parlera. Bon, sans rancune ? demanda-t-il alors qu'ils sortaient ensemble de la chambre.

— Sans rancune.

Malgré l'interdiction de Cybil, les autres étaient tous rassemblés dans la cuisine. Le plat qui mijotait embaumait. Étalé de tout son long sous la petite table bistrot, Balourd, le chien de Caleb, ronflait comme un bienheureux.

— Cette maison abrite une salle à manger digne de ce nom, fit remarquer Cybil. Idéale pour les hommes et les chiens, vu son décor actuel.

— Cybil n'a pas un goût prononcé pour l'ambiance marché aux puces, précisa Quinn avec un sourire avant de croquer dans un bâtonnet de céleri. Tu te sens mieux, Layla ?

— Beaucoup. Je vais juste prendre un verre de vin et monter cataloguer ce dernier incident. Au fait, pourquoi m'appeliez-vous ? Vous avez essayé de me joindre sur mon portable et le fixe, tu disais.

— C'est vrai ! s'exclama Quinn. Avec tout ça, nous avons oublié. Notre tête chercheuse ici présente, ajouta-t-elle en désignant Cybil, a trouvé une nouvelle piste sur l'endroit où Ann Hawkins aurait pu résider après la nuit fatidique à la Pierre Païenne.

— Dans une famille du nom d'Ellsworth, à quelques kilomètres de la colonie qui existait ici en 1652, expliqua Cybil. Elle est arrivée peu après les Hawkins, trois mois environ d'après les informations que j'ai pu dénicher.

— Existe-t-il un lien ? demanda Caleb.

— Le mari et la femme venaient tous deux d'Angleterre. Ann a appelé un de ses fils Fletcher, comme le mari. Et Mme Ellsworth était une cousine au troisième degré de la mère d'Ann.

— Voilà ce que j'appelle un lien, commenta Quinn.

— As-tu localisé l'endroit ? voulut savoir Caleb.

— J'y travaille, répondit Cybil. Si j'ai trouvé tout ça, c'est qu'un des descendants des Ellsworth vivait à Valley Forge avec George, et qu'un des descendants dudit George a écrit un livre sur la famille. J'ai réussi à le joindre – bavard, le type.

— Avec Cybil, ils sont toujours très loquaces, commenta Quinn.

— Eh oui. Il a confirmé que les Ellsworth s'intéressaient à une ferme à l'ouest de la ville, un endroit appelé Hollow Creek.

— Il nous suffit donc… enchaîna Quinn, qui s'interrompit net devant l'expression de Caleb. Quoi ?

Elle se tourna vers Fox que ce dernier fixait en silence.

— Qu'y a-t-il ? insista-t-elle.

— Certains lui donnent encore ce nom, répondit Fox. Ou le faisaient en tout cas quand mes parents ont acheté le terrain il y a trente-trois ans. C'est la ferme de ma famille.

6

Il faisait nuit noire quand Fox se gara derrière la camionnette de son père. Étant donné l'heure tardive, il n'avait pas voulu envahir ses parents avec ses cinq compagnons pour ce qui s'apparentait à une chasse au trésor.

Ils auraient fait face, aucun doute là-dessus. La maison des Barry-O'Dell avait toujours été ouverte à tous, quelle que soit l'heure. Pour les remercier de leur hospitalité, on pouvait nourrir les poules, traire les chèvres, désherber une plate-bande, fendre du bois.

Toute son enfance, Fox avait vu la maison bruyante et animée. C'était encore souvent le cas aujourd'hui. Il adorait cette construction en pierre et bois, un brin anarchique avec son grand porche, ses saillies originales et ses volets peints (actuellement d'un rouge impertinent). Même s'il avait la chance de fonder un jour sa propre famille, cet endroit demeurerait à jamais son foyer.

Il fut accueilli par de la musique dans le vaste séjour qui se caractérisait par un mélange excentrique de styles, et des associations audacieuses de couleurs et de textures. Chaque meuble avait été fabriqué à la main, pour la plupart par son père. Lampes, tableaux, vases, coupes, coussins, plaids, bougies… tous ces objets étaient des créations originales de parents ou d'amis.

Avait-il apprécié ce décor, enfant ? Sans doute pas. C'était chez lui, point final.

Deux chiens jaillirent du fond de la maison et l'accueillirent à grand renfort d'aboiements et de battements de queue. Ils avaient toujours eu des chiens. Ceux-ci, Mick et Dylan, étaient des bâtards sauvés de la fourrière – comme tous les autres. Fox s'accroupit et les caressa tour à tour. Son père arriva dans leur sillage.

— Eh, fit-il avec un grand sourire ravi. Comment vas-tu ? Tu as mangé ?

— Oui.

— Viens, nous sommes encore à table et il y a de la tourte aux fruits en dessert.

Brian jeta le bras autour des épaules de son fils et l'entraîna vers la cuisine.

— J'avais l'intention de passer aujourd'hui, comme je travaillais en ville, expliqua-t-il, mais j'ai été retenu. Regarde qui j'ai trouvé, dit-il à Joanna. Il a dû entendre parler de la tourte.

— C'est l'unique sujet de conversation en ville, plaisanta Fox qui contourna l'imposant billot de boucher pour embrasser sa mère.

La cuisine embaumait les herbes, les bougies, et la soupe qui mijotait sur le fourneau.

— Avant que tu me poses la question, j'ai déjà mangé, ajouta Fox, s'asseyant sur une chaise qu'il avait aidé à fabriquer à treize ans.

— Tu reviens habiter ici ? plaisanta Brian en s'emparant de sa cuillère pour la plonger dans son assiette de soupe aux lentilles et riz complet.

— Non, répondit-il en riant, conscient toutefois que la porte lui serait toujours ouverte. Le bâtiment principal de la ferme date d'avant la guerre de Sécession, c'est bien ça ?

— Des années 1850, confirma Joanna. Tu le sais.

— Oui, mais je me demandais si elle n'avait pas été érigée sur une construction antérieure.

— Possible, répondit son père. La cabane en pierre est plus ancienne ; il paraît donc raisonnable de supposer qu'il y avait d'autres bâtiments à une époque.

— Tu as fait des recherches, je m'en souviens.

— C'est vrai, intervint Joanna qui sonda son regard. Il y avait sur ces terres des peuples qui les cultivaient avant que l'homme blanc ne les en chasse.

— Je ne parle pas de la population indigène exploitée par l'envahisseur, objecta Fox qui n'avait aucune envie d'entamer ce débat-là. Je m'intéresse davantage à ce que vous pourriez savoir sur l'époque juste après l'installation des premiers colons.

— Et l'arrivée de Lazarus Twisse à Hollow, ajouta sa mère.
— C'est ça.
— Je sais que ces terres étaient cultivées et connues sous le nom de Hollow Creek. J'ai quelques documents là-dessus. Pourquoi, Fox ? Nous sommes loin de la Pierre Païenne, et à l'extérieur de la ville.
— Nous pensons que c'est ici qu'Ann Hawkins a donné naissance à ses fils et séjourné deux ans.
— Dans cette ferme ? s'étonna Brian. Comment ça ?
— Elle tenait un journal intime – je vous en avais parlé –, or il manque les volumes qui concernent justement ces deux années. Si nous parvenions à les retrouver…
— C'était il y a trois siècles, l'interrompit Joanna.
— Je sais, mais nous devons essayer. Si nous pouvions y faire un saut demain matin, avant l'ouverture du cabinet…
— Tu n'as pas à demander, tu le sais, répondit Brian. Nous serons là.
Joanna garda le silence un instant.
— Je vais chercher la tourte tant attendue, murmura-t-elle finalement.
Elle se leva et effleura de la main l'épaule de son fils.

Fox aurait voulu garder ses parents en dehors de cette histoire. Quand il emprunta les routes familières en direction de la ferme, aux premières lueurs du jour, il s'efforça de se convaincre que cette quête ne les y entraînerait pas davantage. Même s'ils prouvaient qu'Ann avait séjourné dans la propriété, même s'ils trouvaient les volumes manquants de son journal, cela ne changerait rien au fait que la ferme faisait partie des zones sûres.

Aucune de leurs trois familles n'avait jamais été touchée. Même si la menace était plus précoce et plus brutale cette fois, pas question que cela change. Il ne le permettrait pas.

Il se gara devant la ferme juste derrière Caleb et Gage.
— J'ai deux heures, annonça-t-il en descendant. S'il faut davantage de temps, je peux déplacer un ou deux rendez-vous. Sinon, ça devra attendre demain. J'ai mon samedi libre.

— On va s'arranger, répondit Caleb qui s'écarta afin que Balourd et les chiens de la maison puissent se renifler et reprendre contact.

— Voilà les filles, annonça Gage en indiquant la route du menton. Ta bourgeoise est prête à se jeter à l'eau, Hawkins ?

— Si elle dit qu'elle l'est, elle l'est, affirma Caleb avec une assurance qu'il était loin d'éprouver.

Il s'avança vers la voiture et prit Quinn à part, tandis que le petit groupe descendait.

— Je ne sais pas si je vais pouvoir t'aider, commença-t-il.

— Caleb...

— Nous en avons discuté hier soir, je sais, mais j'ai le droit d'être obsessionnel avec la femme que j'aime.

— Absolument, répondit Quinn qui noua les bras autour de son cou et lui sourit avec un pétillement au fond de ses yeux bleus. Obsède-moi.

Il embrassa sa bouche offerte, savoura un instant leur baiser.

— Je ferai ce que je peux, mais le fait est que je viens dans cette ferme depuis toujours. Plus jeune, c'était pour ainsi dire ma deuxième maison, et je n'ai jamais eu le moindre flash du passé, d'Ann ou autre.

— Pour autant que nous sachions, Giles Dent n'a jamais mis les pieds dans cet endroit – et pas davantage les autres gardiens avant lui. Si Ann a séjourné ici, c'était sans lui. Sur ce coup-là, c'est à moi de jouer, Caleb.

— Je sais, dit-il avant d'effleurer de nouveau ses lèvres. Mais fais attention à toi, Blondie.

— Quelle maison magnifique, dit Layla à Fox. Et merveilleusement située. Pas vrai, Cybil ?

— On dirait une toile de Pissarro. Quel genre d'agriculture est-ce qu'on pratique ici, Fox ?

— Une agriculture familiale bio, je dirais. À cette heure-ci, mes parents sont sûrement derrière à s'occuper des animaux.

— Des vaches ? s'enquit Layla qui lui emboîta le pas.

— Non. Des chèvres pour le lait. Des poules pour les œufs. Des abeilles pour le miel. Légumes, herbes aromatiques, fleurs. Tout est consommé sur place et l'éventuel surplus vendu au marché ou échangé.

Il flottait dans l'air frais du matin une odeur animale exotique pour ses narines de fille de la ville. Elle remarqua un pneu, qui faisait office de balançoire, suspendu à la branche épaisse et noueuse de ce qu'elle pensait être un sycomore.

— Ça a dû être génial de grandir ici.

— Ça l'était, oui, même si je ne le pensais sans doute pas quand je devais déblayer le fumier de poule à la pelle ou arracher les liserons.

De la basse-cour montait le caquetage affairé et pressant des poules. Lorsqu'ils tournèrent à l'angle de la maison, Fox aperçut sa mère qui lançait du grain aux volailles, son jean glissé dans ses vieilles bottes en caoutchouc, une chemise écossaise élimée sur un pull-over en polaire, sa longue tresse épaisse dans le dos.

Ce fut à son tour d'avoir un flash du passé. Il la revit soudain, effectuant la même tâche par un matin d'été radieux, sauf qu'elle était vêtue d'une longue robe bleue et portait sa sœur cadette, encore bébé, dans un châle noué autour du buste. Et elle chantait, se rappela-t-il. Comme si souvent lorsqu'elle s'affairait. Comme aujourd'hui encore, tandis que son père trayait les chèvres dans l'enclos voisin.

L'amour qu'éprouvait Fox pour eux était presque impossible à contenir.

Sa mère l'aperçut et lui sourit.

— Tu as bien choisi ton moment pour éviter les corvées, plaisanta-t-elle.

— J'ai toujours été doué pour ça.

Joanna éparpilla le reste du grain à la volée avant de poser son seau et de rejoindre son fils. Elle l'embrassa – sur le front, une joue après l'autre, puis lui effleura les lèvres.

— Bonjour, dit-elle, avant de faire de même avec Caleb. J'ai entendu dire qu'il y avait du nouveau dans ta vie, ajouta-t-elle à l'adresse de ce dernier.

— Exact. Voici Quinn. Quinn, je te présente Joanna Barry, l'élue de mon cœur d'enfant.

— À l'évidence, je vais avoir du mal à m'aligner. Enchantée de vous rencontrer.

— Le plaisir est partagé, répondit Joanna qui tapota gentiment le bras de Quinn, puis se tourna vers Gage. Où étais-tu passé ? Pourquoi n'es-tu pas venu me voir ?

Elle l'embrassa, puis lui donna une accolade vigoureuse, qu'il lui rendit de bon cœur, nota Cybil.

— Vous m'avez manqué, murmura-t-il, les yeux clos, en la retenant dans ses bras.

— Alors ne pars pas aussi longtemps, répliqua Joanna qui se dégagea de son étreinte. Bonjour, Layla, je suis contente de vous revoir. Et vous devez être Cybil.

— En effet. Vous avez une ferme magnifique, madame Barry.

— Merci. Ah, voilà mon mari.

— Ce sont des chèvres LaMancha ? s'enquit Cybil, ce qui lui valut un nouveau regard appuyé de la part de Joanna.

— C'est exact, répondit celle-ci. Vous n'avez pourtant pas l'air d'une bergère.

— J'en ai vu il y a quelques années dans l'Oregon. La pointe relevée des oreilles est caractéristique. Leur lait possède une haute teneur en matière grasse, n'est-ce pas ?

— Encore exact. Vous voulez goûter ?

— J'en ai déjà eu l'occasion. Il est excellent, et fabuleux pour la pâtisserie.

— Je ne peux qu'approuver. Brian, voici Cybil, Quinn et Layla.

— Enchanté de… eh, nous nous connaissons déjà, dit-il à Layla. Enfin, si on veut. Je vous ai vue hier dans Main Street.

— Vous remplaciez la porte de la librairie. Et j'ai trouvé réconfortant qu'il y ait des gens capables de réparer ce qui a été cassé.

— C'est ma spécialité. Félicitations, Caleb, dit-il avec un clin d'œil à l'intéressé et une accolade. Quant à toi, il serait grand temps, ajouta-t-il à l'adresse de Gage à qui il donna l'accolade à son tour. Vous voulez prendre le petit-déjeuner ?

— Nous n'avons pas beaucoup de temps, désolé, s'excusa Fox.

— Pas de problème. Je rentre le lait, Joanna.

— Je vais chercher les œufs. Mets la bouilloire sur le feu pour le thé, Brian. Il fait froid ce matin.

Joanna se tourna vers son fils.

— Si vous avez besoin de quoi que ce soit, ou si nous pouvons aider, fais-nous signe.

— Merci.

D'un geste, Fox entraîna le groupe à l'écart, tandis que sa mère entreprenait de ramasser les œufs dans un panier.

— Par où voulez-vous commencer ? L'intérieur ?

— Nous savons que la maison n'existait pas encore à l'époque, fit Quinn en se tournant vers Fox pour confirmation.

— Elle a été construite environ un siècle plus tard, mais peut-être sur des fondations plus anciennes, je ne sais pas au juste. Quant à la cabane, là-bas, enfin, ce qu'il en reste, elle est d'origine.

— Pour une petite famille qui aurait accueilli une femme et ses trois bébés, c'est trop petit, fit remarquer Layla en regardant les murs encore debout.

— Un fumoir, peut-être, suggéra Cybil. Ou un abri pour les animaux. Mais le fait qu'il soit en grande partie préservé est intéressant. Il pourrait y avoir une raison.

Songeuse, Quinn étudia longuement la cabane, le terrain, puis la grande ferme en pierre.

— On va commencer par la maison, décida-t-elle. J'obtiendrai peut-être quelque chose en en faisant le tour. Sinon, on essaiera à l'intérieur puisque les parents de Fox sont d'accord. Et s'il n'y a toujours rien… eh bien, il restera le terrain, ce bosquet là-bas, les champs et la cabane en ruine. On croise les doigts, d'accord ?

Elle croisa les doigts de la main gauche et tendit la droite à Caleb.

— La clairière dans les bois est un lieu sacré et magique. Et la pierre a fait jaillir les visions aussitôt. Le grenier dans la bibliothèque aussi. Je n'ai rien eu à faire. Là, je ne sais pas trop comment m'y prendre.

— Pense à Ann, lui conseilla Caleb.

Quinn visualisa Ann Hawkins telle qu'elle lui était apparue la première fois, sa longue chevelure d'or flottant sur les épaules alors qu'elle revenait de la rivière avec ses seaux d'eau, encombrée par son ventre énorme, le visage rayonnant d'amour pour l'homme qui l'attendait. Puis elle se remémora la deuxième vision, de nouveau mince dans sa robe modeste. Plus âgée. Plus mélancolique.

L'air vif picotait les joues de Quinn tandis qu'elle foulait l'herbe hivernale coriace et les graviers, enjambait les pierres. Elle tenait fermement la main de Caleb, consciente qu'il s'efforçait d'amplifier ses capacités grâce aux siennes.

— Je n'y arrive pas. Je n'arrête pas de t'entrapercevoir enfant, avoua-t-elle avec un petit rire. Quand tu avais encore besoin de tes lunettes. Adorable. Je vous vois gambader tous les trois, avec un garçon plus jeune et une fille. Il y a aussi une autre fillette qui marche tout juste. Elle est si mignonne.

— Tu dois remonter plus loin, dit-il en lui serrant brièvement la main. Je suis à fond avec toi.

— C'est peut-être ça le problème. J'ai l'impression de capter tes souvenirs, comme des interférences, expliqua Quinn qui lui pressa à son tour la main avant de la lâcher. Je pense que je dois essayer seule. Laisse-moi une certaine marge de manœuvre. D'accord, tout le monde ? J'ai besoin d'un peu d'espace.

Elle pivota, gagna l'angle de la maison qu'elle contourna. Une bâtisse solide, songea-t-elle, et, comme l'avait fait remarquer Layla, magnifique. Dans les massifs en sommeil, pointaient çà et là les premières pousses tendres de jonquilles, de tulipes, de jacinthes, ainsi que les lys qui prendraient la relève en été.

Une odeur de feu de bois lui chatouilla les narines. Il devait y avoir des cheminées à l'intérieur. Évidemment. Quelle vieille ferme aussi belle que celle-ci ne posséderait pas de cheminées devant lesquelles se pelotonner par les froides soirées d'hiver.

Elle était assise dans une pièce éclairée par une flambée et la lueur d'une unique chandelle. Elle ne pleurait pas quoiqu'elle ait le cœur gros. Une plume à la main, Ann noircissait de son écriture soignée les pages de son journal.

Nos fils ont huit mois. Ils sont superbes et en pleine santé. Je te retrouve en eux, mon bien-aimé. Te voir dans leurs yeux me réconforte et me peine à la fois. Je me porte bien. La bonté de ma cousine et de son mari est sans bornes. Nous sommes sans nul doute un fardeau pour eux, mais jamais ils ne nous le font sentir. Durant quelques semaines avant, puis après la naissance de nos fils, j'ai été à peine capable d'aider ma cousine. Pourtant, elle ne s'en est jamais plainte. Même aujourd'hui, avec les petits qui réclament mes soins, je ne peux faire autant que je le souhaiterais pour lui exprimer ma gratitude, ainsi qu'au cousin Fletcher.

Cependant, je raccommode et ravaude. Honor et moi fabriquons des savons et des bougies que Fletcher va troquer.

Ce n'est pas ce que j'aimerais écrire, mais je trouve si difficile de coucher ces mots sur le papier. Ma cousine m'a appris que la jeune Hester Deale s'était noyée dans l'étang d'Hawkins Wood. Elle t'a condamné cette nuit-là, comme tu l'avais prédit. Elle m'a condamnée, moi aussi. Nous savons qu'elle n'a pas agi de son gré, tout comme ce n'est pas de son gré qu'a été conçue l'infortunée orpheline qu'elle laisse derrière elle.

La bête est dans cet enfant, Giles. Tu m'as dit et répété que ton action changerait l'ordre des choses, purifierait le sang. Le sacrifice que tu as consenti, et les enfants et moi avec toi, était nécessaire. Par des nuits telles que celle-ci, quand je me sens si seule, quand mon cœur se gonfle de chagrin pour une fille perdue que je connaissais, je me prends à redouter que ce qui a été fait, que ce qui sera fait ne suffise pas. Je déplore que tu te sois sacrifié pour rien. Jamais nos enfants ne connaîtront le visage de leur père, ni la douceur de ses baisers.

Je vais prier pour garder la force et le courage dont tu me pensais habitée. Je vais prier pour les retrouver au lever du soleil. Ce soir, avec les ténèbres si proches, je pleure mon amour perdu.

Elle referma son journal aux premiers cris d'un de ses fils, bientôt rejoint par ses frères. Elle se leva, s'approcha de la paillasse près de la sienne, et donna le sein à ses bébés, les berçant de douces paroles et de comptines.

Vous êtes mon espoir, murmura-t-elle, faisant patienter l'un avec un peu d'eau sucrée, tandis que les deux autres tétaient.

Les yeux de Quinn se révulsèrent. Caleb la rattrapa de justesse dans ses bras.

— Il faut la porter à l'intérieur.

À longues enjambées rapides, il gagna en hâte le porche du pignon. Fox le devança pour ouvrir la porte qui donnait directement dans le salon de musique.

— Je vais chercher de l'eau.

— Il va lui falloir plus que ça, intervint Cybil en lui emboîtant le pas. Où se trouve la cuisine ?

Il la lui indiqua et prit la direction opposée.

Layla s'empara d'un plaid étalé sur le dossier d'un petit canapé, tandis que Caleb étendait Quinn, qui frissonnait, sur les coussins.

— Ma tête, articula-t-elle. Ma pauvre tête. J'ai explosé l'échelle de Richter. Si ça se trouve, je suis malade. Ô mon Dieu, j'ai envie de...

Elle se redressa d'un bloc et posa les pieds par terre, la tête pendant entre les genoux. Elle inspira et expira profondément tandis que Caleb lui massait les épaules.

— Tiens, bois un peu d'eau, fit Layla en s'accroupissant devant elle pour lui tendre le verre que Fox était allé chercher.

— Vas-y doucement, lui conseilla Caleb. Ne te redresse pas tant que tu ne te sens pas prête. Respire lentement.

Quinn remarqua le seau en laiton que Gage avait posé près d'elle par précaution.

— Bonne idée, mais je suis à peu près sûre que je ne vais pas en avoir besoin.

Elle se redressa avec précaution et appuya sa tête douloureuse contre l'épaule de Caleb.

— C'était intense.

— Je sais.

Il lui effleura la tempe d'un baiser.

— C'était Ann. Elle écrivait dans son journal.

— Tu as beaucoup parlé, dit Caleb.

— Pourquoi n'ai-je pas pensé à allumer mon magnétophone ?

— Je m'en suis occupé, dit Gage qui brandit ce dernier. Je l'ai pris dans ton sac au début de la représentation.

Quinn but lentement une gorgée d'eau et, blanche comme un linge, leva vers Fox un regard encore trouble.

— Tes parents n'auraient pas de la morphine, par hasard ?

— Non, désolé.

— Ça va passer, assura Caleb qui l'embrassa à nouveau et lui massa la nuque avec douceur. Je te le promets.

— Combien de temps a duré l'absence ?

— Presque vingt minutes, répondit Caleb qui tourna la tête vers la porte comme Cybil revenait, une grande tasse à la main.

— Tiens, dit-elle en caressant la joue de Quinn. Ça va te faire du bien.

— C'est quoi ?

— De la tisane. Allez, sois une grande fille, l'encouragea Cybil avant de porter la tasse à ses lèvres. Ta mère a un assortiment impressionnant de tisanes maison, Fox.

— Peut-être, bougonna Quinn, mais celle-ci a un goût de…

L'arrivée de Joanna la coupa net dans son élan.

— Ce mélange est assez infect, mais il vous fera du bien. Laisse-moi m'occuper d'elle, Caleb.

Joanna prit la place de Caleb sur le canapé et appuya les pouces sur deux points à la base du cou de Quinn.

— Essayez de vous détendre. Voilà, c'est mieux. Inspirez l'oxygène, expirez la tension et la douleur. C'est bien. Êtes-vous enceinte ?

— Pardon ? Euh… non.

— Il y a un point ici, expliqua la mère de Fox qui prit la main gauche de Quinn et pressa le tendon entre le pouce et l'index. C'est efficace, mais formellement déconseillé aux femmes enceintes.

— L'Union de la Vallée, intervint Cybil.

— Vous connaissez l'acupression ?

— Elle connaît tout, affirma Quinn qui se sentait déjà moins oppressée. Ça va mieux. Beaucoup mieux. De fulgurante, la douleur est redescendue à gênante. Merci.

— Vous devriez vous reposer un peu. Caleb peut vous conduire à l'étage si vous le souhaitez.

— Merci, mais…

— Caleb, coupa Layla, tu devrais la ramener à la maison. Moi, je peux aller au bureau avec Fox. Cybil, tu peux reconduire Gage chez Caleb, non ?

— Je peux, oui.

— Nous n'avons pas terminé, objecta Quinn. Nous devons découvrir où elle a caché son journal.

— Pas aujourd'hui.

— Elle a raison, Blondie. Tu n'as plus l'énergie pour un deuxième round, approuva Caleb qui, histoire de régler la question, la souleva dans ses bras.

— Difficile de protester. Bon, eh bien, j'imagine qu'on s'en va. Merci, madame Barry.

— Appelez-moi Joanna.

— Merci, Joanna. Et désolée d'avoir gâché votre matinée.

— Revenez quand vous voulez. Fox, ouvre la porte à Caleb, tu veux ? Layla ?

Joanna retint la jeune femme, tandis que les autres sortaient.

— Bien joué.

— Pardon ?

— Vous avez fait en sorte que Quinn et Caleb aient un peu de temps en tête à tête, ce qui est exactement ce dont ils ont besoin, tous les deux. J'ai un service à vous demander.

— Je vous en prie

— S'il y a quoi que ce soit que nous puissions ou devrions faire, s'il vous plaît, prévenez-moi. Fox ne le fera pas. Il est très protecteur envers ceux qu'il aime. Parfois trop.

— Je ferai de mon mieux.

— Merci.

Fox attendait Layla à l'extérieur.

— Tu n'es pas obligée de venir au cabinet.

— Caleb et Quinn ont besoin d'un peu de tranquillité, et j'aime autant travailler.

— Emprunte la voiture de Quinn, ou celle de Cybil, et va faire du shopping. Un truc normal, quoi.

— Le travail est un truc normal. Essaies-tu de te débarrasser de moi ?

— J'essaie de te ménager une pause.

— Ce n'est pas moi qui ai besoin d'une pause, mais Quinn, rétorqua Layla. Je vais au bureau pour la journée, annonça-t-elle à Cybil qui approchait avec Gage, à moins que tu n'aies besoin de moi à la maison.

— Pas de souci, assura celle-ci. À part entrer les réjouissances de ce matin dans l'ordinateur, il n'y a pas grand-chose à faire tant qu'on n'a pas retrouvé les volumes manquants du journal.

— Nous misons beaucoup sur ce journal, fit remarquer Gage.

— C'est l'étape suivante, répondit Cybil avec un haussement d'épaules.

— Tout laisse à penser qu'elle a continué d'écrire ici, mais j'ai vécu dans cette maison, et jamais je n'ai perçu le moindre signe qui étayerait cette hypothèse, observa Fox. Hier soir encore, j'ai parcouru toute la maison, le jardin, la cabane, les bois alentour. Rien.

— Tu as peut-être besoin de moi, hasarda Layla.

Il la sonda du regard.

— C'est peut-être quelque chose qu'on doit faire ensemble, reprit-elle. On pourrait essayer. Il reste encore un peu de temps…

— Pas aujourd'hui. Pas quand mes parents sont là, au cas où… Demain, ils seront absents toute la matinée ; ma mère sera à l'atelier de poterie, et mon père au marché. On reviendra à ce moment-là.

— Bonne idée, approuva Cybil. Bon, cow-boy, en selle, ajouta-t-elle à l'adresse de Gage en désignant la Mini Cooper de Quinn.

Elle attendit d'avoir démarré et contourné le pick-up de Fox pour demander :

— Quel danger redoute-t-il auquel il ne veut pas exposer ses parents ?

— Rien n'est jamais arrivé chez eux, ni chez les parents de Caleb. Mais pour autant que nous le sachions, ils n'ont jamais été liés à tout ça jusqu'à présent. Alors qui sait ?

Cybil réfléchit en conduisant.

— Ce sont des gens sympas.

— Les meilleurs.

— Tu as passé beaucoup de temps chez eux quand tu étais gamin.

— Oui.

— Dis donc, tu ne te tais jamais ? s'exclama-t-elle au bout d'un moment. Quel moulin à paroles !

— J'adore le son de ma voix.

Elle laissa le silence se prolonger encore dix secondes.

— Nouvelle tentative : comment t'en es-tu sorti à ta partie de poker ?

— Pas mal. Tu joues ?

— J'ai cette réputation.

— Et tu assures ?

— Je mets un point d'honneur à assurer dans tout ce que je fais. En fait…

Au détour du virage, Cybil aperçut l'énorme chien noir planté au milieu de la route, à quelques mètres de la voiture. Elle résista au réflexe d'écraser en catastrophe la pédale de frein.

— Accroche-toi, dit-elle froidement, choisissant au contraire d'appuyer à fond sur l'accélérateur.

Le molosse découvrit des crocs étincelants pareils à des coutelas, puis bondit, toutes griffes dehors.

Le choc qui ébranla la voiture fut terrible. Le cœur au bord des lèvres, Cybil eut toutes les peines du monde à en garder le contrôle. Le pare-brise explosa et des flammes jaillirent du capot. Une fois encore, elle se retint de freiner et négocia un demi-tour serré sur les chapeaux de roues. Elle voulut de nouveau foncer sur le chien, mais il avait disparu.

Le pare-brise était intact, le capot aussi.

— Saloperie, saloperie, répétait-elle en boucle.

— Fais demi-tour et fichons le camp d'ici, dit Gage qui posa la main sur une des siennes, crispées sur le volant. Froide, mais ferme, remarqua-t-il.

— Oui… d'accord, répondit Cybil.

Elle fut parcourue d'un violent frisson, puis s'exécuta et repartit dans la bonne direction.

— Bon, je disais quoi avant d'être interrompue ?

Impressionné par son sang-froid, Gage ne put s'empêcher de rire.

— Tu as des nerfs d'acier, ma vieille.

— Tout ce que je sais, c'est que je voulais le tuer. Et puis, ce n'est pas ma voiture. Si je l'avais bousillée en écrasant ce maudit démon à quatre pattes, ç'aurait été le problème de Q, fanfaronna Cybil, bravache, alors qu'elle avait l'estomac en compote. C'était sans doute stupide parce que, quand le pare-brise a explosé, je ne voyais plus rien… On aurait pu s'emplafonner contre un arbre ou finir dans le cours d'eau.

— Ceux qui craignent de faire un truc stupide ne vont jamais nulle part.

— Je voulais venger Layla après ce qu'il lui a fait hier. Et ce n'est pas le genre de riposte qui risque de marcher.

— N'empêche, c'était super, murmura Gage après un silence.

Cybil laissa échapper un rire bref, puis lui coula un regard en coin et rit de nouveau.

— C'est vrai, maintenant que tu le dis, c'était super.

7

L'emploi du temps de Fox ne lui laissa guère le temps de réfléchir, ni même de ruminer. Il passa d'un rendez-vous à une réunion, puis enchaîna avec un autre rendez-vous et termina par une conférence téléphonique. Au milieu de l'après-midi, il décida de consacrer une heure de trou à faire une balade en ville, histoire de se reposer le cerveau.

Mieux, décida-t-il, il allait passer au *Bowling & Fun Center* voir Caleb et prendre des nouvelles de Quinn.

Lorsqu'il gagna la réception pour prévenir Layla, il la trouva en grande discussion avec Estelle Hawkins, l'arrière-grand-mère de Caleb.

— Je croyais que nous devions nous retrouver à notre lieu de rendez-vous clandestin habituel, plaisanta-t-il en déposant un baiser sur la joue parcheminée de la vieille dame. Comment allons-nous garder notre liaison secrète, sinon ?

Les yeux d'Estelle pétillèrent derrière les verres épais de ses lunettes.

— Toute la ville en parle, riposta-t-elle. Nous ferions aussi bien de vivre ouvertement dans le péché.

— Je monte faire mes valises.

Elle rit et lui donna une tape sur le bras.

— Avant, j'espérais que tu pourrais me consacrer quelques minutes. Professionnellement.

— Pour vous, j'ai toujours le temps, professionnellement ou non. Venez dans mon bureau. Layla prendra mes appels, dit-il avec un clin d'œil à celle-ci, tout en prenant le bras d'Estelle. Pour le cas où la passion nous submergerait.

— Je ferais peut-être mieux de verrouiller carrément la porte d'entrée, lança Layla, tandis qu'il entraînait la vieille dame dans le couloir.

— C'est un miracle que tu puisses te concentrer sur ton travail avec une aussi jolie fille dans les parages, fit remarquer Estelle quand il eut refermé la porte du bureau derrière eux.

— J'ai une volonté de fer. Vous voulez un Coca ?

— Tu sais quoi ? Je crois que oui.

— Deux secondes.

Il sortit un verre, y mit un glaçon et versa le soda. Estelle Hawkins comptait parmi les personnes qu'il préférait et il s'assura qu'elle était confortablement installée avant de prendre place dans le fauteuil voisin.

— Où est Ginger ? s'enquit-il.

Il s'agissait de la cousine de Caleb qui vivait avec Estelle.

— Elle est allée à la banque avant la fermeture. Elle repassera me chercher. Ce ne sera pas long.

— Que puis-je faire pour vous ? Vous voulez engager des poursuites ?

Elle lui sourit.

— Je n'imagine rien de plus ennuyeux. Je ne comprends vraiment pas pourquoi les gens passent leur temps à se traîner mutuellement devant les tribunaux.

— La faute aux avocats. Cela dit, ça vaut mieux que de s'étriper. La plupart du temps.

— Certains ont aussi cette détestable habitude. Mais je ne suis ici ni pour l'un ni pour l'autre. Il s'agit de mon testament, Fox.

Estelle avait quatre-vingt-treize ans et il savait mieux que quiconque l'utilité d'avoir ses affaires en ordre bien avant d'approcher cet âge. Mais il n'en avait pas moins un pincement au cœur à l'idée d'un monde sans elle.

— J'ai mis à jour votre testament et votre fidéicommis il y a quelques années. Souhaitez-vous y apporter des changements ?

— Rien d'important. Je possède un ou deux bijoux que je voudrais léguer à Quinn. Pour l'instant, mes perles et mes boucles d'oreilles en aigue-marine vont à Frannie. Elle comprend que je souhaite les laisser à sa future belle-fille. Je lui en ai parlé et je sais que je peux lui faire confiance pour les lui donner. Mais tu m'as dit, je m'en souviens, que c'est plus simple pour ceux qui restent si tout est réglé à l'avance.

— C'est en général le cas, approuva-t-il, jugeant préférable de prendre des notes sur son bloc, même s'il faisait confiance à sa mémoire pour les affaires d'Estelle. La rédaction de ce codicille ne prendra pas longtemps. Je peux vous apporter le document à signer lundi si cela vous va.

— Cela me va très bien, mais cela ne m'ennuie pas de venir ici.

Il savait qu'elle continuait à aller à la bibliothèque presque tous les jours, mais s'il pouvait lui éviter un déplacement, il aimait autant.

— Je vous téléphonerai quand ce sera prêt. Nous aviserons à ce moment-là. Avez-vous encore d'autres modifications ou ajouts à apporter ?

— Non, c'est tout. Tu as tout détaillé avec tant de clarté. Cela me donne une grande tranquillité d'esprit, Fox.

— Et si l'un ou l'autre de mes petits-enfants devient avocat, il pourra s'en occuper pour vous.

Un sourire flotta sur les lèvres d'Estelle, mais son regard demeura sombre comme elle lui tapotait la main.

— J'aimerais vivre assez longtemps pour voir Caleb se marier à l'automne prochain. J'aimerais survivre aux prochains Sept et danser avec mon garçon à son mariage.

— Estelle…

— Et je ne serais pas contre danser avec toi au tien. Je pourrais accroître mes exigences d'un cran et dire que j'aimerais tenir le premier-né de Caleb dans mes bras. Mais je sais que c'est beaucoup demander. Ce qui se prépare cette fois est pire que tout.

— Nous ne permettrons pas qu'il vous arrive quoi que ce soit.

Estelle laissa échapper un soupir plein d'affection.

— Vous veillez tous les trois sur cette ville depuis vos dix ans. J'aimerais voir le jour où vous n'aurez plus à le faire. Je ne tiens bon que pour cela, répondit-elle en tapotant de nouveau la main de Fox. Ginger ne devrait plus tarder maintenant.

Il l'aida à se lever.

— Je vais vous raccompagner et l'attendre avec vous.

— N'interromps pas ton travail pour moi. J'espère que tu as prévu quelque chose d'amusant ce week-end.

— Ce serait le cas si vous sortiez avec moi.

Elle rit et, appuyée sur le bras de Fox, quitta le bureau.

— Il fut un temps…

Quelques minutes plus tard, debout à la fenêtre, Fox regardait Ginger aider Estelle à monter dans la voiture.

— Quelle femme remarquable, commenta Layla.

— C'est quelqu'un, en effet. J'ai besoin que tu me sortes sa succession. Elle veut quelques modifications.

— D'accord.

— As-tu jamais imaginé que nous puissions perdre, Layla ? demanda-t-il à brûle-pourpoint, le regard perdu au loin.

La jeune femme hésita.

— Et toi ?

— Non, fit-il en la regardant. Je sais que nous finirons par gagner. Mais ceux qui vaquent aujourd'hui tranquillement à leurs occupations dans cette ville n'en réchapperont pas tous.

Au lieu d'aller faire un tour en ville, comme il en avait d'abord eu l'intention, Fox retourna dans son bureau et sortit une copie de son propre testament pour le réviser.

Peu après 17 heures, il reconduisit son dernier client à la porte, puis se tourna vers Layla.

— Fini pour aujourd'hui. Prends tes affaires, on va jouer au bowling.

— J'en doute, mais merci quand même. Je veux aller voir comment va Quinn.

— Elle nous retrouve là-bas. Toute l'équipe a rendez-vous au *Bowling & Fun Center*.

Layla songea à la soirée tranquille qu'elle avait prévue, avec un bol de potage, un verre de vin et un livre.

— Tu aimes le bowling ?

— Je déteste, ce qui pose problème vu qu'un de mes meilleurs amis en dirige un, répondit-il en décrochant la veste de Layla du portemanteau. Mais la pizza est bonne et il y a des flippers. J'adore le flipper. De toute façon, nous avons bien mérité une petite pause.

— J'imagine que oui.

Il lui tendit sa veste.

— Vendredi soir à Hollow ? C'est au *Bowling & Fun Center* qu'il faut être.

Elle sourit.

— Dans ce cas… On peut y aller à pied ?

— Tu lis dans mes pensées, au sens figuré. J'ai eu des fourmis dans les jambes toute la journée.

Ils sortirent et il s'arrêta un instant sur le perron.

— Des pensées dans les jardinières de la fleuriste et tu vois là-bas ? C'est Eric Moore, rasé de près. Tous les ans en mars, il rase sa barbe d'hiver. Le printemps arrive.

Il prit la main de Layla comme ils descendaient les marches.

— Sais-tu ce que j'adore autant que le flipper et la pizza ?

— Non.

— Me balader avec une jolie fille.

Layla le sonda du regard.

— Tu as retrouvé le moral.

— C'est l'effet qu'a sur moi la perspective d'une bonne pizza.

— Non, je suis sérieuse.

Il salua quelqu'un de l'autre côté de la rue.

— J'ai pas mal ruminé. De temps à autre, j'ai besoin d'une bonne dose d'apitoiement sur moi-même. Et après, ça repart pour un tour. Je me convaincs qu'au bout du compte, le bien finit toujours par l'emporter, même si la route est semée d'embûches.

— Les pensées dans les jardinières, c'est bon signe, mais je déteste qu'il soit terni par un autre de ce genre-là, répondit Layla en indiquant la boutique de cadeaux. Moi aussi, je veux croire que le bien finit toujours par l'emporter, mais j'ai du mal à accepter que le prix à payer soit si élevé pour certains.

— Qu'en sais-tu ? Ils vont peut-être partir s'installer dans l'Iowa et doubler leur chiffre d'affaires. Ou ils seront juste plus heureux là-bas pour une tout autre raison. La roue tourne et il faut savoir aller de l'avant.

— Déclare l'avocat installé dans sa ville natale, ironisa Layla.

— Moi aussi, je suis allé de l'avant, se défendit Fox, tandis qu'ils traversaient au carrefour. Mais la roue m'a ramené tout droit ici. Toi aussi, d'ailleurs.

Il poussa la porte, et fit entrer Layla dans le vacarme du bowling. Ils rejoignirent Caleb, Quinn et Cybil qui changeaient de chaussures à la piste six.

— Où est Turner ?

— Il nous a lâchés pour la galerie des jeux, répondit Cybil.

— Et la compétition au flipper continue. On se verra tout à l'heure.

— Pas de problème. J'ai trois superbes jeunes femmes pour moi tout seul, répliqua Caleb qui brandit une paire de chaussures. Trente-huit ?

— C'est ma pointure, dit Layla qui se glissa sur le banc, tandis que Fox entraînait Caleb à l'écart.

— Comment as-tu décidé Gage à venir ?

— Son père est de repos ce soir. Il n'est pas là.

— D'accord. Je vais lui foutre une raclée au Tomcat. Il sera obligé de payer sa tournée.

— Tomcat ? répéta Cybil avec un haussement de sourcils marqué. Ce n'est pas un jeu de guerre ?

Fox plissa les yeux.

— Ça se peut. Qui tu es, ma mère ? Au fait, si jamais tu la croises, évite de lui raconter que j'ai « foutu une raclée à Gage à un jeu de guerre ».

Une heure d'effets lumineux et sonores incessants ponctués par le crépitement de la défense antiaérienne finit de dissiper l'humeur mélancolique de Fox. Le spectacle de trois jolies filles qui se relayaient au lancer tandis qu'il buvait la bière de la victoire n'était pas non plus pour lui déplaire. Gage n'avait *jamais* réussi à le battre au Tomcat.

— La meilleure vue de l'établissement, commenta celui-ci, tandis qu'ils admiraient le postérieur de Quinn qui glissait vers la ligne, penchée en avant.

— Difficile à battre. Voilà les pros du vendredi soir, ajouta Fox, tandis qu'un groupe d'hommes et de femmes en chemises de bowling franchissaient l'accueil. Caleb va faire le plein ce soir.

— Napper est parmi eux, fit remarquer Gage en observant l'homme en chemise crème et marron. Vous êtes toujours…

— Ouais. On s'est accrochés il n'y a pas deux jours. Il est plus vieux et frime avec son insigne, mais il est toujours aussi con.

— Cinquante-huit, annonça Layla qui se laissa choir sur la banquette pour changer de chaussures après son dernier lancer. Je ne pense pas avoir découvert ma nouvelle passion.

— Moi, ça me plaît, déclara Cybil en s'asseyant à côté d'elle. Je voterais pour des chaussures plus glamour, mais j'aime le côté destruction-reconstruction du jeu. Tu fais tomber les quilles – avec un peu d'habileté, tu provoques même des réactions en chaîne – et puis, hop, elles sont à nouveau là, fidèles au poste comme dix braves petits soldats. Après tous ces jeux de guerre, ajouta-t-elle avec un sourire espiègle à Fox, je meurs de faim. Alors, comment s'est passé l'affrontement ? ajouta-t-elle à l'adresse de Gage.

— Je m'en sors mieux avec les cartes et les filles.

— Je lui ai foutu une raclée comme promis, clama Fox. C'est sa tournée.

Assis à table devant un menu pizza-bière, ils ne parlèrent ni de la matinée ni de leurs projets du lendemain. Ils étaient simplement un groupe d'amis profitant des loisirs d'une petite ville tranquille.

— La prochaine fois, c'est moi qui choisis le jeu, annonça Gage en décochant un sourire narquois à Fox. Une bonne petite partie de poker amicale. On verra qui paiera la tournée.

— Où tu veux, quand tu veux, fanfaronna Fox. Je m'entraîne.

— Le strip-poker, ça ne compte pas.

— Si tu gagnes, si, rétorqua Fox, la bouche pleine.

— Regardez qui est de retour !

Shelley Kholer s'approcha de leur table en tortillant des hanches dans un jean hyper moulant et un chemisier pour gamine prépubère. Un peu ivre, elle attrapa le visage de Gage à deux mains et le gratifia d'un long baiser goulu.

— Salut, Shelley, exhala celui-ci quand il eut récupéré sa langue.

— J'ai entendu dire que t'étais rentré, mais je t'ai vu nulle part. Toujours aussi craquant, dis donc. Et si on…

— Quoi de neuf ? la coupa-t-il avant de porter sa bière à ses lèvres pour prévenir tout nouvel assaut.

— Je divorce.

— Désolé.
— Pas moi. Block n'est qu'un nul et un salaud. En plus, il a une petite bite. Tu sais, pas plus grosse qu'un cornichon.
— Ah bon ?
— J'aurais dû m'enfuir d'ici avec toi. Salut, vous tous ! lança-t-elle à la cantonade avec un sourire vaseux. Eh, Fox ! Je veux te parler de mon divorce.
Elle voulait parler de son divorce vingt heures sur vingt-quatre, songea Fox, les quatre autres étant réservées à sa sœur qui avait un peu trop batifolé avec son mari.
— Passe donc au cabinet la semaine prochaine.
— Je peux parler librement ici. J'ai pas de secrets. Toute la ville sait que cette ordure a été prise la main dans le sac, ou plutôt dans le soutif.
— Et si je t'offrais un café au comptoir, nous pourrions…
— Veux pas de café. Je m'éclate trop pour fêter mon divorce. Je veux une autre bière et m'envoyer en l'air avec Gage. Comme au bon vieux temps.
— Et si je t'en offrais un quand même ?
— Je pourrais m'envoyer en l'air avec toi, dit-elle à Fox comme il se levait pour l'entraîner vers le comptoir. On a déjà couché ensemble ?
— Au bon vieux temps, j'avais quinze ans, précisa Gage quand son ami et Shelley se furent éloignés. Je tiens juste à ce que les choses soient claires.
— La pauvre, elle est si malheureuse. Désolée, murmura Layla. C'est une de ces choses que je ne peux m'empêcher de capter.
— Fox va l'aider, assura Caleb, indiquant d'un signe de tête le comptoir auquel était assise Shelley qui écoutait Fox, la tête posée sur son épaule. C'est le genre d'avocat qui prend son rôle de conseiller à cœur.
— Si ma sœur se laissait tâter les melons par mon mari, moi aussi, je voudrais l'étriller dans un divorce, intervint Cybil qui croqua une minuscule pointe de nacho. Si j'étais mariée, évidemment. Et après les avoir tous les deux réduits en charpie. Son mari s'appelle vraiment Block ?
— Eh oui, confirma Caleb.
Dédaignant le café, Shelley prêtait cependant une oreille attentive à Fox.

— Il serait préférable de ne pas attaquer Block en public, expliqua-t-il. À moi, tu peux dire ce que tu veux, d'accord ? Mais l'injurier ne joue pas en ta faveur, surtout sur la taille de son sexe.

— Il n'a pas vraiment une petite bite, bougonna Shelley. Mais il devrait. En fait, il ne devrait pas en avoir du tout.

— Je sais. Tu es venue seule ?

— Non, soupira-t-elle. Je suis venue avec mes copines. On est aux jeux. On fait une soirée anti-hommes. Grave.

— Tu ne conduis pas, n'est-ce pas, Shelley ?

— Non. On est venues à pied de chez Arlene. On y retourne après. Elle est remontée contre son copain.

— Si je suis encore là quand tu veux rentrer, préviens-moi. Je te raccompagnerai, en voiture ou à pied.

— Tu es le plus gentil garçon du monde entier.

— Tu veux retourner à la galerie des jeux ?

— Ouais. De toute façon, on rentre bientôt se faire des Martini à la pomme et regarder *Thelma et Louise*.

— Voilà qui me paraît un beau programme.

Fox la prit par le bras et, évitant Gage et les autres, la conduisit à la galerie de jeux.

Décidant qu'il avait mérité une autre bière, il fit un crochet par le bar et s'en commanda une sur le compte de Gage.

— Dis donc, tu lui colles sacrément au train, à Shelley.

C'était Napper. Fox riposta sans se retourner.

— Les criminels sont en week-end, alors on glande, shérif adjoint ?

— Les gens qui ont un boulot sérieux prennent des soirées de repos. Je me demande ce qui va t'arriver quand Block apprendra que tu te tapes sa femme.

— Tiens, Fox.

Derrière le comptoir, Holly lui tendit sa bière avec un regard entendu. Elle travaillait au bar depuis assez longtemps pour savoir qu'il y avait de l'orage dans l'air.

— Je vous sers quelque chose, shérif Napper ?

— Un pichet de Budweiser. Je parie que Block va te foutre une raclée avant la semaine prochaine.

— Reste en dehors de ça, prévint Fox en pivotant pour faire face à Napper. Block et Shelley ont déjà assez de problèmes sans que tu t'en mêles.

— Tu me donnes des ordres maintenant ?

Napper planta un index vengeur sur le torse de Fox avec un rictus de défi.

— Je dis juste que Block et Shelley traversent une passe difficile et n'ont pas besoin que tu aggraves la situation parce que tu m'as dans le collimateur.

Fox s'empara de sa bière.

— Tu vas devoir te pousser.

— Je n'ai d'ordres à recevoir de personne. C'est mon soir de congé.

— Ah oui ? Le mien aussi, rétorqua Fox qui, n'ayant jamais su résister à un défi, renversa sa bière sur la chemise de Napper. Oups, quel maladroit je suis !

— Espèce de connard, jura Napper qui le bouscula.

Fox serait tombé à la renverse s'il n'avait anticipé le coup. Il l'esquiva d'un pas léger sur le côté. Emporté par son élan, l'adjoint du shérif valdingua contre l'un des tabourets du bar. Lorsqu'il reprit son équilibre et fit volte-face, prêt à en découdre, il se retrouva nez à nez avec Fox, flanqué de Caleb et de Gage.

— Quel dommage, commenta ce dernier d'un ton railleur. Toute cette bonne bière gâchée. Mais ça te va bien, Napper.

— Les types de ton espèce, on les chasse de notre ville, Turner.

Gage ouvrit les bras en signe d'invitation.

— Vas-y, chasse-moi.

Caleb s'interposa, le regard dur.

— Personne ne cherche la bagarre, Derrick. C'est familial ici. Il y a beaucoup d'enfants. Beaucoup de témoins. Je vais t'emmener à notre boutique de cadeaux et tu choisiras une chemise. Sur le compte de la maison.

— Je ne veux rien recevoir de toi, Hawkins. Tes amis ne seront pas toujours là pour te protéger, O'Dell, lança-t-il avec mépris.

— Tu as encore oublié les règles, on dirait, intervint Gage qui retint Fox avant qu'il ne morde à l'hameçon. Si tu t'attaques à l'un de nous, tu t'attaques aux trois. Mais Fox n'a pas besoin de nous. Caleb et moi, on sera heureux de tenir sa veste pendant qu'il te foutra une raclée. Ce ne serait pas la première.

— Les temps changent, bougonna Napper qui les poussa pour passer.

— Pas tant que ça, murmura Gage. Toujours aussi con.

— Je te l'avais dit, lâcha Fox qui s'approcha du bar avec une apparente décontraction. Je vais prendre une autre bière, Holly.

Quand il rejoignit leur table, Quinn lui adressa un sourire radieux.

— Dîner plus spectacle. La totale.

— Ce spectacle est à l'affiche depuis vingt-cinq ans.

— Il te déteste, observa Layla d'un ton posé. Il ne sait même pas pourquoi.

— Certains n'ont pas besoin d'avoir une raison, répondit Fox en couvrant sa main de la sienne. Oublie-le. Que dirais-tu d'une partie de flipper ? C'est toi qui choisis, et je t'accorde un handicap de mille points.

— Je pourrais prendre ça comme une insulte, mais... Arrête ! Ne bois pas ça. Regarde !

Une mousse rouge sang débordait de la chope que Fox tenait à la main. Il la reposa avec lenteur.

— Deux bières gâchées en une seule soirée. Je crois qu'on va arrêter les frais.

Quinn ayant choisi de rester avec Caleb au bowling jusqu'à la fermeture, Fox raccompagna Layla et Cybil à pied. La maison n'était qu'à quelques rues de là et il les savait capables de se défendre, mais il n'aimait pas l'idée qu'elles soient seules dehors la nuit.

— Quelle est l'histoire à l'origine de ton conflit avec l'abruti qui s'est pris ta bière ? s'enquit Cybil.

— Juste une petite frappe qui me harcelait dans la cour de récré quand j'étais gamin.

— Sans raison particulière ?

— J'étais maigrichon, plus petit que lui – plus futé aussi – et d'un milieu écolo.

— Plus qu'il n'en faut pour une brute de son acabit.

Cybil testa la fermeté de son biceps.

— Eh bien, tu n'es plus maigrichon aujourd'hui. Et tu es toujours plus futé que lui, fit-elle remarquer avec un sourire approbateur. Plus rapide aussi.

— Il te veut du mal. C'est dans le top dix de ses priorités, dit Layla en étudiant le profil de Fox tandis qu'ils traversaient la rue. Il n'en restera pas là. Ce n'est pas son genre.

— Le top dix des priorités de Napper est le cadet de mes soucis.

— Ah, de retour à la maison !

Cybil poussa le portail, puis se retourna et parcourut la rue tranquille du regard.

— Nous avons joué au bowling, dîné, assisté à une querelle mineure, eu droit à un petit coucou des forces du mal, et il est à peine 23 heures. C'est divertissement non-stop à Hawkins Hollow.

Les mains sur les épaules de Fox, elle l'embrassa sur la joue.

— Merci de nous avoir reconduites à bon port, beau gosse. À demain. Layla, vois donc la logistique avec Fox – horaires, moyens de transport – et tiens-moi au courant, je serai à l'étage.

— Mes parents devraient avoir quitté la maison vers 8 heures, expliqua-t-il à Layla, tandis que Cybil s'éloignait dans l'allée. Je peux passer vous chercher toutes les trois si vous voulez.

— Ça va aller. Nous prendrons la voiture de Quinn, je suppose. Qui va te raccompagner, Fox ?

— Je connais le chemin.

— Tu sais ce que je veux dire. Tu devrais passer la nuit chez nous.

Il sourit et se rapprocha de Layla.

— Où donc ?

— Sur le canapé.

Appuyant le bout de l'index contre son torse, elle le repoussa gentiment.

— Votre canapé est défoncé, et vous n'avez même pas le câble, objecta-t-il. Tu dois travailler ton sens de la stratégie. Si tu m'avais demandé de rester parce que tu es inquiète à l'idée que Cybil et toi soyez seules à la maison, j'aurais essayé de dormir sur votre canapé avec une rediffusion de *New York District* tout en pensant à toi là-haut dans ton lit. Bonne nuit, Layla.

— J'ai peut-être un peu peur d'être seule avec Cybil.

— Faux. Allez, embrasse-moi.

Layla soupira. Elle allait vraiment devoir peaufiner son sens de la stratégie. Délibérément, elle déposa sur sa joue une bise amicale, comme Cybil.

— Bonne nuit. Sois prudent.

— La prudence n'est pas toujours un gage d'efficacité. Exemple…

Il prit son visage entre ses mains, inclina son visage vers le sien et captura ses lèvres. Son baiser eut beau être tendre et langoureux, Layla en ressentit l'impact de la racine des cheveux jusqu'à la pointe des pieds. La caresse de sa langue, la douce pression de ses pouces sur ses tempes, la ligne solide de son corps firent fondre chaque molécule de son corps.

Il se redressa sans la lâcher et plongea son regard dans le sien.

— Voilà ce que j'appelle embrasser.

Puis il recommença avec la même assurance tranquille au point qu'elle dut lui agripper les avant-bras pour garder l'équilibre.

— Maintenant, ni l'un ni l'autre n'allons réussir à trouver le sommeil, observa-t-il en la lâchant. Ma mission ici est accomplie. Malheureusement. On se voit demain.

— D'accord.

Layla franchit la distance qui la séparait de la porte d'entrée avant de se retourner.

— Je suis d'une nature prudente, surtout pour les choses importantes. Le sexe l'est à mes yeux.

— Il figure dans le top dix de mes priorités, assura-t-il.

Elle rit et ouvrit la porte.

— Bonne nuit, Fox.

Une fois à l'intérieur, Layla gagna directement l'étage. Cybil sortit du bureau et arqua un sourcil.

— Seule ?

— Oui.

— Puis-je te demander pourquoi tu n'es pas sur le point de croquer la pomme avec l'adorable avocat ?

— Je crois qu'il risquerait de prendre trop d'importance.

— Ah.

Avec un hochement de tête compréhensif, Cybil s'appuya contre le chambranle.

— Ça brouille toujours les cartes, c'est sûr. Une petite séance de travail, histoire d'évacuer un peu de frustration sexuelle ?

— Je ne suis pas sûre que les tableaux et les graphiques possèdent ce genre de pouvoir, mais je veux bien essayer, répondit Layla qui se débarrassa de sa veste en entrant dans le bureau. Et toi, que fais-tu quand ils risquent de prendre trop d'importance ?

— En général, soit je fonce tête baissée, soit je prends mes jambes à mon cou. Avec des résultats partagés.

Cybil s'approcha du plan de la ville que Layla s'était procuré et avait punaisé au mur.

— Moi, j'ai tendance à tourner autour du pot, à réfléchir beaucoup trop et à peser le pour et le contre. Je me demande maintenant si j'ai toujours été comme ça sans le savoir à cause de...

Layla se tapota la tête.

— Possible, admit Cybil qui prit une punaise rouge – symbole du sang – et la planta à l'emplacement du bowling pour signaler le nouvel incident. Mais Fox susciterait déjà pas mal de réflexion dans des circonstances normales. Alors dans la situation actuelle... Prends ton temps si c'est ce dont tu as besoin.

Au bureau, Layla choisit une carte bristol rouge et écrivit : *bière sanglante, Fox, Bowling & Fun Center,* ainsi que la date et l'heure.

— Dans des circonstances normales, ce serait raisonnable, dit-elle. Mais, en l'occurrence, le temps est un problème, non ? Combien de temps nous reste-t-il en fait ?

— On dirait Gage. Heureusement que ce n'est pas entre vous deux que ça colle, sinon vous seriez tout le temps en train de broyer du noir.

— Peut-être, mais...

Les sourcils froncés, Layla étudia le plan.

— Il y a une autre punaise, fit-elle remarquer. Une noire, sur la route entre chez Caleb et la maison des parents de Fox.

— C'est pour le gros molosse hideux. Je ne t'en ai pas parlé ? Non, c'est vrai, tu es allée directement du travail au bowling. Désolée.

— Raconte.

Après le récit de Cybil, Layla prit une carte bleue, la couleur qu'elle avait choisie pour toute apparition du démon sous une forme animale, et la remplit.

— Je déteste avoir à l'avouer, mais j'ai beau m'occuper l'esprit et les mains, je n'ai pas encore vaincu ma frustration sexuelle.

Cybil lui tapota l'épaule.

— Allons, allons. Je vais te préparer du thé. On ajoutera un petit chocolat. Ça aide.

Layla doutait que le chocolat parvienne à apaiser son appétit pour l'adorable avocat, mais à la guerre comme à la guerre.

8

Le lendemain matin, Hawkins Hollow se réveilla sous une petite pluie glaciale. Le genre de temps qui avait tendance à durer toute la journée, telle une migraine lancinante. Pas d'autre choix que de le supporter.

Fox exhuma un sweat-shirt à capuche d'un panier de linge qu'il avait réussi à laver, mais pas encore rangé. Par précaution, il le renifla, histoire de s'assurer quand même qu'il était bel et bien propre. Rassuré, il se mit en quête d'un jean et de sous-vêtements – les chaussettes lui prirent davantage de temps à assortir qu'il ne l'aurait souhaité.

Tout en s'habillant, il passa en revue le bazar qui traînait dans sa chambre et se promit de trouver le temps – et la volonté – de tout déblayer.

S'il réussissait cet exploit, peut-être parviendrait-il à trouver une femme de ménage qui accepterait de rester ? Ou pourquoi pas un homme de ménage ? se dit-il en buvant son premier Coca de la journée. Un homme comprendrait sans doute mieux.

Il y réfléchirait.

Fox laça ses vieilles chaussures de travail et, parce que le ménage lui occupait l'esprit, jeta les autres paires en désordre dans le placard. Inspiré, il y fourra aussi le panier à linge.

Il prit ses clés, un autre Coca et un Devil Dog qui ferait office de petit-déjeuner au volant. Sur le perron, il découvrit Layla au bas des marches.

— Bonjour.

— J'arrive tout juste, dit-elle. Comme ton pick-up était encore là, j'ai demandé à Quinn de me déposer. Je me suis dit que j'allais faire le trajet avec toi.

— Sympa. Un Devil Dog ?

Il lui tendit le mini-cake au chocolat en la rejoignant.

— J'ai déjà eu ma dose de démons à quatre pattes.

— Oh, c'est vrai ! Bizarrement, ça ne m'a jamais gâché le plaisir d'en manger, avoua-t-il en déchirant l'emballage du biscuit.

— Ce n'est quand même pas ton petit-déjeuner ?

Fox se contenta de sourire et se dirigea vers son pick-up.

— Mon estomac a cessé de grandir à douze ans, plaisanta-t-il, ouvrant la portière côté passager. Bien dormi ?

Layla lui décocha un regard par-dessus l'épaule avant de monter.

— Pas trop mal, répondit-elle.

Elle attendit qu'il fasse le tour et se glisse au volant pour ajouter :

— Même après que Cybil m'a raconté comment Gage et elle ont fait une rencontre surprise en quittant la ferme de tes parents.

— Oui, Gage m'a mis au courant pendant que je lui fichais sa raclée au flipper.

Il glissa son Coca dans le porte-boissons et mordit dans son biscuit. Après un rapide coup d'œil derrière lui, il s'engagea sur la chaussée.

— Je voulais t'accompagner parce que j'ai quelques idées sur la manière d'approcher l'expérience d'aujourd'hui, reprit Layla.

— Et moi qui croyais que c'était parce que tu ne pouvais plus te passer de moi.

— Je m'efforce de laisser mes hormones en dehors du coup.

— Dommage.

— Peut-être, mais... Écoute, Quinn était si épuisée hier. Je me suis dit que nous pourrions essayer, toi et moi. Le but, c'est de trouver le journal, s'il est là. Dans le présent. Sinon, Quinn devra s'y recoller. Mais...

— Tu voudrais lui épargner une nouvelle migraine. Pourquoi pas ? Je suppose que tu ne lui as pas parlé de ton idée.

— Si tu es d'accord, je pensais qu'on pourrait présenter la chose comme si elle nous était venue à l'esprit durant le trajet, répondit Layla avec un sourire. Tu vois, je travaille mon sens de la stratégie. As-tu rêvé la nuit dernière ?

— Seulement de toi. Nous étions dans mon bureau et tu portais cette petite robe rouge vraiment très courte avec des talons aiguilles, ceux retenus par une lanière à la cheville, tu vois ? J'adore ces chaussures. Tu étais assise sur mon bureau, face à moi – j'étais dans le fauteuil. Et après t'être humecté les lèvres, tu disais : « Je suis prête à prendre sous votre dictée, maître O'Dell. »

Layla avait incliné la tête avec une moue sceptique.

— Tu viens juste de l'inventer.

Il lui adressa un sourire charmeur.

— Possible, mais je te garantis que je vais faire ce rêve la nuit prochaine. Et si on sortait ce soir ? Il y a un bar que j'aime beaucoup, au bord de l'eau. On y donne des concerts live le samedi soir. Ils invitent des musiciens assez géniaux.

— Ça paraît si normal. J'essaie de m'agripper à la normalité d'une main, tout en plongeant l'autre dans l'impossible. C'est…

— … surréaliste. Je n'y pense pas – entre les Sept. Je peux oublier pendant des semaines, parfois des mois. Je vis, je travaille, je m'amuse, et d'un seul coup, *paf !* c'est de nouveau dans ma tête. Ça aussi, c'est surréaliste. Plus les Sept approchent, plus tout ça me prend la tête, expliqua-t-il, tandis que ses doigts pianotaient sur le volant au rythme de Snow Patrol. Alors un bar avec de la bonne musique, c'est un moyen de se rappeler que la vie existe au-dehors.

— Je ne suis pas sûre de pouvoir me montrer aussi philosophe, mais ton idée de bar me tente. Quelle heure ?

— Euh… 21 heures ? Ça te va ?

— D'accord.

Quand Fox bifurqua dans l'allée qui conduisait à la ferme, Layla inspira un grand coup, un peu perturbée à l'idée d'enchaîner dans la même journée une expérience paranormale et un rendez-vous galant avec le même homme. Surréaliste, le mot était faible.

Elle trouvait également impoli, réalisa-t-elle, d'entrer dans la maison sans y être invités. C'était la maison des parents de Fox, certes, mais il n'y habitait plus. Elle essaya de s'imaginer entrant dans l'appartement de ses parents à un moment où elle les savait absents. Tout bonnement impossible.

— Ça me semble déplacé et indiscret, avoua-t-elle, tandis qu'ils se tenaient dans le séjour. Je comprends pourquoi nous préférons agir en leur absence. N'empêche, je trouve la méthode un peu... grossière.

— Si les visites à l'improviste dérangeaient mes parents, ils verrouilleraient les portes.

— Quand même...

— Il faut savoir établir des priorités, Layla, intervint Quinn. La raison de notre présence ici est plus importante que le respect des règles habituelles de la courtoisie. J'ai tellement perçu de choses dehors. Je vais forcément en capter davantage à l'intérieur de la maison.

— À ce propos, dit Fox. J'ai eu une idée, et j'en ai discuté avec Layla pendant le trajet. Si ça ne te dérange pas qu'on te grille la politesse, j'aimerais d'abord essayer quelque chose avec elle. Il se peut que nous réussissions à visualiser l'endroit où se trouvent les volumes manquants – s'ils sont ici – ou au moins à percevoir leur présence.

— Bonne idée, approuva Caleb. Et pas seulement parce que je préférerais que tu ne retentes pas l'expérience, ajouta-t-il à l'adresse de Quinn qui l'observait d'un air suspicieux. Ça pourrait marcher, et mieux encore, avec Fox et Layla en binôme, les effets secondaires seront minimisés.

— Et si ça ne marche pas, tu reprends le flambeau, Quinn, conclut Fox.

— D'accord. Croyez-moi, je ne suis pas très chaude pour me faire exploser le crâne de si bon matin.

— Parfait, alors à nous. Ici, c'est la partie la plus ancienne de la maison. En fait, cette pièce et celles qui sont directement au-dessus constituaient, selon toute vraisemblance, l'habitation d'origine. Donc, logiquement, s'il existait une cabane ou une maison ici avant la construction de celle-ci, elle a pu être édifiée sur ce même emplacement. Il se peut même que certains matériaux aient été réutilisés.

— Comme la cheminée, dit Quinn.

Elle s'en approcha, enjambant Balourd déjà étendu devant le feu, et passa la main sur les pierres du manteau.

— Si nous faisons sauter ces joints et descellons les pierres sans être sûrs à cent pour cent, mon père va me tuer. Prête ? lança Fox à Layla.

— Autant que je peux l'être.

Il lui prit les mains.

— Regarde-moi. Ne pense pas. Imagine. Un petit livre, l'écriture d'Ann à l'intérieur, l'encre pâlie.

Ses yeux étaient d'une couleur si riche. Ces reflets vieil or si fascinants. Il n'avait pas les mains telles qu'on les imagine chez un avocat. On y sentait la force et l'habileté d'un manuel. Il sentait la pluie. Juste un peu.

Et ses baisers auraient un goût de biscuit.

Il la désirait. Il imaginait ses mains caressant sa peau nue, s'attardant sur ses seins, son ventre. Ses lèvres entraient à leur tour dans la danse, goûtant la chaleur de sa chair…

Au lit, quand il n'y aura que toi et moi.

Layla sursauta en laissant échapper un petit cri. La voix de Fox avait résonné dans sa tête avec une netteté stupéfiante.

— Vous avez vu quelque chose ? demanda Caleb.

Les yeux rivés à ceux de Layla, Fox secoua la tête.

— On a d'abord dû déblayer un peu la voie. On retente ? demanda-t-il à Layla. Essaie de compartimenter.

Les joues en feu, elle hocha la tête et s'efforça de mettre son désir – et celui de Fox – entre parenthèses.

Tout convergea en un point minuscule dans lequel se mêlaient les pensées de ses compagnons, tel le brouhaha assourdi des conversations à un cocktail. Inquiétude, doute, impatience… elle s'appliqua aussi à faire abstraction de ce flux désordonné de sentiments.

Un livre lui apparut en pensée. Couverture en cuir brun desséché par les ans. Pages jaunies et encre délavée.

Avec les ténèbres si proches, je pleure mon amour perdu.

— Ils ne sont pas là, annonça Fox, laissant le lien entre Layla et lui se rompre doucement. Pas dans cette pièce.

Elle confirma.

— Alors je dois essayer de nouveau, décréta Quinn. Il faudrait que j'essaie de tomber sur le moment où elle est repartie d'ici. Peut-être les a-t-elle emportés chez son père en ville. Dans l'ancienne bibliothèque.

— Ils ne sont pas dans l'ancienne bibliothèque, objecta Layla d'une voix calme. Et pas dans cette pièce non plus.

— Mais pas loin, conclut Fox. L'image était trop nette. Ils sont forcément ici.

— Peut-être sous la maison, suggéra Gage qui tapa du talon sur le sol. Elle a pu les cacher sous le plancher, s'il y en avait un.

— Ou les enterrer, intervint Cybil.

— S'ils sont là-dessous, on est mal, fit remarquer Gage. Brian ne serait déjà pas très heureux qu'on touche à quelques pierres de la cheminée, mais il péterait les plombs si on lui suggérait de raser la maison pour chercher deux ou trois vieux bouquins dans les fondations.

— Tu ne respectes pas assez ce journal intime, fit remarquer Cybil, mais tu as raison sur le fond.

— Nous devons réessayer. Pièce par pièce, proposa Layla. Y a-t-il un sous-sol ? Si elle les a enterrés, nous capterons peut-être un signal plus net. Je n'arrive pas à croire qu'ils soient inaccessibles. Giles lui avait expliqué la suite des événements, lui avait parlé de nous.

— Elle les a sans doute cachés pour éviter qu'ils ne soient égarés ou détruits, réfléchit Caleb à voix haute, tout en arpentant la pièce. Pour empêcher qu'ils ne soient retrouvés trop tôt, ou par la mauvaise personne. Mais elle *voulait* que nous les retrouvions.

— Entièrement d'accord. Elle adorait Giles. Elle adorait ses fils. Elle a tout misé sur ceux qui viendraient après elle. Nous sommes son unique espoir de libérer Giles.

— Sortons. Il y a un sous-sol, dit Fox à Layla, mais nous pourrions nous concentrer sur toute la maison de l'extérieur. Et sur la cabane. Elle existait très probablement à l'époque du séjour d'Ann. Ça vaut le coup d'essayer.

Comme il s'y attendait, il pleuvait toujours. Il enferma les chiens de ses parents dans la maison avec Balourd afin de ne pas les avoir dans les jambes, puis sortit avec les autres.

— Avant de commencer… il m'est venu une idée tout à l'heure. Au sujet du signal Batman.

— Du quoi ? demanda Quinn.

— D'un signal d'alerte pour le groupe, expliqua Fox. Il vous suffit de pousser vos pensées vers moi et je devrais les percevoir, comme tout à l'heure, quand je captais votre bavardage mental à la manière d'une onde radiophonique. Et l'inverse devrait marcher. Il faudra s'exercer un peu, mais ce système devrait être plus rapide que la chaîne téléphonique.

— Alerte télépathique de groupe, approuva Cybil en ajustant son chapeau cloche noir. Communications illimitées et taux réduit d'appels sans réponse. L'idée me plaît.

— Et si c'est toi qui as des ennuis ?

Sous sa veste en toile, Layla portait un pull-over à capuche rose pâle. Elle rabattit celle-ci sur sa tête, tandis qu'ils traversaient le jardin en direction de la cabane.

— Je contacterai Caleb ou Gage. Nous l'avons déjà fait durant les Sept. Ou bien toi, ajouta-t-il, quand tu maîtriseras mieux la technique. On venait jouer ici, vous vous rappelez ? lança-t-il à ses deux amis. Pendant un temps, on a utilisé l'endroit comme fort, mais on ne lui donnait pas ce nom – trop guerrier pour les Barry-O'Dell. On l'appelait la cabane.

Gage s'immobilisa, les mains au fond des poches.

— D'ici, on a fait des milliers de victimes. Et on est morts au moins un million de fois.

— C'est ici qu'on a organisé notre randonnée d'anniversaire à la Pierre Païenne, ecnhaîna Caleb. Vous vous souvenez ? J'avais oublié. L'idée nous était venue une quinzaine de jours plus tôt.

— L'idée est venue à Gage, rectifia Fox.

— C'est ça, mets-moi tout sur le dos.

— On était – laisse-moi réfléchir, reprit Caleb. Oui, c'est ça, l'école venait juste de finir et ma mère avait accepté que je vienne toute la journée. Le début des grandes vacances.

— Pas de corvées, poursuivit Fox. Je me rappelle maintenant. J'avais eu droit à une journée libre. On est venus jouer ici.

— Les flics de narcotiques contre les barons de la drogue, précisa Gage.

— Ça change des cow-boys et des Indiens, commenta Cybil.

— Un gosse de hippies n'aurait jamais joué à l'envahisseur cupide contre les indigènes. Et si tu avais subi un seul sermon de Joanna Barry sur le sujet, tu ne t'y serais pas risquée non plus.

Un sourire passa sur les lèvres de Gage à ce souvenir.

— On avait une pêche incroyable. Septembre était à des années-lumière. Il y avait un soleil radieux. Tout était lumineux. Je ne voulais pas que ça s'arrête, je m'en souviens aussi. Oui, c'était mon idée. L'aventure avec un grand A, la liberté totale.

— On était tous les trois emballés. On a tout manigancé ici même, dans la cabane, ajouta Caleb. Je veux bien être pendu si c'est une coïncidence.

Ils demeurèrent un moment côte à côte, silencieux, figés dans la même attitude. Plongés dans le passé, devina Layla. Gage en veste de cuir noir, Caleb en surchemise de flanelle et casquette, Fox en sweat-shirt à capuche. Trois individus aux personnalités bien marquées unis par un même destin.

Fox tendit le bras vers elle.

— Layla.

Elle avait les mains mouillées et froides. Des gouttelettes de pluie scintillaient sur ses cils. Même sans télépathie, son anxiété et son impatience affluèrent vers lui.

— Contente-toi de laisser venir, lui conseilla-t-il. Détends-toi et regarde-moi.

— J'ai du mal à faire les deux en même temps.

Il la gratifia d'un sourire de pure satisfaction masculine.

— On verra plus tard comment arranger ça. Pour l'instant, visualise le livre. Rien que le livre. C'est parti.

Il était à la fois le pont et l'ancre. Elle comprendrait plus tard qu'il avait la capacité de lui offrir l'un et l'autre.

Lorsqu'elle traversa le pont, Fox était à ses côtés. Elle sentait la pluie sur son visage, le sol sous ses pieds. L'odeur de la terre et de l'herbe mouillées, et même de la pierre, montait à ses narines. Elle percevait un bourdonnement sourd et régulier. Avec un pincement de crainte mêlée de respect, elle réalisa que c'était le bruit de la végétation en pleine croissance. La nature tendue tout entière vers le printemps et le soleil.

Elle perçut le bruissement léger des ailes d'un oiseau et les mouvements furtifs d'un écureuil escaladant une branche.

Quelle révélation, songea-t-elle, de découvrir qu'elle faisait partie de ce tout, depuis toujours et à jamais. Ce qui croissait et respirait. Ce qui vivait et mourait.

Bercée par ces réflexions, elle se laissait emporter de l'autre côté du pont.

La douleur fut aussi soudaine que brutale, une déchirure d'une violence inouïe qui lui lacéra le cerveau, le cœur, les entrailles. Intolérable, la souffrance lui arracha un cri et, à la même seconde, elle entrevit le livre. Juste un flash et déjà il s'était évanoui, la douleur avec, la laissant faible et en proie au vertige.

— Désolée, je l'ai perdu.

Ses jambes se dérobèrent sous elle. Gage la rattrapa sous les aisselles.

— Doucement, ma belle. Cybil.

— C'est bon, je la tiens. Appuie-toi sur moi une minute, Layla. Tu as l'air d'avoir fait un mauvais trip.

— J'entendais les nuages bouger et le jardin pousser. Ça faisait comme un bourdonnement. Les fleurs bourdonnent en terre, tu te rends compte ? Bon sang, j'ai l'impression d'être…

— Défoncée ? suggéra Quinn. C'est effectivement l'impression que tu donnes.

— Ça doit être à peu près comparable. Dis donc, Fox, est-ce que tu…

Layla s'interrompit net quand elle réussit à accommoder. Il était à genoux sur les graviers trempés, flanqué de ses amis accroupis. Il y avait du sang sur sa chemise.

— Mon Dieu, que s'est-il passé ?

D'instinct, elle voulut explorer son esprit, mais se heurta à un mur. Elle trébucha jusqu'à lui, s'accroupit.

— Tu es blessé. Tu saignes du nez.

— Ça ne serait pas la première fois. Ras le bol, je venais juste de laver ce stupide sweat-shirt. Donnez-moi un peu d'air. Juste un peu d'air.

Il tira un bandana de sa poche et le pressa contre son nez, tandis qu'il s'asseyait sur les talons.

— Ramenons-le à l'intérieur, proposa Quinn, mais Fox secoua la tête, puis plaqua sa main libre contre son crâne, comme pour l'empêcher de tomber.

— Laisse-moi souffler une seconde.

— Caleb, va lui chercher de l'eau. Essayons le truc de ta mère, Fox, intervint Cybil qui se plaça derrière lui. Respire bien.

Elle localisa les points et exerça une pression.

— Dois-je te demander si tu es enceinte ?

— Le moment est mal choisi pour me faire rire. Pas la grande forme.

— Pourquoi est-ce pire pour lui que pour Quinn ? voulut savoir Layla. La réaction était censée être moins forte vu que nous étions à deux. Tu sais pourquoi, n'est-ce pas ? demanda-t-elle à Gage avec un regard féroce. Dis-le-moi.

— Étant un O'Dell, il t'aura fait un rempart de son corps et pris le coup de plein fouet. Enfin, c'est mon hypothèse. Et du fait de votre lien, le coup a été d'autant plus méchant.

Furieuse, Layla se tourna vers Fox.

— C'est vrai ? J'écoute les nuages et toi, tu t'en prends plein la figure ?

— Ton visage est plus beau que le mien. Légèrement. Tu peux te taire une minute ? Pitié pour le blessé.

— Ne recommence plus jamais ça, compris ? Plus jamais. Promets-le-moi ou je laisse tomber.

— Je n'aime pas les ultimatums, maugréa Fox avec une lueur de colère qui perça dans son regard rendu vitreux par la douleur. En fait, ils me gonflent.

— Tu sais ce qui me gonfle, moi ? Que tu ne m'aies pas fait confiance pour assumer ma part !

— Ça n'a rien à voir avec la confiance. Merci, Cybil, ça va mieux.

Il se leva avec précaution, prit le verre d'eau que Caleb lui tendait et le vida d'un trait.

— Ils sont enveloppés dans une toile huilée, derrière le mur sud. Je n'ai pas vu combien. Deux, peut-être trois. Tu sais où sont les outils, Caleb. Je reviens vous aider dans une minute.

Fox rentra dans la maison et parvint à gagner les toilettes qui jouxtaient la cuisine juste avant de vomir comme après une cuite de deux jours. L'estomac et le crâne en compote, il se rinça le visage et la bouche, puis s'appuya au lavabo le temps de reprendre son souffle.

Lorsqu'il ressortit, Layla l'attendait dans la cuisine.

— Nous n'en avons pas fini.

— Tu veux la bagarre ? On verra plus tard. Pour l'instant, nous avons du boulot.

— Je ne ferai rien tant que tu ne m'auras pas donné ta parole de ne plus me protéger.

— Impossible. Je ne donne ma parole que lorsque je suis sûr de pouvoir la tenir, répliqua Fox qui se retourna et entreprit de fouiller dans les placards. Rien que des saloperies holistiques. Pourquoi n'y a-t-il jamais d'aspirine dans cette baraque ?

— Tu n'avais pas le droit...

— Poursuis-moi en justice. Je connais quelques bons avocats. Écoute, Layla, j'ai encaissé le coup parce que je savais qu'il serait violent. Je l'ai fait pour toi, pour nous. Je n'allais pas te laisser souffrir si je pouvais l'empêcher, et je ne vais pas te promettre de rester les bras ballants si jamais ça recommence.

— Si tu penses que parce que je suis une femme, je suis plus faible, moins capable, moins...

Fox se tourna vers elle, blanc comme un linge. Même la colère ne parvenait pas à lui redonner des couleurs.

— Bon sang, ne commence pas à agiter le drapeau féministe. Tu as rencontré ma mère, non ? Ton sexe n'a rien à voir là-dedans – sauf que j'en pince pour toi, ce qui, vu mes préférences sexuelles, ne serait pas le cas si tu étais un homme. J'ai survécu. Bon, d'accord, j'ai mal au crâne, le nez qui saigne et j'ai perdu mon petit-déjeuner – plus le dîner, et sans doute aussi un ou deux organes. Mais à part le fait que je me damnerais pour une aspirine et un Coca, je m'en sors bien. Alors si tu veux monter sur tes grands chevaux, libre à toi, mais pour une bonne raison.

Tandis qu'il se massait le front, Layla ouvrit son sac à main, qu'elle avait laissé sur la table de la cuisine, et en sortit une boîte à pilules ornée d'un croissant de lune sur le couvercle.

— Tiens, dit-elle en lui tendant deux comprimés. C'est de l'Advil.

— Dieu soit loué. Ne sois pas radine, donne-m'en deux de plus.

Elle lui donna les cachets, tiquant intérieurement lorsqu'il avala le tout sans eau.

— Je suis toujours fâchée, que la raison soit bonne ou mauvaise, commença-t-elle. Mais je vais sortir aider parce que je fais partie de l'équipe. Laisse-moi d'abord te dire une chose : si tu en pinces autant pour moi, réfléchis à ce que j'ai ressenti en te voyant à terre, plié de douleur et en sang. Il y a des tas de façons de souffrir, Fox.

Sur ce, elle pivota et quitta la pièce d'un air digne. Fox resta dans la cuisine. Elle avait peut-être raison, mais il était trop vanné pour y réfléchir. Il sortit du réfrigérateur un pichet de thé glacé et en but un grand verre, histoire de se débarrasser des derniers résidus de nausée et de contrariété.

Comme il tremblait encore, il laissa Caleb et Gage manier le marteau et le burin. Il devrait finir par le dire à ses parents. Surtout s'ils n'étaient pas capables de replacer la pierre sans que ça se voie.

Non, décida-t-il, il le leur dirait de toute façon, sinon il culpabiliserait.

Ses parents comprendraient – beaucoup mieux qu'une certaine jolie brune – pourquoi il avait voulu agir en leur absence. Peut-être n'apprécieraient-ils pas, mais ils ne lui infligeraient pas un sermon sur la confiance trahie. Pas leur style.

— Essayez de ne pas faire d'éclats.

— C'est une stupide pierre, O'Dell, bougonna Gage sans cesser de s'activer. Pas un diamant.

Fox fourra les mains dans ses poches.

— Tu diras ça à mes parents.

— Tu as intérêt à être sûr que c'est la bonne, lança Caleb qui frappait de l'autre côté. Sinon, ce n'est pas une seule pierre qu'on risque d'abîmer.

— C'est la bonne. Tu as vu l'épaisseur du mur ? Pas étonnant qu'il soit encore debout. Celle-ci était sans doute branlante ou elle l'aura descellée. Le passé, c'est ton rayon, mon vieux.

Trempé jusqu'aux os, Caleb continuait de s'escrimer sur le joint. À chaque coup de marteau, il s'écorchait les articulations qui cicatrisaient presque aussitôt.

— Elle bouge.

Gage et Caleb la dégagèrent à la main, tandis que Fox refoulait l'image du mur entier qui s'effondrait tel un château de cartes.

— Cette saloperie pèse une tonne, se plaignit Gage. Un vrai rocher. Hé, attention, les doigts !

Il jura, puis lâcha la pierre qui dégringola sur le sol. Assis sur les talons, il suça ses phalanges ensanglantées, tandis que Caleb glissait la main dans l'ouverture.

— Nom de Dieu, je l'ai ! annonça-t-il en sortant un petit paquet enveloppé dans de la toile huilée. Un point pour O'Dell.

Avec précaution, les épaules voûtées pour protéger le contenu de la pluie, il commença à dérouler la toile.

— Non ! l'arrêta Quinn, la pluie pourrait délaver l'encre.

— On va l'emporter chez moi. On enlèvera ces vêtements mouillés et…

L'explosion ébranla le sol et précipita Fox contre le mur. Sa hanche et son épaule heurtèrent la pierre avec force. Sonné, il se retourna et vit la maison en feu. Les flammes jaillissaient du toit en rugissant et léchaient les murs par les fenêtres brisées, tandis qu'un monstrueux panache de fumée noire s'élevait dans le ciel. Il s'élança vers la maison à travers une muraille de chaleur suffocante.

Gage le plaqua au sol. Aveuglé par la fureur, Fox lui décocha un coup de poing.

— Les chiens sont à l'intérieur, bordel !

— Ressaisis-toi ! lui cria Gage par-dessus le mugissement de l'incendie. Est-ce que c'est réel ? Fox, nom de Dieu ! C'est réel ?

Fox aurait juré sentir la chaleur de la fournaise lui brûler la peau. Et cette fumée qui lui piquait les yeux et le faisait suffoquer… Il se força à refouler la vision de sa maison en flammes, des trois chiens piégés à l'intérieur, affolés.

Il s'agrippa à l'épaule de Gage tel un naufragé à une épave, puis saisit l'avant-bras de Caleb comme ses amis le relevaient. Tous trois demeurèrent ainsi soudés un instant, et il n'en fallut pas davantage.

— C'est un leurre. Bon sang, encore une hallucination, admit Fox qui entendit la trémulation du soupir de Caleb à côté de lui. Balourd n'a rien. Les chiens vont bien.

Les flammes se mirent à vaciller, puis s'éteignirent après quelques ultimes jaillissements, et la vieille bâtisse de pierre se dressa à nouveau intacte sous la bruine.

Fox soupira à son tour de soulagement.

— Désolé pour le coup de poing, s'excusa-t-il auprès de Gage.

— Tu frappes comme une gonzesse.

— Ta bouche saigne.

Gage s'essuya d'un revers de main avec un sourire.

— Pas pour longtemps.

Caleb gagna la maison à grands pas et ouvrit la porte aux chiens. Puis, assis sur le porche, il étreignit Balourd.

— Il n'est pas censé se manifester ici, fit remarquer Fox qui l'avait rejoint. Jusqu'à présent, il n'avait jamais atteint nos familles.

— La situation a changé, fit remarquer Cybil qui s'accroupit auprès des deux autres chiens qui remuaient la queue et les caressa. Ces chiens ne sont pas effrayés. Ils ne se sont rendu compte de rien.

— Et si mes parents avaient été là ?

— Ils ne se seraient rendu compte de rien non plus, assura Quinn en se laissant choir près de Caleb. Combien de fois avez-vous été témoins tous les trois d'événements que les autres ne voyaient pas ?

— Parfois c'est réel, souligna Fox.

— Pas cette fois. Il voulait juste nous effrayer. Il… mon Dieu, les journaux !

— Je les ai.

Fox se retourna. Debout sous la pluie, Layla tenait le paquet serré contre sa poitrine.

— Il te voulait du mal parce que tu les as trouvés. Tu n'as pas perçu sa haine ?

Il n'avait rien ressenti d'autre qu'une immense panique – une erreur qui aurait pu lui être fatale. Il s'approcha de Layla et releva sa capuche qui avait glissé.

— Lui aussi vient de marquer un point. Mais nous avons toujours de l'avance.

9

Le petit groupe transi se réchauffa avec un café, devant une bonne flambée dans le salon de Caleb. Il y avait des vêtements secs pour tout le monde, même si Layla, dans une chemise de Caleb trop grande sur un short de jogging qui lui pendouillait au-dessous des genoux, doutait de son look. Mais Cybil s'était approprié le jean de rechange que Quinn avait laissé chez Caleb, alors à la guerre comme à la guerre.

Tandis que la machine à laver et le sèche-linge tournaient à plein régime, elle se resservit un café dans la cuisine, patinant sur le carrelage dans d'énormes chaussettes en laine.

— Très seyante, cette tenue, lui lança Fox du seuil.

— N'est-ce pas ? Je pourrais lancer une mode.

Elle se tourna vers lui. Les vêtements de Caleb lui allaient beaucoup mieux qu'à elle.

— Tu t'es remis de tes émotions ?

Il sortit un Coca du réfrigérateur.

— Oui. Je venais juste te demander d'attendre un peu si tu as encore des comptes à régler avec moi. On verra ça plus tard – s'il le faut.

— C'est le problème, tu ne trouves pas ? Les sentiments, les réactions, les relations entre les personnes. Ça complique tout.

— Peut-être, mais c'est le propre de l'être humain, et si on cesse de se comporter comme tel, il gagne.

— Que serait-il arrivé si Gage ne t'avait pas retenu ?

— Je n'en sais rien.

— Bien sûr que si, ou du moins tu peux l'imaginer. Voici mon hypothèse : à ce moment-là, l'incendie était réel pour toi. Tu sentais la chaleur, la fumée. Et si tu étais entré, malgré ta capacité de guérison quasi instantanée, tu aurais pu mourir parce que tu y croyais.

— Je me suis fait piéger par ce salopard. Une erreur de ma part.

— Là n'est pas la question. Je n'y avais jamais vraiment réfléchi, mais il aurait pu te tuer par simple pouvoir de suggestion.

Fox haussa les épaules avec une brusquerie qui trahissait son irritabilité encore à fleur de peau.

— Il va nous falloir être plus malins. Je me suis fait surprendre aujourd'hui parce que, jusqu'à présent, il n'était jamais rien arrivé à la ferme, pas plus que chez les parents de Caleb, du reste. Du coup, je n'ai pas réfléchi, j'ai foncé. Ce n'est pas très futé.

— Si l'incendie avait été réel, tu serais entré. Tu aurais risqué ta vie pour sauver trois chiens. Je ne sais que penser de toi, avoua Layla après un silence songeur. Je ne sais que ressentir. Enfin bref, j'imagine que je dois laisser aussi ces interrogations de côté pour l'instant.

— Désolée de vous interrompre, fit Quinn. On n'attend plus que vous.

— J'arrive, dit Layla qui lui emboîta le pas.

Fox les rejoignit quelques secondes plus tard dans la salle à manger attenante.

— Bon, eh bien, j'imagine qu'il faut se jeter à l'eau, déclara Quinn en s'asseyant à table près de Caleb. À qui l'honneur ? ajouta-t-elle après un coup d'œil à Cybil prête à prendre des notes.

Tous les six contemplèrent le paquet dans un silence religieux.

— Et puis zut, c'est idiot ! s'exclama Quinn qui s'en empara et déroula la toile avec précaution. Même s'ils étaient bien protégés, ils sont drôlement bien conservés, commenta-t-elle.

— On peut supposer, vu les circonstances, qu'elle possédait une certaine connaissance de la magie, souligna Cybil. Choisis-en un et lis une date à voix haute.

— D'accord.

Les volumes étaient au nombre de trois. Quinn prit celui qui se trouvait sur le dessus et l'ouvrit à la première page. L'encre avait pâli, mais l'écriture appliquée d'Ann Hawkins – familière désormais – était parfaitement lisible.

— Il convient, je crois, de garder témoignage de ce qui fut, est et sera. Je m'appelle Ann. Mon père, Jonathan Hawkins, nous emmena, ma mère, ma sœur, mon frère et moi, en ce lieu que nous appelons Hollow. Un nouveau monde où, pensait-il, nous serions heureux. Et nous le sommes. La contrée est verdoyante, rude et tranquille. Mon oncle et lui défrichèrent des terres qu'ils entreprirent de cultiver. L'eau est froide et claire au printemps. D'autres vinrent, et Hollow devint Hawkins Hollow. Mon père construisit une jolie petite maison de pierre où nous vivons confortablement.

La subsistance de la communauté fournit du travail à profusion qui occupe les mains et l'esprit. Ceux qui s'installèrent ici érigèrent une chapelle de pierre pour le culte. J'assiste aux offices, comme l'exigent les convenances, mais je n'y trouve pas Dieu. Je l'ai trouvé dans les bois. C'est là que je me sens en paix. C'est là qu'un jour béni, mon destin croisa celui de Giles.

Peut-être l'amour ne naît-il pas de l'instant, mais embrasse-t-il l'éternité. Est-ce pour cela qu'à celui de notre rencontre, frappée par un amour infini, je sus, vis même grâce à l'œil de mon esprit, que j'accompagnerais des vies durant l'homme qui vivait seul au fond de la forêt verdoyante abritant la pierre de l'autel ?

Il m'attendait. Cela aussi, je le savais. Lors de ce premier tête-à-tête, nous parlâmes de choses simples, comme il sied. Du soleil, des baies sauvages que je cueillais, de mon père, des peaux que Giles tannait.

Nous n'évoquâmes pas les dieux et les démons, la magie et la destinée. Pas alors. Cela advint plus tard.

À la première occasion, je me rendais à travers bois jusqu'à la cabane de pierre et à l'autel. Il m'y attendait toujours. Ainsi, l'amour de l'éternité renaissait chaque fois, et dans le secret de la forêt verdoyante, j'étais sienne à nouveau, comme je le serai toujours.

Quinn interrompit sa lecture.

— C'est tout pour la première entrée. Comme c'est romantique ! soupira-t-elle.

— Les tirades romantiques ne sont pas terribles comme arme anti-démon, commenta Gage. Elles n'apportent pas de réponses.

— Pas d'accord, objecta Cybil. Et je pense qu'elle mérite qu'on lise ce qu'elle a si patiemment couché sur le papier. L'éternité, continua-t-elle, piochant dans ses notes. À l'évidence, elle savait que Dent et elle étaient les réincarnations du gardien et de sa compagne. Et il a attendu qu'elle l'accepte. Il ne lui a pas balancé un discours du genre : « Eh, devine quoi ? Toi et moi, on est faits l'un pour l'autre, tu auras bientôt trois polichinelles dans le tiroir, on se battra contre un grand méchant démon et d'ici quelques siècles, nos descendants livreront l'affrontement ultime. »

— Mazette, si un homme me sort une tirade pareille, je saute dans son lit d'un claquement de doigts, assura Quinn qui caressa la page du bout de l'index. Je suis d'accord avec Cybil. Chaque mot a de la valeur parce qu'il a été écrit de sa main. Il est difficile de ne pas céder à l'impatience et de se contenter de parcourir ces pages à la recherche d'une quelconque formule magique destinée à détruire les démons.

Layla secoua la tête.

— Ce ne sera pas comme ça, de toute façon.

— Non, je ne crois pas non plus. Je continue ? Dans l'ordre ?

— À mon avis, nous devrions voir par nous-mêmes comment l'histoire évolue de son point de vue, intervint Fox qui regarda tour à tour Gage et Caleb. Continue, Quinn.

Ann parlait d'amour, de l'alternance des saisons, des corvées quotidiennes, des moments de tranquillité. Elle évoquait la mort, la vie, les nouveaux visages. Les gens qui venaient à la cabane de pierre en quête d'un remède. Elle racontait son premier baiser au bord de la rivière dont les eaux miroitaient sous le soleil. La soirée dans la cabane de pierre, devant les flammes rouge et or du feu, où Giles lui avait fait le récit des origines.

— Le monde, m'a-t-il dit, est plus ancien que tout ce que l'homme peut concevoir. Il n'est pas tel que nous l'enseignent les livres ou la religion de mes parents. Et il ne s'arrête pas à ce que nous imaginons. Car en ces temps immémoriaux qui précédèrent la venue de l'homme, d'autres créatures peuplaient la Terre ; des créatures issues de la lumière ou des ténèbres selon leur propre choix, car le libre arbitre existe. Celles qui

avaient choisi la lumière se nommaient les dieux, et celles qui avaient choisi les ténèbres, les démons.

Ce fut le règne de la mort et du sang. Des batailles sans merci furent livrées. Quand vint l'homme, beaucoup dans les deux camps avaient déjà péri. Ce fut l'homme qui s'imposa au monde et subit sa loi en retour. Les démons détestaient les hommes plus encore que les dieux. Ils méprisaient et jalousaient leur intelligence et leur cœur, leur enveloppe vulnérable, leurs désirs et faiblesses. L'homme devint la proie des démons qui avaient survécu. Les dieux survivants, eux, devinrent les gardiens. Les affrontements firent rage jusqu'à ce qu'il n'en restât que deux : un démon, un gardien. La lumière pourchassa les ténèbres à travers le monde, mais le démon était malin et retors. L'ultime duel laissa le gardien mortellement blessé. Vint à passer un jeune garçon à l'âme innocente et au cœur pur. À l'agonie, le dieu transmit son pouvoir et sa mission à l'enfant. Mortel mais l'égal des dieux, celui-ci se trouva par là même élevé au rang de gardien et, devenu homme, pourchassa à son tour les ténèbres. Il tomba amoureux d'une femme douée du pouvoir de magie avec qui il eut un fils. Et ainsi se perpétua le cycle, vie après vie. Jusqu'à ce jour. Jusqu'à ce lieu. Aujourd'hui, me dit-il, notre tour est venu.

Je savais qu'il disait la vérité pour la voir défiler sous mes yeux dans les flammes de l'âtre. Soudain, je comprenais les rêves qui m'habitaient depuis toujours et dont je n'avais jamais osé parler à quiconque. Là, à la lueur de la flambée, je me promis à lui. Je ne retournai pas à la maison de mon père, mais restai vivre auprès de mon bien-aimé dans la cabane de pierre près de l'autel que Giles appelait la Pierre Païenne.

Quinn se laissa aller contre le dossier de sa chaise.

— Désolée, j'ai la vue qui se brouille.

— Ça suffit pour l'instant, décida Caleb en lui versant un verre d'eau. C'est déjà beaucoup.

— Ce récit concorde avec certaines versions qu'on retrouve dans le folklore populaire, observa Cybil qui consulta ses notes. Les affrontements, la transmission du pouvoir et de la mission. Je ne suis pas sûre de gober l'histoire du démon unique, je suis un peu trop superstitieuse. Mais on peut l'interpréter comme le seul démon connu à écumer le monde librement, tout au moins tous les sept ans. Pourquoi ne se serait-il pas reproduit avant Hester Deale ?

— Un problème d'érection peut-être, suggéra Gage avec un sourire en coin.

— En dépit de l'ironie, tu n'as peut-être pas tort, répliqua Cybil. Il est possible qu'à l'origine ils ne pouvaient pas s'accoupler avec les humains. Or, tout comme Giles a apparemment trouvé un moyen d'emprisonner ce démon, celui-ci a découvert le moyen de procréer. Une sorte d'évolution naturelle des deux camps, pour ainsi dire.

— Bien vu, approuva Fox. Ou peut-être tirait-il à blanc avant Hester. Ou les femmes qu'il violait n'ont-elles jamais mené leur grossesse à terme pour une raison ou une autre. Nous devrions faire une pause. Je ne sais pas pour vous, mais je ne serais pas contre un petit repas.

— Inutile de me regarder, lâcha Cybil d'un ton ferme. La dernière fois, c'est moi qui m'y suis collée.

— Je m'en occupe, proposa Layla en se levant. Caleb, tu m'autorises à fouiller dans tes placards, histoire de trouver l'inspiration ?

— Fais comme chez toi.

Elle était penchée, la tête dans le réfrigérateur, quand Fox pénétra dans la cuisine. Quand un homme trouve une femme diablement sexy dans un short tombant et déformé, se dit-il, c'est qu'il est vraiment mordu.

— Je peux te donner un coup de main ?

Layla se redressa et pivota, un paquet de fromage fondu en tranches, une livre de bacon et deux tomates dans les mains.

— J'avais pensé à des croque-monsieur au bacon et à la tomate. Et je peux aussi improviser une petite salade de pâtes si je déniche quelques ingrédients qui se marient bien. Je vais me débrouiller.

— Tu veux que je te fiche la paix, c'est ça ?

Elle posa les aliments sur le plan de travail.

— Je ne suis pas fâchée. C'est trop fatigant de faire la tête. Si tu veux, tu peux regarder si les vêtements sont secs. Comme ça, je pourrais enfin me débarrasser de ce short.

— Tu es mignonne là-dedans.

— N'importe quoi.
— Si, je t'assure.
Jaugeant son humeur, il s'avança vers elle.
— Je peux couper les tomates. En fait, c'est un de mes talents les plus stupéfiants. En prime, ajouta-t-il, les mains calées de part et d'autre de Layla qui avait le dos plaqué contre le plan de travail, je sais où Caleb range les pâtes.
— Ce qui te rend indispensable dans la cuisine ?
— J'espère que non, plaisanta-t-il, la dévorant des yeux. Écoute, Layla, ce n'est pas à moi de te dicter tes sentiments ou tes convictions. Mais je pense à toi. J'ai des sentiments pour toi. Et si je suis doué pour couper les tomates, je ne le suis pas lorsqu'il s'agit de ranger mes pensées ou mes sentiments dans des compartiments.
— Tu me fais peur.
La stupéfaction se peignit sur le visage de Fox.
— Quoi ? Moi ? Personne n'a peur de moi !
— Faux. Le shérif adjoint Napper a peur de toi, ce qui explique en partie pourquoi il en a après toi. Moi, c'est tout autre chose. J'ai peur parce que, avec toi, j'éprouve des sentiments pour lesquels je ne suis pas sûre d'être prête. Ce serait sans doute plus facile si tu m'avais forcé la main car alors je ne me sentirais pas responsable de mes propres choix.
— Je pourrais essayer.
Layla fit non de la tête.
— Ce n'est pas dans ta nature, Fox. Pour toi, une relation amoureuse relève d'une décision mutuelle, d'un partenariat. Tu as été élevé ainsi. C'est à la fois ce qui m'attire chez toi et ce qui complique les choses.
Elle posa la main sur son torse et y imprima une légère pression. Quand il recula, elle sourit, cette simple réaction ne venant que confirmer son point de vue.
— Tu me fais peur parce que tu te serais précipité dans une maison en feu pour sauver des chiens. Parce que tu as endossé sans hésiter ma part de souffrance. Et tu aurais agi ainsi pour nous tous, pas seulement pour moi. Même avec un parfait inconnu. J'ai peur de ce que tu es parce que je n'ai jamais connu quelqu'un comme toi. Et j'ai peur de prendre ce risque. Peur de m'attacher et de te perdre.

— Et moi qui ne me doutais pas que j'étais un type aussi effrayant.

Layla se détourna, sortit un couteau du bloc et le posa sur la planche à découper.

— Occupe-toi des tomates.

Elle ouvrit un placard et dénicha les pâtes. Alors qu'elle cherchait une poêle et une casserole, le portable de Fox sonna. Elle lui glissa un coup d'œil tandis qu'il vérifiait le nom du correspondant.

— Allô, maman et/ou papa. C'est vrai ?

Il reposa le couteau et s'adossa au plan de travail.

— Quand ? Super. Oui, oui, bien sûr.

Il écarta le combiné.

— Ma sœur et sa compagne viennent rendre visite à mes parents, murmura-t-il à Layla. Pardon ? Non, pas de problème. Euh, écoute, tant que je te tiens... Je suis venu à la ferme avec les autres aujourd'hui. Tôt ce matin. En fait...

Il disparut dans la buanderie adjacente et Layla n'entendit plus qu'un murmure. Elle sourit en mettant de l'eau à chauffer pour les pâtes. Oui, c'était dans sa nature de sauver les chiens et d'expliquer à maman et/ou papa pourquoi il avait descellé une pierre de leur vieille cabane.

Guère étonnant qu'elle soit à demi amoureuse de lui.

Le temps maussade et pluvieux se prolongea tout l'après-midi. Ils déjeunèrent avant de passer au salon où Quinn reprit sa lecture près du feu.

L'ambiance était presque à la rêverie. Layla se laissa bercer par la voix de Quinn, le martèlement doux et régulier de la pluie et le crépitement des flammes dans la cheminée. Elle s'était pelotonnée dans un fauteuil avec une tasse de thé, de nouveau à son aise dans ses propres vêtements, Fox et Balourd étendus à ses pieds sur le tapis. Caleb avait pris place près de Quinn sur le canapé. Cybil était lovée comme un chat paresseux à l'autre extrémité, tandis que Gage sirotait encore un café, affalé dans l'autre fauteuil.

Mais il suffisait à Layla d'écouter le récit de Quinn pour imaginer un feu dans une autre cheminée, allumé en un temps lointain par une jeune femme aux longs cheveux blonds, et faire siens les tourments étreignant ce cœur qui avait cessé de battre depuis si longtemps.

Je suis enceinte. Il y a en moi tant de joie, et tant de chagrin.

La joie pour les vies qui s'épanouissaient en elle, songea Layla, et le chagrin de savoir qu'elles annonçaient la fin de sa vie avec Giles. Elle l'imaginait préparant les repas, puisant de l'eau à la rivière, rédigeant son premier journal recouvert du cuir que Giles avait tanné lui-même. Des pages et des pages sur les choses simples de la vie ordinaire.

— Je suis vannée, finit par soupirer Quinn. Mon cerveau sature. Je ne pense pas pouvoir en ingurgiter davantage pour l'instant, même si quelqu'un d'autre prend la relève.

Caleb la redressa et lui massa les épaules tandis qu'elle s'étirait.

— Si nous essayons d'en absorber trop à la fois, nous risquons de rater quelque chose.

— Beaucoup de détails de la vie quotidienne dans ce chapitre, fit remarquer Cybil qui fit jouer les muscles de la main qui tenait le stylo. Il la guide, lui enseigne les rudiments de la magie, enrichit ses connaissances sur les herbes, les bougies. Elle est avide d'apprendre. À l'évidence, il ne voulait pas la laisser désarmée.

— À l'époque des premiers colons, la vie était rude, commenta Fox.

— À mon avis, c'est à dessein qu'elle a mis l'accent sur le quotidien, intervint Layla. Nous l'avons tous senti nous-mêmes, et mentionné à un moment ou à un autre : la vie ordinaire compte, c'est elle que nous défendons. Ann l'évoque aussi souvent parce qu'elle comprenait cela. Ou peut-être voulait-elle s'en souvenir pour mieux affronter les épreuves à venir.

— Nous avons dépassé la moitié du premier volume, dit Quinn qui marqua la page avant de le reposer, et elle ne mentionne toujours aucun détail à ce sujet. Soit Giles ne lui a encore rien dit, soit elle n'a pas jugé opportun de s'en ouvrir dans son journal. Je vote pour qu'on sorte un peu, histoire de changer d'air, conclut-elle en bâillant à s'en décrocher la mâchoire. Ou alors je fais une sieste.

— Et s'ils allaient tous faire un tour ? suggéra Caleb qui lui picora le cou. On ferait une sieste à deux.

— Pâle euphémisme pour une partie de jambes en l'air. Pluie ou pas pluie, vous faites déjà assez de galipettes, objecta Cybil qui déroula une jambe et décocha à Caleb un petit coup de pied. Deuxième option, une autre forme de divertissement. Poker exclu, s'empressa-t-elle d'ajouter avant que Gage ouvre la bouche.

— Le sexe et le poker sont les deux formes suprêmes de divertissement, rétorqua-t-il.

— Quoique je ne trouve à redire ni à l'un ni à l'autre, il doit bien y avoir quelque chose qu'un groupe de trentenaires séduisants peut trouver à faire dans le coin. Ne le prends pas mal pour le *Bowling & Fun Center*, Caleb, mais il y a sûrement un endroit qui vend des boissons pour adultes, avec du bruit, pourquoi pas de la musique, et de la mauvaise bouffe de bar.

— En fait… Aïe !

Layla lança un regard mauvais à Fox qui venait de lui pincer le pied.

— En fait, reprit-elle d'un ton plus insistant, Fox m'a parlé d'un endroit qui semble correspondre à ce profil. Un bar au bord de l'eau avec concerts live le samedi soir.

— On y va, décida Cybil en se levant d'un bond. Qui se dévoue pour être conducteur sobre ? Je nomme Quinn pour le camp des filles.

— Approuvé, lança Layla.

— Mince, alors, râla Quinn.

— Tu as les galipettes, lui rappela Cybil. Aucune plainte ne sera enregistrée.

— Gage, annonça Fox, la main pointée sur son ami, mimant un revolver de l'index et du pouce.

— Comme toujours, répondit celui-ci.

Malgré leur belle unanimité, une demi-heure s'écoula encore en préparatifs aussi vitaux que raccords de maquillage et rafraîchissements de coiffure. Puis il fallut décider qui allait avec qui, question d'autant plus épineuse que Caleb demeurait intraitable : Balourd ne devait pas rester sans surveillance.

— Cette créature s'est déjà attaquée à mon chien, elle peut très bien recommencer. Où je vais, Balourd vient aussi. Et je monte dans la voiture de ma chérie.

Fox se retrouva donc dans le pick-up de Caleb, coincé entre Gage au volant et Balourd sur la banquette avant.

— Pourquoi on ne le met pas au milieu ? protesta-t-il.

— Parce qu'il me baverait dessus et que je puerais le clebs. Sans parler des tonnes de poils qu'il perd.

— Là, c'est moi qui vais sentir.

— Ton problème, vieux, rétorqua Gage qui lui coula un regard goguenard. Et j'imagine qu'une certaine jolie brune ne serait pas ravie de se faire baver dessus par toi parfumé à l'Eau de Balourd.

— Elle ne s'est pas encore plainte.

Fox se contorsionna afin d'abaisser la vitre de quelques centimètres pour le chien qui tendit la truffe dans l'ouverture.

— Je ne te blâme pas d'avancer tes pions dans cette direction, reprit Gage. Cette fille a de la classe, de la cervelle et ce côté un peu bravache dont tu raffoles.

Appuyé sur la masse imposante de Balourd, Fox dévisagea Gage avec un haussement de sourcils amusé.

— Je raffole de tout ça ?

— Elle est tout à fait ton genre, avec une touche de vernis urbain en prime. Ne laisse pas cette relation te démolir, voilà tout.

— Pourquoi elle me démolirait ?

Comme Gage gardait le silence, Fox se redressa sur son siège.

— Ça remonte à sept ans, et Carly ne m'a pas démoli. En revanche, ce qui est arrivé, si, pendant un temps. Layla fait partie de cette histoire. Ce n'était pas le cas de Carly. Ou plutôt elle n'aurait pas dû.

— Vous êtes liés, Layla et toi, comme Caleb et Quinn. Ça ne t'inquiète pas ? Il en est à choisir le service de sa liste de mariage.

— C'est vrai ?

— Façon de parler. Et maintenant, c'est à ton tour d'avoir des yeux de cocker dès que cette fille est à portée de truffe.

— Si je devais être un chien, je serais un danois. Une race très digne. Non, ça ne m'inquiète pas. Les sentiments sont les sentiments.

Malgré lui, il sonda l'esprit de Gage et souleva un coin du voile.

— Ça t'inquiète, Caleb et Quinn, Layla et moi. Du coup, il ne reste plus que Cybil et toi. Tu as peur que le destin ne prenne le dessus et te botte l'arrière-train ? Dis-moi si je dois commander les serviettes de toilette à monogramme.

— Je ne suis pas inquiet. Dans chaque partie que je joue, je tiens compte du hasard et je m'arrange pour l'influencer.

— La troisième joueuse est extrêmement canon.

— J'ai eu mieux.

Fox ricana et se tourna vers Balourd.

— Tu entends ça ?

— En plus, ce n'est pas mon genre.

— J'ignorais qu'il existait une femme qui ne soit pas ton genre.

— Les femmes compliquées ne le sont pas. Avec une femme compliquée, tu t'emmêles dans les draps, et tu sais que tu vas payer le prix fort le lendemain matin. Moi, j'aime la simplicité. Et le nombre, ajouta-t-il avec un grand sourire.

— Le jeu est plus intéressant avec une femme compliquée. Et tu aimes le jeu.

— Pas ce genre-là. Comme on risque de ne pas survivre à notre prochain anniversaire, j'ai l'intention de miser sur la quantité.

Fox lui décocha un coup de poing amical sur le bras.

— Tu as vraiment le don de me remonter le moral avec ta nature joyeuse et optimiste.

— De quoi tu te plains ? Tu vas manger, boire et, qui sait ? te faire Layla, alors que je vais me contenter d'une eau gazeuse et de mauvaise musique dans un bar bondé de Virginie-Occidentale.

— Je parie qu'il y aura au moins une femme pas compliquée. Avec un peu de chance.

Gage réfléchit tout en se garant le long du trottoir à proximité du bar.

— Possible.

Ce n'était pas la soirée dont Fox avait rêvé. Il avait eu dans l'idée de s'asseoir avec Layla à une table d'angle au fond, là où la musique n'empêchait pas toute conversation. Un petit tête-à-tête, histoire d'apprendre à mieux se connaître, suivi peut-être d'un peu de pelotage innocent qui, s'il s'était bien débrouillé, aurait pu déboucher sur un rapprochement plus concret dans sa voiture, avant de s'achever dans son lit.

Lui qui avait si bien concocté son plan, avec la marge de manœuvre nécessaire pour parer à toute éventualité, voilà qu'il se retrouvait avec les cinq autres tassés autour d'une table pour quatre, à boire de la bière et à manger des *nachos*, tandis que le juke-box crachait de la country nasillarde.

Et aussi à rire, beaucoup.

Le concert live qui commença plus tard était plutôt pas mal. Les cinq musiciens serrés sur la scène en angle avaient la pêche. Fox les connaissait et, d'humeur généreuse, leur paya une tournée pendant leur pause.

— L'idée était de qui ? demanda Quinn. Parce qu'elle est géniale. Et je ne bois même pas.

— De moi, à l'origine, répondit Fox qui entrechoqua sa bière avec son verre. J'ai systématiquement des idées géniales.

— Le concept général était de toi, mais l'application, c'est bibi, corrigea Layla. Quoi qu'il en soit, tu avais raison : c'est un bar sympa.

— J'aime particulièrement l'horloge Bettie Page au mur, dit Cybil en la désignant d'un geste.

— Tu connais Bettie Page ? voulut savoir Gage.

— Son histoire, oui. La pin-up des années 1950 devenue une icône, en partie parce qu'elle était la cible d'une enquête du Sénat sur la pornographie – à mes yeux, une chasse aux sorcières.

— Cybil l'a rencontrée, précisa Quinn en sirotant son soda light.

Gage dévisagea Cybil par-dessus son verre.

— Sans blague.

— J'ai participé aux recherches pour le scénario du film biographique sorti il y a deux ans. Une femme charmante, à regarder comme à écouter. Êtes-vous un fan, monsieur Turner ?

— En fait, oui, répondit Gage.

Il avala une gorgée d'eau gazeuse tout en étudiant Cybil.

— Tu as un parcours avec beaucoup de chemins inhabituels.

Elle le gratifia d'un lent sourire.

— J'adore voyager.

Comme le groupe regagnait la scène, deux des musiciens s'arrêtèrent à leur table.

— Tu en grattes une petite avec nous, O'Dell ?

— Vous vous en sortez très bien sans moi, les mecs.

Cybil donna un petit coup dans l'épaule de Fox.

— Tu joues ?

— Cursus familial obligatoire.

— Alors va en gratter une, O'Dell, ordonna-t-elle avec une bourrade. On insiste.

— Je suis en train de boire, là.

— Ne nous force pas à faire une scène. Nous en sommes capables, hein, Q ?

— Oh que oui ! Fox, Fox, Fox ! embraya Quinn, de plus en plus fort.

— D'accord, d'accord.

Quand il se leva, Quinn porta ses doigts à sa bouche et siffla.

— Contrôle ta nana, Hawkins.

— Impossible, répliqua Caleb avec un sourire en coin. Je les aime dingues.

Secouant la tête d'un air dégoûté, Fox attrapa une guitare sur son socle et, après un bref conciliabule avec les musiciens, passa la bandoulière sur son épaule.

Cybil se pencha vers Layla.

— Pourquoi les guitaristes sont-ils toujours si sexy ?

— À cause des mains, je dirais.

Les siennes semblaient en tout cas savoir ce qu'elles faisaient. Comme un pro, il marqua le tempo, puis commença en solo par un riff complexe.

— Quel frimeur, bougonna Gage, ce qui fit rire Cybil.

Fox enchaîna avec *Lay Down Sally*, un morceau à l'évidence apprécié du public. Layla fut forcée de s'avouer qu'elle eut des frissons lorsqu'il se pencha vers le micro et mêla sa voix aux chœurs.

Avec son jean délavé sur ses hanches étroites, ses chaussures de marche qui avaient connu des jours meilleurs et sa tignasse en bataille encadrant son beau visage, il avait vraiment le physique de l'emploi. Et quand son regard mordoré accrocha le sien, les frissons battirent tous les records.

Cybil se pencha à son oreille.

— Il est génial.

— Tu as malheureusement raison, soupira Layla. Je crois que je suis dans le pétrin.

— C'est vrai ? À l'instant ? Comme je t'envie !

Elle se redressa en riant au moment où la chanson se terminait. Le bar explosa en applaudissements.

Fox ôtait déjà la bandoulière.

— Allez, cria Cybil. Une autre !

Il revint à leur table, secouant la tête.

— Si j'en joue plus d'une d'affilée, ils vont devoir m'arracher la guitare des mains parce que je ne voudrais plus la lâcher.

— Pourquoi n'es-tu pas rock star plutôt qu'avocat ? lui demanda Layla.

— Rock star, c'est beaucoup trop de boulot, répondit-il en se penchant vers elle, tandis que la musique reprenait. J'ai résisté au morceau de Clapton le plus évident. Combien de types t'ont infligé *Layla* parmi ceux que tu as connus ?

— Pour ainsi dire tous.

— C'est bien ce que je pensais. Moi, j'ai la fibre individualiste. Ne jamais choisir le truc le plus évident.

« Cette fois, ma vieille, c'est sûr, tu es dans le pétrin jusqu'au cou », songea-t-elle, sous le charme de son sourire.

10

Le dimanche matin, il pleuvait encore ; un temps maussade et venteux qui rendait la grasse matinée obligatoire. Du moins pour les gens normaux qui n'ont pas de démon à pourchasser, songea Fox, en verrouillant la porte de son appartement.

Malgré la pluie, il décida de se rendre à pied chez Layla. Comme le jonglage, la marche était idéale pour réfléchir. Apparemment, les autres habitants d'Hawkins Hollow ne partageaient pas son point de vue. Garées pare-chocs contre pare-chocs, les voitures s'alignaient devant chez *Mae* et *Coffee Talk*. Il imaginait les clients à l'intérieur, attablés devant le petit-déjeuner spécial week-end, redemandant du café, se plaignant du temps.

De l'autre côté de la rue, son regard s'arrêta sur la nouvelle porte de la librairie. Son père avait fait du beau travail. Comme Layla, il remarqua le panneau *Cessation d'activité* dans la vitrine de la boutique de cadeaux. Que faire ? Rien. Bientôt, un nouveau commerce ouvrirait, et les habitants y entreraient avec curiosité le jour de l'inauguration. D'ici là, ils continueraient de faire la grasse matinée les dimanches matin pluvieux ou de presser leurs enfants de s'habiller pour assister à l'office.

Mais la situation allait changer. Cette fois, quand le temps des Sept serait arrivé, ils attendraient de pied ferme le Grand Méchant Démon. Ils ne se contenteraient pas d'éponger le sang, d'éteindre les incendies ou de faire enfermer les hystériques le temps que le vent de folie retombe.

Fox tourna à l'angle de la grand-place, les mains enfoncées dans la poche kangourou de son sweat-shirt à capuche, tête baissée sous la pluie.

Un crissement de pneus sur la chaussée lui fit vaguement relever le nez. Reconnaissant la voiture de Block Kholer, il jura entre ses dents avant même que ledit Block n'en descende avec un claquement de portière de sinistre augure.

— Sale petite ordure !

Block fondit sur lui, ses battoirs à viande serrés en deux poings menaçants, ses Wolverines pointure cinquante-deux battant le pavé.

« Et merde ! » se dit-il avant de lancer à voix haute :

— Laisse tomber, Block, et calme-toi.

Ils se connaissaient depuis le lycée, et l'espoir de le voir obtempérer était plutôt mince. Block était certes d'un naturel assez paisible, mais il pouvait entrer dans des colères noires et une fois remonté, malheur à celui qui tombait entre ses mains.

Bien décidé à ne pas être celui-là, Fox fit appel à son don de télépathie et parvint à esquiver le premier coup.

— Arrête, Block. Je suis l'avocat de Shelley, point final. Si ce n'était pas moi, ce serait un autre.

— À ce qu'y paraît, tu es plus que ça. Depuis combien de temps tu baises ma femme, espèce d'enfoiré ?

Fox se baissa vivement, et Kholer rata une deuxième fois sa cible.

— Je n'ai jamais eu de relation de ce genre avec Shelley. Tu me connais, bon sang. Si c'est Napper qui t'a fourré cette idée dans la tête…

— Je me suis fait jeter de ma propre maison, fulmina Block, les yeux luisants de fureur, son cou de taureau congestionné. Je suis obligé d'aller chez *Mae* prendre mon petit-déjeuner. À cause de toi !

— Ce n'est pas moi qui avais la main dans le chemisier de ma belle-sœur.

« Parle-lui, c'est ton métier, s'encouragea Fox. Montre-toi persuasif et il va se calmer. »

— Ne me mets pas ça sur le dos, Block, reprit-il d'une voix posée, tandis que, d'un bond en arrière, il esquivait un nouveau coup de poing. Ne fais pas quelque chose que tu vas regretter.

— C'est toi qui vas regretter, mon salaud !

Fox était rapide, mais Block n'avait pas complètement perdu l'agilité qu'il possédait sur un terrain de football américain à l'époque du lycée ; il le faucha d'un seul élan. Fox heurta de tout son long la pente gazonnée qui bordait le trottoir – et les pierres sous le lierre qui la recouvrait –, puis glissa douloureusement sur les pavés, l'ancien défenseur enragé à califourchon sur lui.

Block pesait au moins vingt-cinq kilos de plus que lui – du muscle pour l'essentiel. Cloué au sol, impuissant, Fox ne put éviter ni le direct décoché à bout portant en pleine face ni les petits coups épuisants qui s'abattaient en salves nourries sur son abdomen. La vision brouillée par la douleur, il entrevoyait le visage de Block déformé par une inexplicable folie teintée de panique.

Les pensées qui jaillissaient de son esprit étaient tout aussi démentes et meurtrières.

Fox sut ce qu'il lui restait à faire : oubliant toute règle de combat à la loyale, il visa les yeux, les doigts recourbés telles des serres. Comme Block hurlait, il frappa sa gorge exposée. Suffoquant, ce dernier desserra son emprise et Fox en profita pour lui asséner un coup de genou dans l'entrejambe, ajoutant quelques directs bien sentis au visage et à la gorge pour faire bonne mesure.

Cours. Cette unique pensée s'épanouit dans l'esprit de Fox telle une fleur de sang. Il parvint à se dégager à force de contorsions, mais alors qu'il tentait de se relever, Block lui claqua la tête contre le trottoir. Il sentit comme un craquement à l'intérieur de son crâne, tandis que la botte à bout ferré de son assaillant lui martelait violemment le flanc. L'air lui manqua brusquement quand ses mains épaisses se refermèrent autour de sa gorge.

Meurs.

Étaient-ce les pensées de Block ou les siennes qui tourbillonnaient dans son cerveau hurlant de douleur ? Seule certitude, il sentait la vie lui échapper. Ses poumons en feu tentaient en vain d'inspirer un filet d'air et un voile rougeâtre obscurcissait sa vision déjà brouillée. Il rassembla ses dernières forces pour sonder l'esprit de cet homme dont il savait qu'il adorait les Redskins et les courses de stock-car, toujours prompt à sortir une blague salace, et de surcroît génie de la mécanique. Un homme assez stupide pour tromper sa femme avec sa belle-sœur.

Mais il ne retrouvait rien de cet homme chez le fou furieux qui semblait bien décidé à le tuer.

Il ne vit bientôt plus qu'une immensité rouge, tel un océan de sang. Et sa propre mort.

La pression sur sa gorge se relâcha brutalement et son torse fut délesté de la masse qui l'écrasait. Il roula sur le flanc avec un haut-le-cœur et cracha du sang. En dépit du sifflement strident qui lui vrillait les tympans, il perçut un appel lointain.

— O'Dell ! Fox ! Fox !

Un visage flou se matérialisa devant ses yeux. Étendu en travers du trottoir, savourant le contact de la pluie fraîche sur son visage meurtri, Fox reconnut, en triple exemplaire, le chef de la police Wayne Hawbaker.

— Ne bouge pas, ça vaut mieux, lui ordonna celui-ci. J'appelle une ambulance.

Pas mort, se dit Fox, même si les confins de son champ de vision étaient encore obscurcis par un voile rouge.

— Non, attends ! croassa-t-il en luttant pour s'asseoir. Pas d'ambulance.

— Tu es salement amoché.

Il avait un œil si gonflé qu'il ne pouvait plus l'ouvrir, il parvint cependant à fixer l'autre sur Wayne.

— Ça va aller. Où est passé Block ?

— Enfermé à l'arrière de ma voiture, menotté. Bon Dieu, Fox, j'ai presque dû l'assommer pour qu'il te lâche. Qu'est-ce qui s'est passé ?

Fox essuya sa bouche en sang.

— Demande à Napper.

— Qu'est-ce qu'il a à voir dans cette histoire ?

— C'est lui qui a monté le bourrichon de Block en lui faisant croire que je fricotais avec Shelley, expliqua Fox.

Sa respiration sifflante lui donnait l'impression d'avoir la gorge tapissée de verre pilé.

— Enfin bref, peu importe, enchaîna-t-il. Il n'y a pas de loi qui interdise de mentir à un idiot, pas vrai ?

Wayne garda le silence un instant.

— Je vais au moins prévenir les pompiers, qu'ils t'examinent, finit-il par proposer.

— Pas la peine, s'entêta Fox qui s'appuya sur une main ensanglantée, mû par une colère aussi soudaine qu'impuissante. Je n'ai pas besoin d'eux.

— Je vais boucler Block. Quand tu seras en état, il faudra que tu passes porter plainte pour coups et blessures.

Fox hocha la tête. Tentative de meurtre aurait été une qualification plus exacte, mais coups et blessures ferait l'affaire.

— Laisse-moi t'aider à monter à l'avant. Je te dépose où tu veux.

— Vas-y. Je me débrouillerai.

Wayne passa la main dans ses cheveux mouillés.

— Bon Dieu, Fox, tu veux que je te laisse en sang sur le trottoir ?

Fox leva de nouveau son œil indemne sur lui.

— Tu me connais. Je me remets vite.

La compréhension et l'inquiétude voilèrent le regard du chef de la police.

— J'attends que tu sois debout. Je ne démarre pas avant de m'être assuré que tu peux marcher.

Fox se releva tant bien que mal, au prix de douleurs fulgurantes dans tout le corps. Trois côtes cassées, dénombra-t-il. Il sentait que, déjà, elles commençaient à se ressouder, ce qui faisait un mal de chien.

— Boucle-le. Je passerai dès que je pourrai.

Il s'éloigna en boitant et ne s'arrêta qu'après avoir entendu la voiture s'éloigner. Il se retourna alors et foudroya du regard le garçon goguenard de l'autre côté de la rue.

— Je vais guérir, enfoiré, et quand le temps sera venu, je te ferai subir bien pire.

Le démon qui avait l'apparence d'un enfant éclata d'un rire sardonique. Puis il ouvrit la bouche, qui s'agrandit démesurément, et s'avala lui-même.

Quand Fox arriva à la maison de High Street, une de ses côtes était déjà guérie et la deuxième en bonne voie. Ses dents déchaussées étaient à nouveau solidement ancrées dans ses gencives. Les coupures et plaies bénignes avaient cicatrisé.

Il aurait dû rentrer chez lui, le temps de se remettre. Mais l'agression et la douleur de la guérison l'avaient laissé épuisé et dans les vapes. Les filles devraient prendre le relais. Sans doute auraient-elles l'occasion de voir bien pire avant que tout cela soit terminé.

— On est là-haut ! cria joyeusement Quinn au bruit de la porte qui s'ouvrait. On descend dans une minute. Il y a du café au chaud et du Coca dans le frigo, selon qui vous êtes !

Les contusions sur sa trachée étaient encore trop douloureuses et Fox ne trouva pas la force de répondre. Il se rendit clopin-clopant à la cuisine.

Il voulut ouvrir le réfrigérateur et, les sourcils froncés, contempla son poignet droit. Cassé.

— Dépêche-toi, bougonna-t-il. Qu'on en finisse.

Tandis que les os se ressoudaient, il se sortit un Coca de la main gauche, puis se débattit avec l'opercule.

— On s'est levés tard. J'imagine qu'on était... Mon Dieu, Fox ! s'exclama Layla en se précipitant vers lui. Quinn, Cybil, Caleb ! Descendez vite. Fox est blessé !

Elle passa le bras autour de lui afin de le soutenir.

— Ouvre-moi cette canette, tu veux ?

— Assieds-toi. Tu dois t'asseoir. Ton visage. Ton pauvre visage.

— Ouvre juste cette stupide canette !

Sans se laisser troubler par son ton cassant, Layla prit le temps de lui tirer une chaise. La facilité avec laquelle elle le fit asseoir montrait à Fox combien il était diminué.

Elle ouvrit l'opercule, voulut serrer les mains de Fox autour de la canette et interrompit son geste.

— Tu as le poignet cassé, fit-elle remarquer d'une voix fluette, mais étonnamment calme.

— Pas pour longtemps.

Il but une longue gorgée avide au moment où Caleb faisait irruption dans la cuisine. À sa vue, celui-ci jura.

— Layla, tu peux apporter de l'eau et des serviettes pour le nettoyer ?

Il s'accroupit auprès de son ami et murmura :

— C'est grave ?

— Ça faisait longtemps que ça n'avait pas été aussi grave.

— Napper ?

— Indirectement.

— Quinn, fit Caleb sans quitter Fox des yeux, appelle Gage. S'il n'est pas déjà en route, dis-lui de venir fissa.

— Je m'occupe de la glace, répondit-elle en sortant le bac à glaçons du congélateur. Cybil !

— Je l'appelle.

Mais avant, elle se pencha vers Fox et déposa un baiser délicat sur sa joue ensanglantée.

— On va te soigner, pauvre chou.

Layla revint avec une bassine d'eau et des serviettes.

— Il souffre. Peut-on lui donner quelque chose contre la douleur ?

— On ne peut que serrer les dents. Ça aide si nous sommes tous les trois, répondit Caleb sans jamais quitter du regard le visage de Fox. Vas-y, raconte.

— Les côtes, à gauche. Il m'en a bousillé trois. Une est guérie, une autre en cours.

— D'accord.

— Elles ne devraient pas rester ici, siffla-t-il avec une grimace de douleur. Dis-leur de sortir.

— On ne va nulle part.

D'une main douce, mais efficace, Layla entreprit d'essuyer le visage de Fox avec un linge humide.

— Tiens.

Quinn appliqua une poche de glace sur son œil tuméfié.

— J'ai joint Gage sur son portable, annonça Cybil. Il était déjà en ville et sera là dans une minute.

Elle se tut et, malgré l'état effrayant de Fox, regarda avec fascination les ecchymoses sur son cou commencer à pâlir.

— Il a fait des dégâts… internes, parvint à articuler Fox. Hémorragie. Traumatisme crânien. Je ne sais pas où, mon esprit est trop embrouillé.

— Concentre-toi d'abord sur le traumatisme crânien. Refoule tout le reste.

— J'essaie.

— Attends, intervint Layla qui fourra le linge ensanglanté entre les mains de Cybil et s'agenouilla devant Fox. Laisse-moi essayer, Fox. Si j'arrive à situer la douleur, je t'aiderai à te concentrer sur l'endroit pour activer la guérison.

— Tu ne m'es d'aucune aide si tu paniques, souviens-toi de ça, la prévint Fox qui ferma les yeux et s'ouvrit à elle.

Juste la tête. Je m'occuperai du reste une fois rétabli de ce côté-là.

Il sentit le choc, la réaction horrifiée, puis la compassion, chaude et douce. Elle l'emmena à la source de sa blessure de même qu'elle l'avait guidé jusqu'à la chaise.

Là, la douleur explosa avec une férocité bestiale, telles des griffes acérées qui lui déchiquetaient les chairs. Un instant, il se cabra devant elle et voulut battre en retraite. Mais Layla l'encouragea à faire face.

Une main se referma sur son poing serré et il sut que c'était Gage.

Il ouvrit alors complètement son esprit et se laissa porter par la vague brûlante et chaotique de la souffrance. Lorsqu'elle eut reflué dans les limites du supportable, il était en nage.

— Vas-y mollo, Layla, bredouilla-t-il. C'est un peu trop fort. Un peu trop rapide.

Os, muscles, organes. Il continua d'encaisser le choc, agrippé sans honte à Caleb et à Gage. Quand le pire fut derrière lui et qu'il put enfin respirer à peu près librement, il arrêta. Sa propre nature ferait le reste.

— C'est bon, ça va aller.

— Tu n'en donnes pas l'impression, fit remarquer Cybil.

Fox leva les yeux vers elle, vit les larmes sur ses joues.

— Le reste est superficiel, la rassura-t-il. Ça guérira tout seul.

Cybil hocha la tête et se détourna. Il regarda Layla. Elle avait les yeux embués, mais, à son grand soulagement, ne pleurait pas.

— Merci.

— Qui t'a fait ça ?

— Bonne question, grommela Gage qui se redressa et alla se servir un café. La deuxième étant : quand allons-nous lui foutre une raclée ?

— J'aimerais participer, dit Cybil.

Elle sortit une tasse pour Gage, puis posa brièvement la main sur la sienne et la pressa avec force.

— C'était Block, leur apprit Fox, tandis que Quinn apportait de l'eau propre pour lui nettoyer le visage.

— Block Kholer ? s'exclama Gage qui détacha les yeux de sa main. Quelle mouche l'a piqué ?

Il sentait encore sur sa peau la chaleur de la paume de Cybil.

— Napper l'a convaincu que je couchais avec sa femme.

Caleb secoua la tête.

— Si Block est assez stupide pour croire ce con, sa bêtise est monumentale. Je l'imagine bien te bousculant un peu, peut-être même te balançant un coup de poing. Mais là, il a failli te tuer. Rien à voir avec…

Fox parvint à avaler lentement une gorgée de Coca et vit que Caleb avait compris.

— Il était là, le petit salopard. De l'autre côté de la rue. Mon attention était monopolisée par Block, qui voulait me réduire en chair à pâtée, si bien que je ne l'ai pas remarqué. Mais j'ai vu la contamination dans les yeux de Block. Si Wayne Hawbaker n'était pas passé par là, je serais mort à l'heure qu'il est.

Quinn serra l'épaule de Caleb.

— Il a gagné en puissance, souffla-t-elle.

— Il fallait s'y attendre. Tout s'accélère cette fois. Tu as dit que Wayne était passé par là. Qu'a-t-il fait ?

— Au début, j'étais dans les vapes. Quand j'ai repris mes esprits, Block était menotté dans sa voiture. Il m'a dit qu'il avait presque dû l'assommer pour qu'il lâche prise. Pas de problème avec Wayne. Il était lui-même. Préoccupé, un peu contrarié et très troublé, mais il n'a pas été affecté.

— Le démon n'en était peut-être pas capable, fit remarquer Layla qui se redressa et alla vider la bassine dans l'évier afin qu'on ne voie pas ses mains trembler. S'il avait pu, il ne s'en serait pas privé.

Cybil, qui s'était ressaisie, pinça les lèvres.

— Un à la fois, observa-t-elle. Pas une bonne nouvelle, mais ça pourrait être pire. Ton œil guérit, ajouta-t-elle à l'adresse de Fox en repoussant de son front ses cheveux emmêlés. Tu es presque aussi mignon qu'avant.

— Que comptes-tu faire au sujet de Block ? s'enquit Quinn.

— J'irai lui parler plus tard, à Wayne aussi. Pour l'instant, j'aurais besoin d'une bonne douche, si ça ne vous dérange pas, les filles.

— Je t'emmène là-haut, dit Layla qui lui tendit la main.

— Tu as besoin de sommeil, fit Caleb.
— Une douche suffira sans doute.
— Ces processus de guérison sont épuisants, tu le sais.
— Je vais commencer par la douche.
Fox suivit Layla. La douleur le taraudait toujours, mais ses crocs s'étaient émoussés.
— Je laverai tes vêtements pendant que tu seras dans la salle de bains. Il y a là-haut quelques affaires de Caleb que tu pourras enfiler. Ce jean est fichu de toute façon.
Il regarda son Levis déchiré et taché de sang.
— Fichu ? Il a à peine eu le temps de se faire.
Layla essaya de sourire sans y parvenir réellement.
— Ça te fait encore mal ? s'enquit-elle en gravissant les marches.
— C'est juste un peu douloureux.
— Dans ce cas…
Elle se retourna en haut de l'escalier et l'enlaça sans crier gare.
— Ne t'en fais pas, voulut-il la rassurer. Tout va bien maintenant.
— Bien sûr que non, tout ne va pas bien.
— Tu n'as pas flanché, tu as été très courageuse.
Avec précaution, elle prit son visage entre ses mains. Son œil gauche était encore rouge, mais il avait déjà bien dégonflé. Elle l'effleura d'un baiser, puis ses joues et ses tempes.
— J'ai eu la peur de ma vie.
— Je sais. C'est ça, l'héroïsme, non ? Faire ce qu'il y a à faire tout en étant mort de peur.
Elle l'embrassa sur les lèvres avec douceur.
— Fox, murmura-t-elle contre sa bouche, déshabille-toi.
— J'attends de t'entendre dire ces mots depuis des semaines.
Cette fois, elle réussit à sourire.
— Et va sous la douche.
— De mieux en mieux.
— Si tu as besoin de quelqu'un pour te frotter le dos… j'enverrai Caleb.
— Et voilà mon rêve brisé.
Une fois dans la salle de bains, il s'assit au bord de la baignoire et laissa Layla dénouer ses lacets. Puis elle l'aida à

enlever sa chemise et son jean avec une affection fraternelle déprimante.

— Oh, Fox, souffla-t-elle quand il fut en caleçon, et il sut à son ton que ce n'était pas parce qu'elle était subjuguée par son corps viril, mais à cause des ecchymoses dont celui-ci était couvert.

— Quand il y a beaucoup de dommages internes, les blessures externes mettent plus de temps à cicatriser.

Elle se contenta de hocher la tête, puis sortit en emportant ses vêtements.

L'eau chaude sur sa peau fut un bonheur absolu. Le bonheur d'être en vie. Les mains appuyées contre le mur carrelé, il resta sous la douche jusqu'à ce que la douleur reflue. Quand il émergea de la cabine, un jean et un sweat-shirt soigneusement pliés l'attendaient. Il parvint tant bien que mal à les enfiler, mais, en proie à de méchants accès de vertige, dut s'interrompre à plusieurs reprises. Après avoir essuyé la condensation sur le miroir au-dessus du lavabo et fait le bilan des dégâts, il fut contraint d'admettre que Caleb avait raison, comme d'habitude.

Il avait cruellement besoin de sommeil.

Comme dans un rêve, il se rendit dans la chambre de Layla, se recroquevilla sur le lit et s'endormit, enveloppé par son odeur réconfortante.

Lorsqu'il se réveilla, il était recouvert d'un plaid, les rideaux étaient tirés et la porte fermée. Il s'assit avec précaution et fit de nouveau le point. Plus de douleur, pas même lorsqu'il tâta du bout des doigts les contours de son œil gauche. Fini la pesante sensation d'épuisement. Et il mourait de faim. Que des signes positifs.

Il sortit et trouva Layla dans le bureau en compagnie de Quinn.

— J'ai fait un petit somme.

— Petit ? Tu as dormi cinq heures, lui apprit Layla qui s'approcha de lui pour scruter son visage. Tu sembles en pleine forme. Un sommeil réparateur, au sens propre du terme.

— *Cinq* heures ?

— Et des poussières, ajouta Quinn. C'est bon de te voir de nouveau parmi nous.

— Vous auriez pu me tirer du lit. Nous étions censés lire le reste du premier journal, au minimum.

— C'est fait. Nous mettons les notes au propre, précisa Layla en désignant le portable de Quinn. Tu en auras un exemplaire plus tard. Pour l'instant, fais une pause. Cybil a préparé une délicieuse soupe poireaux-pommes de terre.

— Par pitié, dites-moi qu'il en reste.

— Plein. Viens, je vais t'en servir un bol.

Au rez-de-chaussée, Gage se tenait devant la fenêtre du salon. Il jeta un coup d'œil à Fox.

— La pluie s'est arrêtée. Je vois que tu es redevenu aussi laid qu'avant.

— Je suis toujours plus beau que toi. Où est Caleb ?

— Il est retourné au bowling il y a quelques minutes. Il veut qu'on le prévienne quand tu auras décidé de regagner le monde des vivants.

— Je vais chercher la soupe, dit Layla.

— Reprends des forces, et ensuite nous appellerons Caleb, dit Gage quand ils furent seuls. Il nous retrouvera chez le shérif. Quinn te fait un résumé de notre séance lecture du jour.

— Du nouveau ?

— Selon moi, rien, mais tu verras par toi-même.

Fox engloutit deux bols de soupe et une grosse part de pain aux olives. Il venait de terminer lorsque Quinn descendit avec une chemise cartonnée et le journal.

— Tu auras l'essentiel avec ce synopsis, mais comme nous avons tous lu l'original, tu devrais l'emporter pour ce soir. Au cas où tu aurais des vérifications à faire.

— Merci, pour les notes, la soupe, les bons soins.

Il souleva le menton de Layla et lui plaqua un baiser sur les lèvres.

— Merci, pour le lit. Je te vois demain.

Les hommes partis, Cybil inclina la tête de côté.

— Il a une belle bouche.

— C'est vrai, approuva Layla.

— Et ce que j'ai vu dans la cuisine, quand il luttait pour guérir et endurait toutes ces souffrances… Je crois que c'est le plus bel acte de courage auquel j'aie jamais assisté. Tu as énormément de chance. Et décidément, c'est ton jour, ajouta Cybil qui sortit un papier de sa poche, car tu es aussi notre grande gagnante au tirage des courses.

Layla prit la liste.

— Génial, soupira-t-elle.

Quand le trio pénétra dans les locaux de la police, le shérif Hawbaker écarquilla les yeux en découvrant le visage indemne de Fox. Ce n'était pourtant pas la première fois, songea ce dernier. Mais, apparemment, il était difficile de s'y habituer. En fait, à Hawkins Hollow, la plupart des gens ne remarquaient rien, ou faisaient semblant.

— Ça va, on dirait, commenta le policier. Je suis passé à la maison louée par Mlle Black, comme je t'avais vu partir dans cette direction en clopinant. Une certaine Mlle Kinsky m'a ouvert. Elle m'a assuré qu'on s'occupait de toi.

— C'est exact. Comment va Block ?

— J'ai appelé le toubib, histoire de le nettoyer un peu, répondit Wayne en se grattant la mâchoire. Mais même là, il a bien pire allure que toi. En fait, si je ne l'avais pas vu de mes yeux, j'aurais tendance à croire que c'est toi qui l'as agressé, et non l'inverse. Il a dû se cogner le crâne, conclut-il sans ciller, avec juste assez de désinvolture dans la voix pour faire comprendre à Fox qu'il comptait le laisser décider comment gérer l'affaire. Ses souvenirs sont plutôt flous. Il admet s'être attaqué à toi plutôt méchamment. Quant à sa motivation, ses explications sont un peu confuses.

— J'aimerais lui parler.

— Je peux arranger ça. Veux-tu que je parle à Derrick ?

— C'est ton adjoint. À ta place, je lui conseillerais de garder ses distances avec moi.

Sans un mot, Wayne prit les clés et emmena Fox à travers les bureaux jusqu'à la zone de détention.

— Il n'a demandé ni l'avocat ni l'appel téléphonique auxquels il a droit. Block ? Fox veut te parler.

Assis sur la couchette dans l'une des trois cellules, la tête entre ses grosses mains abîmées, Block se leva d'un bond et se rua vers les barreaux. « Je ne l'ai pas raté », nota Fox en découvrant les méchantes griffures qu'il lui avait infligées, sans parler des yeux pochés et de la lèvre éclatée. Et il ne ressentait aucune mesquinerie dans la satisfaction qu'il en tirait.

— Bon Dieu, Fox...

— On peut avoir une minute, shérif ?

— Ça te va, Block ?

— Euh, oui, bien sûr. Dis donc, Fox, je croyais t'avoir méchamment tabassé et... tu n'as rien.

— Tu as failli me tuer, Block. Et c'est ce que tu essayais de faire.

— Mais...

— Tu te souviens quand je jouais deuxième base dans l'équipe du lycée en première et que j'ai pris un mauvais rebond en pleine figure ? On a cru à une fracture de la pommette. Et pourtant, j'étais de retour sur le terrain à la fin de la quatrième manche.

Un mélange de peur et de confusion passa sur le visage tuméfié de Block. Il humecta sa lèvre enflée.

— Ouais, je m'en souviens. Bon Dieu, Fox, c'était comme dans un rêve, je sais pas ce qui m'a pris. J'avais jamais tabassé personne comme ça avant.

— Napper t'a raconté que j'avais fricoté avec Shelley ?

— Ouais. Quel connard, bougonna Block qui, visiblement écœuré, flanqua un léger coup de pied dans les barreaux. Je l'ai pas cru. Il te déteste depuis toujours. Et puis, je savais bien que Shelley allait pas voir ailleurs. Mais...

— L'idée t'a travaillé.

— Exact. C'est vrai, quoi, Fox, elle m'a foutu à la porte, me balance les papiers du divorce, m'adresse même plus la parole. Je me suis dit que, tout ça, c'était peut-être ta faute, avoua Block, les mains crispées sur les barreaux. Parce que tu étais de son côté.

— Et pas parce qu'elle t'a pris la main dans le soutien-gorge de Sami ?

— J'ai merdé, je sais. Shelley et moi, on s'était un peu disputés ces derniers temps, et Sami... Elle me draguait depuis un moment, reprit-il après un silence et un haussement d'épaules. Ce jour-là, elle m'a demandé de venir l'aider dans la réserve. Là, elle s'est frottée contre moi – et tu sais comme moi que Sami a des arguments – et elle a déboutonné son chemisier. Bon sang, Fox, son sein est venu tout seul dans ma main. J'ai salement merdé.

— Je ne te le fais pas dire.

— Je veux pas divorcer. Juste rentrer à la maison, tu comprends ? pleurnicha Block. J'ai envie d'arranger les choses et Shelley, elle raconte dans toute la ville que tu vas m'étriller au tribunal et des conneries de ce genre.

— Et ça t'a fait voir rouge, l'encouragea Fox, comme Block fixait ses pieds, la mine renfrognée.

— Ça a fait monter la pression, pour sûr, et les conneries de Napper, c'était la goutte d'eau. Mais j'ai jamais été aussi déchaîné après quelqu'un, ajouta Block qui releva la tête, de nouveau plongé dans un abîme de confusion. C'était comme si j'étais devenu cinglé. Impossible de m'arrêter. J'aurais pu te tuer. Je sais pas comment j'aurais fait pour vivre avec ça sur la conscience.

— Par chance pour nous deux, tu n'en es pas arrivé là.

— N'empêche, c'est dingue, Fox. Tu es un ami. Nous deux, ça remonte à un bail. Je sais pas ce qui m'a pris, j'ai dû péter un câble.

L'image du démon hilare s'avalant lui-même s'imposa dans l'esprit de Fox.

— Je ne vais pas porter plainte, Block. On n'a jamais eu de problèmes, toi et moi.

— Non, c'est vrai qu'on s'entend bien.

— En ce qui me concerne, l'affaire est close. Quant à Shelley, je suis son avocat, point final. Je ne suis pas autorisé à te conseiller sur le sauvetage de ton couple. Si par hasard tu me disais que tu souhaites essayer la conciliation conjugale, je pourrais transmettre l'information à ma cliente. En tant qu'avocat et ami, je pourrais lui conseiller d'essayer cette voie avant d'aller plus loin dans la procédure de divorce.

— Je ferai tout ce qu'elle veut, répondit Block dont la pomme d'Adam jouait au yo-yo. Je te revaudrai ça, Fox.

— Non. Je suis l'avocat de Shelley, pas le tien. Je veux que tu me promettes qu'en sortant d'ici, tu rentreras tout droit chez toi. Regarde le stock-car. Il doit bien y avoir une course aujourd'hui.

— Pour le moment, je suis chez ma mère. Oui, je vais rentrer, tu as ma parole.

Fox sortit retrouver Wayne.

— Je ne porte pas plainte, annonça-t-il, ignorant le juron étouffé de Gage. À l'évidence, je n'ai pas de séquelles. Nous avons eu une altercation qui paraissait plus sérieuse qu'elle ne l'était en réalité, et maintenant tout est réglé à la satisfaction des deux parties.

— Si c'est ce que tu veux, Fox.

— C'est bien comme ça. Merci encore de ton intervention, dit Fox qui serra la main du shérif.

Une fois dehors, Gage exprima de nouveau sa réprobation.

— Pour un avocat, tu as vraiment un cœur d'artichaut.

— Tu aurais agi exactement comme moi, rétorqua Fox. Il n'était pas responsable.

— Nous aurions tous les trois agi ainsi, approuva Caleb. Ça te dit de venir au bowling regarder la compétition ?

— Tentant, mais non, merci. J'ai de la lecture à rattraper.

11

Entre deux séances de jonglage, Fox consacra sa soirée à lire, à prendre ses propres notes et à vérifier dans le journal d'Ann Hawkins certains passages relevés par Quinn.

Aucun gardien n'est jamais parvenu à détruire les Ténèbres. Certains ont perdu la vie en s'y efforçant. Giles s'apprêtait à donner la sienne comme aucun autre avant lui.

Une expérience donc totalement inédite pour Dent, cette nuit-là dans les bois. Ce qui signifiait, réfléchit Fox, qu'il ne pouvait être assuré de sa réussite. Et pourtant il était prêt à risquer sa vie. Un sacré pari, même si Ann et les enfants qu'elle portait étaient à l'abri.

Mon bien-aimé a franchi la frontière du possible. Le sang innocent versé, ce sera, pense-t-il, ténèbres contre ténèbres. Et il paiera en personne le prix de ce péché. Viendra le temps du sang et du feu, du sacrifice et du deuil. Ce sera mort contre mort avant que renaissent la vie et l'espoir.

Magie rituelle, décida Fox, profitant de la lessive et des tâches ménagères pour réfléchir. Il jeta un coup d'œil à la cicatrice sur son poignet. Le sang et le feu à la Pierre Païenne avec Dent et, trois siècles plus tard, le sang encore dans leur rituel d'enfants. Un feu de camp, leur pacte déclamé à trois tandis que Caleb procédait aux entailles.

Trois jeunes garçons – le sang innocent.

Après avoir jonglé en tous sens avec les idées et les hypothèses, il se coucha tard – dans des draps propres. Peut-être la nuit lui porterait-elle conseil.

Le déclic lui vint au matin, alors qu'il se rasait. Il détestait se raser et, une fois de plus, envisagea de se laisser pousser la barbe. Mais à chaque tentative, ça le démangeait, et il avait l'air stupide. Dans le genre rituel païen, celui-là était des plus pénibles, se dit-il en passant la lame sur sa peau enduite de mousse.

Et merde !

Il s'était coupé, comme presque chaque fois. Agacé, il appuya le doigt sur la petite plaie qui aurait à peine le temps de saigner avant de se refermer. Déjà la douleur refluait. Dégoûté, il contempla l'extrémité de son doigt maculée de sang.

Et se figea.

La vie et la mort, songea-t-il. Le sang, c'était la vie. Et aussi la mort.

Une horreur sourde s'insinua en lui. Il se trompait sûrement. Pourtant, le raisonnement se tenait. Quelle terrifiante stratégie, pour celui qui était prêt à verser le sang innocent.

Qu'est-ce que cela avait fait de Dent, si tel avait été son sacrifice ?

Et d'eux-mêmes ?

Il continua de se triturer les méninges tout en finissant de se raser et de se préparer. Il avait un petit-déjeuner du conseil municipal et, en sa qualité d'avocat de la ville, ne pouvait s'y soustraire. C'était sans doute mieux ainsi, jugea-t-il comme il attrapait sa veste et son porte-documents. Mieux valait attendre et réfléchir encore avant de soumettre l'idée aux autres. Même à Caleb et à Gage.

Il s'efforça de se concentrer sur la réunion et, bien que le ravalement de la mairie et les nouvelles plantations sur la grand-place ne fussent pas en tête de ses priorités, il lui sembla qu'il s'en était bien sorti.

Mais Caleb lui tomba dessus à peine sortis de chez *Mae*.

— Que se passe-t-il ?

— Je pense que la mairie a besoin d'une nouvelle couche de peinture, et au diable la dépense.

— Laisse tomber. Tu as à peine touché à ton assiette. Quand tu ne manges pas, il y a quelque chose qui cloche.

— J'ai une idée qui me travaille, mais je dois d'abord l'affiner avant d'en parler. Et puis, Sage est en ville. J'ai rendez-vous avec elle et les parents pour déjeuner au restaurant de Sparrow, d'où mon manque d'appétit.

— Accompagne-moi jusqu'au bowling et raconte-moi.

— Pas maintenant. De toute façon, j'ai du boulot. Je dois d'abord digérer tout ça, une mission sans doute plus aisée que les lentilles auxquelles je risque d'avoir droit à midi. On en parlera ce soir.

— D'accord. Tu sais où me trouver si tu as envie de te confier plus tôt.

Chacun partit dans sa direction, et Fox sortit son portable pour appeler Shelley et lui demander de passer à son cabinet. Il écoutait sa dernière idée de vengeance contre Block quand Derrick Napper passa dans sa voiture de patrouille. Le policier ralentit et, avec un rictus mauvais, lui adressa un doigt d'honneur sans lâcher son volant.

Crétin, songea Fox qui poursuivit son chemin.

— Bonjour, madame H, lança-t-il en pénétrant dans son cabinet.

— Bonjour. Comment s'est passée la réunion ?

— J'ai suggéré le portrait de Jessica Simpson en tenue d'Ève comme nouvel emblème de la ville. Ma proposition est à l'étude.

— Voilà qui devrait attirer l'attention sur Hawkins Hollow, commenta-t-elle. Je ne suis là que pour une heure. J'ai prévenu Layla, cela ne la dérange pas de venir plus tôt.

— Ah.

— J'ai rendez-vous avec notre agent immobilier. Nous avons vendu la maison.

— Vous… Quand ?

— Samedi. Il y a beaucoup à faire, s'empressa-t-elle d'ajouter. Vous allez vous occuper de la vente pour nous, n'est-ce pas ?

— Oui, bien sûr, répondit Fox.

Voilà qui allait beaucoup trop vite à son goût.

— Fox, c'est mon dernier jour ici. Layla est capable de prendre la relève maintenant.

— Mais…

Mais quoi ? songea-t-il. Il savait pertinemment que ce jour arriverait.

— Nous avons décidé de partir tout de suite pour Minneapolis. La plupart des affaires sont déjà dans les cartons, prêtes à être expédiées. Notre fille nous a trouvé un appartement qu'elle pense à notre goût à quelques kilomètres de chez elle. Je vous ai fait une procuration pour les formalités. Nous ne serons pas là au moment de la signature.

— J'y jetterai un coup d'œil. Il faut que je monte, j'en ai pour une minute.

— Votre premier rendez-vous est dans un quart d'heure, lui rappela-t-elle.

— Je redescends tout de suite.

Fox tint parole et revint droit à la réception. Il posa un paquet sur le bureau de son assistante.

— Ce n'est pas un cadeau de départ, précisa-t-il. Je suis bien trop fâché que vous m'abandonniez. C'est pour tout le reste.

— Eh bien...

Avec un petit reniflement ému, elle déballa le paquet. La délicatesse avec laquelle elle préserva le papier pour le plier ensuite avec soin fit sourire Fox.

Tout intimidée, elle souleva le couvercle.

C'était un collier de perles, digne et classique comme elle. Le fermoir représentait un petit bouquet de roses orné de pierreries.

— Je sais combien vous aimez les fleurs, commença-t-il comme elle demeurait sans voix. Celui-ci m'a tapé dans l'œil.

— Ces perles sont magnifiques. Absolument magnifiques... C'est beaucoup trop, ajouta-t-elle, la voix éraillée par l'émotion.

— C'est encore moi le patron ici, répondit Fox qui lui prit le collier des mains et le passa lui-même autour de son cou. Et c'est aussi en partie grâce à vous que j'ai les moyens de vous l'offrir.

Sa carte de crédit en avait pris un coup, mais l'expression de Mme Hawbaker valait à elle seule la dépense.

— Il vous va à merveille, madame H.

Du bout des doigts, elle caressa le rang de perles, puis se leva et étreignit Fox avec effusion.

— Vous êtes un garçon si gentil. Je penserai à vous. Je prierai pour vous. Vous allez me manquer, soupira-t-elle en reculant d'un pas. Merci, Fox.

— Allez-y, je sais que vous en mourez d'envie.

Avec un rire ému, elle se précipita devant le miroir qui ornait le mur de l'entrée.

— Mon Dieu ! J'ai l'air d'une reine. Merci, Fox, pour tout, ajouta-t-elle, croisant son regard dans la glace.

À cet instant, la porte s'ouvrit, et elle retourna précipitamment à son bureau pour recevoir le premier client. Lorsque Fox raccompagna celui-ci après le rendez-vous, Mme Hawbaker était partie.

— Alice m'a dit que vous vous étiez déjà fait vos adieux, commença Layla avec une lueur compatissante dans le regard. Et elle m'a montré ses perles. Bien joué, tu n'aurais pu trouver cadeau plus parfait.

— Bosse pour moi quelques années, et tu gagneras peut-être le droit d'en avoir un, toi aussi. Il faut que je m'y fasse, je sais, soupira-t-il en en faisant jouer les muscles crispés de ses épaules. Écoute, Shelley va bientôt passer – je l'ai casée entre deux rendez-vous.

— Tu as l'intention de lui raconter ce qui s'est passé avec Block ?

— Pourquoi le ferais-je ?

— C'est vrai, pourquoi ? murmura Layla. Je sors son dossier.

— Non, j'espère ne pas en avoir besoin. Laisse-moi te poser une question. Si tu aimais un homme au point de l'épouser et s'il faisait une grosse connerie, est-ce que ce serait fini entre vous ? Si tu l'aimais encore, s'entend. À l'origine, tu serais tombée amoureuse de lui moins pour son intelligence que sa gentillesse et l'amour qu'il te porte en retour. Alors, ce serait fini ou tu lui donnerais une seconde chance ?

— Tu veux que Shelley lui donne une seconde chance ?

— Je suis son avocat, donc je veux ce qu'elle veut, dans la limite du raisonnable. Peut-être n'est-elle pas contre une conciliation conjugale.

Layla le dévisagea avec incrédulité.

— Tu lui as demandé de venir pour lui *suggérer* d'essayer la conciliation ? Après le passage à tabac en règle que son mari t'a infligé ?

— Il a des circonstances atténuantes. Shelley ne veut pas divorcer, Layla. Juste qu'il se sente aussi malheureux qu'elle, voire davantage. Je vais me contenter de lui indiquer une autre option. La décision lui reviendra. Alors, tu lui accorderais une autre chance, oui ou non ?

— Je crois aux secondes chances, mais cela dépendrait. De l'amour que je lui porte. De mon envie de lui faire payer avant de me montrer magnanime. Les deux seraient forcément très grands.

— C'est ce que je pensais. Envoie-la-moi dès son arrivée.

Assise à son bureau, Layla songea aux perles magnifiques et aux yeux embués d'Alice. À Fox en sang dans la cuisine, blême de souffrance. Au même jouant de la guitare dans un bar bruyant. Se ruant vers une maison en feu pour sauver des chiens.

Quand Shelley se présenta, les yeux étincelant de colère et de détresse, Layla la fit entrer immédiatement dans le bureau de Fox. Puis elle termina le travail qu'Alice avait commencé et répondit au téléphone, toujours plongée dans ses pensées.

Lorsque Shelley ressortit, elle pleurait un peu, mais il y avait dans son regard une lueur qui n'y était pas à son arrivée. L'espoir.

— J'ai une question à vous poser.

« C'est reparti », se dit Layla.

— Laquelle ?

— À votre avis, je serais une idiote finie si j'appelais ce numéro ? demanda Shelley avant de lui tendre une carte de visite. Si je prenais rendez-vous avec cette conseillère matrimoniale qui est vraiment bien d'après Fox ? Si je donnais à cet abruti de Block une chance de recoller les morceaux ?

— À mon avis, vous seriez une idiote finie si vous ne faisiez pas tout pour obtenir ce que vous souhaitez le plus.

— Je ne sais pas pourquoi je veux ce type, avoua Shelley. Peut-être que ça m'aidera à trouver la réponse, ajouta-t-elle en regardant le bristol que Layla lui avait rendu. Merci.

— Bonne chance, Shelley.

Après tout, quel mal y avait-il à être une idiote finie ? Avant de s'enliser dans ses tergiversations coutumières, Layla se leva avec détermination et se dirigea vers le bureau de Fox.

Il tapait sur son clavier, les sourcils froncés, et lui accorda tout juste un grognement quand elle se planta devant lui.

— C'est d'accord, annonça-t-elle tout de go. J'accepte de faire l'amour avec toi.

Les doigts de Fox s'immobilisèrent. Il tourna la tête, la regarda droit dans les yeux.

— Voilà une excellente nouvelle, commenta-t-il tout en faisant pivoter son fauteuil pour lui faire face. Tout de suite ?

— C'est si facile pour toi, n'est-ce pas ?

— En fait…

— Juste « d'accord, allons-y ».

— Je trouve que, dans ces circonstances, je ne devrais pas avoir à préciser que oui, je suis un homme.

— Il n'y a pas que ça, objecta Layla qui se mit à arpenter la pièce. Je parie qu'on t'a inculqué que l'amour est un acte naturel, une forme fondamentale d'expression humaine, voire une célébration physique entre deux adultes consentants.

Fox marqua un temps d'arrêt.

— Ce n'est pas le cas ? demanda-t-il d'un ton innocent.

Layla s'arrêta net et pivota vers lui avec un geste d'impuissance.

— Moi, on m'a appris que c'était un pas énorme, lourd de conséquences et de responsabilités. Amour et intimité étant synonymes, on ne saute pas dans un lit avec le premier venu juste parce que ça vous démange.

— Mais tu vas coucher avec moi quand même.

— C'est ce que je viens de dire, non ?

— Pourquoi ?

— Parce que Shelley va contacter une conseillère matrimoniale. Et aussi, poursuivit-elle avec un soupir, parce que tu joues de la maudite guitare, et que je sais sans même compter qu'il y a un dollar supplémentaire dans ton stupide bocal parce que tu as dit un gros mot alors qu'Alice est partie. Parce que Caleb a dit à Quinn que tu ne portais pas plainte contre Block.

— Ce sont là d'excellentes raisons, je dirais, pour être bons copains, réfléchit Fox. Mais pas pour faire l'amour.

— J'ai le droit d'avoir les raisons que je veux pour faire l'amour avec toi, répliqua Layla avec une mine assez pincée pour que Fox réprime un sourire. Y compris celles-ci : primo, tu as un beau cul ; secundo, quand tu poses les yeux sur moi, j'ai l'impression que ce sont tes mains qui me caressent, et tertio, juste parce que j'en ai envie. Voilà.

— Comme je le disais, c'est une excellente nouvelle. Hé, salut, Sage, comment ça va ?

— Très bien. Désolée de vous interrompre.

L'estomac dans les chaussettes, Layla pivota vers la porte. La femme qui se tenait sur le seuil arborait le sourire radieux des O'Dell. Ses cheveux courts d'un roux flamboyant encadraient un joli minois auquel des yeux mordorés conféraient un charme envoûtant.

— Layla, je te présente ma sœur Sage. Sage, Layla.

— Enchantée de faire votre connaissance.

En jean moulant glissé dans d'élégantes bottes, Sage s'avança vers Layla, la main tendue.

— Euh… eh bien, je m'apprêtais à regagner la réception pour me taper la tête contre le mur quelques minutes. Excusez-moi.

Sage la regarda sortir, puis se tourna vers son frère.

— Joli petit lot.

— Arrête. C'est trop bizarre que tu mates la même femme que moi. Et puis, tu es mariée.

— Le mariage ne rend pas aveugle, rétorqua-t-elle, ouvrant les bras.

Fox la rejoignit et l'étreignit, la soulevant un instant du sol.

— Je croyais qu'on devait se retrouver chez Sparrow.

— C'est vrai, mais j'avais envie de passer te voir.

— Où est Paula ?

— À Washington, à la réunion qui nous a servi de prétexte pour venir sur la côte Est. Elle nous rejoindra plus tard. Laisse-moi te regarder, frérot.

— Laisse-moi te regarder aussi, sœurette.

— Alors, toujours avocat en province ?

— Alors, toujours lesbienne ?

Sage s'esclaffa.

— D'accord, j'arrête. Je devrais peut-être revenir quand tu ne seras pas sur le point de faire des galipettes avec ton assistante.

— Je crois que c'est reporté pour cause d'embarras aigu.

— J'espère ne pas avoir tout bousillé.

— J'arrangerai ça. D'après maman, vous ne savez pas encore combien de temps vous restez.

— Exact. En fait, ça dépend. De toi, précisa-t-elle avec un soupir.

— Paula et toi avez décidé de pratiquer le droit lesbien en province et vous voulez vous associer avec moi à Hollow ? suggéra-t-il en sortant deux Coca du frigo.

— Non, quoiqu'on puisse peut-être parler d'association. Tout dépend de ta définition du terme.

Il lui tendit une canette.

— Que se passe-t-il, Sage ?

— Si tu es occupé, nous pouvons en parler ce soir. Devant un verre peut-être.

Elle était nerveuse, nota Fox. Ce qui lui arrivait rarement.

— J'ai tout mon temps.

Elle se mit à arpenter la pièce, pianotant sur sa canette.

— Eh bien, en fait, Fox… Pour tout t'avouer, Paula et moi avons décidé d'avoir un bébé.

— Mais c'est formidable. Comment ça marche dans votre cas ? Vous faites appel à Loca Pénis ? Ou Sperme R'Us ?

— Ne dis donc pas de bêtises.

— Désolé, il y a des blagues qu'on ne peut pas s'empêcher de faire.

— Ah, ah ! Nous avons beaucoup réfléchi, beaucoup discuté. En fait, nous aimerions même en avoir deux. Et nous avons décidé que, pour le premier, ce serait Paula qui serait enceinte. Ensuite, ce serait mon tour.

— Vous ferez des parents fantastiques, assura Fox qui lui tira les cheveux affectueusement. Les enfants auront de la chance de vous avoir toutes les deux.

— Nous ferons de notre mieux. Mais pour commencer, il nous faut un donneur, ajouta-t-elle en pivotant vers lui. Et nous voulons que ce soit toi.

— Pardon, quoi ? Quoi ??

Le Coca, que Fox n'avait par chance pas encore ouvert, lui glissa des mains.

— Je sais, c'est beaucoup demander. Et un peu bizarre, admit Sage qui se pencha pour ramasser la canette, tandis qu'il la dévisageait avec des yeux ronds. Et nous ne t'en voudrons pas si tu refuses.

— Mais pourquoi ? Je veux dire, toute blague vaseuse mise à part, il existe des banques pour ce genre de… don.

— Il y a, c'est vrai, d'excellents établissements avec des donneurs triés sur le volet où on peut sélectionner des qualités spécifiques. C'est une option, mais pas notre première. Toi et moi sommes du même sang, Fox, nous partageons le même patrimoine génétique. Ainsi, le bébé serait davantage à nous.

— Pourquoi pas Ridge ? Il a déjà fait ses preuves dans ce domaine.

— Ce qui est une des raisons pour lesquelles je ne me sens pas le droit de lui demander ça. Et, bien que je l'adore, Paula et moi avons jeté notre dévolu sur toi. Notre Ridge est un rêveur, un artiste, une belle âme. Toi, tu es dans l'action, Fox. Toi et moi sommes plus proches par le caractère, et aussi physiquement. Sous la teinture, lui rappela-t-elle, désignant ses cheveux, ils sont de la même couleur que les tiens.

Fox faisait un blocage sur le mot *donneur*.

— J'avoue que je suis un peu sous le choc, Sage.

— J'imagine. Je ne te demande pas de donner ta réponse tout de suite, car c'est une décision qui demande réflexion. Si c'était non, nous comprendrions. Je n'en ai encore parlé à personne dans la famille, alors il n'y a aucune pression.

— Je te remercie. Écoute, je suis étrangement flatté que Paula et toi vouliez que je vous… euh, dépanne. Je vais y réfléchir.

— Merci, fit Sage en pressant sa joue contre la sienne. On se voit au déjeuner.

Sa sœur partie, Fox regarda le Coca qu'il tenait à la main, puis le remit dans le mini-réfrigérateur. Il avait eu sa dose de stimulant. Une chose à la fois, décida-t-il, avant d'aller trouver Layla.

— Ta sœur s'est montrée très amicale, carrément enjouée même, avoua-t-elle. Elle s'est comportée comme si elle ne m'avait pas entendue claironner que j'allais coucher avec son frère.

— Sans doute cette histoire d'acte naturel, de célébration du corps humain. Et elle a d'autres choses en tête.

— Je suis une femme adulte. Célibataire et en bonne santé, poursuivit Layla qui rejeta ses cheveux en arrière avec un soupçon de défi. Alors je me dis que je n'ai absolument aucune raison de me sentir gênée parce que… Un problème ?

— Non. Enfin, je ne sais pas. J'ai eu une matinée vraiment étrange. Il s'avère que…

Comment présenter la chose ?

— Je t'avais dit que ma sœur était homosexuelle, n'est-ce pas ? reprit Fox.

— Tu l'avais mentionné.

— Paula et elle sont ensemble depuis quelques années maintenant. Leur couple marche bien, vraiment très bien, et…

Il marcha jusqu'à la fenêtre, fit demi-tour.

— Elles veulent un bébé, lâcha-t-il tout de go.

— C'est une excellente nouvelle, Fox.

— Elles veulent que je fournisse le chromosome Y.

— Oh. *Oh*, fit Layla qui pinça les lèvres. C'est une matinée pour le moins étrange, en effet. Qu'as-tu répondu ?

— Je ne m'en souviens pas exactement, vu que j'ai brusquement déconnecté. Que j'allais y réfléchir, j'imagine. Ce que, bien sûr, je vais avoir du mal à ne pas faire.

— Toutes les deux doivent te tenir en haute estime. Et puisque tu n'as pas refusé d'emblée, tu dois, toi aussi, les tenir en haute estime.

— Pour l'instant, je suis incapable de penser de manière cohérente. On peut fermer le cabinet et monter faire l'amour ?

— Non.

— Je redoutais cette réponse.

— Ton dernier rendez-vous est à 16 h 30. On peut faire l'amour après.

Il la fixa avec des yeux ronds.

— Décidément, cette matinée est de plus en plus étrange.

— D'après ton agenda de cette étrange journée, je suis censée passer un appel en téléconférence pour l'affaire Benedict. Voici le dossier.

— Vas-y. Tu veux venir déjeuner avec moi chez ma sœur avec la famille ?

— Pas pour un million de dollars.

Il ne pouvait l'en blâmer, tout bien réfléchi. Quant à lui, il passa une heure très agréable avec son frère Ridge, sa femme et leur petit garçon, ses sœurs et ses parents dans le petit restaurant de Sparrow.

À son retour, Layla sortit déjeuner, ce qui lui laissa le loisir de réfléchir. Il s'efforçait de ne pas regarder la pendule, mais, de sa vie, il n'avait eu autant envie que la journée s'achève.

Comme un fait exprès, son dernier client se montra bavard ; il ne semblait pas se préoccuper le moins du monde du tarif horaire ou du temps qui filait – déjà 17 h 10. Le charme des petites villes, se dit Fox, refrénant l'envie de consulter sa montre pour la énième fois. Ici, les gens aimaient à faire un brin de causette avant, pendant et après les choses sérieuses. Un autre jour, il aurait été parfaitement heureux de se détendre un moment en discutant de l'avant-saison de base-ball et des chances de l'équipe locale avec ce jeune batteur au potentiel si prometteur.

Mais une femme l'attendait. Et lui-même piaffait dans les starting-blocks.

Sans aller jusqu'à traîner son client manu militari jusqu'à la porte, il ne s'attarda pas.

— J'ai bien cru qu'il ne la bouclerait jamais, soupira Fox en verrouillant la porte derrière lui. Voilà, le cabinet est fermé. Ne réponds plus au téléphone et viens avec moi.

— En fait, je me disais qu'on devrait peut-être réfléchir…

— Non, on ne réfléchit plus. Ne me force pas à te supplier.

Il mit un terme à la discussion en lui prenant la main pour l'entraîner vers l'escalier.

— Conseillère matrimoniale, maison en feu, beau cul – dans le désordre – juste pour te rafraîchir la mémoire.

— Je n'ai pas oublié. C'est juste que… Quand as-tu fait le ménage ? s'étonna-t-elle comme ils pénétraient dans l'appartement.

— Hier. Un sacré boulot, mais ce n'était pas prémédité.

— J'ai les coordonnées d'une femme de ménage pour toi. Marcia Biggons.

— Je suis allé en classe avec sa sœur.

— C'est ce qu'on m'a dit. Elle est prête à te donner ta chance. Appelle-la.

— Demain à la première heure. Pour l'instant, poursuivit-il en l'embrassant sur les lèvres, tandis que ses mains effleuraient ses bras des épaules aux poignets, nous allons boire un verre de vin.

Les paupières de Layla se rouvrirent brusquement.

— Du vin ?

— Je vais mettre de la musique et nous allons nous détendre dans mon salon à peu près propre avec un verre.

Fox ouvrit une bouteille de shiraz qu'un client lui avait offerte à Noël, mit un CD de Clapton dans le lecteur – ça lui paraissait de circonstance – et servit le vin.

— Tes œuvres d'art sont beaucoup mieux mises en valeur sans le bazar de la dernière fois. Hmm, délicieux, ronronna-t-elle après la première gorgée alors qu'il la rejoignait sur le canapé. Je me demandais à quoi j'allais avoir droit, vu que tu es plutôt bière.

— J'ai des facettes cachées.

— En effet.

Et aussi une magnifique tignasse brune, de superbes yeux de félin…

— Au fait, je n'ai pas eu l'occasion de te demander si tu avais lu nos notes et les passages marqués…

Elle ravala la fin de sa phrase quand sa bouche se posa de nouveau sur la sienne.

— Interdiction de parler du travail et de notre mission divine. Raconte-moi plutôt ce que tu faisais d'amusant à New York.

Bonne idée, se dit-elle. Aucun risque à parler de tout et de rien.

— J'écumais les clubs parce que j'aime la musique et les galeries parce que j'aime l'art. Mais mon travail aussi était amusant. J'imagine qu'on trouve toujours amusant ce pour quoi on est doué.

— Tes parents possédaient un magasin de mode à Philadelphie, c'est bien ça ?

— Oui. J'adorais y travailler. Y jouer aussi, quand j'étais gamine. Toutes ces couleurs et ces textures. J'aimais associer les vêtements. Telle veste avec telle jupe, tel manteau avec tel sac. J'étais censée prendre la suite un jour, mais la boutique a fini par être trop lourde à gérer pour eux.

— Alors tu as quitté Philadelphie pour New York.

Le vin était délicat, du velours.

— J'ai décidé d'aller là où la mode règne en maître, de ce côté-ci de l'Atlantique en tout cas. J'avais dans l'idée d'affiner mon style et d'acquérir davantage d'expérience dans une arène plus spécialisée, puis d'ouvrir ma propre boutique.

— À New York ?

— J'ai caressé l'idée environ cinq minutes. Jamais je n'aurais eu les moyens de payer un loyer dans Manhattan. Je me disais peut-être en banlieue, peut-être un jour. Puis un jour est devenu l'année prochaine, et de fil en aiguille... Et puis, j'aimais gérer la boutique, c'était sans risque. J'ai cessé de prendre des risques.

— Jusqu'à récemment.

Layla croisa son regard.

— On dirait.

Fox sourit et leur resservit à boire.

— Il n'y a pas de magasin de vêtements à Hollow.

— En ce moment, j'ai un travail rémunéré et je n'envisage plus d'ouvrir une boutique. J'ai atteint mon quota de risques.

— Quel genre de musique écoutes-tu ? enchaîna-t-il, voyant qu'elle s'assombrissait.

— Oh, je suis plutôt éclectique.

Fox se pencha, lui ôta ses chaussures, puis lui souleva les pieds pour les poser sur ses genoux.

— Et en art ?

— Même chose. Je pense...

Son corps tout entier soupira d'aise quand il entreprit de lui masser la plante des pieds.

— ... que toute forme d'art, de musique qui donne du plaisir ou suscite le questionnement est ce qui fait de nous des êtres humains à part entière.

— J'ai baigné dans l'art, sous toutes ses formes, toute mon enfance. Il n'y avait pas d'interdits, expliqua Fox, tandis que son pouce, juste assez rugueux pour provoquer le frisson, faisait un aller-retour le long de sa voûte plantaire. Il y a des interdits pour toi ?

Là, il ne parlait plus d'art ou de musique. Un frisson de désir et d'impatience teintés d'appréhension chatouilla le ventre de Layla.

— Je ne sais pas.

Les mains de Fox remontèrent sur ses mollets.

— Tu peux me dire si je franchis une frontière. Dis-moi ce que tu aimes.

Troublée, elle se contenta de le fixer.

— Pas grave, je trouverai. J'aime ta silhouette. La cambrure de tes pieds, le galbe de tes mollets. Ils attirent mon regard, surtout quand tu portes des talons hauts.

— C'est le but des talons, fit remarquer Layla, la gorge cartonneuse, le pouls en folie.

— J'aime la ligne de ton cou et de tes épaules. J'ai prévu d'y consacrer du temps plus tard. J'aime tes genoux, tes cuisses.

La main de Fox remonta avec lenteur, lui effleurant à peine la peau, puis de nouveau plus franchement jusqu'à ce qu'il rencontre la bordure en dentelle de ses bas.

— J'aime beaucoup, murmura-t-il, cette petite surprise sous une jupe noire.

Il crocheta l'élastique de l'index et tira délicatement.

— Mon Dieu…

— J'ai l'intention de prendre mon temps, reprit Fox qui la regardait tout en roulant le bas le long de sa cuisse. Mais si tu veux que j'arrête – ce que je n'espère pas – il te suffit de le dire.

Du bout des doigts, il effleura l'arrière de son genou, puis le mollet et la cheville jusqu'à lui dénuder complètement la jambe.

— Je ne veux pas que tu t'arrêtes, souffla Layla.

— Bois encore un peu de vin, suggéra Fox. Ça va prendre un moment.

12

Layla flottait déjà sur un doux nuage cotonneux. Elle se considérait comme plutôt experte, mais tout de même pas au point de siroter son vin avec nonchalance tandis que Fox la déshabillait. Lorsqu'il lui ôta son deuxième bas, elle réussit tout juste à poser son verre sans le renverser.

Avec un sourire charmeur, Fox embrassa la cambrure de son pied, provoquant un séisme au creux de son ventre qui se mit à pulser tel un deuxième cœur battant la chamade. Lorsqu'il lui agrippa les chevilles et l'attira à lui d'un mouvement fluide, elle laissa échapper un soupir d'étonnement ravi.

Leurs visages étaient désormais à quelques centimètres l'un de l'autre, et Layla était comme hypnotisée par les reflets d'or qui dansaient dans les yeux noisette de Fox. Ses mains – calleuses au bout des doigts – remontèrent le long de ses jambes, puis se glissèrent sous sa jupe relevée avec une lenteur insoutenable, avant de redescendre à nouveau, tandis qu'il lui picorait la bouche. Il continua de lui effleurer les lèvres avec une douceur torturante, même lorsqu'elle noua les bras autour de son cou et lova son corps palpitant de désir contre le sien.

Sans prévenir, Fox glissa les mains sous ses fesses et la souleva. D'instinct, Layla noua les jambes autour de sa taille et, lorsqu'il se leva, leur baiser se fit plus profond, plus fougueux.

— J'ai la tête qui tourne, chuchota-t-elle, tandis qu'il la portait jusqu'à la chambre.

— Et j'ai bien l'intention que ça dure, avoua-t-il, s'asseyant au bord du lit avec elle à califourchon.

Du bout des doigts, il dessina la courbe de ses épaules, puis descendit sur son joli gilet en cachemire bleu, défaisant au fur et à mesure les minuscules boutons nacrés qui le fermaient.

— Tu as toujours une allure folle.

Il fit glisser le lainage moelleux le long de ses bras jusqu'aux coudes et déposa au creux de son cou un baiser qui, à sa grande satisfaction, lui arracha un frémissement tandis que son souffle s'accélérait.

L'ayant débarrassée de son gilet, il lui ôta le caraco de soie qu'elle portait dessous. Sans quitter son visage des yeux, il laissa ses doigts courir sur sa peau nue, puis se fit plaisir en contemplant le spectacle ravissant de ses seins sertis de dentelle bleue.

— Oui, répéta-t-il, tu as toujours une allure folle.

Lorsqu'il descendit la fermeture Éclair de sa jupe, Layla eut l'impression de plonger dans un bain chaud et parfumé. Le cœur battant, elle lui déboutonna sa chemise, caressa les muscles fermes de ses épaules et de son torse. Il l'allongea avec douceur sur le dos, et elle succomba à ses caresses et à ses baisers, sans défense contre son propre désir. Quand il libéra ses seins de leur voile de dentelle, elle se cambra contre lui, émerveillée par l'insatiable gourmandise de ses lèvres, de sa langue.

Fox poursuivit son exploration en direction de son ventre, puis fit glisser son slip en dentelle coordonné le long de ses cuisses fuselées.

Lorsqu'il s'enhardit encore et s'aventura entre ses cuisses, Layla se laissa emporter dans un tourbillon sensuel, savourant chaque seconde de ses habiles caresses, les draps froissés dans ses poings, jusqu'à ce que le choc délicieux de l'orgasme lui arrache un long gémissement de plaisir.

Alanguie en travers du lit en désordre, elle eut à peine le temps de redescendre sur terre que Fox lui souleva les hanches et s'enfonça en elle, ravivant aussitôt d'une ardente étincelle le désir qui faisait encore vibrer chaque fibre de son corps. Les yeux rivés aux siens, elle accueillit avec délectation ses coups de reins de plus en plus fougueux, puis ferma les paupières, submergée par le tsunami de volupté qui les balaya tous les deux.

Layla n'était pas sûre de pouvoir encore bouger ; son squelette entier semblait s'être liquéfié sur le lit.

S'en souciait-elle vraiment ?

Fox était affalé sur elle de tout son long, mais cela ne la préoccupait pas davantage. Elle aimait sentir le poids de son corps, sa chaleur, les battements sourds et précipités de son cœur qui prouvaient qu'elle n'avait pas été la seule à atteindre des sommets de volupté.

D'avance, elle avait su qu'il serait tendre et attentionné. Mais jamais elle n'aurait imaginé qu'il se révélerait… stupéfiant.

— Tu veux que je bouge ? demanda-t-il d'une voix rauque, un poil ensommeillée.

— Pas spécialement.

— Tant mieux parce que je suis bien. Tout à l'heure, j'irai chercher le vin et peut-être commander à manger.

— Rien ne presse.

— J'ai une question à te poser, dit-il, lui frôlant la joue de ses lèvres quand il redressa la tête. Tu portes toujours des sous-vêtements coordonnés à ta tenue ?

— Pas toujours, mais souvent. Je suis un peu obsessionnelle.

— Ça me plaît beaucoup, approuva-t-il, jouant avec la chaîne scintillante qu'elle portait autour du cou. J'aime aussi que tu n'aies pour tout vêtement que ceci et les boucles d'oreilles assorties.

Il captura de nouveau ses lèvres, lâchant la chaîne pour titiller avec les pouces la pointe érigée de ses seins. Quand un gémissement lui échappa, il sourit.

— J'espérais que ce serait ta réponse, murmura-t-il avant de la pénétrer de nouveau, dur comme l'acier.

Layla ouvrit de grands yeux étonnés.

— Comment peux-tu… tu n'es pas obligé de… Hmm…

Il imprimait à leurs deux corps un rythme langoureux qui lui arrachait des frissons.

— Je vais t'emmener encore plus haut cette fois. Ferme les yeux, mon ange, prends ce que je te donne.

— Surtout ne t'arrête pas.

— Pas avant que tu n'arrives au sommet.

Lorsque Layla y parvint, elle eut l'impression de tomber du ciel sans parachute. Une chute vertigineuse qui lui coupa le souffle.

Elle était toujours alanguie sur le lit quand Fox lui apporta un verre de vin.

— J'ai commandé des pizzas. Ça te va ?

Elle parvint tout juste à hocher la tête.

— Comment fais-tu pour… Tu récupères toujours aussi vite ?

Il s'assit en tailleur sur le lit avec son propre verre.

— Quinn ne t'a rien dit ? s'enquit-il, la tête inclinée. Allez, je sais que les filles parlent entre elles de sexe.

— Si… enfin, elle affirme que c'est le meilleur coup de sa vie, si c'est ce que tu veux dire. Et aussi que Caleb a… une endurance à toute épreuve, ajouta-t-elle, gênée de parler ainsi de ses amis.

— C'est le même principe que la guérison expresse. Une sorte d'avantage en nature.

La gorge sèche, Layla étancha sa soif d'une généreuse gorgée de vin.

— Un avantage non négligeable.

— C'est l'un de mes favoris, avoua Fox.

Il se leva pour allumer des bougies un peu partout dans la chambre.

Décidément, oui, *très* beau cul, décréta-t-elle.

— Quel est ton record ? demanda-t-elle à brûle-pourpoint.

Fox se retourna, un demi-sourire aux lèvres.

— Dans quel délai ? Une soirée, une nuit, un week-end ?

Elle le défia du regard par-dessus le bord de son verre.

— Commençons par une soirée. Je parie qu'on peut le battre.

Ils mangèrent au lit. Les pizzas étaient froides, mais ils étaient trop affamés pour s'en soucier. Côté musique, B.B. King avait pris le relais, et les bougies aux senteurs délicates créaient une ambiance délicieusement intime.

— C'est ma mère qui les fabrique, répondit Fox quand elle lui en fit la remarque.

— Ta mère sait tout faire – des bougies merveilleusement parfumées, des poteries, des aquarelles.

— Elle tisse aussi et fait d'autres travaux d'aiguille quand elle est d'humeur, expliqua Fox tout en léchant la sauce tomate sur son pouce. Si seulement elle faisait de la cuisine digne de ce nom, elle serait parfaite.

— Tu es le seul carnivore de la famille ?

— Mon père mange de temps à autre un Big Mac en cachette, et Sage a renoncé elle aussi à la saine alimentation végétarienne.

Il lorgna sur une nouvelle part de pizza.

— J'ai décidé de le faire.

— De faire quoi ?

— De donner à Sage – enfin plutôt à Paula – l'élixir magique.

— L'élix... Oh ! Et qu'est-ce qui t'a décidé ?

— Je me suis dit que je n'en faisais rien pour l'instant. Et c'est ma famille. Si je peux contribuer à les rendre heureuses, à fonder leur propre famille, pourquoi refuserais-je ?

— Pourquoi, en effet ? admit Layla d'un ton posé.

Prenant son visage entre ses mains, elle l'embrassa.

— Des comme toi, il n'y en a qu'un sur un million.

— Espérons que j'en ai un ou deux sur un million qui fera le boulot pour elle. C'est bizarre, je sais, d'aborder cette question dans notre situation, mais je pensais que tu devais savoir. Certaines femmes trouveraient ça un peu bizarre, ou rebutant. Je ne ressens pas ça chez toi.

— Je trouve cela adorable, assura-t-elle en le gratifiant d'un nouveau baiser, juste avant que le téléphone sonne.

— Reste sur cette pensée.

Il roula sur le flanc pour décrocher le combiné sur la table de chevet.

— Allô ? Ah, salut... C'est Caleb, murmura-t-il à Layla. Non, écoute, on verra ça demain, dit-il à son ami. Ça peut attendre. En ce moment, je suis avec Layla.

Il raccrocha, puis se tourna vers elle.

— Je suis avec Layla.

Layla, qui n'avait pas prévu de passer la nuit chez Fox, fut réveillée par le soleil qui entrait à flots par les fenêtres.

— Mon Dieu, quelle heure est-il ?

Elle voulut sauter du lit, mais Fox la retint et la coinça sous lui.

— Il est encore tôt. Pourquoi tant de hâte ?

— Je dois rentrer me changer, Fox ! s'exclama-t-elle, à la fois amusée et excitée de sentir ses mains s'activer sous la couette. Arrête !

— Ce n'est pas ce que tu disais cette nuit, s'esclaffa-t-il, sa bouche contre la sienne. Détends-toi. Tu seras un peu en retard, et alors ? Je peux te garantir que ton patron ne t'en tiendra pas rigueur.

Plus tard, bien plus tard, tandis qu'elle traquait son deuxième bas, Fox lui proposa une canette de Coca.

— Désolé, c'est l'unique source de caféine dans la maison.

Elle fit la grimace, puis accepta avec un haussement d'épaules.

— Ça fera l'affaire. Heureusement, tu n'as pas de rendez-vous avant 10 h 30, parce que je vais avoir du mal à arriver au bureau avant 10 heures.

Il la regarda glisser le pied dans son bas.

— Je devrais peut-être t'aider.

— N'approche pas, dit-elle en riant, l'index pointé sur lui. Je suis sérieuse. Il est presque l'heure d'ouvrir le cabinet.

Elle remonta son deuxième bas à la hâte, puis enfila ses chaussures.

— Je vais te raccompagner en voiture.

— Merci, mais je préfère marcher. J'ai besoin de prendre l'air.

Elle se leva et agita de nouveau un index menaçant.

— Bas les pattes !

Il obtempéra avec le sourire et elle se pencha pour l'embrasser.

Puis s'enfuit avant de se raviser.

De retour chez elle, Layla comptait filer droit dans sa chambre. Hélas, Cybil réduisit ses espoirs à néant ! Appuyée contre la rampe, au pied de l'escalier, elle s'écria :

— Regardez qui voilà, rasant les murs, toute honteuse ! Eh, Quinn, la petite est rentrée !

— Je dois me changer pour aller bosser. On parlera plus tard.

Elle fonça dans l'escalier, mais Cybil ne l'entendait pas de cette oreille.

— On peut très bien parler pendant que tu te prépares.

Voyant Quinn jaillir du bureau et emboîter le pas à Cybil jusque dans sa chambre, Layla jeta l'éponge.

— De toute évidence, j'ai passé la nuit avec Fox.

— À jouer aux échecs ? demanda Quinn, narquoise, tandis que Layla se déshabillait tout en fonçant vers la salle de bains. C'est son jeu favori, non ?

— On n'a pas eu le temps. La prochaine fois peut-être.

— À en juger par ton sourire béat, il est clair qu'il avait d'autres jeux plus croustillants à proposer, commenta Cybil.

Layla se glissa sous la douche.

— Je me sens à la fois... vannée et pleine d'énergie, euphorique et hébétée.

D'un geste vif, elle rouvrit le rideau de quelques centimètres.

— Pourquoi ne m'avais-tu rien dit de leur incroyable endurance ? lança-t-elle à Quinn.

— Je n'en avais pas parlé ?

— Non, intervint Cybil avant de flanquer un vigoureux coup de coude dans les côtes de son amie.

— Si tu tiens à le savoir, le lapin Wonder est une limace neurasthénique en comparaison, avoua Quinn en étreignant Cybil avec compassion. Je ne voulais pas que tu aies le moral dans les chaussettes et la bave de l'envie au coin de la bouche, ma pauvre Cybil.

Celle-ci fronça les sourcils.

— Combien de fois ? Et ne me dis pas que tu n'as pas compté, prévint-elle, ouvrant le rideau de douche.

Layla le referma, puis sortit la main, les cinq doigts étalés.

— Cinq ?

Joignant le pouce et le petit doigt, elle indiqua un trois supplémentaire.

— *Huit ?* Sainte Mère de Dieu !

Layla ferma le robinet et attrapa un drap de bain.

— Sans compter les deux fois de ce matin. Je dois avouer que je suis un peu fatiguée et que je meurs de faim. Et que je tuerais pour un café.

— Tu sais quoi ? déclara Cybil après un temps de réflexion. Je vais descendre te préparer des œufs brouillés et une énorme tasse de café. Parce qu'à cette seconde, tu es une héroïne à mes yeux.

Quinn s'attarda dans la chambre, tandis que Layla, enroulée dans sa serviette, s'enduisait les bras et les jambes de lait de toilette.

— Fox est un amour.

— Je sais.

— Vous allez être capables de travailler, de coucher et de combattre les forces du mal ensemble ?

— Tu y réussis bien avec Caleb.

— D'où ma question, car l'ensemble n'est pas toujours évident à gérer. Je voulais juste te dire que si jamais tu as un souci, tu peux m'en parler.

— Dès le début, je me suis toujours confiée facilement à toi, j'imagine que c'est l'un de nos avantages à nous, observa Layla en enfilant son peignoir. Mes sentiments pour lui, comme tout le reste d'ailleurs en ce moment, sont un vrai sac de nœuds. Et pour la première fois de ma vie, cette confusion ne me dérange pas.

— Bonne nouvelle. Bon, eh bien, essaie de ne pas travailler trop dur aujourd'hui parce que nous avons une réunion ce soir. Caleb veut savoir ce qu'a découvert Fox.

— À quel sujet ?

— Je n'en sais rien, répondit Quinn, les lèvres pincées. Une théorie, je crois. Il ne t'en a rien dit ?

— Non, pas un mot.

— Il y réfléchit peut-être encore. En tout cas, nous en parlerons ce soir.

Quand Layla arriva au cabinet, Fox était déjà dans son bureau, au téléphone. Le prochain client n'allait pas tarder, le moment était donc mal choisi pour un interrogatoire.

Elle vérifia son emploi du temps, à la recherche d'un délai raisonnable de temps libre, puis rongea son frein en se demandant pourquoi il ne s'était pas confié à elle.

Sage arriva au moment précis où Layla allait profiter d'un temps mort.

— Fox m'a demandé de passer. Il est disponible ?

— Libre comme l'air.

— Alors j'y vais.

Une demi-heure s'écoula avant que Sage ne réapparaisse. Visiblement, elle avait pleuré en dépit du sourire radieux qu'elle adressa à Layla.

— Au cas où vous l'ignoreriez, vous travaillez pour l'homme le plus admirable, le plus merveilleux, le plus époustouflant de tout l'univers. Juste au cas où, répéta-t-elle avant de sortir en courant.

Avec un soupir, Layla s'efforça de refouler ses propres interrogations – et l'agacement grandissant qu'elles suscitaient –, puis alla voir comment Fox avait encaissé cette demi-heure qui avait dû être pour le moins chargée d'émotion.

Il était assis à son bureau avec la mine d'un homme sérieusement ébranlé.

— Elle a pleuré, lâcha-t-il d'emblée. Sage n'est pas du genre à pleurer, mais là, je peux te dire, elle a ouvert les vannes. Puis elle a appelé Paula, et Paula a pleuré aussi. Je me sens un peu… dépassé, alors si jamais tu as toi aussi envie de pleurer, je t'en prie, vas-y dans la foulée.

Sans un mot, Layla alla sortir un Coca du réfrigérateur et le lui tendit.

— Merci. Comme mon dernier bilan de santé remonte à seulement quelques mois, le médecin transmet mon dossier à Hagerstown où Sage a son médecin, une amie à elle. J'ai – enfin, nous avons – rendez-vous après-demain et encore le lendemain parce que Paula est sur le point de…

— D'ovuler ?

Fox fit la grimace.

— Même avec mon éducation, je ne suis pas complètement à l'aise avec tout ça. Enfin bref, après-demain 8 heures. Je me rendrais ensuite directement à mon audience au tribunal.

Il se leva et glissa distraitement un dollar dans le bocal.

— Putain, c'est trop bizarre ! Ah, ça fait du bien. Bon, et maintenant ?

— À mon tour. Quinn m'a dit que tu étais censé retrouver Caleb et Gage hier soir pour leur parler d'une théorie personnelle.

— Oui, et puis j'ai eu un meilleur plan, du coup…

Il laissa sa phrase en suspens, identifiant la petite lueur au fond de son œil.

— Tu es fâchée ?

— Je ne sais pas. Ça dépend. En tout cas, je suis déconcertée que tu aies tenu à faire part de ton idée à tes amis masculins, et pas à moi.

— J'en aurais bien discuté avec toi, mais j'étais occupé à savourer des orgasmes multiples.

Exact, dut-elle concéder à part soi. Mais là n'était pas la question.

— J'ai été avec toi toute la journée au bureau, toute la nuit au lit. À mon avis, tu aurais pu trouver un moment pour aborder la question.

— Sûrement, sauf que je n'avais pas envie d'aborder la question.

— Parce que tu voulais d'abord en parler à Caleb et à Gage.

— En partie, oui, parce qu'il en a toujours été ainsi entre nous. Une habitude vieille de trente ans ne change pas du jour au lendemain, répondit Fox avec un premier soupçon d'agacement dans la voix. Et surtout parce que je ne pensais qu'à toi. Je ne voulais penser qu'à toi, j'en ai bien le droit, non ? Je ne considérais pas mon idée sur Giles Dent comme le préliminaire idéal, pas plus qu'un sacrifice humain le sujet de conversation post-coïtal rêvé. Dis-moi si je me trompe.

— Tu aurais dû... Un sacrifice humain ? Qu'est-ce que tu racontes ?

Le téléphone sonna. Étouffant un juron, Layla se pencha sur le bureau pour décrocher.

— Bonjour, cabinet de M^e^ O'Dell. Je suis désolée, M^e^ O'Dell est avec un client. Puis-je prendre un message ? Oui, bien sûr, je le lui transmets, assura-t-elle, griffonnant un nom et un numéro sur le bloc-notes de Fox. Bonne journée, au revoir.

Elle raccrocha.

— Tu rappelleras quand nous en aurons fini. Explique-moi de quoi tu parles.

— C'est juste une hypothèse. Ann a écrit que Dent avait l'intention de faire ce qu'aucun gardien n'avait encore fait. Les gardiens sont les gentils, n'est-ce pas ? C'est ainsi que nous les avons toujours considérés, Dent compris. Mais même les gentils peuvent franchir la ligne blanche. Je le constate souvent dans mon métier. Ce que les gens sont capables de faire s'ils sont suffisamment désespérés, s'ils ont cessé de croire qu'ils avaient un autre choix. Un sacrifice par le sang, c'est ce à quoi je pense.

— Le faon, celui que Quinn a vu en rêve cet hiver, gisant au milieu du sentier dans les bois, la gorge tranchée. Nous avions émis l'hypothèse que c'était l'œuvre de Dent. Mais tu parles de sacrifice humain.

— Crois-tu sérieusement que la mort de Bambi aurait donné à Dent le pouvoir dont il avait besoin pour mettre Twisse hors d'état de nuire trois siècles durant ? Et celui de nous transmettre ce pouvoir, à Caleb, à Gage et à moi, le moment venu ? C'est la question que je me suis posée, Layla, et je suis parvenu à la conclusion que non.

Il marqua un temps d'arrêt parce que, encore maintenant, le simple fait de réfléchir à cela le rendait malade.

— La nuit de l'incendie, il a ordonné à Hester de courir. C'est toi qui nous l'as dit.

— Oui, c'est exact.

— Il savait ce qui allait arriver. Pas seulement qu'il piégerait Twisse dans une autre dimension pour un bout de temps, mais aussi ce que cet acte coûterait.

Layla ouvrit de grands yeux.

— Les villageois qui se trouvaient à la Pierre Païenne.

— Une douzaine, pour autant qu'on sache. C'est beaucoup de sang. Un sacrifice majeur.

— Tu crois que c'est Dent qui les a tués, et non Twisse.

— Je crois qu'il les a laissés mourir, ce qui n'est pas pareil d'un point de vue légal. On pourrait appeler cela de l'indifférence pervertie, à l'exception de la petite part de préméditation. Il s'est servi de leur mort, expliqua Fox avec gravité. À mon avis, il a utilisé le feu – les torches des villageois, et l'incendie qu'il avait allumé pour créer un brasier et immoler toute forme de vie dans la clairière –, un acte qui lui a donné le pouvoir dont il avait besoin.

Layla blêmit et sa pâleur subite conféra un éclat étrange à ses yeux émeraude.

— Si c'est la vérité, qu'est-ce que cela fait de lui ? Et de nous ?

— Je l'ignore. Un damné, peut-être, si tu crois à la damnation. Moi, j'y crois depuis presque vingt et un ans.

— Nous partions de l'hypothèse que c'était Twisse qui avait massacré ces gens la nuit de l'incendie.

— Même si mon hypothèse est fausse, ça reste en partie vrai. Combien d'entre eux seraient allés à la Pierre Païenne avec l'intention d'éliminer Giles Dent et Ann Hawkins s'ils n'avaient été sous l'influence de Twisse ?

Mais cet aspect mis de côté, n'est-il pas possible que Dent se soit servi de Twisse ? Selon le journal d'Ann, il savait ce qui se préparait. Il l'a éloignée pour la protéger, ainsi que ses fils, et a sacrifié sa vie. Mais s'il a pris celles des villageois, voilà qui ternit méchamment son côté chevalier blanc.

— Tout prend soudain sens. Un sens effroyable, murmura Layla.

— Il faut absolument faire des recherches. Si nous éclaircissons cette question, peut-être comprendrons-nous mieux la nature de notre propre mission. Tu devrais rentrer, ajouta-t-il en dévisageant la jeune femme, visiblement sous le choc.

— Il est à peine 14 heures. J'ai du travail.

— Je peux répondre au téléphone pendant deux heures. Va marcher un peu, prends l'air. Accorde-toi une sieste ou un bain moussant, ce qui te fait plaisir.

La main appuyée sur l'accoudoir du fauteuil, Layla se releva avec lenteur.

— Est-ce l'opinion que tu as de moi ? Que je risque de m'écrouler au premier coup dur ? J'avoue qu'il m'a fallu un moment pour trouver mes marques à mon arrivée ici, mais à présent, je les ai. Alors ton fichu bain moussant, tu peux te le garder.

— Mea culpa.

— Ne me sous-estime pas, Fox. Tout dilué qu'il soit, le sang de ce monstre coule dans mes veines, et il se pourrait au bout du compte que je sois mieux à même d'affronter les ténèbres que toi.

— Possible. Tu comprends peut-être mieux maintenant pourquoi je n'en ai pas parlé hier, ou as-tu juste envie de rester fâchée pour le plaisir ?

Layla ferma les yeux un instant et s'efforça de se calmer.

— Oui, je comprends mieux, et non, je ne veux pas rester fâchée, répondit-elle.

Elle comprenait mieux aussi la mise en garde de Quinn.

— C'est difficile de séparer les différents aspects de notre relation, enchaîna-t-elle prudemment. Et lorsque les frontières deviennent floues, c'est encore plus délicat. Tu me perturbes tellement, Fox, que je n'arrête pas de perdre l'équilibre.

— Je n'ai pas retrouvé le mien depuis que je t'ai rencontrée. J'essaierai de te rattraper quand tu trébucheras si tu fais de même pour moi.

Tout était dit. Layla consulta sa montre.

— Mince, j'ai presque raté ma pause de l'après-midi. Il ne reste plus que quelques minutes. Autant les employer à bon escient.

Elle contourna le bureau et se pencha vers Fox.

— Toi aussi, au fait, tu as ta pause. Donc, ce cabinet est fermé pour les trente secondes à venir.

Elle posa les lèvres sur les siennes, glissa les doigts dans ses cheveux.

Et là, si bizarre que ce fût, elle retrouva son équilibre.

Puis elle se redressa, s'empara de la main de Fox qu'elle garda quelques secondes entre les siennes avant de la lâcher.

— Mme Mullendore souhaite te parler. Son numéro est sur ton bureau.

— Layla, l'interpella-t-il alors qu'elle se dirigeait vers la porte. Je vais devoir t'accorder des pauses plus longues.

Elle lui sourit par-dessus son épaule sans ralentir le pas.

Quand ils se retrouvèrent tous les six ce soir-là dans le salon chichement meublé de la maison de location, Fox lut les passages du journal d'Ann Hawkins qui avaient fait tilt dans son esprit, puis exposa la théorie qu'il avait présentée à Layla.

— Arrête ce délire, Fox, c'était un Gardien, protesta Caleb avec véhémence, plus que réticent à cette hypothèse. Son rôle consistait à protéger. Il y a voué son existence. J'ai moi-même été témoin de ce qu'il voyait et ressentait…

— En partie seulement, objecta Gage qui faisait les cent pas devant la fenêtre comme souvent durant leurs discussions. Tu n'as vu et ressenti que des bribes, Caleb, rien de plus. Si Fox a raison, Dent aura mis tout en œuvre pour nous dissimuler cette vérité le plus longtemps possible.

— Alors pourquoi laisser partir Hester ? contre-attaqua Caleb. N'était-elle pas la plus innocente du lot, et la plus dangereuse pour lui ?

— Parce que toutes les trois, nous devions exister, argumenta Cybil. Et pour cela, l'enfant d'Hester devait survivre. Simple question de pouvoir. Vie après vie, le Gardien avait respecté les règles – pour autant que nous le sachions – sans jamais réussir à l'emporter de manière décisive sur son ennemi.

— Et tout en devenant plus humain à chaque génération, renchérit Layla. Avec toutes les faiblesses que cela implique, tandis que Twisse, lui, demeurait immuable. Combien de temps encore Dent aurait-il pu continuer à lutter ?

— Alors il a fait un choix, approuva Fox, et utilisé les mêmes armes que son adversaire.

— Il aurait tué des innocents pour gagner du temps ? s'écria Caleb. Pour attendre notre arrivée ?

— C'est horrible, murmura Quinn en s'emparant de la main de Caleb. Ne serait-ce que d'envisager cette hypothèse. Mais j'imagine qu'il le faut.

— Donc, pour résumer, vous trois êtes les descendantes d'un démon et nous, les descendants de l'auteur d'un massacre. Tu parles d'un cocktail.

— Nous sommes ce que nous décidons de devenir avec les moyens du bord, objecta Cybil avec flamme. J'ignore si son acte était justifié, mais ce n'est pas à moi de le juger.

Gage se détourna de la fenêtre.

— Et quels sont les moyens du bord ?

— Nous avons un journal intime, une pierre brisée en trois parties égales, un lieu magique dans les bois. Nous avons de la cervelle et du cran, répondit-elle. Et du pain sur la planche, je dirais, avant de compléter le puzzle et d'éliminer définitivement ce salaud.

13

Il y avait des moments, dans l'esprit de Fox, où un homme avait juste besoin d'être entre potes. Depuis l'agression de Block, c'était le calme plat, ce qui lui laissait le temps de réfléchir. Comme tous les autres, la pensée qui le tarabustait était, bien sûr, la responsabilité de Giles Dent dans la mort de douze personnes.

Ils avaient entamé le deuxième volume. Bien qu'il n'y ait eu aucune révélation fracassante jusqu'à présent, il prenait des notes de son côté, conscient qu'il fallait essayer de lire entre les lignes. Si Ann Hawkins évoquait à chaque page la gentillesse de sa cousine, les coups de pied des bébés dans son ventre, la météo et les tâches quotidiennes, il n'y avait en revanche pas un mot sur Giles ou la nuit à la Pierre Païenne des semaines après les événements.

Fox s'appliquait donc à essayer de reconstituer ce qu'elle n'avait pas écrit.

Les pieds sur la table basse de Caleb, un Coca dans une main, des chips à portée de l'autre, il était assis devant le match de basket à la télévision sans parvenir à se concentrer sur l'action. La journée du lendemain s'annonçait chargée. Le détour chez le médecin serait rapide au bout du compte. Sa contribution serait somme toute minime et n'avait rien d'inédit : à trente et un ans, on avait forcément le… tour de main.

Quant à l'audience, il était fin prêt. Le juge lui avait accordé deux jours, mais il pensait boucler l'affaire en un seul.

— Demain, je vais chez le médecin avec Sage et Paula pour un don de sperme afin qu'elles aient un enfant, annonça-t-il abruptement après une gorgée de Coca.

Il y eut un silence qui s'éternisa.

— Ah bon, finit par dire Caleb.

— Sage me l'a demandé, j'y ai réfléchi et je me suis dit : « Pourquoi pas ? » Paula et elle s'entendent à merveille. C'est juste étrange de savoir que, demain, je vais concevoir un enfant à distance.

— Tu offres à ta sœur la chance de fonder une famille, souligna Caleb. Ça n'a rien de si étrange.

Cette remarque fit un bien fou à Fox.

— Je vais m'incruster ici cette nuit. Si je rentre, je serai tenté de passer voir Layla.

— Et tu veux garder toutes tes cartouches pour demain, conclut Gage.

— Ouais. Sans doute une superstition stupide, mais ouais.

— Tu peux prendre le canapé, lui proposa Caleb. Surtout maintenant que je sais que tu ne risques pas de le tacher.

Eh oui, songea Fox, il y a des moments où un homme a juste besoin d'être entre potes.

Agaçant, une tempête de neige fin mars. Elle l'aurait été moins s'il avait pris la peine d'écouter les prévisions météo avant de sortir ce matin. Il se serait habillé en conséquence, puisque l'hiver avait décidé de faire son grand come-back. Une fine couche blanche recouvrait les nuées jaune d'or des forsythias. Ils n'en souffriront pas, pensa Fox tandis qu'il regagnait Hawkins Hollow. Ces hérauts du printemps étaient des plantes rustiques habituées aux caprices parfois cruels de la nature.

La neige ne tiendrait pas. « Sois positif, s'encouragea-t-il. Pense à la belle journée que tu viens de passer. » Il avait fait son devoir auprès de sa sœur, puis de son client. À présent, il rentrait chez lui, où il se débarrasserait de son costume et boirait une bonne petite bière. Ensuite, il irait voir Layla et, après la séance de travail prévue ce soir, il ferait son possible pour se glisser dans son lit ou la convaincre de le rejoindre dans le sien.

Alors qu'il bifurquait dans Main Street, il aperçut la longue silhouette de Jim Hawkins devant la boutique de cadeaux. Les mains sur les hanches, il examinait le bâtiment. Fox se gara le long du trottoir et baissa la vitre.

— Bonjour !

Jim se retourna et son regard songeur s'éclaira. Il s'approcha du pick-up, se pencha à la vitre.

— Comment ça va, Fox ?

— Bien. Un peu frisquet. Je vous dépose quelque part ?

— Non, je fais juste une balade. Je suis désolé que Lorrie et John ferment et quittent la ville, ajouta-t-il en jetant un regard soucieux à la boutique.

— Ils ont pris un sale coup.

— Toi aussi, à ce que j'ai entendu dire. On m'a raconté ce qui t'est arrivé avec Block.

— Je vais bien.

— Dans des moments comme ceux-ci, quand je vois les signes – et il y en a, Fox –, j'aimerais pouvoir faire plus que téléphoner à ton père pour lui demander de réparer des fenêtres cassées.

— Cette fois, nous allons faire plus, monsieur Hawkins. Nous allons l'empêcher définitivement de nuire.

— Caleb en est persuadé aussi. Moi, je m'efforce d'y croire. Bon, soupira-t-il après un silence, j'appellerai ton père sous peu pour qu'il jette un coup d'œil à cet endroit. Après les réparations, j'essaierai de trouver quelqu'un qui veut ouvrir un commerce dans Main Street.

— J'aurais peut-être une idée, dit Fox.

— Ah oui ?

— Je dois d'abord y réfléchir, voir si... enfin, bref. Si vous pouviez me tenir au courant avant de vous décider à chercher un nouveau locataire.

— Avec plaisir. Hawkins Hollow a besoin d'idées neuves, et Main Street, de commerces.

— Je vous en reparlerai, assura Fox avant de s'éloigner, heureux d'avoir un nouveau sujet de rumination – un sujet qui, à ses yeux, symbolisait l'espoir.

Il se gara devant le cabinet et remarqua tout de suite qu'il y avait de la lumière à l'intérieur. Lorsqu'il entra, Layla leva le nez de son clavier.

— Je t'avais dit que tu n'étais pas obligée de venir aujourd'hui.

— J'avais du travail, expliqua-t-elle, pivotant vers lui dans son fauteuil. J'ai réorganisé le placard à fournitures à ma façon. Ainsi que la cuisine et certains dossiers. Et puis... Il neige toujours ?

D'un mouvement d'épaules, Fox ôta sa veste trop légère.

— Oui. Il est plus de 17 heures, Layla.

Et il n'aimait pas la savoir seule dans la maison plusieurs heures durant.

— Je n'ai pas vu le temps passer. Avec le journal d'Ann, nous avons négligé d'autres aspects de nos recherches. Cybil a répertorié tous les articles de journaux liés aux Sept, les anecdotes glanées à droite et à gauche, vos témoignages à tous les trois, et certains passages tirés d'ouvrages sur Hollow. J'essaie de classer le tout dans différents fichiers par ordre chronologique, secteur géographique, type d'incident, etc.

— Vingt ans d'informations. Ça va te prendre un moment.

— Un système organisé facilite les recoupements. Nous n'avons pas tellement le choix, vu la rareté des véritables comptes rendus.

Layla inclina la tête sur le côté.

— Comment ça s'est passé au tribunal ?

— Bien.

— Et avant, ai-je le droit de le demander ?

— J'ai fait ce qu'on attendait de moi. Il ne reste plus qu'à attendre en espérant qu'un petit soldat aura réussi le débarquement.

— De nos jours, les délais sont assez rapides.

Fox haussa les épaules et fourra les mains dans ses poches.

— Je n'ai pas pensé à toi.

— Pardon ?

— Tu comprends, quand j'ai… enfin, pour le don. Je n'ai pas pensé à toi parce que ça me semblait grossier.

Layla réprima un sourire.

— Je vois. Et à qui as-tu pensé ?

— Ils fournissent une stimulation visuelle sous forme de magazines pornos. Je n'ai pas retenu le nom de la demoiselle.

— Ah, les hommes.

— Mais maintenant, je pense à toi.

Avec un haussement de sourcils amusé, Layla le regarda fermer la porte d'entrée à clé.

— Vraiment ?

— Et je crois que je vais avoir besoin de toi dans mon bureau, ajouta-t-il en lui prenant la main. Tu n'es pas contre les heures supplémentaires ?

— Maître O'Dell, si j'avais su, j'aurais fait un chignon et mis mes lunettes.

Avec un sourire de conspirateur, il l'entraîna dans le couloir.

— Si seulement…

Il lui lâcha la main pour déboutonner son chemisier blanc impeccable.

— Voyons un peu ce que nous avons là-dessous aujourd'hui.

— Je pensais que tu voulais me dicter une lettre.

— À qui de droit, je soussigné… Hmm, un soutien-gorge en dentelle blanche qui s'ouvre – yes ! – sur le devant. Ce n'est pas un peu osé pour une tenue de travail ?

Elle le prit au dépourvu en l'attrapant par la cravate.

— Voyons un peu ce que nous avons là-dessous. J'ai beaucoup pensé à vous, maître O'Dell, susurra-t-elle en ôtant la cravate qu'elle laissa tomber sur le sol. À vos mains, à votre bouche, à toutes ces choses délicieuses que vous me faites…

Elle défit la boucle de son ceinturon tout en le poussant dans son bureau.

— Et à toutes celles que vous me réservez.

Avec autorité, elle tira sur le ceinturon qui rejoignit la cravate sur le parquet. Puis ce fut au tour de la veste.

— Au boulot.

— Tu es plutôt autoritaire pour une secrétaire.

— Assistante de direction.

— Peu importe, murmura-t-il en lui mordillant la lèvre inférieure. Ça me plaît.

— Alors tu vas adorer la suite.

Elle le poussa dans son fauteuil et, d'un index péremptoire, lui intima l'ordre de ne pas bouger. Puis sans le quitter des yeux, elle ôta son slip en tortillant sensuellement des hanches.

— Doux Jésus, soupira Fox.

Après l'avoir lancé, elle s'assit à califourchon sur lui.

Il avait pensé au canapé ou, pourquoi pas, au tapis, mais en cet instant, alors que Layla l'embrassait avec fièvre, le fauteuil lui semblait parfait. Il lui arracha son chemisier, dégrafa son soutien-gorge, et se laissa emporter dans ses caresses par le rythme fiévreux qu'elle imprimait à leurs préliminaires. Aujourd'hui, pas de place pour la séduction en douceur. Aujourd'hui, c'était tout feu, tout flamme.

— Dès que tu es entré, j'en ai eu envie, lui souffla-t-elle d'une voix rauque.

Tâtonnant entre eux, elle ouvrit la braguette de son pantalon.

À peine fut-il en elle que Layla rejeta la tête en arrière avec un soupir de plaisir.

Elle le chevauchait avec une fougue animale presque désespérée à laquelle il fut incapable de résister. Lorsque la jouissance explosa en lui, elle saisit son visage entre ses mains et, sans lui laisser le temps de se remettre du choc, poursuivit impitoyablement sa cavalcade effrénée jusqu'à ce qu'elle le rejoigne à son tour.

Une fois qu'ils eurent repris leur souffle, Fox resta affalé contre le dossier, même après que Layla se fut levée pour récupérer son slip.

— Attends, je crois qu'il est à moi maintenant.

Comme elle lui riait au nez, il régla la question en le lui arrachant des mains.

— Rends-moi ça. Je ne peux pas me balader sans…

— Toi et moi serons les seuls à le savoir, coupa-t-il. Cette idée me rend déjà fou. Il faut que je monte me changer. Viens avec moi, après quoi, je te raccompagnerai en voiture.

— Je préfère t'attendre ici, parce que si je monte, nous allons finir au lit. J'ai besoin de ce slip, Fox. Il est assorti au soutien-gorge.

En guise de réponse, il se contenta d'un sourire de défi et sortit d'un pas nonchalant. Il avait l'intention de lui piquer le soutien-gorge plus tard. Et envisageait même de conserver ces sous-vêtements sous verre avec le fauteuil de son bureau.

« Les meilleures choses ont une fin », songea Fox alors qu'ils entamaient une nouvelle séance de lecture dans la maison de High Street.

Comme d'habitude, ils examinèrent sous tous les angles chaque phrase du récit d'Ann, à la recherche d'un sens caché. Et comme d'habitude, la demande pressante de Gage de sauter des passages fut rejetée.

— Pour les mêmes raisons que d'ordinaire, précisa Cybil qui profita de la pause pour se détendre en faisant jouer les muscles de son cou et de ses épaules Nous ne devons pas oublier que cette femme a perdu l'homme qu'elle aimait et s'apprête à donner naissance à des triplés. Je ne sais pas pour vous, mais moi, j'appelle ça un traumatisme. Ce journal, c'est sa façon de se changer les idées. Elle a besoin à la fois de se remettre d'aplomb et de se préparer. Je trouve que nous devons le respecter.

— Selon moi, cela va plus loin, intervint Layla. Elle parle de couture, de cuisine, du feu dans l'âtre parce qu'il lui faut prendre de la distance. Elle ne livre pas ses pensées ou ses craintes pour l'avenir. Tout est dans l'instant.

Du regard, elle chercha Fox qui hocha la tête.

— Je partage ce point de vue, approuva-t-il. L'important, c'est ce qu'Ann n'écrit pas. Chaque journée lui demande un effort. Alors elle les remplit par une succession d'actes routiniers. Mais je ne peux pas croire qu'elle ne réfléchisse ni à l'avant ni à l'après. Qu'elle ne ressente rien. Ce n'est pas tant une façon de se changer les idées que… Elle voulait que nous trouvions son journal, même ce volume qui semble si insignifiant. D'après moi, elle veut nous dire qu'après une grande perte, un sacrifice personnel, appelez ça comme vous voulez, la vie continue. Qu'il est essentiel de vaquer à ses occupations quotidiennes. N'est-ce pas ce que nous faisons nous-mêmes ? Entre les Sept, nous vivons, et c'est ce qui importe.

— Et à ton avis, c'est censé nous apprendre quoi, cette philosophie de cuisine ? railla Gage.

— C'est comme un pied de nez permanent à Twisse. De la prison où Dent l'a envoyé, sait-il que nous menons nos vies comme nous l'entendons, jour après jour ? D'après moi, oui, et je crois aussi que ça le rend fou de rage.

— Voilà une théorie qui me plaît, approuva Quinn. Si ça se trouve, ça amoindrit même son pouvoir. Nous savons qu'il se nourrit d'émotions et d'actes violents qu'il provoque lui-même. Et si le phénomène inverse était vrai ? Si les émotions et les actes ordinaires, ou même l'amour, le faisaient dépérir ?

— Le bal de la Saint-Valentin, intervint Layla en se redressant dans son fauteuil. Il a délibérément cherché à gâcher la fête.

— Et avant, dans le restaurant de l'hôtel. Il a voulu nous effrayer, c'est sûr, lui rappela Quinn. Mais le moment et l'endroit jouaient peut-être un rôle. Il y avait un jeune couple d'amoureux qui dînait aux chandelles.

— Que fait-on quand on se fait piquer par une abeille ? demanda Cybil. On l'écrase. Nous lui avons peut-être infligé quelques piqûres. Il va falloir étudier de plus près les incidents et les lieux répertoriés. Et cette idée en entraîne une autre. Écrire des mots leur confère du pouvoir, surtout lorsqu'il s'agit de noms. Il se peut qu'elle ait voulu, ou dû, attendre un moment plus propice.

— Notre pacte, murmura Caleb. Nous avons écrit les mots avant de les prononcer cette nuit-là, à la Pierre Païenne.

— Amplifiant ainsi leur pouvoir, approuva Quinn.

— Quand nous aurons compris la teneur exacte de notre mission, continua Fox, il faudra tout coucher sur le papier. Comme Ann. Et nous il y a vingt et un ans.

— En lettres de sang par une nuit de pleine lune, ironisa Gage.

Amusée, Cybil se tourna vers lui.

— À ta place, je ne l'exclurais pas.

Il se leva et se rendit dans la cuisine. Il avait envie d'un café. Et aussi de quelques minutes de calme, à l'écart de tout ce bla-bla. Il était patient, par force, mais le besoin d'action commençait à le démanger.

Quand Cybil entra, il l'ignora. Un exploit, car ce n'était pas le genre de femme qu'on ignore. Mais il y travaillait.

— L'irritabilité doublée d'un esprit négatif ne fait pas avancer les choses, fit-elle remarquer d'une voix posée.

Il s'adossa contre le plan de travail, son café à la main.

— Voilà pourquoi je suis parti.

Après réflexion, Cybil choisit du vin plutôt que du thé.

— Tu t'ennuies un peu aussi, et ça non plus, ça ne le fait pas, poursuivit-elle, imitant sa posture contre le plan de travail d'en face. Mais je comprends que ce soit plus difficile pour des gens comme toi et moi.

— Toi et moi ?

— Nous qui sommes harcelés par des visions de ce qui peut advenir – et se réalise parfois. Comment savoir quoi faire, ou même s'il faut agir ? Et si nous agissons, ne risquons-nous pas d'aggraver les choses ?

— Toute action comporte un risque. Ça ne m'inquiète pas.

— Mais ça t'agace, répliqua-t-elle avant de goûter son vin. Comme en ce moment la tournure que prend la situation.

— Quelle tournure ?

— Les couples qui se forment dans notre petit groupe. Q et Caleb, Layla et Fox. Ce qui ne laisse plus que toi et moi, d'où ton agacement parfaitement compréhensible. Juste pour information, je ne suis pas plus heureuse que toi à l'idée que le destin nous manipule comme des pièces d'échecs.

— Les échecs, c'est le jeu de Fox.

— Que nous ayons été servis dans la même main, si tu préfères.

Gage haussa les sourcils.

— D'où l'utilité de la défausse, répliqua-t-il. Sans vouloir t'offenser.

— Il n'y a pas de mal.

— Tu n'es pas mon genre, voilà tout.

— Crois-moi, si j'avais jeté mon dévolu sur toi, tu n'en aurais pas d'autre, rétorqua Cybil avec un sourire ensorceleur. Mais là n'est pas la question. Je suis venue te proposer un marché.

— Lequel ?

— Que toi et moi acceptions de collaborer et d'unir nos talents particuliers si nécessaire. En contrepartie, je ne chercherai pas à te séduire ou à faire semblant de tomber sous ton charme.

— Tu ne ferais pas semblant.

— Voilà, un point partout. On est à égalité. Tu es ici par loyauté envers tes amis malgré tout ce qui te pousse à fuir cet endroit. Je respecte cela, Gage, et je le comprends. Je suis ici pour les mêmes raisons.

Après un coup d'œil vers la porte, elle sirota une gorgée de vin.

— Cette ville n'est pas la mienne, mais les gens dans la pièce d'à côté me sont chers, et je ferai n'importe quoi pour eux. Toi aussi. Bon, marché conclu ?

Gage s'écarta du plan du travail et vint se planter devant Cybil, tout près, les yeux au fond des siens. Il émanait d'elle, songea-t-il, ce parfum de mystère typiquement féminin.

— Dis-moi, tu crois qu'à la fin on va lancer des confettis et sabler le champagne ?

— Eux le croient. Ça me suffit presque. Le reste appartient au domaine du possible.

— Je préfère celui de la probabilité. Mais bon…

Il lui tendit la main et serra la sienne.

— Marché conclu, lâcha-t-il.

— Bien.

Elle voulut ôter sa main, mais il la retint avec fermeté.

— Et si j'avais refusé ?

— Alors je suppose que j'aurais été contrainte de te séduire et de faire de toi ma chose, histoire que tu m'obéisses au doigt et à l'œil.

Le sourire de Gage s'élargit, appréciateur.

— Ta chose ? Quelle bonne blague !

— Il ne faut jamais dire fontaine… Mais de toute façon, nous avons conclu un marché, alors la question ne se pose pas.

Cybil posa son verre et tapota la main de Gage avant de récupérer la sienne. Elle reprit son vin et se dirigea vers la porte. Sur le seuil, elle se retourna. Toute trace d'amusement avait disparu de son regard.

— Il est amoureux d'elle.

Gage comprit qu'elle parlait de Fox.

— Je sais.

— J'ignore s'il le sait, dans le cas de Layla, c'est sûr que non. Pour l'instant. Leur relation les rend plus forts, mais leur complique aussi la vie.

— Surtout celle de Fox. C'est son histoire qui veut ça, ajouta-t-il d'un ton sans réplique devant le regard interrogateur de Cybil.

— D'accord. Quoi qu'il en soit, ils vont bientôt avoir davantage besoin de nous. Tu ne vas plus pouvoir te payer le luxe de t'ennuyer.

— Tu as vu quelque chose ?

— J'ai rêvé qu'ils étaient tous morts, étendus sur la Pierre Païenne telles des offrandes expiatoires. Des flammes ont commencé à lécher l'autel, et le brasier a consumé les cadavres sous mes yeux. Et moi, je restais là sans rien faire, les mains couvertes de sang. Lorsque le démon a émergé des ténèbres, il m'a souri et enlacée en m'appelant sa fille. À cet instant, tu as jailli de l'ombre et tu nous as tués tous les deux.

— C'était un cauchemar. Pas une vision.

— J'espère de tout cœur que tu as raison. D'une façon ou d'une autre, cela indique que nous allons bientôt devoir coopérer. Quoi qu'il m'en coûte, je refuse d'avoir leur sang sur les mains, conclut-elle, les doigts crispés sur le pied de son verre.

Gage demeura encore un instant seul dans la cuisine, se demandant jusqu'où elle serait prête à aller pour sauver leurs amis.

Lorsque Fox quitta son bureau, le matin, il n'y avait plus une trace de neige. Le soleil radieux qui illuminait le ciel d'azur semblait rire à la seule pensée de l'hiver.

Il ôta son manteau – il allait vraiment devoir se mettre à suivre la météo – et s'en alla, flânant, sur les larges trottoirs. Il flottait dans l'air comme un parfum de printemps, frais et vivifiant. Il faisait trop beau pour rester cloîtré au bureau. Et s'il emmenait Layla se balader au parc ? Main dans la main, ils traverseraient le pont, et il la convaincrait de s'asseoir sur une des balançoires. Il la pousserait très haut et s'enivrerait de son rire.

Et s'il lui achetait des fleurs ? Quelque chose de simple et de printanier. Du coup, il rebroussa chemin et, après un coup d'œil à droite et à gauche, traversa la rue en courant. Des jonquilles, décida-t-il en poussant la porte de la fleuriste.

Amy sortit de l'arrière-boutique.

— Bonjour, Fox, le salua-t-elle joyeusement. Magnifique journée, n'est-ce pas ?

— Voilà ce qu'il me faut, déclara-t-il en indiquant les jonquilles d'un jaune éclatant dans la vitrine réfrigérée.

— Superbe, approuva la fleuriste.

Elle se détourna et, dans la vitre, son reflet imprécis rendit son sourire à Fox, dévoilant de petites dents acérées et un visage ruisselant de sang. Saisi, il recula d'un pas, mais lorsqu'elle pivota de nouveau vers lui, elle arborait son sourire habituel.

— Qui n'aime pas les jonquilles ? reprit-elle gaiement en enveloppant le bouquet. C'est pour votre amie ?

— Oui.

« C'est juste la nervosité, se dit-il. Je suis tendu en ce moment. Trop de trucs en tête. »

Il sortait son portefeuille quand une odeur nauséabonde mêlée aux doux effluves des fleurs lui monta aux narines. Une odeur de vase, comme si certaines avaient pourri dans l'eau.

— Et voilà ! Elle va les adorer.

— Merci, Amy.

Il paya et prit le bouquet.

— Au revoir, lui lança-t-elle alors qu'il se dirigeait vers la porte. Et transmettez mon bonjour à Carly.

Fox s'arrêta net et fit volte-face.

— Pardon ? Qu'avez-vous dit ?

— De transmettre mon bonjour à Layla, répondit Amy avec, dans le regard, une lueur de perplexité inquiète. Tout va bien, Fox ?

— Oui, oui.

Il poussa la porte, content de se retrouver dehors.

Comme il y avait peu de circulation, il traversa la rue au milieu du pâté de maisons. Le ciel s'assombrit tandis qu'un nuage masquait le soleil, et un souffle froid lui arracha un frisson. Les doigts crispés sur les tiges, il pivota abruptement, s'attendant à découvrir une présence maléfique. Mais il n'y avait rien. Ni garçon, ni chien, ni ombre menaçante.

À cet instant, une voix de femme hurla son nom. La peur qui perçait dans ce cri lui glaça les sangs. Au deuxième appel terrifié, il s'élança dans une course éperdue en direction de l'ancienne bibliothèque. Il se précipita par la porte ouverte qui se referma sur lui avec un claquement sinistre, telle la dalle d'un tombeau.

À la place de la salle, occupée par quelques tables et chaises pliantes, qui servait de foyer municipal, il retrouva la bibliothèque telle qu'elle était des années auparavant. Les rayonnages de livres, l'odeur du vieux papier, les tables de travail, les fichiers.

« Garde ton calme, s'ordonna-t-il. Ce n'est pas réel. »

Nouveau hurlement.

Fox se rua dans l'escalier et gravit les marches quatre à quatre, les jambes en coton comme si elles se rappelaient avoir déjà parcouru ce même chemin. Il traversa le grenier, ouvrit d'un coup d'épaule la porte menant sur le toit. Lorsqu'il se rua à l'extérieur, la belle journée de printemps s'était muée en nuit d'été torride.

Ruisselant de sueur, les entrailles nouées par l'angoisse, il l'aperçut, debout sur le rebord de la tourelle au-dessus de sa tête. Malgré l'obscurité, il voyait le sang sur ses mains, écorchées par la pierre lors de son ascension.

Carly. Son prénom résonnait dans sa tête. Carly, non. Ne bouge pas. Je viens te chercher.

La jeune femme baissa la tête vers lui et il reconnut Layla. Les joues blêmes baignées de larmes, elle prononça son nom une seule fois, au désespoir. « Aide-moi, par pitié, aide-moi », supplia-t-elle, les yeux plongés au fond des siens.

Puis elle sauta dans le vide et s'écrasa dans la rue en contrebas.

14

Fox se réveilla en sursaut, trempé de sueur. Layla répétait son nom en boucle. L'insistance dans sa voix et sa poigne solide sur ses épaules l'arrachèrent à son rêve et le ramenèrent dans le présent.

Mais la terreur fut aussi du voyage, caracolant sur les crêtes à vif de son chagrin déchirant. Il étreignit Layla avec le désespoir d'un naufragé, soulagé de sentir son corps contre le sien, les battements rapides de son cœur. Vivante. Il n'était pas arrivé trop tard.

— Serre-moi fort, lâcha-t-il dans un souffle, le corps secoué de frissons.

— Je te tiens, ne t'inquiète pas. Tu as fait un cauchemar, murmura Layla en massant les muscles noués de son dos. Tu es réveillé maintenant. Tout va bien.

Fox doutait que tel pût être le cas un jour.

— Tu es transi. Laisse-moi attraper la couverture. Tu trembles.

Elle se pencha pour remonter la couverture sur lui, puis lui frictionna les bras sans jamais le quitter des yeux dans la pénombre.

— Ça va mieux ? Attends, je vais te chercher de l'eau.

— Oui, d'accord. Merci.

Layla crapahuta hors du lit et fonça à la cuisine. Fox se prit la tête entre les mains, profitant de cet instant de solitude pour tenter de se ressaisir, de démêler l'écheveau inextricable des souvenirs et de la réalité.

Cette nuit-là, il était arrivé trop tard, trop occupé qu'il était à jouer au héros. Et Carly était morte. C'était elle qu'il aurait dû protéger plus que tout. Celle qu'il aimait et n'avait pas su sauver.

Layla revint en hâte, s'agenouilla sur le lit et lui fourra le verre d'eau dans la main.

— Tu as assez chaud ? Tu veux une autre couverture ?

— Non, non, ça va. Désolé pour tout ça.

Avec une infinie douceur, elle repoussa les cheveux qui lui tombaient dans les yeux.

— Tu étais glacé et tu parlais à voix haute. Il m'a fallu un moment pour réussir à te réveiller. De quoi rêvais-tu, Fox ?

— Je...

Il faillit répondre qu'il ne s'en souvenait pas, mais le mensonge lui resta au fond de la gorge avec un arrière-goût amer. Il avait menti à Carly, et Carly était morte.

— Je ne peux pas en parler. Je ne veux pas en parler pour le moment, rectifia-t-il.

Il sentit l'hésitation de Layla, son besoin de sonder son esprit. Il l'ignora.

Sans un mot, elle lui prit le verre de la main et le posa sur la table de nuit. Puis elle l'attira dans ses bras, nicha sa tête contre ses seins.

— Tout va bien maintenant, chuchota-t-elle, ses doigts lui caressant les cheveux. Dors encore un peu.

Et il se rendormit, réconforté par sa présence rassurante.

Au matin, Layla se glissa hors du lit aussi furtivement qu'un cambrioleur quittant le lieu de son forfait. Fox avait l'air épuisé, il était encore très pâle. Tout ce qu'elle espérait, c'était que le sommeil avait apaisé l'infinie tristesse qu'elle avait sentie chez lui cette nuit. Elle pouvait en identifier la source ; désormais, il n'était plus capable de la tenir à distance. Si elle parvenait à en découvrir la raison profonde, peut-être pourrait-elle l'aider à guérir de cette blessure qui lui avait laissé le cœur en lambeaux.

Quoique sincère, sa motivation cachait une autre facette, plus égoïste, voire mesquine. Au plus fort du cauchemar, Fox avait crié son nom. Mais pas seulement le sien.

Il avait aussi appelé Carly.

Non, elle ne profiterait pas de son sommeil pour fouiner dans ses pensées, quelle que soit sa motivation. C'était à ses yeux une violation de la pire espèce. Un abus de confiance.

Si elle devait fouiner, ce serait plutôt dans la cuisine histoire de dénicher quelque chose de raisonnablement sain pour le petit-déjeuner.

Elle ramassa la chemise de Fox qu'elle enfila, puis sortit de la chambre.

Dans la cuisine, une surprise l'attendait. Ce n'était pas la propreté relative de la pièce : à la place des piles de vaisselle sale et des journaux éparpillés, il n'y avait plus que quelques assiettes dans l'évier, un peu de courrier encore fermé sur la table, et les plans de travail avaient été essuyés à la hâte autour des appareils électroménagers. Plutôt pas mal pour un homme, jugea-t-elle.

Non, la surprise, c'était la machine à café flambant neuve qui trônait sur le plan de travail.

Elle se sentit fondre. Fox ne buvait jamais de café, mais il avait pris la peine d'aller acheter une cafetière rien que pour elle – un modèle haut de gamme doté d'un moulin. Et quand elle ouvrit le placard au-dessus, elle trouva un sachet de café en grains.

Existait-il un être plus gentil ?

Le sachet à la main, elle souriait devant l'appareil quand Fox entra.

— Tu as acheté une machine à café.

— Je me suis dit que tu devais avoir le droit de te faire ta dose du matin.

Lorsqu'elle se retourna, il avait déjà la tête dans le réfrigérateur.

— Merci. Rien que pour ça, je vais te préparer ton petit-déjeuner. Tu dois bien avoir ici quelque chose de comestible.

Layla contourna la porte du réfrigérateur pour jeter un coup d'œil à l'intérieur. Quand Fox se redressa et recula d'un pas, elle découvrit son visage.

— Oh, Fox.

D'instinct, elle porta la main à sa joue.

— Tu n'as pas l'air bien. Tu devrais retourner te coucher. Ton emploi du temps n'est pas trop chargé aujourd'hui. Je peux décommander…

— Je vais bien. Nous ne tombons jamais malades, rappelle-toi.

« Peut-être pas physiquement, se dit Layla, mais les bleus à l'âme, ça existe. »

— Tu es fatigué, et un jour de repos te ferait du bien.

— Ce qui me ferait du bien, c'est une douche. Écoute, j'apprécie ton offre pour le petit-déjeuner, mais je n'ai pas très faim ce matin. Vas-y, prépare ton café, si tu comprends comment marche cet engin.

Sur ce, il quitta la cuisine.

Qu'est-ce que c'était que cette voix distante et froide ? Sans bruit, Layla rangea le paquet de café et referma la porte du placard. De retour dans la chambre, elle s'habilla tandis que le crépitement de la douche lui résonnait aux oreilles.

Une femme sentait quand un homme voulait être seul, et si elle possédait une once de fierté, elle s'empressait de répondre à sa demande muette. Elle prendrait sa douche et son café chez elle. Puisque monsieur voulait de l'air, elle allait lui en donner.

Le téléphone sonna. Layla l'ignora d'abord, puis finit par décrocher à l'idée que c'était peut-être important. Elle fit la grimace en reconnaissant la mère de Fox qui la salua d'un joyeux : « Bonjour, Layla ! »

Sous la douche, Fox laissa le jet puissant lui marteler longuement le dos avalant à grands traits sa caféine froide. La combinaison des deux parvint à émousser quelque peu la migraine et la nausée, mais, comme toujours, le lendemain de cauchemar était pire que la pire des cuites.

Sans doute avait-il fait fuir Layla à se montrer aussi cassant avec elle. Ce qui, il devait l'avouer, était le but. Il n'avait pas envie de l'avoir dans les pattes, à le materner et à le couver d'un regard inquiet. Il voulait être seul pour s'apitoyer sur son sort et ruminer à son aise.

C'était son droit, non ?

Il ferma le robinet et enroula une serviette autour de ses hanches. Quand il entra dans la chambre, laissant derrière lui des traînées de gouttes, ils se retrouvèrent nez à nez.

— Je partais, annonça Layla d'un ton glacial, prouvant qu'il avait réussi son coup. Ta mère a téléphoné.

— Oh. D'accord. Je vais la rappeler.

— En fait, j'ai un message à te transmettre : comme Sage et Paula doivent être à Washington lundi et rentreront peut-être directement à Seattle de là-bas, elle invite tout le monde à dîner demain.

Fox pressa les doigts sur ses yeux. Il aurait du mal à échapper à celui-là.

— D'accord.

— Elle compte aussi sur moi – tout le groupe en fait. Tu sais sans doute qu'il est impossible de lui dire non, mais tu trouveras bien une excuse pour moi demain.

— Pourquoi je ferais ça ? Pourquoi devrais-tu échapper aux artichauts farcis ?

Comme elle demeurait de marbre, il repoussa ses cheveux dégoulinants en arrière.

— Écoute, je me sens un peu patraque ce matin. Si tu pouvais juste me laisser un tout petit peu de temps.

— Crois-moi, je ne vais pas m'en priver. Je vais même t'en laisser encore plus en essayant de me convaincre que si tu es lunatique et cachottier, c'est par stupidité et non par manque de confiance. Le hic, c'est que je n'arrive pas à croire que tu puisses être stupide au point de taire l'origine d'un traumatisme aussi grave que celui de la nuit dernière. Donc, j'en reviens à la question de confiance. Je t'ai laissé entrer en moi dans ce lit, Fox, mais toi, tu refuses de t'ouvrir à moi. Tu refuses de me dire ce qui te fait souffrir et te terrifie.

— Laisse tomber, Layla. Ce n'est pas le moment, voilà tout.

— C'est toi qui choisis le moment ? Ah, d'accord… Eh bien, fais-moi savoir quand ce sera le moment, et je verrai si je peux te caser dans mon emploi du temps.

Elle se dirigea vers la porte, et il ne fit rien pour la retenir. Sur le seuil, elle se retourna, le fixa droit dans les yeux.

— Qui est Carly ?

Comme il restait sans voix, l'air interdit, elle pivota sur ses talons et le planta là.

Fox ne s'attendait pas qu'elle vienne au cabinet – il espérait même vivement qu'elle n'en ferait rien. Mais alors qu'il se trouvait dans sa bibliothèque, s'efforçant de se concentrer sur un dossier, il entendit la porte s'ouvrir. Impossible de s'y tromper. Il aurait identifié son pas entre mille, et connaissait même ses habitudes du matin.

Elle ouvrait la penderie de l'entrée, suspendait son manteau, refermait la porte. Puis elle allait à son bureau et rangeait son sac à main dans le tiroir du bas, à droite, avant d'allumer l'ordinateur.

Tous ces bruits affairés le culpabilisaient. Et ce sentiment de culpabilité l'agaçait. Ils allaient s'ignorer quelques heures, décida-t-il. Jusqu'à ce qu'elle descende de ses grands chevaux et que lui se calme de son côté.

Puis ils tireraient un trait sur cette querelle.

Ils s'évitèrent avec succès toute la matinée. Chaque fois que le téléphone sonnait, il redoutait d'entendre sa voix cassante dans l'interphone. Mais elle n'appela pas.

Il réussit à se convaincre qu'il ne passa pas comme un voleur de la bibliothèque à son bureau. Non, il marcha juste très, très doucement.

Quand il l'entendit sortir pour la pause-déjeuner, il se rendit d'un pas nonchalant à la réception et jeta un regard désinvolte à son bureau. Il remarqua la petite pile de messages qui lui étaient destinés. Mademoiselle ne transmettait donc pas les appels. Pas de problème. Il rappellerait ces gens plus tard. Parce que s'il emportait les messages dans son bureau, il serait évident qu'il était venu fureter dans ses affaires.

À présent, il se sentait stupide. Stupide, fatigué, assiégé dans son propre cabinet, et un poil agacé. Fourrant les mains dans ses poches, il s'apprêtait à regagner son bureau quand la porte s'ouvrit, le faisant sursauter. À son grand soulagement, ce fut Shelley qui entra.

— Bonjour, j'espérais te parler juste une minute. Je viens de croiser Layla et elle m'a dit que tu étais là, sans doute pas sérieusement occupé.

— Bien sûr. Tu veux qu'on aille dans mon bureau ?

— Non, non, dit Shelley qui s'avança vers lui et lui donna une accolade. Je voulais juste te remercier.

— De rien. Mais en quel honneur ?

— Block et moi avons eu notre premier rendez-vous chez la conseillère matrimoniale hier soir, annonça-t-elle, en reculant d'un pas avec un soupir. C'était plutôt intense et émouvant. Je sais pas trop où tout ça va nous mener, mais je crois que ça a été utile. À mon avis, il vaut mieux essayer de se parler, même si on crie, plutôt que de balancer

« va te faire foutre, ducon ». Si on finit par en arriver là, on aura au moins tenté le coup. Sans ton aide, je sais pas si je l'aurais fait.

— Mon seul souhait, c'est que tu obtiennes ce que tu désires. Et que tu en sois heureuse.

Shelley hocha la tête et se tamponna les yeux avec un mouchoir.

— J'ai appris que Block t'avait agressé et que tu as pas porté plainte. Il se sent vraiment mal, tu sais. Je voulais aussi te remercier de pas avoir porté plainte.

— Ce n'était pas entièrement sa faute.

— Oh, que si, assura-t-elle avec un petit rire. Il a beaucoup à se faire pardonner, mais il le sait. Il a un œil au beurre noir. Je me moque pas mal si c'est mesquin, mais je te remercie pour ça aussi.

— Pas de quoi.

Elle pouffa.

— Enfin bref, nous verrons bien ce qui arrivera. Pour l'instant, je reste seule de mon côté et je déballe tout ce que j'ai sur le cœur. Ça me fait un bien fou, tu peux pas savoir, ajouta-t-elle avec un franc sourire. Bon, il faut que je retourne au boulot.

Fox regagna son bureau et essaya de travailler en broyant du noir. Il entendit Layla rentrer. Penderie, manteau, tiroir, sac à main. Il sortit par la porte de la cuisine, faisant juste assez de bruit pour que Layla le sache.

Un soleil radieux illuminait le ciel bleu. Malgré la température agréable, un frisson lui chatouilla la colonne vertébrale.

L'après-midi ressemblait à celui de son rêve.

Il se força à contourner le bâtiment en direction de Main Street. Les passants prenaient leur temps, certains en manches de chemise, comme s'ils s'enivraient de cette première bouffée de printemps après le dernier assaut de l'hiver. Les poings serrés, Fox traversa la rue.

Amy sortit de son arrière-boutique.

— Bonjour, Fox. Comment ça va ? Magnifique journée, n'est-ce pas ? Il était temps.

Presque mot pour mot, songea-t-il, les yeux rivés sur son visage.

— C'est vrai. Et vous, ça va ?

— Je n'ai pas à me plaindre. Vous cherchez quelque chose pour le bureau ? Mme Hawbaker avait l'habitude d'acheter un bouquet le lundi. Le vendredi, ce n'est pas une bonne idée, Fox.

— Non, c'est sûr.

Son estomac se dénoua quelque peu – pour se recrisper illico lorsqu'il découvrit les jonquilles.

— En fait, c'est pour un cadeau. Voilà ce qu'il me faut.

— Elles sont charmantes, n'est-ce pas ? Si gaies, si fraîches.

Elle se retourna et il fixa avec angoisse son reflet dans la vitre. Elle sourit, mais c'était le sourire d'Amy, aussi gai que les fleurs.

La fleuriste bavarda tout en préparant le bouquet, mais les mots semblaient glisser sur lui, tandis qu'il humait l'air à la recherche d'une odeur de décomposition. Rien, à part le frais parfum des fleurs.

— C'est pour votre amie ?

Fox lui adressa un regard pénétrant.

— Oui. Oui, c'est ça.

Le sourire d'Amy s'élargit.

— Elle va les adorer, assura-t-elle en lui tendant le bouquet en échange du règlement. Si vous voulez des fleurs pour le cabinet, je vous préparerai un bel arrangement pour lundi.

— D'accord, merci, répondit-il avant de tourner les talons.

— Transmettez mon bonjour à Layla.

Fox ferma les yeux, submergé par un mélange de soulagement, de culpabilité et de gratitude.

— Je n'y manquerai pas. À bientôt.

Lorsqu'il se retrouva sur le trottoir, les jambes en coton, il se força à regarder du côté de l'ancienne bibliothèque. Dieu merci, la porte était close. Il leva les yeux, mais il n'y avait personne sur l'étroit rebord de la tourelle.

Il retraversa la rue. Quand il franchit le seuil du cabinet, Layla était à son bureau. Elle le gratifia d'un bref regard, puis détourna délibérément les yeux.

— Il y a des messages sur ton bureau. Ton rendez-vous de 14 heures est reporté à la semaine prochaine.

Il s'avança vers elle et lui tendit le bouquet.

— Je suis désolé.

— Elles sont très belles. Je vais les mettre dans l'eau.

— Je suis désolé, répéta-t-il, tandis qu'elle se levait et le contournait.

— D'accord, lâcha-t-elle, s'arrêtant un instant avant de s'éloigner avec les fleurs.

Fox voulait enterrer la hache de guerre. À quoi bon tant d'acharnement ? Ce n'était pas une question de confiance, mais de chagrin. N'avait-il pas droit à son propre chagrin ? À grandes enjambées énervées, il rejoignit Layla dans la cuisine où elle remplissait un vase.

— Écoute, faut-il vraiment qu'on déballe tout pour que ça marche entre nous ?

— Non.

— On n'est pas obligés de connaître tout de l'autre en détail.

— Non, répéta Layla qui entreprit de plonger les tiges vert tendre une à une dans l'eau.

— J'ai fait un cauchemar. J'en ai toujours fait, aussi longtemps que je m'en souvienne. Et maintenant, nous en faisons tous.

— Je sais.

— C'est une technique d'usure, d'approuver tout ce que je dis ?

— C'est ma façon de me contrôler pour ne pas t'assommer et te marcher dessus en partant.

— Je ne cherche pas la bagarre.

— Oh, que si. Et je ne vais pas tomber dans le panneau. Tu ne le mérites pas.

Avec un juron, Fox arpenta la pièce comme un lion en cage, décochant au passage un coup de pied aux placards dans un rare accès de violence.

— Carly est morte. Je n'ai pas réussi à la sauver et elle est morte !

Layla se détourna des rayons de soleil jaune d'or dans le vase bleu vif.

— Je suis profondément désolée, Fox.

Il pressa les doigts contre ses paupières.

— Non, s'il te plaît, pas ça.

— Je n'ai pas le droit d'être désolée alors que tu as perdu une personne qui à l'évidence t'était très chère ? Alors que tu souffres ? Qu'attends-tu de moi exactement ?

— En cet instant, je l'avoue, je n'en ai pas la moindre idée, soupira Fox qui laissa retomber les bras le long du corps. Nous nous sommes rencontrés au printemps, juste avant mon vingt-troisième anniversaire, quand j'étais à New York en fac de droit. Elle était étudiante en médecine et voulait devenir urgentiste. C'était à une soirée. Nous avons commencé à nous voir, juste comme ça, au début – on avait tous les deux des emplois du temps dingues. Pendant l'été, elle est restée à New York et moi, je suis rentré à Hollow. Mais je suis retourné là-bas plusieurs fois parce que ça devenait plus sérieux entre nous.

Fox s'assit à la table de la cuisine et Layla ouvrit le réfrigérateur. Au lieu de son habituel Coca, elle lui sortit une petite bouteille d'eau et une autre pour elle-même.

— À l'automne, nous avons emménagé ensemble. Un studio miteux, le genre d'appart qu'un couple d'étudiants peut se payer à New York. On adorait. Enfin, surtout elle, corrigea-t-il. Moi, je me sentais toujours un peu décalé là-bas. Mais Carly s'y plaisait beaucoup, alors moi aussi parce que je l'aimais. On faisait des projets à long terme, on voyait la vie en rose. Je ne lui ai jamais parlé de Hollow et des Sept. À quoi bon ? me disais-je, puisqu'on y avait mis un terme la fois précédente. J'avais conscience que c'était un mensonge, et j'en ai eu la certitude quand les cauchemars ont recommencé. Caleb m'a téléphoné. Il restait encore plusieurs semaines avant la fin du semestre et j'avais un boulot d'assistant au bureau du juge. Et il y avait Carly. Mais j'étais obligé de rentrer. Alors je lui ai menti. J'ai inventé une histoire d'urgence familiale.

Pas vraiment un mensonge, se dit-il comme à l'époque. Hollow était sa famille.

— Durant ces semaines, j'ai passé mon temps à faire la navette entre New York et Hollow. Et à enchaîner mensonge sur mensonge. J'ai poussé le vice jusqu'à utiliser mon don pour lire en elle afin de savoir quel mensonge marcherait le mieux.

— Pourquoi ne lui as-tu rien dit ?

— Elle ne m'aurait jamais cru. Carly était une scientifique pure et dure, sans la moindre once de fantaisie. Peut-être était-ce d'ailleurs en partie pour cela qu'elle m'attirait. La malédiction de Hollow dépassait tout bonnement son entendement. En tout cas, je m'en suis convaincu, mais c'était peut-être un mensonge de plus.

Fox s'interrompit et se pinça l'arête du nez pour soulager le mal de tête qu'il sentait pointer.

— Avec Carly, je cherchais une vie qui n'avait rien en commun avec Hollow. Je voulais échapper à cette réalité qui me poursuivait. Quand l'été est arrivé, j'ai su que je ne pouvais plus y couper et les mensonges ont redoublé. On a commencé à se disputer. Je préférais qu'elle soit fâchée contre moi plutôt que de l'entraîner dans cette histoire. Je lui ai raconté que j'avais besoin de prendre mes distances et que j'allais rentrer quelques semaines chez moi. Je l'ai fait souffrir sciemment sous prétexte de la protéger.

Il but une longue gorgée d'eau.

— À Hollow, la situation a dégénéré avant le 7 juillet. Bagarres, incendies, vandalisme à tout va. On a eu de quoi faire, Caleb, Gage et moi. Je lui ai téléphoné. Je n'aurais pas dû, je sais, mais je voulais lui dire qu'elle me manquait, que je serais de retour d'ici une quinzaine de jours. Si seulement je n'avais pas eu tellement envie d'entendre sa voix…

— Elle est venue, murmura Layla. Elle est venue à Hawkins Hollow.

— La veille de notre anniversaire, elle est descendue en voiture de New York. Elle a demandé le chemin de la ferme et a débarqué à l'improviste. Je n'étais pas là. À l'époque, Caleb avait un appartement en ville et on habitait là tous les trois. Carly m'a téléphoné de la ferme. Tu ne croyais quand même pas que j'allais rater ton anniversaire ? m'a-t-elle dit. J'étais affolé. Elle n'était pas censée venir. Je me suis précipité chez mes parents, mais aucun argument n'a réussi à la convaincre de partir. Elle ne comprenait pas ce qui nous arrivait et voulait qu'on s'explique une fois pour toutes. Que pouvais-je dire ?

— Que lui as-tu dit ?

— À la fois trop et pas assez. Elle ne m'a pas cru. Comment l'en blâmer ? Elle pensait que j'étais surmené et voulait me ramener à New York pour des examens. J'ai allumé un brûleur de la gazinière et tendu la main au-dessus des flammes. Elle a eu la réaction attendue, humaine et médicale. Puis, lorsque ma main a guéri sous ses yeux, elle m'a abreuvé de questions, s'est montrée encore plus insistante pour les examens. J'ai tout accepté à la seule condition qu'elle rentre à New York sur-le-champ. Comme elle ne voulait pas partir sans moi, on a trouvé un compromis : elle m'a juré de rester à la ferme jour et nuit jusqu'à notre départ. Elle a tenu parole cette première nuit et le lendemain, mais le soir du surlendemain…

Fox se leva, s'avança jusqu'à la fenêtre et, appuyé sur l'évier, contempla les maisons voisines et les pelouses au-delà.

— En ville, c'était le chaos. On ne savait plus où donner de la tête, quand ma mère m'a téléphoné. Un moteur de voiture l'avait réveillée, mais le temps qu'elle sorte en courant, Carly était partie. Elle était venue avec la voiture d'une amie. J'étais affolé, et je l'ai été encore plus en apprenant qu'elle était partie depuis vingt minutes. Ma mère n'avait pas réussi à me joindre plus tôt à cause de friture sur la ligne.

Il se tut et vint se rasseoir. Layla lui prit la main par-dessus la table.

— Il y avait une maison en feu dans Mill Road. Caleb avait été sérieusement brûlé en sortant des enfants du brasier. Trois. Jack Proctor, le quincaillier, se baladait dans les rues avec un fusil, tirant sur tout ce qui bougeait. Deux jeunes violaient une femme dans Main Street, juste devant le temple méthodiste. Et ce n'était pas tout. Bref, je n'arrivais pas à la retrouver. J'ai essayé de la localiser par télépathie, mais il y avait trop d'interférences. Comme la friture sur la ligne. Et soudain, je l'ai entendue crier mon nom.

Fox s'interrompit. Il revivait le drame de cet été-là.

— J'ai couru, reprit-il, et je suis tombé sur Napper qui avait bloqué le trottoir avec sa voiture garée en travers. Il m'a poursuivi avec une batte de base-ball. Si Gage n'avait pas été là pour le maîtriser, je ne serais pas passé. J'ai escaladé la voiture et foncé dans la direction de la voix. La porte de l'ancienne bibliothèque était ouverte. Je sentais la présence de Carly, sa panique. J'ai monté les marches quatre à quatre en l'appelant pour qu'elle sache que j'arrivais. Les livres volaient en tous sens, je recevais des fichiers en pleine tête.

Parce qu'il avait l'impression que c'était la veille, il ferma les yeux et se frictionna le visage à deux mains.

— J'ai chuté une ou deux fois, je ne sais plus, et je suis sorti sur le toit. On aurait dit un ouragan là-haut. Carly était sur le rebord de la tourelle, les mains en sang. Je lui ai crié de ne pas bouger. Ne bouge pas, je monte te chercher. Elle m'a aperçu et, l'espace d'un instant, elle s'est penchée complètement en avant, les yeux écarquillés de terreur. Aide-moi, par pitié, aide-moi, a-t-elle supplié. Et elle est tombée.

Layla déplaça sa chaise près de la sienne et, comme la nuit passée, nicha la tête de Fox contre sa poitrine.

— Je suis arrivé trop tard.

— Ce n'est pas ta faute.

— Chacun de mes choix avec elle s'est révélé une erreur. C'est cette suite de mauvais choix qui l'a tuée.

— Non. C'est cette créature.

— Carly n'était pour rien dans cette histoire. C'est moi qui l'y ai entraînée. La nuit dernière, poursuivit-il en se redressant, j'ai fait un rêve.

Il lui raconta son cauchemar.

— D'autres qui te connaissent et sont au courant des événements t'ont sûrement déjà dit que tu n'y étais pour rien, Fox. Je sais ce que c'est de vouloir tout garder à sa place. Vos deux univers sont pour ainsi dire entrés en collision et, du coup, tout a dérapé.

— Si seulement j'avais pris d'autres décisions.

— Peut-être aurais-tu changé le cours des choses, observa Layla, pour aboutir, si ça se trouve, au même résultat. Comment savoir ? Je ne suis pas Carly, Fox. Que ça te plaise ou non, nous partageons ce qui arrive à Hollow. Il ne s'agit plus uniquement de tes propres choix maintenant.

— J'ai vu trop de sang et de souffrances, Layla. La mort va frapper davantage encore et je ne sais pas si je survivrai si je te perds.

Le cœur de Layla était lourd de l'insoutenable chagrin de Fox.

— Nous trouverons une solution. Tu y as toujours cru et tu as fini par m'en convaincre. Monte t'allonger un peu. Allez, pas de discussion.

À force de cajoleries et d'insistance, elle parvint à l'entraîner à l'étage. Lorsqu'elle le décida à se coucher, il était trop épuisé pour protester ou lancer des boutades suggestives lorsqu'elle le déshabilla et le borda sous la couette. Quand elle se fut assurée qu'il dormait, elle descendit au pas de course fermer le cabinet et remonta appeler Caleb.

Lorsque celui-ci se présenta à la porte de derrière, Layla plaqua l'index contre sa bouche.

— Il dort. Il a eu une rude nuit et une rude journée. Un cauchemar, expliqua-t-elle en le faisant entrer dans la cuisine. Où il confondait Carly avec moi.

— Aïe.

Elle lui servit un café sans lui demander s'il en voulait.

— Il m'a parlé d'elle, et je peux te dire que ça n'a pas été facile. Maintenant, il est lessivé.

— C'est mieux qu'il se soit confié à toi. Ça ne lui réussit pas de tout garder pour lui.

Caleb but une gorgée de café, puis contempla la tasse, le front plissé.

— Du café, ici ?

— Fox m'a acheté une machine.

Caleb laissa échapper un rire.

— Il va s'en remettre, Layla. Ce genre de crise le prend parfois. Pas souvent, mais quand ça lui arrive, il le sent passer.

— Il culpabilise, et c'est idiot, déclara Layla avec tant de vigueur que Caleb haussa un sourcil étonné. Mais il l'aimait, alors il ne peut pas faire autrement. Il m'a raconté que dès qu'il a appris qu'elle avait quitté la ferme, il a essayé de la trouver. Tu t'étais brûlé en sortant des enfants d'une maison en feu, un type tirait sur tout ce qui bougeait dans la rue, et cette ordure de Napper l'a agressé avec une batte de base-ball. Il était effondré de ne pas avoir réussi à l'empêcher de sauter.

— Ce qu'il ne t'a sans doute pas dit, arrête-moi si je me trompe, c'est que lui aussi souffrait de brûlures. Pas aussi graves que les miennes cette fois-là, mais assez sérieuses quand même. Quand il a entendu l'appel de Carly, il nous a devancés, Gage et moi. Au passage, il a balancé un coup de pied à Proctor – le type avec le fusil – bien ajusté dans les parties et il a jeté l'arme à Gage tout en continuant à courir. Puis il a assommé un des deux jeunes qui violentaient une femme sur le trottoir. Je me suis occupé de l'autre, ce qui m'a ralenti. Ensuite, il y a eu Napper. Le coup de batte qu'il a balancé à Fox lui a cassé le bras.

— Mon Dieu.

— Gage est intervenu, et Fox a pu repartir. Nous avons dû nous y mettre à deux, Gage et moi, pour maîtriser Napper. Fox gravissait déjà l'escalier quand nous avons fait irruption dans l'ancienne bibliothèque. À l'intérieur, c'était le chaos le plus complet. Nous aussi, nous sommes arrivés trop tard. Elle a plongé à la seconde où nous avons déboulé sur le toit. J'ai bien cru que Fox allait sauter à sa suite. Il était couvert de sang, entre les coups qu'il avait pris, les livres qui lui fonçaient dessus comme des missiles et Dieu sait quoi. Il n'aurait rien pu faire. Et il le sait. Mais, de temps à autre, il bat sa coulpe, ce qui lui flanque un méchant spleen.

— Si elle avait tenu la promesse qu'elle lui avait faite, elle serait encore en vie.

Les yeux gris de Caleb plongèrent dans ceux de Layla.

— Entièrement exact.

— Mais il ne veut pas rejeter la faute sur elle.

— Difficile de blâmer une morte.

— Pas pour moi, pas ce moment. Si elle l'avait suffisamment aimé, si elle avait suffisamment cru en lui, il n'aurait pas eu besoin de risquer sa vie pour tenter de la sauver. Je ne l'ai pas dit à Fox, et je vais m'efforcer de ne pas le faire, mais je me sens mieux maintenant que les mots sont sortis.

— Moi, je le lui ai dit. Ça m'a fait du bien aussi, mais pas à lui.

Layla hocha la tête.

— Il y a autre chose. Pourquoi Carly ? Elle était étrangère à la ville et, pourtant, elle a été infectée en l'espace de quelques minutes, à ce qu'il semble. Au point de se suicider.

— Il y a eu des précédents. La plupart des victimes sont des habitants de Hollow, mais des étrangers peuvent aussi être atteints.

— Je parie qu'ils sont surtout victimes de personnes elles-mêmes infectées. Mais ici, il s'agit de la petite amie de l'un d'entre vous qui est atteinte *instantanément*. Je trouve ça bizarre, Caleb. Je me demande aussi comment il a pu entendre ses appels au secours, comment elle a pu seulement l'appeler et attendre son arrivée, comme pour le forcer à la regarder sauter.

— Où veux-tu en venir ?

— Je ne suis sûre de rien, mais il serait peut-être utile de demander à Cybil de faire une recherche sur elle. Et si Carly appartenait à l'un ou à l'autre de nos tortueux arbres généalogiques ?

— Et Fox serait tombé amoureux d'elle par hasard ?

— Justement. Je ne crois pas au hasard. Caleb, as-tu été amoureux – vraiment amoureux – avant Quinn ?

— Non, répondit-il sans hésiter avant d'avaler une gorgée de café, l'air songeur. Et je peux t'assurer que Gage non plus.

— Il se sert des émotions, souligna Layla. Quel meilleur moyen de faire souffrir que d'utiliser l'amour contre l'un d'entre vous ? Comme un poignard qu'on retourne dans le cœur. Selon moi, Carly n'a pas été simplement infectée. Elle a été choisie.

15

Dans les pages qu'ils lurent ensemble ce soir-là, Ann évoquait Giles et Twisse pour la première fois depuis des mois.

Voici venue la nouvelle année. Giles m'avait demandé d'attendre jusque-là avant de parler de celle qui vient de s'écouler. Ces étapes du calendrier sont-elles réellement des boucliers efficaces contre les ténèbres ?

Il m'éloigna avant même les premières contractions, car il était incapable, disait-il, d'agir comme il l'avait décidé si je demeurais auprès de lui. À ma grande honte, j'ai pleuré, je l'ai même supplié. En vain. Il est demeuré inflexible. Mais en essuyant mes larmes, il m'a juré que si les dieux nous étaient favorables, nous serions de nouveau réunis.

Qu'avais-je alors à faire des dieux, avec leurs exigences, leurs natures capricieuses et leurs cœurs froids ? C'était pourtant à eux que mon bien-aimé avait juré fidélité, avant moi-même, et j'avais donc conscience de ne pas être de taille à lutter contre eux. Il avait sa mission, sa guerre, me dit-il, et moi j'avais la mienne, ajouta-t-il, posant la main sur mon ventre où grandissaient des vies. Sans moi, son œuvre serait vaine et sa guerre perdue.

Je ne pris pas congé avec des larmes, mais un baiser, tandis que nos fils s'agitaient entre nous. Je partis par une douce nuit de juin avec l'époux de ma cousine, loin de mon amour, de la cabane, de la pierre. Comme je m'éloignais, il m'adressa ces paroles :

La mort ne sera pas.

Il régnait dans le foyer de ma cousine une grande bonté, comme je l'ai déjà maintes fois raconté dans ces pages. Ils m'accueillirent à bras ouverts et gardèrent mon secret même quand il se présenta. Bestia. *Les Ténèbres. Twisse. J'étais alors en couches sur la paillasse dans le grenier exigu de leur petite maison, tétanisée par la douleur et l'effroi. Comme l'époux de ma cousine refusait de le suivre dans son expédition punitive contre mon bien-aimé, je sentis sa fureur. Son trouble aussi, je crois. En ce lieu, il n'avait aucun pouvoir.*

Et Fletcher, ce bon Fletcher, échappa ainsi au drame qui advint à la Pierre Païenne.

Ce serait pour cette nuit. Je le sus à la première contraction. Une fin qui n'en serait pas une, et ce commencement. Liés comme Giles l'avait voulu. Le démon devait croire que c'était son œuvre, mais c'était Giles qui en réalité tournait la clé. Giles qui paierait le prix pour avoir ouvert la porte.

Ma douce cousine me bassinait le visage. Nous ne pouvions faire venir ni la sage-femme ni ma mère qui me manquait tant. Ce n'était pas mon bien-aimé qui arpentait la pièce en dessous, mais Fletcher, si solide, si fidèle. Quand la douleur enfla au point que je ne pus retenir mes cris, je vis mon bien-aimé debout près de la pierre. Je vis les torches illuminer la nuit. Je vis ce qui advint.

Était-ce le délire de l'accouchement ou mon petit pouvoir personnel ? Les deux, je crois, le premier renforçant le second. Il savait que j'étais là. Je jure qu'il ne s'agissait pas seulement du vœu d'un cœur qui souffre, mais de la pure vérité. Il savait que j'étais à ses côtés, car j'entendis ses pensées rejoindre les miennes un court instant béni.

Mon amour, prends garde à toi, sois forte.

Il portait au cou son amulette, et les flammes de son feu et les torches brandies vers lui faisaient luire les veines rouge sang de la calcédoine.

Je me souviens de ses paroles lorsqu'il a invoqué la pierre.

Notre sang, son sang, leur sang. Un pour trois, trois pour un.

Poussant de toutes mes forces, ivre de douleur, j'entamai ma lutte pour la vie. Je vis les visages de ceux qui étaient venus pour lui, et mon cœur se serra à la pensée de ce qu'ils avaient subi. Et de ce qui les attendait. J'entendis la jeune

Hester nous condamner. Et alors que je poussais et poussais, je la vis s'élancer, libérée par Giles.

Je vis le démon dans les yeux d'un homme, et la haine chez les hommes et les femmes contaminés par la malédiction.

Le sacrifice de mon bien-aimé vint dans un jaillissement de feu et de lumière, et dans le sang qui bouillonnait autour de la pierre. Notre premier fils vit le jour alors que j'étais aveuglée par cette lumière et que mes cris se mêlaient à ceux des damnés.

Lorsque le feu se déchaîna et brûla la terre, mon fils poussa son premier cri. Dans ce cri et dans ceux de ses frères au moment où ils émergèrent de mon ventre, j'entendis l'espoir. J'entendis l'amour.

— Voilà qui confirme beaucoup de nos hypothèses, commenta Caleb quand Quinn referma le journal. Et soulève d'autres interrogations. Il ne peut s'agir d'une coïncidence qu'Ann ait accouché au moment même où Dent affrontait Twisse.

— Le pouvoir de la vie. D'une vie innocente, intervint Cybil qui compta sur ses doigts. La vie mystique. La douleur et le sang – celui d'Ann, de Dent, du démon et de ces gens que Twisse avait entraînés à sa suite. Intéressant aussi que Twisse soit venu jusqu'à la maison où se cachait Ann et ne l'ait pas découverte. Et qu'il n'ait pas davantage réussi à contaminer les habitants de la maison.

— Dent y aura sans doute veillé, non ? suggéra Layla. Il n'aurait pas éloigné Ann sans s'assurer de sa sécurité et de celle de ses fils. Et de leur descendance.

— Elle savait ce qui se tramait, fit remarquer Fox. Elle savait qu'au moment où Dent passerait à l'acte, la mort attendait toutes les personnes présentes. Un sacrifice collectif.

— À qui la faute ? intervint Gage. Sans Twisse, ils n'auraient pas été là. Et si Dent n'avait pas agi, ils l'auraient immolé.

— Il ne s'agit pas moins d'humains, innocents de surcroît. Mais, continua Cybil sans lui laisser le temps d'argumenter, je suis d'accord avec toi, en grande partie. Nous pouvons ajouter que si Giles n'avait rien fait, ou échoué dans sa mission, l'infection aurait empiré au point que tous se seraient entre-tués, nourrissant la bête. Ann avait accepté cet état de fait. Moi aussi, je crois.

Quinn prit le verre de vin auquel elle n'avait pas touché.

— Trois pour un, un pour trois, écrit-elle à propos de la pierre. La conclusion s'impose : trois morceaux de la pierre, un pour chacun de vous. Le truc, c'est de la reconstituer.

— Le sang, dit Cybil, regardant tour à tour les trois hommes. Avez-vous essayé avec votre sang ? En le mélangeant ?

— On n'est pas stupides, qu'est-ce que tu crois ? riposta Gage en s'affalant dans son fauteuil. On a essayé plus d'une fois.

— Pas nous, observa Layla avec un haussement d'épaules. « Notre sang, son sang, leur sang », a-t-elle écrit. Le sang du démon qui coule dans nos veines, à Quinn, à Cybil et à moi. Caleb, Gage et Fox, celui de Dent et d'Ann. En les additionnant, le compte est bon, il me semble.

— Logique. Un peu répugnant, mais pas bête, approuva Quinn qui se leva. On va essayer.

Cybil lui fit signe de se rasseoir.

— Pas ce soir. On ne se précipite pas tête baissée dans un pacte par le sang. Même à dix ans, ces trois-là savaient qu'un tel pacte requiert un rituel. Laissez-moi le temps de faire quelques recherches. Si je dois donner mon sang, je ne veux pas le gâcher – ou pire, déchaîner des forces contraires.

Quinn se ravisa.

— Bien vu. Mais c'est dur de rester là à ne rien faire. Cinq jours que notre Grand Méchant Démon ne s'est pas manifesté.

— Il a consommé beaucoup d'énergie pour l'incendie à la ferme et l'agression de Block, expliqua Caleb qui s'approcha de la fenêtre pour contempler les ténèbres. Il recharge ses batteries. Plus cela lui prend de temps, plus la riposte sera musclée.

— Sur cette note joyeuse, je sors faire un tour, déclara Gage en se levant. Prévenez-moi quand je dois m'ouvrir le poignet.

Cybil l'imita.

— Je t'enverrai un texto. Bon, je monte bosser sur l'ordinateur. On se revoit demain chez les O'Dell, les trois beaux gosses. Je m'en réjouis à l'avance, ajouta-t-elle, frôlant au passage l'épaule de Fox.

— Caleb, j'aimerais que tu jettes un coup d'œil au grille-pain.

Caleb se tourna vers Quinn avec un froncement de sourcils.

— Le grille-pain ? Pourquoi ?

— À cause d'un truc.

Comment un homme aussi intelligent que Caleb pouvait-il être aussi obtus ? s'interrogea Quinn. Il ne voyait donc pas qu'il était temps de laisser Layla et Fox en tête-à-tête ?

Elle s'empara de sa main et l'entraîna à sa suite, les yeux au ciel.

— Viens jeter un coup d'œil, je te dis.

— Je ferais mieux d'y aller, moi aussi, dit Fox quand il se retrouva seul avec Layla.

— Et si tu restais ? On n'est pas obligés de… On peut juste dormir.

— J'ai si mauvaise mine que ça ?

— Tu as quand même l'air un peu fatigué.

— Ça arrive aussi quand on dort trop.

Et quand on est malheureux, songea Layla. Même quand il souriait, il y avait une ombre dans son regard.

— On pourrait sortir, suggéra-t-elle. Je connais un petit bar sympa au bord de la rivière.

Fox prit son visage entre ses mains et lui effleura la bouche d'un baiser.

— Je ne suis pas de bonne compagnie ce soir, Layla, pas même pour moi. Je vais rentrer travailler un peu. Il faut bien que je paie les factures. Mais je te remercie de ta proposition. Je passerai te chercher demain.

— Si tu changes d'avis, appelle-moi.

Il ne se manifesta pas. Layla passa une nuit agitée à s'inquiéter pour lui et à se poser des questions sur elle-même. Et s'il avait un autre cauchemar ? Elle ne serait pas là pour le réconforter.

« Arrête de délirer, se réprimanda-t-elle. Ces vingt dernières années, il s'en est sorti sans ton aide et il a vécu bien pire que des cauchemars. »

Incapable de trouver le sommeil, l'esprit enfiévré, elle finit par se lever. Dans la cuisine, elle se prépara une tasse de thé qu'elle emporta dans le bureau. Tandis que la maisonnée dormait, elle choisit une fiche de la couleur adéquate sur laquelle elle nota les mots-clés de leur séance de lecture. Puis elle étudia ses listes, cartes et graphiques dans l'espoir d'une soudaine illumination.

Les sourcils froncés, elle se concentra sur les carnets de Cybil, mais en dépit de leurs semaines de collaboration, elle était toujours incapable de déchiffrer sa sténo sibylline que Quinn appelait le Cybil-Quick. Bien qu'elle l'ait déjà raconté en détail à ses deux amies, elle rédigea à l'ordinateur un compte rendu du cauchemar de Fox et un autre, plus long, du décès de Carly.

Après quoi, elle demeura un moment à regarder par la fenêtre, mais la nuit était vide. Lorsqu'elle retourna se coucher et finit par s'endormir, ses rêves le furent aussi.

Fox savait cacher ses sentiments. Sa profession n'était après tout pas si différente de celle de Gage. Le droit et le jeu avaient beaucoup de points communs. Le visage qu'il affichait face à un tribunal, un client ou un confrère n'était bien souvent pas le reflet de ce qui se passait en lui.

Quand il arriva avec Layla chez ses parents, son frère Ridge et sa famille étaient déjà là, ainsi que Sparrow et son ami. Avec tant de gens dans la maison, il lui était facile de détourner l'attention.

Il présenta Layla, chatouilla son neveu, tapota le ventre de sa belle-sœur enceinte, taquina Sparrow et bavarda un moment sur le canapé avec son ami, un végétarien qui jouait du concertina et était passionné de baseball.

Comme Layla semblait occupée, et qu'il percevait son envie de sonder son humeur, il s'éclipsa et trouva refuge dans la cuisine.

— Hmm, sentez-moi ce tofu.

Il s'approcha de sa mère, qui s'activait au fourneau, et la serra dans ses bras.

— Qu'y a-t-il d'autre au menu ?

— Tous tes plats favoris.

— Arrête de faire ta frimeuse.

— Si je ne l'étais pas, comment aurais-je fait pour te transmettre cette qualité ?

Elle se tourna vers son fils, commença son rituel des quatre baisers, mais s'interrompit en découvrant ses traits tirés.

— Un problème ?

— Non, j'ai travaillé tard, c'est tout.

Quelqu'un avait convaincu Sparrow d'aller chercher le violon dans le salon de musique et Fox en profita pour entraîner sa mère dans une danse endiablée à travers la pièce. Elle n'avait pas été dupe, il le savait, mais elle laisserait tomber le sujet.

— Où est papa ?

— Dans la cave à vins.

Ils s'amusaient à désigner ainsi le coin du sous-sol où ils stockaient leurs fabrications maison.

— J'ai fait des œufs à la diable.

— Tout n'est donc pas perdu.

Alors que Fox inclinait sa mère en arrière comme dans un tango, Layla entra.

— Je venais voir si je pouvais être utile.

— Mais absolument, dit Joanna qui se redressa et tapota la joue de son fils. Que savez-vous des artichauts ?

— Euh… il s'agit d'un légume.

Joanna courba l'index avec un sourire malicieux.

— Par ici, jeune demoiselle.

Layla préférait avoir les mains occupées, et elle se sentit très à son aise quand Brian O'Dell lui tendit un verre de cidre accompagné d'un baiser sur la joue pour faire bonne mesure.

La cuisine était un lieu de passage obligé qui bruissait de conversations animées. Cybil arriva avec un plant de trèfle nain, Caleb avec un pack de six bouteilles de la bière préférée de Brian. Elle vit Sparrow, qui portait bien son prénom[1] avec son allure aérienne et mutine, sortir avec

---

1. *Sparrow* signifie moineau en anglais. *(N.d.T.)*

son neveu dans le jardin pour qu'il coure après les poules. Et il y avait Ridge, avec ses yeux rêveurs et ses grandes mains, qui lançait son fils en l'air.

« Cette maison respire le bonheur », se dit Layla en entendant les rires et les cris du garçon. Même Ann avait été un peu heureuse ici.

— Savez-vous ce qu'a Fox ? demanda Joanna à mi-voix, tandis qu'elles s'affairaient côte à côte.

— Oui.

— Pouvez-vous me le dire ?

Layla jeta un regard à la ronde. Fox était ressorti. Il ne tenait pas en place.

— Il m'a parlé de Carly.

Joanna hocha la tête en silence sans cesser de préparer ses légumes.

— Il l'aimait beaucoup.

— Oui, je sais.

— C'est bien qu'il ait été capable de se confier à vous, et que vous compreniez. Elle l'a rendu heureux, puis lui a brisé le cœur. Si elle avait vécu, elle lui aurait brisé le cœur d'une autre façon.

— Je ne comprends pas.

Joanna se tourna vers Layla.

— Elle ne l'aurait jamais accepté tel qu'il est, dans son entier. Et vous, le pouvez-vous ?

Avant que Layla ait le temps de répondre, Fox poussa la porte, son neveu accroché sur son dos comme un singe.

— Débarrassez-moi de cette chose !

D'autres d'invités se pressèrent encore dans la cuisine, les verres se remplirent et l'on fit honneur aux amuse-gueules disposés sur des plats couvrant la solide table en chêne. Sage fit son entrée au milieu de ce brouhaha festif, la main dans la main avec une jolie brune aux yeux noisette qui ne pouvait être que Paula.

— Je boirais bien un peu de ça, déclara Sage qui saisit une bouteille de vin et s'en servit un grand verre. Pas Paula, par contre, ajouta-t-elle avec un rire excité. Nous attendons un bébé !

Radieuse, elle se tourna vers Paula qui lui caressa la joue. Elles s'embrassèrent tandis que les félicitations fusaient dans la cuisine de la vieille ferme.

— Nous attendons un bébé, répéta Sage avant de se jeter dans les bras de Fox. Beau travail.

Elle étreignit tour à tour ses parents, puis son frère et sa sœur, tandis que Fox demeurait planté là, l'air hébété.

Au milieu de ces effusions, Layla vit Paula s'approcher de lui et, comme à Sage, lui caresser le visage, puis presser sa joue contre la sienne.

— Merci, Fox.

Layla vit la lumière revenir dans son regard. La tristesse s'évanouit, chassée par la joie. Les yeux embués, elle le regarda embrasser Paula, et enlacer sa sœur, tous trois unis en cet instant.

Puis Joanna apparut dans le champ de vision de Layla et s'arrêta devant elle. Elle l'embrassa sur le front, sur les joues et, pour finir, lui effleura la bouche.

— Je viens juste d'avoir la réponse à ma question, murmura-t-elle.

Le week-end glissa doucement vers le lundi, et le calme régnait toujours sur Hollow. Toute la matinée, le temps demeura obstinément pluvieux avec, à la clé, une fraîcheur inhabituelle pour un mois d'avril. Les agriculteurs labouraient néanmoins leurs champs et les bulbes étaient en pleine floraison. Le magnolia derrière le cabinet de Fox s'était couvert de superbes corolles roses et celles encore fermées des tulipes jaunes et rouges s'agitaient dans la brise. Le long de High Street, les poiriers étaient en fleur. Un nettoyage de printemps général avait redonné aux fenêtres et vitrines tout leur éclat après la grisaille hivernale. Et quand, vers midi, la pluie cessa enfin, la ville que Fox aimait tant rutilait tel un joyau niché au pied des montagnes.

Profitant du rayon de soleil – il souhaitait qu'il fasse beau pour ce qu'il avait en tête –, il prit Layla par la main et la fit lever de son bureau.

— On va faire un tour.

— J'étais juste en train de…

— Ça peut attendre notre retour. J'ai vérifié sur l'agenda, nous avons le temps. Vois-tu cette étrange lumière inhabituelle là, dehors ? C'est ce qu'on appelle le soleil. Viens prendre un peu l'air.

Pour couper court à toute protestation, il l'entraîna dehors et ferma la porte à clé.

— Qu'est-ce qui te prend ?

— Sexe et base-ball, les deux obsessions masculines au printemps.

Layla fronça les sourcils. Les pointes effilées de sa coupe mutine dansaient au vent, tandis qu'elle s'appliquait à suivre son pas.

— Pas question de faire l'amour et/ou de jouer au base-ball un mercredi midi, décréta-t-elle.

— Je vais donc devoir me contenter d'une balade. D'ici une semaine ou deux, nous pourrons nous mettre au jardinage.

— Tu jardines ?

— On ne renie pas ses origines. Tous les ans, je garnis des jardinières pour la façade du cabinet. Jusqu'à présent, je me chargeais des plantations et Mme H mettait son grain de sel.

— Mettre mon grain de sel, ça je sais faire.

— Je n'en doute pas. Quinn, Cybil et toi pourriez planter un joli petit carré de légumes et d'herbes aromatiques dans le jardin derrière votre maison. Plus quelques massifs de fleurs devant.

— Ah bon ?

Il lui prit la main et l'agita gentiment sans ralentir le pas.

— Tu n'aimes pas te salir les mains ?

— Je n'en sais rien. Je n'ai aucune véritable expérience en la matière. Ma mère jardinait un peu, et j'avais quelques plantes vertes dans mon appartement.

— Je suis sûr que tu serais douée pour harmoniser les couleurs, les formes, les textures.

Il l'entraîna vers la maison qui avait abrité la boutique de cadeaux. La vitrine était vide désormais.

— L'endroit donne l'impression d'être abandonné, observa Layla.

— C'est vrai. Mais rien ne l'oblige à rester ainsi.

Elle écarquilla les yeux quand il sortit un trousseau de clés et ouvrit la porte.

— Qu'est-ce que tu fais ?

— Je te montre des possibilités, répondit Fox qui entra et alluma la lumière.

Comme de nombreux commerces dans Main Street, cette boutique était une ancienne habitation. L'entrée était spacieuse avec un vieux parquet en bois massif. Sur le côté, un escalier courbe avec sa rampe patinée par des générations de mains montait à l'étage. Droit devant, une arche menait à trois pièces en enfilade. Dans celle du milieu, une porte s'ouvrait sur un joli perron couvert donnant sur une étroite bande de jardin où un lilas était sur le point de fleurir.

Layla caressa du bout des doigts la rampe de l'escalier.

— On a du mal à imaginer qu'il y avait une boutique de cadeaux ici. Il ne reste plus que quelques rayonnages, quelques traces sur le mur où des objets étaient accrochés.

— J'aime les bâtiments vides. Pour leur potentiel. Celui-ci en a beaucoup. Une construction solide, une plomberie en bon état et l'électricité aux normes, plus la situation, la luminosité et un propriétaire sérieux. Il y a de la place, aussi. Avant, l'étage servait de réserve et de bureau. Sans doute un bon plan. Des clients dans un escalier, c'est courir le risque que l'un d'eux se casse la figure et entame des poursuites.

— C'est l'avocat qui parle.

— Un peu de plâtre pour boucher les trous, une couche de peinture. Les boiseries sont belles, continua Fox, effleurant une moulure. Elles sont d'origine et ont dans les deux cents ans. Une touche historique qui contribue au charme de la maison. Qu'en penses-tu ?

— Des boiseries ? Elles sont superbes.

— De l'endroit tout entier.

Layla arpenta les lieux à pas lents, comme on fait souvent dans les bâtiments vides.

— Eh bien, c'est lumineux, spacieux, bien entretenu, avec juste ce qu'il faut de parquet grinçant pour le charme dont tu parlais.

— Tu saurais tirer parti de cet endroit.

Elle pivota vers lui.

— Moi ?

— Le loyer est raisonnable, la situation exceptionnelle. Il y a suffisamment d'espace pour installer quelques cabines d'essayage au fond avec un rideau. Il te faudrait des étagères et des présentoirs. Des portants aussi, je suppose, pour suspendre les vêtements.

Fox jeta un regard à la ronde, les pouces coincés dans les poches de son jean.

— Il se trouve que je connais une ou deux personnes très habiles de leurs mains.

— Tu suggères que j'ouvre une boutique de mode ici ?

— Il n'y en a pas à des kilomètres à la ronde. Ça marcherait, j'en suis sûr.

— Fox, c'est tout bonnement… hors de question.

— Pourquoi ?

— Parce que… pour commencer, je n'aurai jamais les moyens, même si…

— Les banques sont là pour ça.

— Cela fait des années que je n'ai pas réfléchi sérieusement à monter ma propre affaire. Je ne saurais pas par où commencer même si j'étais convaincue de vouloir me lancer. Pour l'amour du ciel, Fox, je ne sais pas de quoi demain sera fait. Et encore moins ce que l'avenir nous réserve dans un ou même six mois.

— Mais aujourd'hui, que veux-tu ? insista Fox en s'avançant vers elle. Moi, je sais ce que je veux. Je te veux, toi. Je veux que tu sois heureuse, ici, avec moi. Jim Hawkins te louera les murs et tu n'auras aucun problème à obtenir un prêt. J'ai parlé à Joe à la banque…

— Tu en as parlé à la banque ? De moi ?

— Rien de si précis. J'ai juste demandé des informations générales, les formalités à remplir. J'ai tout rassemblé dans un dossier à ton intention.

— Sans me consulter ?

— Le dossier, c'était pour que tu aies un point de départ concret auquel te référer pour réfléchir à la question.

Elle s'écarta de lui.

— Tu n'aurais pas dû.

— Tu ne vas pas me dire que mon secrétariat suffira à ton bonheur jusqu'à la fin de tes jours.

— Non, je ne vais pas te dire cela, admit Layla qui lui tourna le dos. Et pas davantage que je vais me lancer tête baissée dans une entreprise que, pour commencer, je ne suis pas sûre de vouloir, dans une ville qui sera peut-être rayée de la carte d'ici quelques mois. Quand bien même je voudrais ouvrir un magasin, ce ne serait sûrement pas à Hawkins Hollow. Comment veux-tu que je réfléchisse à tous les détails que cela implique avec le délire que nous vivons ?

Fox se mura dans un silence si profond qu'elle aurait juré entendre la vieille bâtisse respirer.

— Justement, finit-il par répondre, le moment me semble d'autant plus propice pour chercher un sens à sa vie. Je te demande juste d'y réfléchir. Et aussi à quelque chose que tu n'as pas encore envisagé : rester à Hollow. Ouvre une boutique, reste mon assistante, fonde une colonie de nudistes ou lance-toi dans le macramé si le cœur t'en dit. Ça m'est égal, tant que tu es heureuse. Mais s'il te plaît, Layla, réfléchis à la possibilité de rester, et pas juste pour liquider ce foutu démon. Pour vivre ici avec moi.

Comme elle le dévisageait avec stupéfaction, il se rapprocha encore.

— Range ce que je vais te dire dans un de tes compartiments : je t'aime, Layla. D'un amour absolu, sans retour en arrière possible. Nous pourrions bâtir quelque chose de solide, de réel. Quelque chose qui ferait que chaque jour vaudrait la peine d'être vécu. C'est mon vœu le plus cher. Alors réfléchis, et quand tu auras pris ta décision, préviens-moi.

Il retourna à la porte d'entrée, l'ouvrit et attendit qu'elle le rejoigne.

— Fox...

— Je ne veux pas entendre que tu ne sais pas. J'ai déjà donné. Tiens-moi au courant quand tu seras fixée. Tu es contrariée, je le sens bien, ajouta-t-il en tournant la clé dans la serrure. Prends ton après-midi.

Layla voulut objecter, il le lut sur son visage. Puis elle se ravisa.

— D'accord. Ça tombe bien, j'ai des trucs à faire.

— On se voit plus tard alors, lui lança-t-il.

Il fit quelques pas, s'arrêta.

— Cette maison n'est pas la seule à avoir du potentiel, ajouta-t-il avant de s'éloigner sous le soleil d'avril.

16

Fox songea à noyer son chagrin dans l'alcool. Il appellerait Gage qui râlerait juste pour la forme devant un café ou un soda, tandis que lui passerait la soirée à se saouler consciencieusement. Caleb viendrait lui aussi, il n'avait qu'à demander. Les amis étaient là pour ça.

Ou il pouvait aussi débarquer chez Caleb avec des bières et prendre sa cuite là-bas.

Mais il ne ferait ni l'un ni l'autre. Planifier une cuite gâchait tout le plaisir. Mieux valait travailler, décida-t-il.

Il avait de quoi s'occuper pour le restant de la journée, d'autant qu'il aimait prendre son temps, ce qui lui permettrait de ruminer à loisir.

Layla pensait-elle sincèrement qu'il avait dépassé les bornes et agi dans son dos ? Qu'il avait essayé de la manipuler ? La connaissant, il avait cru qu'elle apprécierait son petit catalogue d'informations, chiffres et formalités à accomplir. Dans son esprit, c'était comme lui offrir un bouquet de jonquilles.

Juste un petit cadeau qu'il lui avait trouvé parce qu'il pensait à elle, se dit-il, jonglant avec ses trois balles au milieu de son bureau.

Il avait fait une erreur d'appréciation monumentale en supposant qu'elle l'aimait et avait l'intention de rester.

Une des balles lui échappa. Il parvint à la rattraper au rebond et elle reprit avec les autres son mouvement circulaire perpétuel.

Il n'avait jamais mis en doute sa propre conviction, ni celle de Layla, qu'il resterait à Hollow de quoi bâtir un avenir après la semaine du 7 juillet. Force lui était désormais de le constater : il avait confondu les aspirations de Layla avec les siennes propres.

Ce n'était pas seulement une pilule amère à avaler, mais le genre qui reste coincée dans le gosier un moment, faisant craindre l'étouffement, avant d'accepter enfin de descendre. Mais que cela lui plaise ou non, il lui fallait se résoudre à l'évidence.

Layla n'était pas obligée d'être sur la même longueur d'onde que lui. Si quelqu'un avait été élevé dans le respect des désirs et l'individualité de chacun, c'était bien lui. Mieux valait savoir qu'elle ne partageait pas ses sentiments, et affronter la réalité avec stoïcisme plutôt que de se bercer d'illusions. Une autre pilule à avaler, car le scénario qu'il s'était concocté avait de quoi faire rêver, songea-t-il, laissant les balles tomber dans leur tiroir attitré.

La boutique de mode branchée de Layla à deux pâtés de maisons de son cabinet. À midi, ils déjeuneraient ensemble sur le pouce. Ils se baladeraient en ville à la recherche d'une maison, comme cette ancienne demeure à l'angle de Main Street et de Redbud Avenue. Ou dans les faubourgs si elle préférait. Mais une vieille maison à laquelle ils pourraient imprimer leur marque ensemble. Un endroit avec un jardin pour les enfants et les chiens. Sans oublier une balancelle – il avait une prédilection pour les balancelles.

Un petit paradis dans une ville sûre, désormais à l'abri de toute menace.

Là résidait sans doute le problème, admit-il en s'approchant de la fenêtre pour contempler les montagnes qui ondulaient dans le lointain. Comment créer les fondations d'une relation solide dans un sol encore terriblement instable ?

« N'oublie pas les priorités, O'Dell », se rappela-t-il à l'ordre.

Il retourna s'asseoir à son bureau, ouvrit ses fichiers sur le journal d'Ann Hawkins avec l'intention de parcourir ses notes.

Soudain, une araignée sortit du clavier.

Elle lui mordit le dos de la main, frappant si promptement qu'il n'eut pas le temps de réagir. La douleur fut instantanée et fulgurante. Elle alluma un incendie sous sa peau.

Comme Fox s'écartait brusquement du bureau, un flot noir et grouillant d'araignées surgit d'entre les touches et des tiroirs.

Et elles grossissaient à vue d'œil.

Quand Layla poussa la porte de la maison, elle était encore sous le choc et un peu honteuse. Elle avait pris la fuite, voilà ce qu'elle avait fait. Fox lui avait laissé une porte de sortie et elle s'y était engouffrée.

Il l'aimait. Il voulait qu'elle reste. Plus encore, il voulait d'une relation sérieuse. À sa façon, il lui avait mâché le travail et présenté la chose d'une manière qui, pensait-il, lui plairait.

Avec pour résultat, se dit-elle, de la terroriser à mort.

Sa propre boutique ? Ce n'était qu'une lubie avec laquelle elle s'amusait quelques années plus tôt, un rêve farfelu auquel elle avait renoncé – presque. Si elle était à Hawkins Hollow, c'était pour sauver la ville – Dieu que ça semblait prétentieux ! – et accomplir ainsi sa destinée. Au-delà, ses projets demeuraient flous.

Et Fox ?

C'était l'homme le plus merveilleux qu'elle ait jamais rencontré. Pas étonnant qu'elle soit encore toute retournée.

Elle entra dans le bureau où Quinn et Cybil pianotaient chacune sur le clavier de leur ordinateur.

— Fox est amoureux de moi, lâcha-t-elle.

Les doigts toujours virevoltants, Quinn ne prit pas la peine de lever les yeux.

— Tu parles d'une nouvelle !

— Si tu savais, comment se fait-il que je ne sois pas au courant ?

— Parce que tu t'inquiétais trop à l'idée d'être amoureuse de lui, répondit Cybil qui interrompit sa frappe après un dernier clic de souris. Mais nous autres regardons les petits cœurs tourner autour de vos têtes depuis des semaines. Tu rentres tôt, non ?

— Oui. Je crois qu'on s'est disputés.

Layla s'appuya contre le chambranle et se massa l'épaule comme si elle était douloureuse.

La souffrance était réelle, réalisa-t-elle, mais bien plus profonde.

— Enfin, ce n'est pas vraiment une dispute, plutôt de l'agacement de ma part. Il m'a emmenée dans l'ancienne boutique de cadeaux qui est vide maintenant. Là, il a commencé à me parler de potentiel, à me dire que je devrais ouvrir un magasin de mode et…

— Quelle idée géniale ! s'exclama Quinn qui s'arrêta net de travailler, rayonnant d'enthousiasme. Moi qui vais vivre ici, je serai ta meilleure cliente. Le chic urbain dans l'Amérique profonde. J'en piaffe d'impatience.

— Ce n'est pas possible.

— Pourquoi ?

— Parce que… As-tu idée de ce que créer son entreprise implique ? Ouvrir un commerce, même petit ?

— Non, mais toi sûrement, répliqua Quinn. Et Fox aussi, sur le plan juridique. Je t'aiderais. J'adore les projets. On écumerait les fournisseurs. Tu pourrais m'avoir des prix de gros ?

— Q, reprends ton souffle, intervint Cybil. L'obstacle majeur, ce n'est pas la logistique, n'est-ce pas, Layla ?

— C'en est un, mais… Ne pourrait-on pas essayer d'être réalistes, toutes les trois ? Hawkins Hollow sera peut-être rayée de la carte après juillet. Ou du moins, après une semaine de violence et de destruction, restera une ville meurtrie qui attendra encore sept ans que le calvaire recommence. S'il me venait l'idée saugrenue de créer une entreprise avec tout ce qui nous prend la tête en ce moment, il faudrait que je sois zinzin pour envisager de le faire ici, à Démon Land.

— Caleb en dirige une, et il n'est pas zinzin.

— Désolée, Quinn, je ne pensais pas…

— Non, il n'y a pas de mal. Je faisais juste cette remarque à cause de tous les gens qui vivent et travaillent ici. Sans eux, notre action n'aurait guère de sens. Mais si cela ne te convient pas, tant pis.

Layla leva les bras au ciel.

— Comment le saurais-je ? Oh, Fox, lui, semble tout à fait convaincu. Il a déjà demandé à Jim Hawkins de me louer le magasin, est allé voir la banque pour un prêt.

— Oups, murmura Cybil.

— Figurez-vous, il a préparé tout un *dossier* pour moi ! Bon, d'accord, il n'a pas mentionné mon nom à M. Hawkins ou au banquier. Il s'est juste renseigné.

— Je retire mon *oups*. Désolée, ma chérie, mais il semblerait qu'il ait juste voulu te fournir les réponses aux questions que tu aurais pu te poser si ce projet t'avait intéressée.

Songeuse, Cybil remonta les jambes en position du lotus.

— Je serai heureuse de réitérer mon *oups*, et même d'ajouter un ou deux noms d'oiseau, si tu m'apprends qu'il a essayé de te forcer la main et s'est énervé en prime.

Piégée par la logique, Layla laissa échapper un profond soupir.

— Non. En fait, c'est plutôt moi qui suis montée sur mes grands chevaux, mais j'avais des circonstances atténuantes. Il m'a dit qu'il était amoureux de moi, qu'il voulait mon bonheur et que cette boutique y contribuerait. Il m'a carrément proposé de vivre avec lui.

— Si ce n'est pas ta façon de voir les choses, tu dois le lui dire tout de suite, finit par déclarer Quinn au bout d'un long silence. Ou je serai forcée de te balancer les noms d'oiseau de Cybil. Fox ne mérite pas d'être laissé dans l'incertitude.

— Comment puis-je lui dire ce que j'ignore moi-même ?

Sur ce, Layla sortit du bureau d'un pas furibond et se réfugia dans sa chambre, claquant la porte derrière elle.

— C'est plus dur pour elle que pour toi, fit remarquer Cybil. Tu as toujours été rapide, Q, aussi bien dans tes histoires de cœur que dans tes décisions. Au risque parfois de provoquer un clash, mais c'est ta nature. Caleb et toi, ça a fait tilt tout de suite. La perspective de l'épouser, de t'installer ici… dans ta tête, le pas a été vite franchi.

— Je l'adore. Où nous vivons importe peu tant que nous sommes ensemble.

— Et ton ordinateur se transporte partout. Si tu dois partir pour un article, Caleb se montrera compréhensif. Le grand bouleversement pour toi, c'est d'être amoureuse et de faire ta vie ici. Pour Layla, il y a plus encore.

— Oui, oui… J'aimerais juste – et pas uniquement parce que j'ai des étoiles au fond des yeux – que ça marche pour eux deux. Et pour des raisons purement égoïstes, j'adorerais que Layla reste. Mais si elle en a décidé autrement, alors tant pis. Je devrais aller acheter de la glace.

— Ben voyons.

— Non, sérieusement. La pauvre a le moral dans les chaussettes. Elle a besoin de copines et de glace. Dès que j'ai fini, je sors en acheter. Et puis non, j'y vais maintenant. Je vais faire plusieurs fois le tour du pâté de maisons d'abord, histoire de manger ma part sans culpabilité.

— Prends pistache, lui lança Cybil comme elle sortait.

Dans le couloir, Quinn s'arrêta devant la chambre de Layla et frappa doucement à la porte avant de l'entrebâiller.

— Désolée d'avoir été brutale.

— Tu n'as pas été brutale. Tu m'as juste donné encore plus à réfléchir.

— Pendant que tu réfléchis, je sors faire un peu d'exercice. À mon retour, j'ai prévu d'acheter de la glace. Cybil veut pistache. Et toi, c'est quoi ton péché mignon ?

— Vanille avec des morceaux de cookie.

— Enregistré.

Quand la porte se referma, Layla repoussa ses cheveux en arrière. Une douceur bien calorique, voilà exactement le genre de réconfort qu'il lui fallait. Avec une douche bien chaude et des vêtements confortables, le bonheur serait total.

Elle se déshabilla, puis choisit un caleçon en coton et son sweat-shirt le plus moelleux. En peignoir, elle décida de s'accorder un soin du visage avant la douche.

Combien d'habitantes d'Hawkins Hollow viendraient faire leurs achats dans une boutique de mode telle qu'elle la concevait ? Combien d'entre elles, se demanda-t-elle en appliquant un masque exfoliant, seraient prêtes à soutenir un petit commerce du centre-ville au lieu de filer droit à la galerie marchande en périphérie ? Même si Hollow avait été une petite ville normale, pouvait-elle se permettre d'investir autant de temps, d'argent, de sentiment, d'espoir dans une entreprise qui, selon toute logique, aurait sans doute fait faillite d'ici deux ans ?

Tandis que le masque posait, elle se mit à jouer avec des idées de couleurs, d'aménagement. Des cabines d'essayage à rideau ? Absolument hors de question. Il n'y avait qu'un homme pour suggérer qu'une femme puisse se déshabiller à son aise derrière un bout de tissu dans un lieu public. Non, il fallait des cloisons en dur et des portes qui fermaient à clé de l'intérieur.

Maudit Fox qui la faisait fantasmer sur des cabines d'essayage.

Je t'aime. D'un amour absolu.

Layla ferma les yeux. Rien que de se répéter ces mots dans sa tête, elle avait le cœur qui chavirait en une lente glissade vertigineuse.

Et elle était restée plantée devant lui, incapable de réagir. De lui dire les mots qu'il attendait.

Layla demeura longuement sous la douche, laissant l'eau chaude apaiser ses tourments. Elle allait s'efforcer de se rattraper. Elle ne savait peut-être pas vraiment ce qu'elle attendait de l'avenir, ou plutôt ce qu'elle osait en souhaiter. Mais elle aimait Fox, aucun doute là-dessus.

Comme elle levait le visage vers le jet, le serpent émergea de la bonde en ondulant.

Quinn commença d'emblée par une marche sportive, histoire de se donner bonne conscience. Ce supplément d'exercice n'avait rien d'une corvée – pas avec une glace à la clé et cette ambiance printanière.

Décidément, cette ville était charmante, se dit-elle. Et Cybil avait raison : elle s'était vite faite à l'idée d'y vivre. Elle aimait les maisons anciennes, les porches couverts, les pelouses en pente. Étant naturellement sociable, elle appréciait aussi de connaître tant de gens par leur nom.

Elle tourna à l'angle de la rue sans ralentir. Pistache et vanille-cookie, songea-t-elle. Elle allait peut-être craquer pour la vanille marbrée au caramel, et au diable la perspective d'un dîner sain et équilibré ! Son amie avait besoin de réconfort. Comment osait-elle compter les calories ?

Elle s'arrêta un instant et contempla les maisons de l'angle avec un froncement de sourcils. Ne venait-elle pas déjà de passer à cet endroit ? Elle aurait pourtant juré… Secouant la tête, elle repartit d'un pas alerte, bifurqua au coin de la rue et, quelques instants plus tard, se retrouva exactement au même endroit.

Un frisson d'appréhension courut le long de sa colonne vertébrale. Elle fit délibérément demi-tour et repartit au petit trot. Même coin de rue, mêmes maisons. Elle courut en ligne droite et arriva encore au même endroit, comme si la rue elle-même s'amusait à lui jouer un sale tour. Et lorsqu'elle essaya de se précipiter vers une maison pour appeler à l'aide, ses pas la ramenèrent encore au même coin de trottoir.

À cet instant, un voile de ténèbres s'abattit sur Quinn, qui prit ses jambes à son cou, au comble de la panique.

Debout près de son père, les mains sur les hanches, Caleb regardait les techniciens installer le nouveau système informatisé de comptage des points du bowling.

— Ça va être génial.

— J'espère que tu as raison, dit Jim. Cet engin nous coûte une petite fortune.

— Pour augmenter le chiffre d'affaires, il faut savoir investir.

Ils avaient dû fermer les pistes pour la journée, mais la galerie de jeux et le grill étaient ouverts. Ainsi, les clients présents pouvaient assister à la marche du progrès.

— De nos jours, les ordinateurs dirigent tout. J'ai l'air d'un vieux radoteur, je sais, bougonna Jim avant que Caleb ait le temps de répondre. Je me fais penser à mon père qui n'arrêtait pas de rouspéter quand j'ai enfin réussi à le convaincre d'automatiser le ramassage des quilles au lieu d'avoir deux employés chargés de les replacer à la main.

— Tu avais raison.

— Eh oui, je ne pouvais m'empêcher d'avoir raison, soupira Jim qui enfonça les mains dans les poches de son habituel pantalon en velours côtelé. J'imagine que tu ressens la même chose aujourd'hui.

— Ça va rationaliser l'enchaînement des parties et accroître la productivité. À long terme, ça se révélera payant.

— Puisque c'est fait, nous verrons bien. Bon sang, on dirait encore mon vieux père.

Caleb lui tapota l'épaule en riant.

— Je dois sortir Balourd, grand-papa. Tu viens avec nous ?

— Non, je vais rester ici à ronchonner sur la modernité.

— J'en ai pour quelques minutes.

Amusé, Caleb monta chercher Balourd. Ce dernier adorait les balades en ville, mais à la vue de la laisse, la tristesse envahit son regard.

— Arrête tes gamineries, fit Caleb en la fixant à son collier. Je sais bien que tu ne vas pas faire de bêtises, mais la loi, c'est la loi, mon vieux. Tu ne veux quand même pas que je vienne te récupérer à la fourrière ?

Tête basse, Balourd descendit l'escalier de service avec son maître et tous deux se retrouvèrent dans la rue. Connaissant par cœur le scénario, Caleb savait qu'il se ragaillardirait au bout de quelques minutes.

Les yeux rivés sur son chien, guettant l'instant de l'acceptation, Caleb contourna le bâtiment. À moins d'aller jusque chez Quinn, Balourd préférait se dégourdir les pattes dans Main Street où Larry, le coiffeur, sortirait sur leur passage et lui donnerait un biscuit et une caresse.

Caleb attendit patiemment que Balourd ait fini de lever la patte sur le tronc d'un gros chêne entre les maisons, puis le laissa l'entraîner sur le trottoir.

En débouchant dans Main Street, il se pétrifia.

La ville n'était plus que ruines fumantes, comme dévastée par un séisme qui aurait défoncé l'asphalte de la chaussée et les trottoirs pavés. Les arbres calcinés gisaient tels des soldats mutilés au milieu des éclats de verre et des gravats maculés de sang. De sinistres fumerolles montaient encore des pelouses et des massifs carbonisés de la grand-place sur laquelle étaient éparpillés, ou pendus aux arbres en une macabre mise en scène, cadavres et restes humains atrocement déchiquetés.

Tremblant, Balourd s'assit sur l'arrière-train et, la tête renversée, hurla à la mort. Sans lâcher la laisse, Caleb fonça jusqu'à l'entrée du bowling et s'acharna sur la porte qui refusait de s'ouvrir. Pas un bruit à l'intérieur ou dehors, hormis le martèlement incessant de ses poings contre le battant et ses appels affolés.

Quand il eut les mains en sang, il s'élança en courant, Balourd galopant à ses côtés. Il devrait retrouver Quinn.

Gage ignorait ce qui l'avait poussé à venir. Chez Caleb, il ne tenait pas en place. Il commença par frapper, puis, avec un haussement d'épaules, ouvrit la porte qui n'était pas verrouillée.

— Il y a quelqu'un ? appela-t-il, seule concession aux habitantes.

Il reconnut le pas de Cybil avant qu'elle apparaisse en haut de l'escalier.

— Il y a moi, répondit-elle en descendant. Qu'est-ce qui t'amène avant l'happy hour ?

Comme souvent lorsqu'elle travaillait, elle avait rassemblé son épaisse chevelure – une nuée de boucles brunes – en chignon sur la nuque. Elle était pieds nus. Même en jean délavé et pull-over, elle réussissait à paraître aussi aristocratique qu'une princesse. Un sacré tour de force, selon lui.

— J'ai eu une conversation avec le professeur Litz, l'expert en démonologie que j'avais rencontré en Europe, expliqua Gage. Je lui ai soumis l'idée d'un pacte de sang. Il est contre.

— Voilà un homme qui me paraît raisonnable, commenta Cybil qui le scruta, la tête inclinée de côté, avant de proposer : Viens donc boire ton dixième café de la journée ; je me préparerai un thé pendant que tu m'exposeras ses raisons très sensées.

— La première, la plus catégorique, fait écho à ce que tu as dit, commença Gage en lui emboîtant le pas. À savoir que nous risquons de libérer quelque chose à quoi nous ne sommes pas préparés. Quelque chose de pire ou de plus fort, simplement à cause du rituel.

— Tout à fait d'accord, approuva Cybil en mettant la bouilloire à chauffer. Voilà pourquoi il est capital de ne pas nous précipiter tête baissée. Il faut d'abord rassembler toutes les informations possibles, et procéder avec une grande prudence.

— Donc tu votes pour.

— Oui, en tout cas une fois que nous serons aussi protégés que possible. Pas toi ?

Elle pressa les doigts contre ses paupières.

— Qu'est-ce qu'il y a ?

— J'ai dû rester trop longtemps devant l'écran aujourd'hui. Mes yeux sont fatigués.

Cybil voulut ouvrir le placard où se trouvaient les tasses et manqua la poignée de plusieurs centimètres.

— Mes yeux… Mon Dieu, je ne vois plus rien !

— Attends, laisse-moi regarder.

Quand Gage la prit par les épaules, elle lui agrippa le bras.

— Je suis aveugle. Tout est gris !

Il la fit pivoter et retint un cri. Ses yeux de Bohémienne au charme exotique étaient voilés d'un film blanchâtre.

— Assieds-toi. Ce n'est qu'un stratagème de plus. Ce n'est pas réel, Cybil.

Mais tandis qu'elle s'accrochait à lui, tremblante, il se sentit partir.

Il se tenait dans l'appartement miteux qu'il avait autrefois partagé avec son père au-dessus du bowling. Les odeurs le replongèrent avec violence dans le passé. Whisky, tabac, sueur, vaisselle et draps sales.

Il reconnut le vieux canapé aux accoudoirs élimés, et la chaise pliante dont l'accroc sur l'assise avait été sommairement réparé avec de l'adhésif. Le lampadaire près du canapé était allumé. Pourtant, il avait été cassé, se souvint Gage. La fois où il avait repoussé son père. Quand il avait enfin été assez grand et fort pour faire usage de ses poings.

Pas question de retourner là-bas. Il s'avança vers la porte et agrippa la poignée. Mais il eut beau s'acharner, le battant refusait de s'ouvrir. À cet instant, son regard se posa sur ses doigts crispés sur la poignée et il découvrit avec effroi une main d'enfant.

La fenêtre, se dit-il alors, le dos dégoulinant de sueur. Ce ne serait pas la première fois qu'il s'échapperait par là. Résistant à l'envie de courir, il alla dans la pièce qui avait été sa chambre – lit défait, livres scolaires éparpillés sur le sol, une petite commode, une lampe. Aucun de ses trésors ne traînait. Bandes dessinées, bonbons, jouets, il cachait tout.

La fenêtre demeura obstinément close. En désespoir de cause, Gage tenta de casser la vitre qui résista, elle aussi. Consterné, il fit brusquement volte-face, cherchant une autre issue… et aperçut son reflet dans le miroir au-dessus de la commode. Un petit brun maigrichon à l'expression terrifiée.

Encore un leurre. Il n'était plus ce gamin sans défense d'à peine sept ou huit ans. Il était un homme à présent. Un adulte parfaitement capable de se prendre en charge.

Mais quand il entendit la porte de l'appartement s'ouvrir à la volée, puis le pas titubant de son père ivre, ce fut l'enfant qui se mit à trembler.

Fox se débattait comme un beau diable contre les araignées qui couvraient maintenant son bureau, dégringolant en cascade d'un angle sur le plancher. Elles sautaient sur lui, le mordant avec voracité. À l'endroit de la morsure, le poison lui brûlait la chair qui enflait et craquait tel un fruit trop mûr.

Impossible de calmer ses neurones en ébullition avec ces bestioles qui grouillaient par dizaines le long de ses jambes et sur sa chemise. Il les écrasait d'un talon rageur, laissant échapper des sifflements de panique entre ses dents serrées. La porte du bureau, qu'il avait laissée ouverte, se referma avec un claquement sinistre. Le dos plaqué contre le battant capitonné, il vit avec effroi les fenêtres se noircir d'araignées.

Le corps agité de spasmes nerveux, Fox ferma les yeux et se força à maîtriser sa respiration alors qu'il n'avait qu'une envie : s'avouer vaincu et hurler.

« J'ai vu pire, se dit-il, le cœur battant contre sa cage thoracique tel un marteau sur une enclume. Je ne vais quand même pas paniquer pour quelques malheureuses bestioles. Je pourrais appeler la désinfection demain, sauf qu'*elles ne sont pas réelles*, espèce d'idiot. Je saurai me montrer patient. Il me suffit d'attendre que tes batteries se déchargent. »

La rage pure finit par prendre le pas sur la peur et le dégoût, tant et si bien que son rythme cardiaque s'apaisa peu à peu. « Tu peux me jouer tous les sales tours que tu veux, salopard, tu ne perds rien pour attendre, menaça-t-il en silence. Cette fois-ci, on aura ta peau pour de bon. »

Un souffle glacé lui infligea une brûlure aussi vive que les morsures.

Tu mourras en hurlant.

« N'y compte pas, connard », pensa Fox qui s'était ressaisi. Il empoigna une araignée sur son bras et l'écrasa entre ses doigts, la réduisant en un magma sanguinolent qui lui brûla la peau telle de la lave.

Une à une, ses congénères le lâchèrent et tombèrent, foudroyées, dans un concert de cris. De ses mains enflées, Fox parvint à ouvrir la porte et s'enfuit en courant. Layla. L'un des cris qui résonnaient dans sa tête était le sien.

Sans ralentir sa course, il coupa à travers les jardins, franchissant les clôtures d'un bond. Plus il courait, plus il saignait ; et le sang apportait la guérison. Soudain, il aperçut Quinn, plantée au milieu de la rue, tremblante.

— Je suis perdue. Je ne sais pas quoi faire. Je n'arrive pas à rentrer à la maison.

Il lui agrippa la main et l'entraîna à sa suite.

— C'est toujours le même endroit. Je n'arrive pas...

— Fais le vide dans ton esprit, ordonna-t-il sèchement.

— Je ne sais pas depuis combien de temps... Caleb !

Elle s'arracha à Fox et s'élança vers Caleb, qui semblait tout aussi perdu qu'elle, avec Balourd qui hurlait à la mort.

— Il n'y a plus rien, la ville est rasée ! s'écria-t-il avant d'enlacer Quinn et d'enfouir le visage dans son cou. J'ai cru que tu étais morte, toi aussi. Je n'arrivais pas à te trouver.

Fox secoua son ami.

— Ce ne sont que des illusions, Caleb. De vulgaires illusions. Bon sang, vous ne l'entendez pas crier ?

Il remonta la rue au pas de course et fit irruption dans la maison que louaient les filles. Aiguillonné par une peur plus douloureuse encore que les morsures des araignées, il gravit les marches quatre à quatre. Les hurlements avaient cessé, mais leur écho le guida jusqu'à la salle de bains. Il ouvrit la porte à la volée, et découvrit Layla inconsciente sur le carrelage.

Dans la cuisine, Cybil poussa un cri d'effroi en entendant la porte d'entrée s'ouvrir avec fracas. Les bras tendus, elle avança à l'aveuglette. Soudain, le voile blanchâtre qui lui obscurcissait la vue se déchira. Elle vit Gage, uniquement Gage, blanc comme un linge, qui ne la quittait pas des yeux. Quand elle se jeta dans ses bras, il l'enlaça et l'étreignit, autant pour la rassurer, elle, que pour se rassurer lui-même.

17

Layla était trempée et glacée. Fox la porta sur son lit et l'enveloppa dans la couverture. Elle avait à la tempe une contusion qui la ferait sûrement souffrir lorsqu'elle reprendrait connaissance. Pas de sang, pas de fractures, pour autant qu'un rapide coup d'œil lui permettait d'en juger. La priorité, c'était qu'elle soit au chaud et au sec. Il avait à peine eu le temps de vérifier son pouls quand Quinn et Caleb firent irruption dans la chambre.

— Est-ce qu'elle… Mon Dieu !

— Elle n'est qu'évanouie, je crois, dit Fox. Elle a dû se cogner la tête. Il s'est passé quelque chose alors qu'elle était sous la douche. Je ne pense pas qu'il y ait encore quoi que ce soit là-dedans, mais, Caleb…

— Je vais voir.

— Tu disais…

Quinn s'interrompit pour essuyer ses larmes.

— Désolée, c'est vraiment une sale journée. Tu disais que tu l'avais entendue crier.

— Oui, je l'ai entendue.

Et sa terreur indescriptible l'avait pris à la gorge, se rappela-t-il, tandis qu'il repoussait les mèches humides qui lui barraient le visage.

— En fait, je vous ai tous entendus, ajouta-t-il.

— Quoi ?

— On dirait que notre signal Batman a fonctionné. C'était très brouillé, mais je vous ai tous entendus. Il lui faudrait une serviette. Ses cheveux sont trempés.

— Tiens, fit Caleb en rentrant dans la pièce. Rien à signaler du côté de la salle de bains.

— Cybil, Gage ?

Caleb pressa brièvement la main que Quinn lui tendait.
— Je vais voir s'ils vont bien. Reste ici.
— Que t'est-il arrivé ? demanda celle-ci à Fox.
— Plus tard, répondit-il en étalant la serviette sous la tête de Layla. Elle revient à elle.
Avec un immense soulagement, il vit ses paupières papilloter.
— Tout va bien, Layla. C'est fini.
Elle reprit brutalement conscience. Au bord de la suffocation, les yeux écarquillés d'horreur, elle faisait des moulinets désespérés avec les bras.
Fox la serra dans ses bras, tentant de l'apaiser par télépathie.
— C'est fini. Je suis là.
— Dans la douche !
— Ils sont partis.
Mais il voyait dans l'esprit de Layla les serpents émerger un à un de l'évacuation et onduler sur le carrelage.
— Je n'arrivais pas à sortir. La porte ne voulait pas s'ouvrir. Il y en avait partout. Sur moi, partout !
Agitée de frissons spasmodiques, elle se recroquevilla contre lui.
— Ils sont partis, tu es sûr ?
— Certain. Tu es blessée ? Laisse-moi regarder.
— Non, je ne crois pas… Un peu à la tête et… Mon Dieu, Fox, ton visage ! Et tes mains, elles sont enflées !
— C'est en train de guérir. Ça va aller.
Son soulagement lui faisait oublier la douleur de la cicatrisation.
— Il semblerait que Twisse ait frappé fort cette fois.
Quinn opina.
— Il nous a agressés aussi, Caleb et moi.
— C'est carrément le grand chelem, renchérit Cybil sur le seuil. Gage et moi y avons eu droit aussi. Six sur six. Fox, et si tu descendais ? Tes copains sont encore plutôt secoués. On va aider Layla à s'habiller et on vous rejoint dans quelques minutes.
Elle était livide. Depuis que Fox la connaissait, c'était la première fois qu'il la voyait aussi ébranlée.
— D'accord, fit-il.

Mais avant de sortir, il caressa la joue de Layla et l'embrassa doucement.

— Je serai en bas.

Dans des moments comme celui-ci, songea Fox, un whisky s'imposait. Il trouva une bouteille de Jameson non entamée parmi les bouteilles de vin. Sans doute la contribution de Caleb au bar des filles. Il sortit des verres, servit deux doigts généreux dans chacun et ajouta des glaçons.

— Bonne idée, approuva Caleb qui descendit d'un trait la moitié de son verre sans que son regard cesse pour autant d'être hanté. Tu as guéri. Tu étais drôlement mal en point quand je t'ai vu dans la rue.

— Des araignées. Une véritable armada. De sacrés morceaux.

— Où ?

— Dans mon bureau.

Le regard de Caleb se perdit dans son whisky qu'il fit tournoyer lentement au fond de son verre.

— Moi, je suis sorti du bowling avec Balourd, et la ville avait disparu. Rasée comme après un bombardement. Il ne restait que des ruines fumantes, et des corps carbonisés et déchiquetés. Il faut qu'on couche tout ça en détail sur le papier, ajouta-t-il avant de boire une gorgée de whisky.

— Oh, sûr, ça va aider, ricana Gage qui but à son tour une grande rasade. Il nous a eus en beauté, et maintenant, on va rédiger un compte rendu.

— Tu as mieux à proposer ? rétorqua Caleb. Parce que si c'est le cas, vas-y, mon vieux, ne te gêne pas.

— Rester assis à prendre des notes, franchement, ça ne sert à rien, à moins d'écrire un bouquin. Ce qui est le job de ta copine, pas le mien.

— Qu'est-ce que tu comptes faire alors ? Une balade ? C'est ta spécialité, non ? Tu vas prendre un avion pour Pétaouchnock et te pointer pour le bouquet final ? À moins que tu n'aies décidé de nous faire faux bond cette année ?

— Je reviens dans ce trou à cause d'une promesse. Sinon, cet endroit pourrait être rayé de la carte que j'en aurais franchement rien à foutre, siffla Gage en avançant sur Caleb d'un air menaçant.

— Comme d'à peu près tout.

— Arrêtez ! s'interposa Fox, voyant qu'ils allaient en venir aux mains. La violence n'a jamais rien résolu.

— Peace and love, hein, Fox ? On devrait peut-être faire aussi des colliers de pâquerettes.

— Écoute, Gage, si tu veux partir, la porte est là. Quant à toi, ajouta-t-il, pivotant vers Caleb, si tout ce que tu sais faire, c'est frapper un homme à terre, tu peux suivre le même chemin, et fais attention en sortant que cette maudite porte ne te botte pas les fesses.

— Je ne frappe personne à terre, et d'abord, qui t'a sonné ? rétorqua Caleb.

Alertée par le ton qui montait, Cybil descendit en hâte.

— Voilà qui est productif, commenta-t-elle en découvrant la scène dans la cuisine.

Elle se planta entre les trois hommes, arracha son verre à Gage et goûta le contenu.

— Au moins quelqu'un a eu la bonne idée de sortir le whisky avant la crise de testostérone, observa-t-elle avec un soupçon d'ennui dans la voix. Si vous voulez vous battre, allez dehors. Vous guérissez peut-être vite, mais pas les meubles.

Fox se calma le premier. Il posa le whisky qui ne lui faisait plus envie et haussa les épaules, la mine penaude.

— Ce sont eux qui ont commencé.

Cybil arqua un sourcil.

— Et alors ? Tu es obligé de suivre comme un mouton ? Bon, voilà ce que je propose : on va manger un truc tranquillement et, une fois ce besoin humain fondamental satisfait, on devrait être capables de se raconter ce qui s'est passé.

— Gage ne veut pas en parler, dit Caleb.

— Moi non plus, répondit Cybil, les yeux rivés sur Gage. Mais je vais le faire quand même. Un autre besoin humain fondamental, et la preuve de notre supériorité sur le Grand Méchant Démon.

Avec un sourire de défi, elle repoussa ses boucles brunes en arrière.

— Et si on commandait des pizzas ?

Ce n'était guère pratique, mais ils trouvèrent plus réconfortant de se rassembler dans le salon que de s'asseoir à table comme des adultes raisonnables.

— Honneur aux femmes, dit Fox, assis sur le tapis aux pieds de Layla. Quinn ?

— Je suis sortie acheter de la glace, commença-t-elle en tripotant le collier en argent qu'elle portait autour du cou. Mais j'avais beau marcher, même en changeant de direction, j'arrivais toujours au même coin de rue. Impossible de m'orienter ou de retrouver le chemin de la maison. Je t'ai cherché en vain, poursuivit-elle en s'emparant de la main de Caleb. Et soudain, ç'a été l'obscurité totale. J'étais toute seule, complètement perdue.

Caleb lui entoura les épaules du bras.

— Dans mon hallucination, la ville était détruite et tous les habitants étaient morts, enchaîna-t-il. Un vrai carnage. J'ai couru jusqu'ici, mais il n'y avait plus de maison. Juste un trou fumant dans le sol. Je ne savais plus où aller, où te chercher. Je n'arrivais pas à croire que... C'est à ce moment-là que je t'ai aperçue, ainsi que Fox.

— Je t'ai vu en premier, dit Quinn à Fox. C'était comme si tu émergeais d'une cascade. Tu étais d'abord flou et le bruit de ta course était étouffé. Puis tu m'as pris la main, et tout s'est éclairci. Ça doit avoir une signification, vous ne croyez pas ? demanda-t-elle à la cantonade. Fox me prend la main et tout redevient normal. C'est là que Caleb est arrivé.

— Il n'y avait rien d'autre qu'un paysage de désolation, et brusquement vous étiez là tous les deux, expliqua celui-ci, incrédule. C'était instantané, comme quand on change de chaîne. Tu saignais, ajouta-t-il à l'adresse de Fox.

— Les araignées, dit ce dernier qui raconta sa mésaventure personnelle. En sortant, rien de bizarre ne m'a frappé. Je t'ai vue au coin de la rue, Quinn, l'air perdu. Je t'ai entendue, les autres aussi. C'était comme une mauvaise communication, très assourdie, avec des grésillements parasites. En revanche, les cris de Layla étaient forts et nets.

— Tu te trouvais pourtant à deux pâtés de maisons, souligna Quinn.

— J'ai entendu ses cris jusqu'à ce que j'entre dans la maison. À ce moment-là, ils se sont arrêtés net. Sans doute parce que tu as perdu connaissance, Layla.

— C'était après le départ de Quinn. Elle était sortie acheter de la glace parce que j'étais contrariée, expliqua Layla qui coula un bref regard en direction de Fox. J'ai décidé de prendre une douche le temps qu'elle revienne. J'ai senti le premier me frôler le pied. Puis des dizaines d'autres ont suivi, sortant par l'évacuation. Des serpents. Avec les hurlements que je poussais, je m'étonne qu'on ne m'ait pas entendue dans le comté voisin.

— Je n'ai rien entendu, avoua Cybil. Pas le moindre bruit alors que j'étais au rez-de-chaussée.

— Il en sortait de partout, poursuivit Layla en se forçant à expirer lentement, le souffle coupé à ce souvenir. J'ai bondi de la douche, mais il y en avait aussi sur le sol. Et d'autres qui tombaient du lavabo. J'avais beau me répéter que ce n'était pas réel, je n'ai pas réussi à garder mon sang-froid. Quand la porte a refusé de s'ouvrir, j'ai cédé à la panique et je me suis mise à les frapper comme une hystérique avec une serviette. La fenêtre était trop petite et, de toute façon, elle ne s'ouvrait pas non plus. J'ai dû m'évanouir à ce moment-là parce que je ne me souviens plus de rien. Lorsque j'ai rouvert les yeux. J'étais dans mon lit. Fox était près de moi. Quinn aussi.

— Ton évanouissement pourrait expliquer en partie que l'hallucination se soit arrêtée, supposa Cybil. Impossible dans ces conditions de maintenir une illusion.

— Et toi, que t'est-il arrivé ? s'enquit Layla.

— Je suis devenue aveugle. Gage et moi étions dans la cuisine. Mes yeux se sont mis à me piquer, puis ma vision est devenue floue, et je n'ai rien vu d'autre qu'un voile gris.

— Oh, Cybil.

Elle sourit à Quinn.

— Q sait que c'est l'une de mes petites terreurs personnelles. Mon père a perdu la vue dans un accident. Il n'a jamais réussi à accepter son état. Deux ans plus tard, il s'est suicidé. Voilà pourquoi la cécité m'effraie tant. Tout à coup, tu n'étais plus là, dit-elle à Gage. Je ne t'entendais plus. Je t'ai appelé à l'aide, mais tu n'as pas réagi. Tu ne pouvais pas, j'imagine.

Elle marqua un temps d'arrêt, mais il garda le silence.

— J'ai entendu la porte d'entrée s'ouvrir, reprit-elle. J'ai entendu Fox. Ma vision s'est éclaircie et… tu étais de nouveau là.

Il l'avait serrée dans ses bras.

— Où étais-tu, Gage ? Nous avons besoin de savoir ce qui est arrivé à chacun d'entre nous.

— Pas bien loin, répondit-il. J'étais de retour dans l'appartement où je vivais gamin, au-dessus du bowling.

On frappa à la porte. Caleb se leva sans quitter Gage des yeux.

— J'y vais.

— Chez toi, il y avait aussi une transformation physique, continua Gage. Ton œil était devenu tout blanc, comme recouvert d'une peau. Non, je n'ai pas pu t'aider. Je me suis senti partir, et je me suis retrouvé dans l'appartement.

Caleb revint et posa les boîtes de pizza sur la table.

— Tu étais seul ?

— Au début. Je n'ai pas réussi à ouvrir la porte, ni les fenêtres. Un thème récurrent, apparemment.

— Pris au piège, murmura Layla. Tout le monde a peur de se retrouver enfermé.

— Je l'ai entendu venir. Je savais à son pas dans l'escalier s'il était ivre ou pas. Là, il l'était. Et il arrivait. À ce moment-là, je me suis retrouvé dans la cuisine.

— Ce n'est pas tout. Pourquoi ces cachotteries ? s'impatienta Cybil. Nous avons tous vécu une épreuve.

— Quand j'ai tendu la main vers la poignée, ce n'était pas la mienne. Pas celle-ci, expliqua Gage qui la leva, l'observa. Je me suis vu dans le miroir. J'avais dans les sept ans, peut-être huit. C'était bien avant la nuit à la Pierre Païenne. Il était bourré et il arrivait. Tu veux que je te fasse un dessin ?

Dans le silence qui s'ensuivit, Quinn prit son magnétophone posé sur la table basse, éjecta la cassette et y glissa une cassette vierge.

— Ça ne s'était jamais produit avant, n'est-ce pas ? Que vous soyez tous trois affectés en même temps. Que tant soient affectés en même temps.

— Tous les trois, on fait des rêves, expliqua Caleb. En général la même nuit, pas toujours sur le même thème. Ils peuvent se produire des semaines, voire des mois avant les Sept. Mais un phénomène de ce genre, non. Jamais en dehors de la semaine du 7 juillet.

— Il s'est donné beaucoup de mal pour trier sur le volet nos angoisses respectives, fit remarquer Fox.

— Pourquoi as-tu été le seul à être blessé ? s'étonna Layla. J'ai senti les morsures des serpents, mais il n'en restait aucune trace quand je suis revenue à moi. Toi, si. Même si maintenant tu as cicatrisé.

— Mon don s'est peut-être retourné contre moi en rendant ma peur plus tangible, je n'en sais rien.

— Possible, réfléchit Quinn. Et s'il avait commencé par toi ? Si on réfléchit au déroulement, c'est plausible. Il aura mis le paquet, et l'énergie dégagée aura alimenté le reste. Pas seulement ta peur. Ta souffrance aussi. Il s'est servi des liens entre nous. Sans doute d'abord Caleb ou moi. Puis Layla, Cybil et, pour finir, Gage.

Layla hocha la tête et enchaîna :

— Comme un courant passant de l'un à l'autre. Fox l'a affaibli en se libérant, ce qui a provoqué une réaction en chaîne. Si tel est le cas, il pourrait s'agir pour nous d'un moyen de défense, non ?

— Notre énergie contre la sienne, acquiesça Quinn qui craqua et ouvrit d'une chiquenaude un des cartons de pizza. Positif contre négatif.

— À mon avis, il nous faudra bien plus que quelques gentilles pensées positives, commenta Cybil tout en se coupant une part de pizza.

Vu l'ampleur du traumatisme qu'elle jugeait avoir subi, Quinn s'accorda une part entière.

— Si chacun de nous a ses peurs, n'avons-nous pas aussi nos plaisirs personnels ? Hmm, quel délice ! Vous voyez, mon plaisir à moi : pizza au chorizo.

— Ce n'est pas en pensant à une pizza ou à un autre truc agréable que Fox a rompu le sortilège, fit remarquer Layla.

— Pas tout à fait vrai, intervint celui-ci qui, devant les yeux énamourés de Balourd, préleva une rondelle de chorizo sur sa part et la lui donna. En fait, ce n'est pas facile de penser tout court lorsque des araignées mutantes voraces vous grouillent dessus.

— On mange, lui rappela Caleb.

— Mais j'ai commencé à imaginer comment nous allions en finir avec cette ordure de démon et en même temps je lui balançais des gros mots. Les gros mots, c'est mon péché mignon. Un plaisir personnel très réel. Quand j'ai vu ces sales bestioles tomber une à une raides mortes, j'ai été pris d'une sorte d'hystérie joyeuse qui a encore renforcé le phénomène.

— Jusqu'à présent, nous avions toujours réussi à percer les illusions à jour, observa Caleb. Cette fois, j'ai eu beau essayer, impossible.

— Tu es tombé dans le panneau parce que le choc était insoutenable, suggéra Fox. Tout ce qui compte dans ta vie avait été brusquement rayé de la carte. Quinn, ta famille, nous, la ville. Il ne restait plus que toi et tu n'avais rien pu faire. L'horreur totale. Quant à mes araignées, elles n'étaient pas réelles, et pourtant, après leurs morsures, j'avais les mains comme des pastèques. Les blessures, elles, étaient bien réelles, ce qui me fait dire que Twisse a mis le paquet sur ce coup-là.

— Le dernier incident remonte à une semaine. Là encore, tu étais le premier concerné, Fox, fit remarquer Cybil qui déposa une part de pizza sur une assiette qu'elle apporta à Gage. Il s'est nourri de la jalousie de Block, de sa colère, peut-être aussi de sa culpabilité, pour le contraindre à t'agresser.

— Des émotions négatives, il peut en trouver partout, dans cette ville comme ailleurs, lâcha Gage avec un haussement d'épaules.

— Non, il s'agit d'émotions spécifiques, objecta Caleb. Celles de Block l'autre jour. Les nôtres aujourd'hui.

Cybil coula un regard à Layla, mais se rassit en silence.

— J'étais contrariée, et en colère. Toi aussi, dit Layla à Fox. Nous venions d'avoir… un désaccord.

— S'il nous invente un sale tour chaque fois que l'un de nous s'énerve, on est mal barrés, grommela Gage.

— Ils étaient tous les deux en colère, argumenta Quinn, qui ajouta après avoir réfléchi à la meilleure formulation : L'un contre l'autre. Ça peut jouer un rôle, surtout dans le cas d'une relation, disons, à fort potentiel émotionnel.

Gage leva sa bière.

— C'est bien ce que je disais. Mal barrés.

— Je suis persuadée qu'une émotion humaine intense, qui tire sa source d'une affection profonde, peut s'avérer beaucoup plus puissante que n'importe laquelle des attaques de ce salaud, intervint Cybil. Combien de fois avez-vous vécu tous les trois une scène comme celle de tout à l'heure dans la cuisine ?

— Quelle scène ? s'enquit Quinn.

— Ce n'était rien du tout, marmonna Caleb.

— Vous vous balanciez des obscénités à la figure et alliez en venir aux mains. Un spectacle plutôt… stimulant, je dois l'avouer, ajouta-t-elle avec un sourire en coin. Alors combien ? Des tas de fois, je parie. Dont quelques-unes ont certainement débouché sur des coups de poing dans la figure. Et pourtant vous êtes encore ici aujourd'hui, parce que votre affection est plus solide que n'importe quel différend. Comme une fondation que rien ne peut ébranler, pas même les poings de notre démon – si tant est qu'il en ait. C'est sur cette fondation que nous devons nous appuyer, surtout si nous nous lançons dans l'aventure incroyablement risquée d'un pacte de sang.

— Là tu tiens quelque chose, commenta Quinn.

— Je veux encore attendre l'avis d'une ou deux sources bien informées. Mais oui, je crois.

— Crache le morceau !

— Pour commencer, notre présence à tous les six est indispensable. Et il nous faudra retourner à l'endroit où tout a commencé.

— La Pierre Païenne, dit Fox.

— Évidemment.

Plus tard, Caleb s'arrangea pour grappiller un instant en tête à tête avec Quinn. Il l'attira dans sa chambre et, l'enveloppant dans ses bras, s'enivra de son parfum.

— C'était pire que jamais, lui souffla-t-il, parce qu'un moment, j'ai craint de t'avoir perdue.

— Pour moi aussi, c'était pire parce que je n'arrivais pas à te retrouver, avoua Quinn, avant de lui offrir ses lèvres. C'est plus dur quand on aime, reprit-elle. C'est mieux et plus dur à la fois.

— J'ai une faveur à te demander. J'aimerais que tu partes. Juste quelques jours, s'empressa-t-il d'ajouter. Une semaine ou deux. Je sais que tu as d'autres projets d'articles en cours. Fais une pause. Tu pourrais peut-être en profiter pour rentrer chez toi et…

— C'est *ici* chez moi, désormais.

— Tu sais ce que je veux dire, Quinn.

— Bien sûr. Pas de problème, répondit-elle avec un sourire radieux, tant que tu m'accompagnes. On pourrait s'offrir quelques jours de vacances. Qu'est-ce que tu en penses ?

— Je parle sérieusement.

— Moi aussi. Je pars si tu pars. Sinon, laisse tomber. Et ne songe même pas à chercher la bagarre, l'avertit-elle. Je vois pour ainsi dire ton esprit chercher comment m'énerver suffisamment pour que je parte. Je peux te l'assurer, tu n'y arriveras pas. Tu as peur pour moi. Et moi pour toi. C'est normal, c'est compris dans le forfait.

— Tu pourrais aller acheter ta robe de mariée.

— Là, c'est un coup bas, s'esclaffa Quinn qui lui plaqua un baiser sonore sur la bouche. En ce qui concerne le mariage, ta mère et la mienne, qui, soit dit en passant, s'entendent comme larrons en foire, ont pris les choses en main. Tout est sous contrôle, rassure-toi. On a eu une sale journée, Caleb, mais on s'en est sortis.

Il resserra son étreinte.

— J'ai besoin d'aller faire un tour. Il faut… que je voie la ville.

— D'accord.

— Je vais y aller avec Gage et Fox.

— Je comprends. Vas-y. Mais reviens-moi, d'accord ?

— Chaque jour de ma vie.

Caleb et ses amis commencèrent par parcourir le quartier. La lumière descendait en pente douce vers le soir. Caleb retrouva les maisons qu'il connaissait, les jardins, les trottoirs. Il marcha jusqu'à celle de son arrière-grand-mère. La voiture de sa cousine était garée dans l'allée bordée de fleurs.

Il y avait aussi la maison de la fille dont il était fou amoureux à seize ans. Où vivait-elle à présent ? À Columbus ? Ou à Cleveland ? Il se souvenait juste qu'elle avait déménagé avec sa famille durant l'automne qui avait suivi ses dix-sept ans.

Après les Sept où son père avait essayé de se pendre dans leur jardin. Caleb, qui passait par là, avait coupé la corde de justesse. Par manque de temps, il avait ligoté l'homme hagard au tronc pour l'empêcher de commettre l'irréparable.

— Au fait, tombeur, tu n'as jamais conclu avec Melissa Eggart ?

C'était tout Gage de donner à ces souvenirs un semblant de normalité.

— C'était en bonne voie, mais les choses se sont emballées.

Gage fourra les mains dans ses poches.

— Ouais. Les choses se sont emballées.

— Désolé pour tout à l'heure. Tu avais raison, ajouta Caleb à l'intention de Fox. C'est stupide d'en venir aux mains.

— Laisse tomber, dit Gage. C'est vrai que j'ai pensé à me barrer des tas de fois.

Ils s'engagèrent dans Main Street.

— Entre penser et le faire vraiment, il y a un fossé, insista Caleb. J'avais juste envie de me défouler, et je t'avais sous la main.

— Comme punching-ball, je te conseille plutôt O'Dell. En plus, il a l'habitude de prendre des coups.

En l'absence de réplique sarcastique de l'intéressé, Gage lui lança un coup d'œil. Après avoir réfléchi au moyen de lui remonter le moral, il opta pour sa spécialité : l'ironie.

— Alors, Fox, comment tu t'en sors avec tes émotions humaines intenses ?

— Va te faire foutre.

Gage lui entoura les épaules du bras.

— Ah, je retrouve mon Fox !

— Je n'ai pas encore exclu de te cogner.

— En tout cas, si elle était fâchée contre toi, intervint Caleb, bonne âme, elle ne l'est plus. Pas après ton numéro de chevalier blanc.

— Fâchée, pas fâchée, le problème n'est pas là, soupira Fox. Le problème, c'est d'avoir des aspirations différentes dans l'existence. Écoutez, je vais rentrer chez moi. Avec cette histoire, j'ai tout laissé ouvert.

— On vient avec toi.

— Non, c'est bon. J'ai du boulot. Si le débriefing n'est pas encore terminé, je pomperai sur vos notes. À plus tard.

Caleb et Gage le suivirent des yeux tandis qu'il descendait Main Street.

— Il est drôlement mordu, commenta Gage.

— On devrait peut-être l'accompagner quand même.

— Non. En ce moment, ce n'est pas notre tête qu'il a envie de voir.

Ils tournèrent les talons et s'éloignèrent dans la direction opposée tandis que la nuit tombait sur Hawkins Hollow.

18

Comptant sur la paperasse pour se changer les idées, Fox s'installa dans le bureau qu'il avait à l'étage, dans son appartement. Il mit son lecteur CD en marche sur mode aléatoire pour l'effet de surprise et s'apprêta à reprendre pour une heure ou deux sa journée de travail interrompue.

Le dossier qu'il avait compilé à l'intention de Layla était encore sur son bureau. Agacé, il le fourra dans un tiroir. Comment avait-il pu être assez stupide pour croire qu'il la comprenait ? S'il cernait en général assez bien la nature humaine, là il s'était planté en beauté. Et comment avait-il pu s'imaginer connaître ses désirs alors qu'en réalité c'étaient des *siens* qu'il s'agissait ?

L'amour, il était bien placé pour le savoir, était souvent mauvais conseiller.

Mieux valait s'en tenir au présent au lieu de se projeter avec Layla dans un avenir nébuleux. Elle avait raison au sujet de la ville : qui serait assez fou pour ouvrir un commerce dans un endroit qui n'existerait peut-être plus d'ici quelques mois ? Le message d'aujourd'hui avait été clair : le compte à rebours avait commencé et ils devaient s'attendre au pire.

N'importe quoi, se dit-il, écartant rageusement son fauteuil du bureau. Si les gens pensaient ainsi, pourquoi prenaient-ils la peine de se lever le matin ? Pourquoi acheter une maison ou avoir des enfants si l'avenir était aussi incertain ?

D'accord, il avait commis une erreur avec Layla, il plaidait coupable. Mais elle était tout aussi stupide de renoncer à un avenir ensemble sous prétexte qu'il n'était pas tout tracé. Il devait tenter une approche différente, contourner les obstacles, changer d'itinéraire pour atteindre son but. Il était avocat, bon sang ! La négociation et le compromis, c'était sa spécialité.

« Réfléchis, s'exhorta-t-il en se levant pour gagner la fenêtre. Quel est ton but dans l'existence ? Sauver la ville de Hollow et ses habitants, d'accord. Mais celui, plus personnel, de Fox O'Dell ? »

Layla. Faire sa vie avec Layla. Le reste n'était que détails.

Fox retourna à son bureau. Il allait mettre de côté le dossier, symbole de ces détails à ses yeux. Alors qu'il tendait la main vers le tiroir, on frappa à la porte. Il se renfrogna. C'était sûrement Gage ou Caleb, et il n'avait pas le temps de traîner avec eux. Il devait affiner sa stratégie pour reconquérir l'élue de son cœur.

Quand il ouvrit la porte, ladite élue de son cœur se tenait sur le seuil.

— Eh, j'étais justement... Tu es seule ? s'écria-t-il, passant de la surprise à l'irritation.

Il la prit par la main et l'attira à l'intérieur.

— Ça ne va pas de te balader toute seule en ville la nuit !

— Ne commence pas. Après une journée comme celle-ci, Twisse va devoir récupérer. Et puis, je ne me baladais pas. Je suis venue directement ici. Tu n'es pas rentré.

— D'abord, nous ignorons de quoi Twisse est capable, même après une journée comme celle-ci. Je ne suis pas rentré parce que j'imaginais que tu aurais besoin de repos. Et après notre accrochage de cet après-midi, je n'étais pas vraiment en odeur de sainteté.

— Voilà justement pourquoi je pensais que tu reviendrais : afin qu'on en parle. Et je t'interdis d'être en colère contre moi, menaça-t-elle en lui frappant le torse de l'index.

— Pardon ?

— Tu m'as bien entendue. Tu n'as pas à être fâché contre moi parce que je n'ai pas sauté tête baissée dans un projet que tu as monté de toutes pièces sans même me consulter.

— Une minute...

— Non, pas une minute. Tu avais tout décidé : ce que je devais faire de ma vie, où je devais vivre, comment je devais gagner ma vie. Le dossier, c'était le bouquet ! s'exclama-t-elle. Je n'aurais pas été autrement surprise qu'il contienne aussi des échantillons de peinture et une liste de noms pour cette boutique imaginaire.

— Pour la couleur, j'avais pensé à taupe. Je trouve que cette couleur n'a pas la reconnaissance qu'elle mérite. Quant aux noms, en haut de ma liste en cet instant précis, je verrais bien « Ressaisis-toi, bordel », mais ça demande sans doute à être retravaillé.

— Épargne-moi tes insultes et ta dérision.

— Désolé, mais si l'un ou l'autre te pose problème, tu as frappé à la mauvaise porte. Je te raccompagne.

Layla se planta devant lui, les bras croisés.

— Pas question. Je rentrerai quand je l'aurai décidé, et pour l'instant, ce n'est pas le cas. Et ne t'avise pas de me mettre à la porte ou je…

— Ou tu quoi ? Tu crois pouvoir me défier ? ne put-il s'empêcher de plaisanter en prenant une pose de boxeur tant la situation lui paraissait ridicule.

— Ne me tente pas. Qu'est-ce qui t'a pris, hein ? Tu me balances cette histoire de boutique de but en blanc, et comme je ne saute pas de joie, tu me plantes là. Tu me dis que tu m'aimes et tu me plantes là !

Elle fulminait.

— Désolé, j'imagine que j'avais besoin d'un peu de recul après avoir réalisé que la femme dont je suis amoureux n'avait pas envie de faire sa vie avec moi.

— Je n'ai pas dit… je n'ai jamais voulu… Oh, et puis zut !

Layla plaqua les mains sur son visage. Quand elle les abaissa après plusieurs inspirations profondes, sa colère s'était évanouie.

— Je t'ai dit une fois que tu m'effrayais. Tu ne peux pas comprendre. Toi, tu n'es pas facilement effrayé.

— Faux.

— Oh que non. Tu vis avec cette menace depuis trop longtemps pour avoir peur d'un rien. Tu affrontes les choses. Moi, je n'ai pas l'habitude. Je menais une vie plutôt ordinaire jusqu'à février dernier. Mais l'un dans l'autre, j'estime que je ne me débrouille pas si mal. Non, pas si mal, répéta-t-elle dans un soupir en arpentant la pièce.

— Tu t'en sors très bien.

Layla se tourna vers Fox.

— J'ai peur parce que je n'ai jamais ressenti pour personne ce que je ressens pour toi. J'ai d'abord pensé que c'était normal d'être déboussolée, avec toute cette folie qui nous entoure. Mais cette folie n'en est pas moins réelle, me suis-je dit. Et mes sentiments aussi. Le problème, c'est que je ne sais pas du tout comment réagir à tout ça.

— Et cette idée d'entreprise n'a fait que te perturber davantage. Écoute, on n'en parle plus, d'accord ? Je n'avais pas l'intention de te mettre encore plus la pression. Nous avons déjà assez de défis à relever comme ça.

— Je me suis emportée contre toi parce que la colère, c'est plus facile à gérer que la peur. Je ne veux pas qu'on soit fâchés, Fox. Tout ce qui est arrivé aujourd'hui... Quand j'ai repris connaissance, tu étais là. Et pourtant tu n'es pas revenu, ajouta-t-elle en fermant les paupières. Tu n'es pas revenu.

— Je ne suis pas allé bien loin.

Quand Layla rouvrit les yeux, ils étaient embués par l'émotion.

— J'ai craint que tu ne le sois, et cette pensée m'a effrayée plus que tout.

— Je t'aime, dit-il simplement. Où irais-je donc ?

Elle se jeta dans ses bras.

— Ne pars plus, l'implora-t-elle entre deux baisers. Ne me mets pas à la porte. Laisse-moi être avec toi.

Fox lui prit le visage entre les mains et l'éloigna du sien jusqu'à ce que leurs regards se croisent.

— Layla, mon unique désir à la fin de la journée, c'est d'être avec toi.

— C'est la fin de la journée, et je suis là. Il n'y a aucun autre endroit au monde où je voudrais me trouver en cet instant.

Le soupir de Layla lorsqu'elle se cambra contre lui résonna comme une douce musique à ses oreilles. Il l'entraîna jusque dans la chambre et, sans prendre la peine d'allumer la lumière, ils basculèrent sur le lit. Tout en savourant le soyeux de ses lèvres jointes aux siennes en de longs baisers langoureux, Fox entrevoyait la courbe de sa joue dans la pénombre, sentait son cœur battre follement contre le sien.

Se dégageant, Layla s'agenouilla pour déboutonner sa chemise et embrassa son torse musclé à l'emplacement du cœur. Avec une lenteur proche de la torture, elle déposa ensuite une traînée de baisers humides le long de son ventre, lui caressant les flancs du bout des doigts, puis fit sauter le bouton de son pantalon, émerveillée de le sentir frissonner de désir.

Elle descendit la fermeture Éclair, fit glisser le pantalon le long de ses hanches étroites. Fox accueillit ses caresses audacieuses avec un râle de plaisir. Alors que le brasier ardent qu'elle avait allumé était sur le point de le consumer tout entier, elle abandonna son corps palpitant. Il l'entendit se déshabiller dans un léger bruissement de tissu.

Comme Layla revenait vers lui à quatre pattes sur le lit, entièrement nue, la bouche de Fox se dessécha d'un coup.

— J'ai une question à te poser, susurra-t-elle.

— Si tu veux me demander une faveur, c'est sans doute le bon moment.

Taquine, elle se pencha vers lui et fit mine de lui effleurer les lèvres avant de se dérober. Quand Fox glissa la main derrière sa nuque pour capturer sa bouche, elle lui prit le visage à deux mains et l'attira contre ses seins.

— Quand tu me fais l'amour, ressens-tu ce que je ressens ? J'aimerais savoir quelle osmose nous pouvons atteindre dans l'union charnelle. Tu sais, avec notre don…

— Il suffit de s'ouvrir l'un à l'autre, murmura-t-il, les lèvres contre sa peau brûlante.

Fox s'assit sur le lit et plongea son regard mordoré au fond du sien. Lorsque ses mains remontèrent le long de son dos, il la sentit vibrer, perçut son plaisir. La renversant de nouveau sur le lit, il lui ouvrit son âme.

D'abord, ce fut comme un soupir sensuel qui traversa le corps et l'esprit de Layla. Délicieux, songea-t-elle, tournant doucement la tête lorsqu'elle ressentit son envie de picorer la courbe tendre de son cou.

Le contact de sa bouche se refermant sur la pointe de son sein lui arracha un tressaillement. Il y avait tant à découvrir qu'elle frémissait à chaque nouvelle sensation. Les siennes, celles de Fox. Leur désir mutuel enflait à chaque caresse fiévreuse, les plongeant dans un maelström de volupté sauvage, et lorsqu'il s'enfonça en elle jusqu'à la garde, Layla crut verser dans la folie, submergée par la force de leur pouvoir conjugué.

— Reste avec moi, l'implora-t-elle, le sentant au bord de l'abîme.

Les ongles plantés dans la chair de son dos, les jambes enroulées autour de lui telles des chaînes, elle le poussa dans ses derniers retranchements jusqu'à l'instant délicieux où ils basculèrent ensemble dans le néant de l'extase.

Fox était affalé à plat ventre sur le lit ; la tête lui tournait, sa respiration était laborieuse. Il n'avait même plus la force de demander à Layla si elle allait bien, encore moins de s'en assurer par télépathie.

Elle n'avait pas fait dans la demi-mesure : il se sentait littéralement démantelé et avait du mal à rassembler les morceaux. Ses pensées s'entrechoquaient, incohérentes, et il n'était même pas sûr que ce ne soit pas l'écho de celles de Layla.

Au bout de quelques minutes, il réalisa qu'il risquait de mourir de soif s'il ne se désaltérait pas en vitesse.

— De l'eau, croassa-t-il, la gorge sèche.

— Oh oui, s'il te plaît.

Il voulut rouler sur le flanc, mais se cogna à Layla, étalée en travers du lit.

— Pardon.

Avec un grognement, il posa les pieds par terre et tituba jusqu'à la cuisine. La lumière du réfrigérateur l'éblouit comme un soleil ardent. La main sur les yeux, il chercha une bouteille d'eau à tâtons.

Il en vida la moitié d'un trait, nu devant le réfrigérateur ouvert, paupières closes. Puis il trouva la force d'entrouvrir les yeux, attrapa une deuxième bouteille et regagna la chambre.

Layla n'avait pas bougé d'un pouce.

— Ça va ? Est-ce que j'ai...

Elle agita la main.

— De l'eau, par pitié.

Il ouvrit la bouteille, glissa le bras sous sa nuque pour la soutenir. Elle étancha sa soif avec la même avidité que lui.

— Tu n'as pas les oreilles qui sifflent ? s'enquit-elle avec inquiétude. Moi, si. Et j'ai peur d'être aveugle.

Fox la hissa sur les oreillers, puis alluma la lampe de chevet.

Avec un cri, Layla se plaqua les mains sur les yeux.

— D'accord, je n'étais pas aveugle, mais maintenant je le suis peut-être.

Elle glissa un regard prudent entre deux doigts écartés.

— Est-ce que tu as déjà...

— Non, c'était la première fois, répondit Fox qui, les jambes encore un peu cotonneuses, s'assit à côté d'elle sur le lit – dommage, car il appréciait la vue générale. C'était intense.

— Intense ? Le mot est faible ! Il faudrait en inventer un nouveau. Ce n'est pas une expérience que l'on peut répéter chaque fois, j'imagine.

— À réserver aux occasions particulières.

Layla sourit, et trouva assez d'énergie pour s'asseoir et poser la tête sur son épaule. Fox frotta la joue contre ses cheveux. « Je t'aime », songea-t-il, mais, cette fois, il garda les mots pour lui.

Fox ayant plusieurs rendez-vous à l'extérieur, Layla profita de l'après-midi tranquille pour relire des passages du troisième journal d'Ann Hawkins. Leur espoir d'y trouver une formule magique ou des instructions étape par étape pour éradiquer un démon sans âge fut malheureusement déçu. Layla en conclut que Giles Dent n'avait pas confié la clé du mystère à sa bien-aimée. Cybil défendait un point de vue plus mystique, selon elle : si Ann connaissait cette clé, elle avait aussi conscience que sa simple transmission pouvait en diluer, voire en annuler l'efficacité.

Une explication dont le côté par trop sibyllin irritait Layla, qui passa un temps considérable à tenter de lire entre les lignes. Résultat : encore plus de frustration et un mal de crâne carabiné. Pourquoi les gens ne pouvaient-ils opter pour la simplicité ?

— Et si tu revenais me rendre visite ? marmonna Layla. Reviens me parler, Ann. Crache le morceau et nous pourrons reprendre le cours normal de nos existences.

À cet instant, elle entendit la porte d'entrée grincer et bondit de son fauteuil. Brian O'Dell entra d'un pas nonchalant.

— Bonjour, Layla. Désolé, je vous ai fait peur ?

— Non. Enfin, un peu. Je n'attendais personne. Fox est en rendez-vous à l'extérieur cet après-midi.

— Ah, fit Brian qui fourra les mains dans ses poches et se balança d'avant en arrière sur ses talons. Comme j'étais en ville, je me suis dit que j'allais passer.

— Il ne sera sans doute pas de retour avant 18 heures. Si vous voulez lui laisser un message…

— Non, non. Il n'y a rien d'urgent. Vous savez, tant que je suis là, je pourrais en profiter pour jeter un coup d'œil à la cuisine, continua-t-il, ponctuant sa phrase d'un geste du pouce. Fox voudrait un nouveau parquet, et une ou deux autres bricoles. Je vais déjà prendre les mesures. Vous voulez un café ou autre chose ?

Layla inclina la tête.

— Comment comptez-vous prendre vos mesures sans mètre ?

— Exact. Bien vu. Je retourne en chercher un dans ma camionnette.

— Monsieur O'Dell, Fox vous a-t-il demandé de passer cet après-midi ?

— Euh… il n'est pas là.

— Justement.

À l'image de son fils, songea Layla, le père était un piètre menteur.

— Donc il vous a demandé de passer voir comment j'allais. Je n'aurais peut-être rien soupçonné si votre femme n'était pas venue il y a à peine une heure avec une douzaine d'œufs. Si j'additionne vos deux visites, je flaire le baby-sitting à plein nez.

Brian se gratta le crâne avec un sourire gêné.

— Démasqué. Fox n'aime pas vous savoir seule ici. Je ne peux guère l'en blâmer, dit-il en se laissant choir dans l'un des fauteuils réservés aux clients. J'espère que vous n'allez pas lui passer un savon.

— Non, soupira Layla, s'asseyant à son tour. Nous nous faisons tous du souci les uns pour les autres, j'imagine. Mais j'ai mon portable dans ma poche et les numéros de tous les gens que je connais sont en mémoire. Monsieur O'Dell…

— Appelez-moi Brian.

— Brian. Comment supportez-vous cette situation ? Sachant ce qui pourrait arriver à Fox…

— Vous savez, j'avais dix-neuf ans à la naissance de Sage, commença-t-il, posant la cheville sur son genou. Joanna en avait dix-huit. Deux gamins qui pensaient tout connaître et tout maîtriser. Puis vient le jour où vous avez un enfant, et l'univers bascule. Une part de moi-même se fait du souci depuis trente-trois ans maintenant, avoua-t-il avec un sourire. Et pour Fox encore plus, j'imagine. Pour être franc, ce qui me désole, c'est qu'il se soit fait voler son enfance, son innocence. Après qu'il est rentré à la maison, le lendemain de son dixième anniversaire, il n'a plus jamais été un petit garçon, plus comme avant.

— À son retour de la Pierre Païenne, vous a-t-il raconté ce qui s'est passé ?

— J'aime à penser que nous avons réussi beaucoup de choses avec nos enfants, mais une en particulier : ils savent qu'ils peuvent tout nous dire. Il avait essayé de nous embobiner avec une histoire de camping dans le jardin de Caleb, mais Joanna et moi n'avions pas été dupes.

— Vous saviez qu'il allait passer la nuit dans les bois ?

— Nous savions qu'il cherchait l'aventure. Si nous ne l'avions pas laissé faire ce dont il avait envie, il aurait trouvé un moyen détourné d'y parvenir. Les oisillons doivent prendre leur envol un jour ou l'autre. Impossible de les en empêcher, même si nous préférerions les garder à l'abri du nid. À son retour, Gage était avec lui, reprit-il après un silence. Dès qu'on les a vus, on a su qu'il était arrivé quelque chose. Puis ils nous ont raconté, et notre vie a changé brutalement. Joanna et moi avons envisagé de vendre la ferme et de partir nous installer ailleurs. Mais la semaine écoulée, nous avons cru que c'était fini. Et surtout, Fox tenait à rester ici avec Caleb et Gage.

— Vous l'avez vu affronter trois fois les Sept, et il s'apprête à recommencer. Il doit falloir un immense courage pour l'accepter et ne pas chercher à l'arrêter.

— Il ne s'agit pas de courage, mais de foi, corrigea Brian avec un sourire tranquille. J'ai entièrement foi en Fox. Je ne connais pas meilleur homme que lui.

Brian resta jusqu'à ce qu'elle ferme le cabinet et insista pour la reconduire chez elle. *Je ne connais pas meilleur homme que lui*. Quel plus beau compliment espérer de son père ? se dit Layla en entrant dans la maison. Elle grimpa à l'étage ranger le journal dans le bureau.

Quinn était devant son ordinateur, la mine renfrognée.

— Comment ça va ?

— Merdiquement. Je suis à la bourre avec mon article, et je n'arrive pas à me concentrer.

— Désolée. Je m'en vais, je te laisse tranquille.

— Non, non ! Oh, et puis la barbe, bougonna Quinn en s'écartant abruptement de son bureau. C'est ma faute aussi, je n'aurais jamais dû accepter ce maudit article. Mais il faut bien faire bouillir la marmite. On a peut-être aussi un peu trop insisté sur cette histoire de pacte et sur la formulation des mots à prononcer pour l'accompagner. Bref, Cybil n'est pas à prendre avec des pincettes.

— Où est-elle ?

— Mademoiselle travaille dans sa chambre parce que, à ce qu'il paraît, je pense trop fort, répondit Quinn qui balaya l'argument d'un revers de main. Quand on collabore sur des projets de longue durée, il nous arrive de nous accrocher au bout d'un moment. Sauf qu'elle est plus coutumière du fait que moi. Hmm, je mangerais bien un biscuit, soupira-t-elle. Si seulement j'avais un paquet de Milano's sous la main.

En désespoir de cause, elle attrapa la pomme posée sur son bureau et y planta les dents avec hargne.

— Qu'est-ce qui te fait rire, taille trente-six ?

— Trente-huit. Je ris parce que c'est rassurant de rentrer à la maison et de te trouver d'une humeur de chien avec des envies de biscuits, pendant que Cybil est cloîtrée dans sa chambre. C'est si normal.

Avec ce qui s'apparentait à un grommellement, Quinn mordit de nouveau dans sa pomme.

— Ma mère m'a envoyé un échantillon pour les robes des demoiselles d'honneur couleur fuchsia. Tu trouves ça normal ?

— Je pourrais porter du fuchsia… s'il le fallait vraiment. S'il te plaît, ne m'inflige pas ça.

Une lueur malicieuse dans le regard, Quinn mastiqua sa pomme et sourit.

— Cybil serait atroce en fuchsia. Si elle continue de m'asticoter, je lui fais le coup de choisir cette robe-là. Tu sais quoi ? Je crois qu'on a besoin de s'aérer un peu. On n'arrête pas de bosser. Demain, on prend notre journée, et on va faire les boutiques pour choisir ma robe de mariée.

— Sérieux ?

— Sérieux.

— Je croyais que tu ne le proposerais jamais. J'en meurs d'envie. Où veux-tu…

La porte de Cybil s'ouvrit et Layla se retourna.

— On va faire les boutiques demain, annonça-t-elle. Pour la robe de Quinn.

— Bien, très bien.

Cybil s'appuya contre le chambranle et observa tour à tour ses deux amies.

— C'est ce que nous pourrions appeler un rituel – un rituel féminin. À moins que vous ne vouliez étudier de plus près le symbolisme. Le blanc pour la virginité, le voile pour la soumission…

— Non, on ne veut pas, l'interrompit Quinn. Sans aucune honte, je suis prête à jeter mes principes féministes aux orties contre la robe de mariée parfaite.

— C'est ton droit, répondit Cybil en repoussant distraitement en arrière sa masse de boucles brunes. Ça n'en demeure pas moins un rituel féminin. Peut-être que ça contrebalancera celui que nous accomplirons dans deux semaines. Le pacte de sang.

Après ses rendez-vous, Fox se rendit droit chez Layla. Alors qu'il remontait l'allée, elle ouvrit la porte, un sourire chaleureux aux lèvres. Qu'y pouvait-il si c'était exactement l'accueil dont il rêvait chaque soir à son retour ?

Il se pencha pour l'embrasser, puis se redressa et inclina la tête de côté, étonné par son absence de réaction.

— Si on essayait de nouveau ? suggéra-t-il.

— Désolée, j'étais distraite, s'excusa Layla.

Elle saisit les revers de sa veste à deux mains et lui offrit ses lèvres.

— Que se passe-t-il ? s'inquiéta-t-il, voyant que son regard ne reflétait pas le sourire qu'elle affichait.

— Tu as reçu mon message ?

— Te retrouver ici dès que possible. Me voilà.

— Nous sommes tous au salon. C'est au sujet du pacte... Cybil pense avoir établi le rituel.

— Enfin un peu d'animation, ironisa Fox qui, préoccupé, caressa du pouce la pommette de Layla. Quel est le problème ?

— Elle... elle attendait ton arrivée pour vous l'expliquer en détail à tous les trois.

— Quelles qu'elles soient, ses explications ne semblent pas te réjouir.

— Certaines conséquences potentielles ne sont guère réjouissantes, répondit Layla en lui prenant la main. Tu jugeras par toi-même. Mais avant... j'ai quelque chose à te dire.

— D'accord.

Elle lui pressa les doigts comme pour le réconforter.

— Fox... et si on restait dehors une minute ?

Ils s'assirent sur les marches du porche. Layla croisa les mains sur les genoux – un signe indubitable de nervosité.

— C'est grave ? risqua Fox.

— Je n'en sais rien. Ça dépend de la façon dont tu prendras la chose.

Elle pinça les lèvres, puis se jeta à l'eau.

— Je te dis tout et après, tu prendras le temps qu'il te faut pour digérer l'information. Bon, j'y vais : Carly avait un lien avec tout cela. C'était une descendante d'Hester Deale.

Le choc fut brutal, aussi violent qu'un coup de poing au plexus. Il posa la première question qu'il captura au passage dans le maelström de ses pensées.

— Comment le sais-tu ?

— J'ai demandé à Cybil...

Layla s'interrompit et lui fit face.

— Il devait forcément y avoir une raison pour qu'elle ait été contaminée aussi rapidement, aussi... mortellement, reprit-elle. Aussi ai-je demandé à Cybil de faire des recherches.

— Pourquoi ne m'en as-tu rien dit ?

— Je n'avais aucune certitude, et si je m'étais trompée, je t'aurais fait de la peine pour rien. Et... J'aurais dû t'en parler. Je suis désolée, s'excusa-t-elle.

— Non, tu as eu raison. Je comprends.

Le maelström dans son cerveau s'était apaisé, ainsi que la douleur juste au-dessous de son cœur. Layla n'avait voulu que le protéger ; il aurait agi de même à sa place.

— Cybil a remonté l'arbre généalogique de Carly ?

— Oui. Ce soir, elle m'a annoncé qu'elle avait trouvé le lien. Elle peut te montrer les détails si tu veux.

Fox secoua la tête.

— J'ignore si cela rend les choses plus supportables ou pires pour toi, mais j'ai pensé que tu devais savoir.

— Alors elle était mêlée à cette histoire, murmura Fox. Depuis le début.

— Twisse l'a utilisée, et t'a utilisé, toi. Rien de ce que tu as fait, ou n'as pas fait, n'aurait pu y changer quoi que ce soit.

— Comment savoir ? Peut-être nous sommes-nous rencontrés à cause de ce lien, Carly et moi. Mais ensuite, nous avons fait des choix qui ont abouti au résultat qu'on connaît. Si nos choix avaient été différents, le résultat l'aurait peut-être été aussi.

Après un long silence, il posa la main sur celles de Layla.

— Chaque fois que je penserai à Carly, je ressentirai toujours de la culpabilité et de la peine. Mais aujourd'hui, j'ai au moins un début d'explication à ce qui est arrivé. Je n'avais jamais compris pourquoi, Layla, et cela me rongeait.

— Twisse s'est servi d'elle pour te faire souffrir. Et il l'a pu parce qu'elle appartenait à sa lignée. Et parce qu'elle...

— Continue, l'aiguillonna-t-il comme elle laissait sa phrase en suspens.

— Parce qu'à mon avis, elle ne croyait pas. Pas assez en tout cas pour avoir peur, se battre ou même juste s'enfuir. Ce n'est qu'une hypothèse et j'exagère peut-être, mais...

— Non, la coupa-t-il d'une voix tranquille. Tu as tout à fait raison. Elle n'a jamais cru, même lorsqu'elle a vu de ses propres yeux ce qui se passait. Elle m'a raconté ce que je voulais entendre, m'a fait la promesse de rester à la ferme cette nuit-là sans jamais avoir l'intention de la tenir. C'était une sceptique par nature, elle n'y pouvait rien. Jamais je n'ai imaginé qu'un tel lien pouvait exister, reprit-il après un silence songeur. Bien vu, Layla, et tu as eu raison de m'en parler. Être franc l'un avec l'autre, même si c'est difficile, me paraît le meilleur des choix, conclut-il en entrelaçant ses doigts aux siens.

— Une dernière chose : si tu me demandes de te faire une promesse et que j'accepte, je la tiendrai.

Il porta leurs mains jointes à ses lèvres.

— Je te crois. Viens, allons-y.

Fox s'installa à sa place habituelle, sur le tapis avec Balourd. Un mélange de nervosité et de peur émanait des filles, nota-t-il, tandis qu'il ressentait chez Caleb et Gage de l'intérêt mâtiné d'impatience.

— Bon, venons-en au fait, attaqua Gage.

Cybil prit la parole.

— J'ai soumis l'idée du rituel à plusieurs personnes de ma connaissance qui ont toute ma confiance, le but étant de réunir les trois morceaux de la calcédoine de Dent. Nous partons du principe que c'est une étape obligée même si, pour l'instant, nous ne pouvons nous baser que sur des bribes d'information et de vagues hypothèses.

— Jusqu'à maintenant, ces morceaux de caillou ne nous ont pas servi à grand-chose, fit remarquer Gage.

— Qu'est-ce que tu en sais ? rétorqua Cybil. Il est très possible que vous leur deviez vos dons. Une fois la pierre reconstituée, vous pourriez les perdre. Et sans ces armes dans votre arsenal, vous seriez d'autant plus vulnérables aux attaques de Twisse.

— Si on ne réussit pas à les réunir, intervint Caleb, ce sont juste trois morceaux de roche dont la signification nous échappe. De notre côté, nous avons essayé en vain de les rassembler. Si tu trouves un moyen, nous sommes preneurs.

— Les rites qui font appel au sang sont une magie puissante et dangereuse. Nous avons affaire à une force qui l'est déjà suffisamment. Voilà pourquoi vous devez avoir conscience de toutes les conséquences possibles. Et il me faut l'accord de tous, parce que notre participation à tous les six est indispensable pour la réussite du rituel. Je ne donnerai pas le mien tant que tout le monde n'aura pas bien compris.

— On a pigé, fit Gage avec un haussement d'épaules. Caleb pourrait avoir besoin d'exhumer ses lunettes, et tous les trois, on ne serait plus à l'abri d'un stupide rhume.

Cybil se tourna vers lui.

— Ne prends pas ce pacte à la légère. Il pourrait nous exploser à la figure. Vous avez déjà vu ce qui peut se produire. Le mélange de feu et de sang, la pierre sur la pierre. Tous les êtres vivants présents carbonisés. C'est votre sang qui a libéré le démon. Nous devons être conscients que ce rite peut aggraver la situation.

— Pour gagner, il faut jouer.

— Gage a raison, approuva Fox. Nous avons le choix : courir le risque ou renoncer. Croire Ann Hawkins ou non. Le temps est venu, c'est ce qu'elle a dit à Caleb. L'affrontement final est pour cette année et la calcédoine – reconstituée – représente une arme potentielle. Moi, je crois Ann. Elle a sacrifié sa vie avec Dent, et ce sacrifice nous a permis de voir le jour. Un pour trois, trois pour un. S'il y a un moyen, on fonce.

— Il y a un autre trio, rappela Cybil. Quinn, Layla et moi. Et notre sang, pour ainsi dire souillé par celui du démon.

— Porteur aussi de l'innocence, ajouta Layla, les mains jointes avec délicatesse comme si elle protégeait un oisillon entre ses paumes. Hester Deale n'était pas mauvaise. Le sang d'une âme innocente est aussi un élément puissant du rituel, n'est-ce pas, Cybil ?

— C'est ce qu'on m'a dit, soupira celle-ci. On m'a aussi prévenue que l'âme innocente peut être pervertie pour conférer davantage de pouvoir au démon. Trois jeunes garçons ont été métamorphosés par un pacte de sang en terre consacrée. La même chose pourrait nous arriver, conclut-elle en regardant tour à tour Quinn et Layla. Et ce que nous portons en nous à l'état dilué ou latent pourrait prendre le dessus.

— Cela n'arrivera pas, objecta Quinn d'un ton brusque. Non seulement parce que les cornes et les pieds fourchus, je ne trouve pas ça très seyant, mais aussi, poursuivit-elle, ignorant le juron agacé de Cybil, parce qu'on ne le permettra pas.

— Il faut que tu comprennes que si quelque chose foire, ça pourrait *très* mal tourner.

— Et si ça marche, intervint Fox, nous aurons fait un grand pas vers la fin de ce cauchemar, avec des vies sauvées à la clé.

— Il est plus probable que cette petite saignée ne changera rien du tout, railla Gage. D'une façon comme d'une autre, on se retrouvera au point de départ. Je suis pour.

— Quelqu'un est contre ? demanda Quinn avec un regard à la ronde. C'est une décision grave.

— Allons-y, déclara Gage.

— Pas si vite, mon gaillard, le tempéra Cybil. Si le rituel est plutôt simple, il y a certains détails et une procédure à respecter. Nous devons être présents tous les six – un garçon, une fille, comme dans tout dîner qui se respecte –, disposés en cercle, évidemment sur la terre consacrée de la Pierre Païenne. Caleb, tu n'as sans doute plus le couteau que tu avais utilisé à l'époque ?

— Mon couteau de scout ? Bien sûr que si.

— Bien sûr que si, répéta Quinn qui, sous le charme, se pencha pour l'embrasser sur la joue.

— Nous allons en avoir besoin. J'ai dressé une liste. Il y a aussi l'incantation à rédiger. Il va falloir attendre une nuit de pleine lune, commencer une demi-heure avant minuit et finir une demi-heure après.

— Par pitié, bougonna Gage.

— Un rituel, c'est un rituel, répliqua Cybil d'un ton cassant. Ça exige du respect, et une sacrée dose de foi. La pleine lune nous donnera la lumière, au sens propre comme ésotérique. La demi-heure avant minuit est le temps du bien et la demi-heure qui suit, celle du mal. Il nous reste deux semaines pour peaufiner les détails et résoudre d'éventuels problèmes – ou laisser tout tomber et partir en vacances à Saint-Barth. Mais pour l'instant, conclut-elle avec un coup d'œil à son verre, je suis à court de vin.

Tandis que la discussion s'engageait au salon, Gage s'éclipsa pour suivre Cybil à la cuisine.

— Qu'est-ce qui t'effraie ?

Elle se versa un grand verre de cabernet.

— Ma foi, je n'en sais rien. Peut-être la mort et la damnation.

— Tu n'es pas du genre à prendre peur facilement, alors crache le morceau.

Cybil pivota face à lui, sirotant son vin.

— Tu n'es pas le seul à avoir droit à un aperçu des attractions à venir.

— Et ?

— Je voyais mourir ma meilleure amie, et une femme que j'ai appris à apprécier et à respecter. Je voyais les hommes qui les aiment mourir aussi en essayant de les sauver. Je te voyais périr par le sang et le feu. Et, le pire de tout, je survivais.

— Ça ressemble davantage à de la nervosité et à de la culpabilité qu'à une prémonition.

— Je ne suis pas du genre à culpabiliser, en règle générale. En plus, dans mon rêve, le pacte avait réussi : j'ai vu la calcédoine entière posée sur la Pierre Païenne nimbée des rayons de lune. Et pendant un instant, elle était plus brillante que le soleil.

Cybil prit une longue inspiration.

— Je n'ai pas l'intention de repartir de cette clairière toute seule, alors, s'il te plaît, rends-moi un service. Ne meurs pas.

— Je verrai ce que je peux faire.

19

Dehors, sous les pâles rayons d'un croissant de lune, Layla souhaita bonsoir à Fox d'un baiser. Un effleurement de lèvres qui en entraîna un deuxième, aussi doux et enivrant que l'air de la nuit.

— J'aurais bien envie de rester ici ce soir, murmura Fox.

Layla se pressa contre lui et l'embrassa de nouveau.

— Cybil est à cran, Quinn est distraite. Et toutes les deux n'arrêtent pas de s'asticoter. Elles ont besoin d'un arbitre.

Il lui mordilla la lèvre inférieure avec tendresse.

— Je pourrais rester en renfort.

— Alors, ce serait à mon tour d'être distraite. Je le suis déjà, répondit-elle, rompant leur étreinte à contrecœur. Et puis, quelque chose me dit que vous avez à discuter, tous les trois. Ah oui, au fait, j'aimerais prendre ma journée de demain.

— D'accord.

— D'accord, c'est tout ? s'étonna-t-elle. Pas de « pourquoi ? » ou de « mais qui va s'occuper du secrétariat ? ».

— Chez moi, trois ou quatre fois par an – c'était la limite –, on avait le droit de manquer l'école. On disait juste qu'on n'avait pas envie d'y aller, et c'était suffisant. Pas besoin d'inventer une maladie imaginaire ou un autre bobard. Le même principe doit s'appliquer au travail, je trouve.

Layla noua les bras autour de la taille de Fox.

— J'ai un patron génial. Il envoie même ses parents s'assurer que tout va bien en son absence.

Fox fit une grimace.

— J'aurais dû t'en parler…

— Non, pas de problème. En fait, c'était plutôt une bonne idée. J'ai eu une conversation très agréable avec ta mère, puis avec ton père – qui me déstabilise un peu parce que, lorsqu'il sourit, je crois te voir.

— L'atout charme numéro un des O'Dell. Succès garanti.

Elle rit et relâcha son étreinte.

— J'ai une confession à te faire avant que tu partes. Elle mijote depuis un moment dans ma tête et puis, aujourd'hui, alors que je parlais avec ton père, il y a eu comme un déclic. Pourquoi tergiverser ? Après tout, c'est la vérité.

— Quoi donc ?

— Je t'aime, Fox, déclara-t-elle avec un sourire qui illumina la nuit. Tu es le meilleur homme que je connaisse.

Sous le coup de l'émotion, Fox en resta sans voix. Il appuya le front contre celui de Layla, ferma les yeux et savoura l'instant. « Voilà, se dit-il, tout le reste n'est que détails. »

Puis il fit doucement basculer la tête de Layla en arrière, l'embrassa sur le front, les joues, avant de capturer sa bouche.

— Tu oses me dire un truc pareil et me renvoyer chez moi ?

Elle s'esclaffa.

— J'en ai peur.

— Et si tu venais une heure à la maison ? Ou deux, rectifia-t-il, tandis que leur baiser se faisait plus ardent. Disons trois.

— Je ne suis pas contre, mais…

À l'instant où Layla commençait à céder – que sont quelques heures quand on est amoureux ? –, Gage sortit de la maison.

— Pardon.

Il échangea un regard avec Fox, inclina la tête, et Fox approuva du chef.

— Comment faites-vous tous les deux pour avoir une conversation sans paroles ? s'étonna Layla, tandis que Gage regagnait sa voiture garée le long du trottoir.

— C'est sans doute lié au fait que nous nous connaissons depuis la naissance, répondit Fox en lui prenant le visage entre ses mains. Je rentre avec lui. À demain soir.

— Oui, à demain soir.

— Je t'aime. Bon sang, il faut que j'y aille, maugréa-t-il entre deux baisers. À demain.

Lorsqu'il descendit l'allée, il avait l'esprit trop occupé par Layla pour remarquer les nuages menaçants qui masquaient la lune.

On pouvait faire confiance à Quinn, pensa Layla, pour dénicher la boutique de mariage parfaite. Elle ne regretta pas une minute les deux heures et demie de trajet jusqu'à la charmante demeure victorienne de deux étages nichée au cœur d'un superbe jardin. Son œil aguerri nota d'instinct les détails – gammes de couleurs, élégance du décor, ambiance boudoir typiquement féminine des salons d'essayage, éclairage flatteur.

Et ce stock. Partout, une profusion de robes à en avoir le tournis. Et des chaussures, des chapeaux, des diadèmes et des jupons, le tout disposé avec tant de créativité que Layla avait l'impression de s'être égarée dans un conte de fées.

Quinn agrippa le bras de Cybil.

— Il y a beaucoup trop de choix. Je vais étouffer.

— Bien sûr que non. Nous avons toute la journée. Mon Dieu, as-tu déjà vu autant de blanc ? Un blizzard de tulle. Une forêt enneigée de shantung.

— Blanc, mais aussi ivoire, crème, champagne, écru, fit remarquer Layla. Avec ton teint, Quinn, je choisirais du blanc pur.

Quinn qui se passa la main sur la gorge.

— Pourquoi suis-je donc si nerveuse ?

— Parce qu'on ne se marie qu'une fois pour la première fois, riposta Cybil.

Elle lui flanqua un coup de coude en riant.

— Tais-toi donc. Bon, Natalie, la directrice, prépare le salon d'essayage. Je vais essayer les modèles qu'elle aura sélectionnés. Mais on va toutes en choisir au moins un et promettre de dire en toute sincérité si je suis hideuse ou pas avec, d'accord ? Tout le monde se déploie. Rendez-vous au salon d'essayage dans vingt minutes.

— Tu sauras que c'est la bonne quand tu te verras dedans. C'est comme ça que ça marche, assura Layla avant de s'éloigner d'un pas tranquille.

Elle étudia les matières, les lignes, les traînes, les décolletés. Alors qu'elle se tenait devant un modèle, visualisant

Quinn à l'intérieur, Natalie l'aborda, l'air affairé. Sa coupe au carré poivre et sel convenait parfaitement à son visage mutin, que mettaient en valeur de fines lunettes à monture noire. Menue, elle était vêtue d'un élégant tailleur noir, choisi sans doute pour contraster avec les robes.

— Votre amie est prête, mais ne veut pas commencer sans vous. Nous avons une première sélection de six robes.

— Je me demande si je peux ajouter celle-ci.

— Bien sûr, je m'en occupe.

— Depuis combien de temps tenez-vous cette boutique ?

— Mon associée et moi l'avons ouverte il y a quatre ans. Avant, j'ai été plusieurs années gérante d'une boutique de mariage à New York.

— C'est vrai ? Où ?

— *Lune de Miel*, dans l'Upper East Side.

— Un magasin extraordinaire. Une amie à moi a acheté sa robe là-bas. Je vis, enfin je vivais à New York. J'étais gérante d'une boutique de mode dans la Cinquième Avenue. *Urbania.*

— Je connais ! s'exclama Natalie, radieuse. Que le monde est petit.

— En effet. Puis-je vous demander ce qui vous a amenée à quitter New York pour vous installer ici ?

— Oh, Julie et moi avons discuté de ce projet pendant des années. Nous sommes amies depuis le lycée. Un jour, elle m'appelle et m'annonce qu'elle a trouvé cet endroit. Je l'entends encore : « Cette fois, ça y est, Nat ! » Je la trouvais folle, et moi aussi, mais elle avait raison, continua Natalie. Savez-vous l'effet que ça fait quand vous trouvez précisément ce que cherche votre cliente ? Cette lueur dans son regard, cette jubilation dans sa voix ?

— Oui, je connais.

— Eh bien, multipliez-le par trois si la boutique est la vôtre. Je vous conduis au salon d'essayage ?

— Oui, merci.

Elle fit entrer Layla dans une pièce spacieuse, meublée d'un triple miroir et de fauteuils recouverts de tapisserie au petit point. Un thé était servi dans des tasses en porcelaine, et un assortiment de biscuits aussi fins que de la dentelle attendait sur un plateau d'argent. Un bouquet de lys incarnats et de roses blanches embaumait délicatement l'air de leurs effluves.

Layla s'assit et sirota son thé, tandis que Quinn passait la première robe.

— Ce n'est pas moche, commenta Cybil avec une moue, pendant que Quinn pivotait devant le miroir. Mais c'est trop chichiteux pour toi. Trop... meringue, décida-t-elle en faisant des cercles avec les mains.

— J'aime les perles. Ça scintille de partout.

— Non, lâcha Layla pour tout commentaire, et Quinn soupira.

— Suivante.

— C'est mieux, trouva Cybil, et je ne dis pas ça juste parce qu'il s'agit du modèle que j'ai choisi. Mais si on considère que c'est la robe la plus importante de ta vie, on n'a pas encore trouvé la perle rare. À mon avis, elle est trop digne, trop sérieuse – enfin bref, pas assez marrante.

— Pourtant, j'ai l'air si élégante, objecta Quinn qui admirait son reflet dans la glace, le regard brillant. On dirait presque une princesse. Layla ?

— Tu as la taille et la silhouette qu'il faut pour la porter, mais la coupe est beaucoup trop classique. Non.

— Mais...

Quinn laissa échapper un nouveau soupir de dépit.

Après deux autres essais infructueux, Quinn fit une pause-thé en slip et soutien-gorge.

— Et si on faisait plutôt une virée à Las Vegas ? On ferait célébrer notre union par un sosie d'Elvis, ce serait marrant.

— Ta mère te tuerait, répondit Cybil qui brisa un des biscuits délicats en deux et en offrit la moitié à Quinn. Et Frannie aussi, ajouta-t-elle, faisant référence à la mère de Caleb.

— Je n'ai peut-être pas la silhouette adaptée à ce genre de robe. Une robe de cocktail serait peut-être une meilleure idée. Rien ne nous oblige à autant de tralala.

Elle reposa la tasse et prit au hasard un nouveau modèle.

— Dans celle-ci, je vais sans doute avoir un popotin de pachyderme. Oups ! Excuse-moi, Layla, fit-elle, le regard penaud, c'est celle que tu as choisie.

— L'important, c'est ton choix à toi. Cette façon de plisser le tissu s'appelle un ruché, expliqua Layla. Sur certains modèles, c'est amovible, comme un genre de traîne courte.

— Ou on pourrait aussi faire un mariage tout simple dans le jardin. J'aime Caleb et je veux l'épouser, mais tous ces chichis, c'est juste du décorum inutile, expliqua Quinn à Cybil, pendant que Layla l'aidait à enfiler la robe. Moi, je veux juste que ce jour symbolise notre engagement et notre bonheur, avec une fête à tout casser pour marquer le coup. C'est vrai, quoi, après ce que nous avons affronté et ce qui nous attend encore, une stupide robe paraît bien dérisoire.

Layla recula, et Quinn se tourna vers le miroir.

— Mince alors !

Le souffle coupé, elle contempla son reflet avec incrédulité. En forme de cœur et rebrodé d'une nuée de perles en verre taillé, le bustier sans bretelles mettait divinement en valeur le galbe de ses épaules et de ses bras. La jupe s'évasait doucement à partir de la taille en une cascade de ruchés en taffetas rehaussés de perles.

Quinn l'effleura timidement du bout des doigts.

— Cybil ?

Cybil écrasa une larme.

— Eh bien, je ne m'attendais pas à être aussi émue. Quinn, elle est parfaite. Tu es parfaite.

— Je t'en supplie, ne me dis pas que j'ai un popotin de pachyderme. Mens au besoin.

— Ton popotin est génial. Bon sang, j'ai besoin d'un mouchoir.

— Oubliez tout ce que je viens de dire sur le décorum inutile. Layla, ton avis ?

Quinn ferma les yeux et croisa les doigts.

— Tu n'en as pas besoin. Tu sais que c'est la bonne.

Le printemps ramena la couleur à Hollow : les saules verdoyants se réfléchissaient dans l'étang du parc, et les cornouillers en fleur animaient les bois et le bord des routes. Les jours rallongeaient et se réchauffaient, offrant un avant-goût prometteur de l'été à venir.

Les porches arboraient leur nouvelle peinture rutilante et dans les jardins, les fleurs s'ouvraient à profusion. Le parfum douceâtre du gazon fraîchement coupé embaumait l'air qui vibrait du ronronnement des tondeuses. Les enfants jouaient au base-ball, pendant que leurs pères nettoyaient la grille du barbecue.

Et avec le printemps, les cauchemars s'intensifièrent.

Fox se réveilla en sursaut, baigné de sueur. Il avait encore dans les narines l'odeur du sang, du soufre de l'enfer, des corps carbonisés. Sa gorge vibrait des hurlements qui l'avaient arraché à son rêve. Il courait, se souvint-il. Il avait les poumons en feu et son cœur cognait dans sa poitrine. Il courait à toutes jambes dans les rues désertes de Hollow, cerné par les bâtiments en flammes, s'efforçant de rejoindre Layla avant qu'elle…

Il tâtonna à côté de lui dans le lit. Layla n'était plus là.

Il se leva d'un bond, enfila un caleçon à la hâte et s'élança en courant. Il sut, avant même de trouver la porte d'entrée ouverte, où son propre cauchemar avait entraîné Layla.

Fox s'élança dans la fraîcheur de la nuit et courut comme dans son rêve au hasard des rues désertes, martelant de ses pieds nus les pavés, l'asphalte et le gazon. Une fumée fétide lui piquait les yeux et la gorge. Tout autour de lui, les incendies faisaient rage. Pure illusion, ne cessait-il de se répéter, même si le danger était, lui, bien réel.

Le cœur lui remonta dans la gorge quand il aperçut Layla, glissant entre les bancs de fumée tel un spectre. Il l'appela, mais elle ne se retourna pas et poursuivit son chemin. Lorsqu'il la rattrapa et la fit pivoter vers lui, elle avait les yeux vides.

Paniqué, il la secoua.

— Layla, réveille-toi ! Qu'est-ce qui t'arrive ?

— Je suis maudite, psalmodia-t-elle avec un sourire torturé. Nous sommes tous maudits.

— Viens, rentrons à la maison.

— Non, non. Je suis la Mère de la Mort.

— Tu es Layla. Layla !

Fox s'efforça de s'insinuer dans les brumes opaques de son cerveau, mais ne trouva que la folie d'Hester.

— Reviens, Layla.

Refoulant sa propre panique, il renforça son emprise mentale. Comme elle commençait à se débattre, il l'enserra dans ses bras.

— Je t'aime, Layla. Je t'aime.

Ce fut comme si une vague d'amour submergeait tout le reste. La peur, la rage, la souffrance.

Layla s'affaissa entre ses bras, puis se mit à frissonner.

— Fox...

— Tout va bien. Ce n'est pas réel. Moi, je suis réel. Tu comprends ?

— Oui... J'ai l'esprit complètement embrouillé. Est-on en train de rêver ?

— Plus maintenant. On va rentrer à la maison. Viens.

Lui entourant solidement la taille du bras, il rebroussa chemin.

Tel un gamin sur un skate, le démon surfait sur la crête des flammes avec jubilation, ses longs cheveux noir corbeau volant au vent. Le sang de Fox ne fit qu'un tour. Il fit mine de s'élancer en avant.

— Non, le retint Layla, la voix pâteuse de fatigue. C'est ce qu'il veut. Nous séparer. À mon avis, nous sommes plus forts ensemble.

La mort pour l'un. La vie pour l'autre. Je boirai ton sang, puis j'engrosserai ta chienne humaine.

— Non, Fox !

Cette fois, Layla dut le ceinturer pour l'empêcher de bondir. La télépathie le convaincrait peut-être davantage. *Nous n'avons aucune chance de l'emporter ici. Reste avec moi, il le faut.*

— Ne m'abandonne pas, supplia-t-elle à voix haute.

Fox eut toutes les peines du monde à ignorer les obscénités que la créature leur lançait à la figure, tandis que Layla l'entraînait tant bien que mal. Mais au fur et à mesure qu'ils s'éloignaient, les flammes perdirent de leur vigueur, et quand ils montèrent l'escalier qui menait à l'appartement, la nuit était à nouveau claire et fraîche. Seule une vague odeur de soufre, à peine perceptible, flottait dans l'air.

— Tu es transie, Layla. Retournons au lit.

— J'ai juste besoin de m'asseoir, répondit-elle en se laissant choir sur une chaise, incapable de dominer ses tremblements. Comment m'as-tu trouvée ?

Il s'empara du plaid qui recouvrait le canapé et l'étendit sur les jambes nues de Layla.

— J'ai rêvé que je traversais la ville en feu et courais jusqu'à l'étang du parc. Sauf que, dans mon rêve, j'arrivais trop tard. Quand je te sortais de l'eau, tu étais déjà morte.

Layla lui prit les mains ; elles étaient aussi glacées que les siennes, découvrit-elle.

— J'ai un aveu à te faire. C'était comme à New York, quand j'ai rêvé que j'étais Hester et qu'il me violait. Je voulais qu'il arrête. Par tous les moyens. J'allais me suicider, Fox. Il contrôlait mon esprit.

— Plus maintenant.

— Il a gagné en puissance. Tu t'en es bien rendu compte. Si nous ne sommes pas immunisées – Quinn, Cybil et moi –, il pourrait nous forcer à vous faire du mal. Il pourrait armer ma main pour te tuer.

— Non.

— Et s'il m'avait obligée à aller chercher un couteau dans la cuisine pour te le planter dans le cœur ? S'il peut contrôler notre esprit dans notre sommeil, alors…

— Nous liquider, Caleb, Gage ou moi, c'est son objectif numéro un. S'il avait eu la possibilité de t'infecter pour me tuer, il l'aurait déjà fait, crois-moi. Je serais mort avec une lame dans le cœur, et toi, tu aurais subi ta troisième noyade dans l'étang. C'est parce que tu descends à la fois d'Hester et de lui-même qu'il a réussi à retourner Hester contre toi.

Malgré ses efforts, Layla ne put contenir ses larmes.

— Il m'a violée. Je savais que ce n'était pas vraiment moi, mais c'était si réel. Je le *sentais* sur moi. En moi.

Cette fois, elle craqua pour de bon. Fox la souleva dans ses bras et l'installa sur ses genoux pour la bercer tendrement.

— Je n'arrivais pas à crier, articula-t-elle entre deux sanglots. J'étais comme tétanisée. Et au bout d'un moment, l'indifférence m'a gagnée. C'était Hester. Elle voulait juste que ça s'arrête.

— Tu veux que je prévienne Quinn et Cybil ? Tu préférerais peut-être…

— Non. Non.

Fox lui caressa les cheveux.

— Il s'est servi de ce traumatisme pour annihiler ta volonté. Je ne le laisserai plus te toucher.

Il prit son visage entre ses mains et essuya ses larmes avec les pouces.

— Je te le jure, Layla, quoi qu'il me faille faire, il ne te touchera plus. Dans quelques jours, nous passerons à l'étape suivante, et nous avons bien l'intention de gagner. Le moment venu, tous ensemble, nous détruirons ce salopard.

— Je veux qu'il souffre, articula Layla d'une voix raffermie. Je veux qu'il hurle comme je hurle dans ma tête.

Quand elle rouvrit les yeux, son regard était clair.

— J'aimerais qu'il existe un moyen de le bannir de nos esprits, reprit-elle. Comme l'ail avec les vampires. Ça paraît stupide, je sais.

— Non, c'est une bonne idée. Au fil de nos recherches, on trouvera peut-être quelque chose.

— Peut-être. J'ai besoin d'une douche. Ça paraît stupide aussi, mais…

— Pas du tout.

— Peux-tu me parler pendant que je suis sous la douche ? Juste parler ?

— Bien sûr.

Layla laissa la porte ouverte.

— Le jour va bientôt se lever, dit-il, appuyé contre le chambranle. J'ai des œufs frais de la ferme, cadeau de ma mère. Je pourrais préparer des œufs brouillés. Je n'ai pas encore cuisiné pour toi.

— Si, il me semble que tu as ouvert une ou deux briques de soupe quand nous étions coincés chez Caleb pendant le blizzard.

— Ah, tu connais déjà mes talents de cuisinier. Tant pis, je peux quand même préparer des œufs brouillés. En bonus.

— La fois où nous sommes allés à la Pierre Païenne, il n'était pas aussi puissant que maintenant.

— Non.

— Et ça ne va pas s'arranger.

— Nous serons plus forts, nous aussi. Je ne peux pas t'aimer autant – au point de vouloir te faire des œufs brouillés – et ne pas être plus fort qu'avant de te connaître.

Sous le jet brûlant, Layla ferma les yeux. Ce n'étaient pas l'eau et le savon qui la purifiaient. C'était Fox.

— Personne ne m'a jamais aimée au point de me faire des œufs brouillés. Ça me plaît.

— Si tu sais t'y prendre, il se peut même qu'un jour je te fasse goûter mon fameux sandwich bacon-laitue-salade.

Elle ferma le robinet et sortit de la douche pour prendre un drap de bain.

— Je ne suis pas sûre d'en être digne.

Le sourire aux lèvres, Fox se rinça l'œil.

— Hmm, crois-moi, je peux aussi griller un bagel si on m'y encourage.

Elle s'arrêta sur le seuil de la salle de bains.

— Tu as des *bagels* ?

— Pas pour le moment, mais la boulangerie va ouvrir d'ici une heure.

Layla rit – Dieu que c'était bon de rire – et passa en le frôlant pour récupérer le peignoir qu'elle gardait dans sa penderie.

— Il y a un tas d'excellentes boulangeries à New York, commenta Fox. La capitale du bagel. Alors je me disais, comme j'apprécie un bon bagel, qu'après cet été je pourrais envisager de m'inscrire au barreau là-bas.

Elle pivota vers lui en nouant la ceinture de son peignoir.

— Au barreau ?

— La plupart des cabinets d'avocats rechignent à engager des associés qui ne sont pas inscrits au barreau dont ils dépendent. Le bail de ta sous-location expire fin août. Tu auras peut-être envie de rester encore un peu ici après le mariage de Caleb et de Quinn en septembre. À moins que tu ne veuilles chercher un nouvel appartement là-bas. Tu as tout le temps pour décider.

Comme pétrifiée, Layla scrutait son visage.

— Tu veux t'installer à New York ?

— Je veux être avec toi. Peu importe où.

— Mais ton foyer est ici. Et ton cabinet ?

Il s'approcha d'elle.

— Je t'aime. C'est clair entre nous, n'est-ce pas ? Et tu m'aimes aussi, je crois.

— Oui.

— En général, les gens qui s'aiment veulent être ensemble. Veux-tu vivre avec moi, Layla ?

— Oui, bien sûr.

— Alors nous sommes d'accord, conclut-il, ponctuant sa phrase d'un baiser léger. Je vais casser les œufs.

— Pourquoi s'en prend-il à elle en particulier ? s'emporta Fox. Il doit bien y avoir une raison. Salaud de violeur.

Assis dans le bureau de Caleb, un peu plus tard dans la matinée, il caressait du pied l'arrière-train de Balourd, tandis que Gage tournait dans la pièce comme un lion en cage. Il détestait venir au bowling, et c'était compréhensible, mais l'endroit était pratique et discret. Et puis, Fox s'était juré de rester à portée de voix de Layla jusqu'à la pleine lune.

— Il se peut qu'elle soit le maillon faible du groupe, suggéra Caleb, la mine songeuse. Je veux dire, nous trois, nous sommes amis depuis toujours. Quinn et Cybil, depuis l'université. Aucun d'entre nous ne connaissait Layla avant février.

Gage s'arrêta devant la fenêtre, ne vit rien d'intéressant et reprit sa déambulation.

— C'est peut-être tombé sur elle par hasard. Il n'y a pas d'autres symptômes de contamination parmi nous.

— C'est différent de ce qui arrive aux gens pendant les Sept, objecta Fox. Le viol ne s'est produit que dans son sommeil. Et le cauchemar était suivi d'une sorte de crise de somnambulisme, comme chez Hester Deale. Il existe des tas de façons de se suicider, et nous en avons vu beaucoup. Là, c'est toujours la noyade dans un plan d'eau extérieur. Comme Hester. Il s'agit peut-être d'un schéma obligé.

— En tout cas, l'un de nous trois doit impérativement passer la nuit à la maison des filles jusqu'à nouvel ordre, décida Caleb. Même si Layla est chez toi, Fox, aucune d'elles ne doit rester seule la nuit à partir de maintenant.

— Voilà où je voulais en venir, répondit celui-ci. Après notre danse de la pleine lune, nous devrions orienter nos recherches dans cette direction. Il faut à tout prix trouver le moyen de la protéger – de les protéger toutes les trois.

— Après-demain, bougonna Gage. Merci, mon Dieu. Quelqu'un a-t-il réussi à soutirer des détails à Mme Irma ?

Caleb réprima un sourire.

— Pas vraiment. Si Quinn est au courant, elle reste muette comme une tombe. Tout ce qu'elle accepte de dire, c'est que Cybil est en train de peaufiner. Puis elle me distrait avec ses appas, ce qui n'est pas très difficile.

— Elle écrit le scénario, dit Fox avant de brandir les paumes en réponse au ricanement de Gage. Écoute, on a essayé à notre façon, et chaque fois, ça a foiré. Laisse cette fille tenter sa chance.

— Cette fille a la trouille qu'on y laisse tous notre peau. Ou tout au moins cinq sur six.

— Mieux vaut pécher par excès de prudence que d'assurance, décréta Fox. On ne va pas se plaindre qu'elle vérifie tous les paramètres dans les moindres détails. Elle est intelligente, et en plus elle adore Quinn. Layla aussi, bien sûr, mais Quinn et Cybil, c'est de l'amitié en béton armé. Elle ne prendra aucun risque.

Il se leva.

— Bon, il faut que je retourne au cabinet. Au fait, je pense sans doute déménager à New York après votre mariage, à Quinn et à toi, lança-t-il à Caleb.

Gage secoua la tête, atterré.

— C'est pas vrai. Encore un qui s'est fait passer la corde au cou.

— Va te faire foutre, Gage. Je n'ai encore parlé de rien chez moi. Je vais y aller en douceur, expliqua Fox qui observait Caleb tout en parlant. Mais je me suis dit que j'allais vous donner une longueur d'avance. J'attendrai que les Sept soient passés pour mettre la maison en vente, j'imagine. J'ai presque remboursé mon prêt, et le marché est plutôt stable, alors...

— L'éternel optimiste, ironisa Gage. Frérot, si ça se trouve, cette ville ne sera plus qu'un champ de ruines le 14 juillet.

Fox lui adressa un doigt d'honneur en réponse.

— Caleb, reprit-il, j'ai pensé que ton père ou toi pourriez être intéressés par la maison. Si c'est le cas, on discutera chiffres à un moment ou un autre.

— C'est un sacré pas à franchir, Fox, observa Caleb. Tu as ta vie ici. Pas seulement personnelle. Professionnelle aussi.

— Tout le monde ne reste pas. Toi, par exemple, dit Fox à Gage.

— Exact.

— Mais tu reviens, et tu reviendras toujours. Moi aussi. Rien ne peut effacer ça, continua Fox en désignant la fine cicatrice qui lui barrait le poignet. Rien. Et puis, New York n'est qu'à quelques heures de voiture. J'ai bien fait les allers-retours durant toutes mes études. C'est…

— Quand tu étais avec Carly, coupa Caleb.

— Oui. Aujourd'hui, c'est différent. J'ai encore quelques contacts là-bas. Je vais tâter le terrain, et on verra bien ce qui en sortira. Pour l'heure, j'ai des dossiers qui m'attendent. Je peux prendre la première garde chez les filles, ce soir, ajouta-t-il en se dirigeant vers la porte. Mais je persiste à dire qu'elles feraient bien de s'abonner au câble.

Après le départ de Fox, Gage se percha à l'angle du bureau de Caleb.

— Il va détester.

— Ça, c'est sûr.

— Mais il le fera quand même, et il trouvera le moyen que ça marche parce que c'est comme ça chez les O'Dell.

— Je ne sais pas si ça aurait marché avec Carly, mais il aura essayé. En tout cas, il a raison. C'est différent avec Layla. Il va tout faire pour que ça marche, et c'est moi qui vais tirer la tronche parce que je ne verrai plus la sienne tous les jours.

— Courage. De nous six, cinq seront morts dans deux jours.

— Merci, ça remonte le moral.

— À ton service. Bon, j'ai des affaires à régler en ville, fit Gage en se redressant. À plus.

Il avait presque atteint la porte quand celle-ci s'ouvrit. Son père apparut sur le seuil. Tous deux s'arrêtèrent net comme s'ils venaient de heurter un mur.

Désemparé, Caleb se leva d'un bond

— Euh… Bill, pourriez-vous descendre au grill vérifier le conduit d'évacuation de la hotte ? J'arrive dans une minute, j'ai presque fini.

Rouge d'avoir monté les marches, Bill avait blêmi d'un coup. Il dévisageait son fils fixement.

— Gage…

— Non, le coupa ce dernier d'un ton aussi glacial que catégorique en le contournant. On n'a plus rien à se dire.

Debout derrière son bureau, Caleb se massait la nuque, très mal à l'aise, quand Bill tourna vers lui un regard honteux.

— Euh… je dois vérifier quoi ?

— L'évacuation de la hotte. Je trouve que le ventilateur broute un peu. Prenez votre temps.

De nouveau seul, Caleb se laissa retomber dans son fauteuil et pressa les doigts sur ses paupières closes. Que faire, à part tenter d'accompagner de son mieux ses deux amis, ses frères, sur les sentiers rocailleux qu'ils avaient choisis ?

20

D'aucuns trouveraient quelque peu bizarre de se lever le matin et d'aller travailler sans déroger à ses habitudes quand la soirée était censée être consacrée à de mystérieux rituels magiques. Mais, apparemment, pour ses amis et lui, cela n'avait rien d'extraordinaire, songea Fox.

Layla, dont les talents de gestionnaire hors pair auraient presque fait passer la chère Alice Hawbaker pour une flemmarde, avait réussi à boucler son emploi du temps pour fermer le cabinet à 15 heures pile le jour J. Fox avait déjà préparé son paquetage. Pour une fois, il avait même pensé à vérifier la météo. Le ciel était dégagé – un plus – avec une température maximale de vingt degrés descendant à quinze en soirée, une fraîcheur encore agréable. La clé du confort en randonnée consistait à superposer les couches de vêtements, s'était-il rappelé.

Au fond de sa poche, il avait glissé son tiers de la calcédoine. Une autre clé, du moins l'espérait-il.

Pendant que Layla se changeait, il ajouta quelques provisions indispensables dans son sac à dos. Quand elle le rejoignit, il ne put retenir un sourire.

— Tu me fais penser à la couverture d'un magazine qui s'appellerait *Rando Chic*.

— Je me suis demandé pour les boucles d'oreilles.

Elle jeta un coup d'œil au contenu du sac à dos. Canettes de Coca, Little Debbies, Nutter Butters.

— Une tradition de longue date, expliqua Fox devant la moue amusée de Layla.

— Au moins on ne risque pas l'hypoglycémie. Bon sang, Fox, est-ce qu'on est fous ?

— C'est l'époque qui l'est. Nous nous contentons d'y vivre.

Elle resta bouche bée devant le fourreau en cuir qui pendait à son ceinturon.

— Tu emportes un couteau ? J'ignorais que tu en possédais un.

— En fait, c'est une scie japonaise utilisée en jardinage. Un joli modèle, du reste.

— Tu comptes faire un peu d'élagage quand on sera dans les bois ?

— On ne sait jamais, non ?

Elle posa la main sur son bras, tandis qu'il fermait son sac.

— Fox...

— Il y a fort à parier que Twisse va s'intéresser à nos faits et gestes ce soir. Caleb l'a amoché avec son couteau suisse la dernière fois. Et tu peux compter sur Gage pour apporter son revolver de gangster. Je ne vais quand même pas y aller avec, pour seule arme, un paquet de biscuits au beurre de cacahuètes.

Layla voulut protester – il le lut dans ses yeux –, puis son expression changea.

— Tu en as une autre ?

Sans un mot, Fox alla fouiller dans le placard et en sortit un drôle d'outil à longue lame plate presque à angle droit avec le manche.

— Ça s'appelle une scie à chevilles. Comme son nom l'indique, ça sert à trancher les chevilles en menuiserie. Ou à tailler des steaks dans un démon. Laisse-la dans son fourreau, ajouta-t-il en le glissant dans l'étui en cuir. La lame est très aiguisée.

— D'accord.

Posant les mains sur les épaules de Layla, il déclara gravement :

— Ne prends pas mal ce que je vais te dire. Souviens-toi que je suis un ardent défenseur des droits de la femme. Je te protégerai quoi qu'il arrive.

— Ne le prends pas mal non plus. Mais moi aussi, je te protégerai quoi qu'il arrive.

Il lui effleura la bouche d'un baiser.

— Dans ce cas, je crois qu'on est parés.

Après s'être tous retrouvés chez Caleb, ils s'engagèrent sur le sentier qui s'enfonçait entre les arbres. Depuis leur précédente visite, les bois avaient changé, nota Layla. La dernière fois, il y avait encore des plaques de neige par endroits, le sentier était boueux, les arbres dénudés. Aujourd'hui, ils arboraient leur nouveau feuillage vert tendre, et les troncs blancs des cornouillers sauvages accrochaient les rayons obliques du soleil.

Aujourd'hui, elle avait un couteau dans un fourreau de cuir qui brinquebalait contre sa hanche. Elle connaissait les dangers qui les attendaient. Et elle s'apprêtait à les affronter aux côtés de l'homme qu'elle aimait. Cette fois, elle avait beaucoup plus à perdre.

Quinn ralentit et désigna le fourreau.

— Mince, tu as un couteau !

— En fait, c'est une scie à chevilles.

— Une quoi ?

— Un outil de menuisier, intervint Cybil qui les rattrapa et soupesa la lame. Il sert à trancher le bois dans le fil. Moins dangereux qu'une hache. Vu sa forme et sa taille, celui-ci est sans doute une scie à bambou, faite pour trancher les attaches en bambou utilisées en menuiserie au Japon.

— Si elle le dit, acquiesça Layla.

— Moi aussi, je veux une scie à chevilles, décréta Quinn. Non, une machette. Avec un long manche et une vilaine lame courbe. Il faut absolument que je m'en procure une.

— La prochaine fois, je te prêterai la mienne, proposa Caleb.

— Tu as une machette ? Décidément, mon homme a de la ressource. Pourquoi donc possèdes-tu un engin pareil ?

— Pour débroussailler. C'est sans doute plutôt une faux, d'ailleurs.

— Quelle est la différence ? Non, fit Quinn, la main levée avant que Cybil se lance dans un de ces exposés dont elle avait le secret. C'est sans importance.

— Alors je me contenterai de dire qu'il te faut plutôt une faux qui, par tradition, possède un long manche. Toutefois… ajouta Cybil qui laissa sa phrase en suspens. Les arbres saignent.

— Ça arrive, fit Gage. Ça éloigne les touristes.

L'épais liquide écarlate dégoulinait le long des troncs et souillait les feuilles à leurs pieds. Tandis qu'ils progressaient sur le sentier menant à Hester's Pool, l'air se mit à empester le cuivre brûlé.

Et lorsqu'ils s'immobilisèrent sur la rive, l'eau brunâtre commença à bouillonner et à rougir.

— Sait-il que nous sommes là ? demanda Layla d'une voix posée. Croit-il encore que ce genre de démonstration nous fait peur ?

Fox lui offrit un Coca qu'elle refusa.

— C'est sans doute une sorte de système de surveillance qui lui permet de savoir quand nous atteignons certains points.

— En jargon paranormal, l'étang est un point froid, expliqua Quinn. Un lieu de concentration d'un grand pouvoir. Lorsque nous… Ô mon Dieu !

Elle plissa le nez comme une forme indistincte remontait à la surface.

— Un lapin mort, annonça Caleb.

Il posa la main sur l'épaule de Quinn. Ses doigts se crispèrent tandis que d'autres cadavres émergeaient de l'eau bouillonnante.

Oiseaux, écureuils, renards. Quinn laissa échapper un gémissement désemparé, mais sortit néanmoins son appareil photo et mitrailla la scène. Les miasmes fétides de la mort saturaient l'air.

— Il n'a pas chômé, on dirait, grommela Gage.

Au même instant, la dépouille ensanglantée d'un faon fendit l'eau.

— Ça suffit, Quinn, murmura Caleb.

— Non, ça ne suffit pas, fit-elle d'une voix rauque, le regard farouche. Ils étaient inoffensifs, et c'est *leur* monde.

Elle baissa son appareil.

— Je sais, c'est stupide de se mettre dans des états pareils pour des animaux alors que des vies humaines sont en jeu, mais…

Cybil lui entoura les épaules du bras et l'éloigna de la rive.

— Allons, Q, on ne peut rien y faire.

— Il faut les sortir de là, lâcha Fox qui se forçait à contempler le monstrueux spectacle pour s'endurcir. Pas maintenant, mais nous reviendrons les récupérer et les incinérer. Ce n'est pas seulement leur monde, c'est aussi le nôtre. Nous ne pouvons pas laisser l'étang dans cet état.

La gorge nouée par la rage, il se détourna.

— Il est ici, annonça-t-il d'un ton presque désinvolte. Il nous observe.

Le souffle glacial qui balaya les sous-bois avait beau être une illusion, il leur transperça les os. Fox remonta la fermeture Éclair de sa veste à capuche tout en se dirigeant vers le sentier d'un bon pas. Il prit la main de Layla pour la réchauffer.

— Il veut juste nous faire de la peine.

— Je sais.

Son esprit percevait les bruissements et grognements de la créature qui se déplaçait au même rythme qu'eux. Elle connaît notre destination, songea-t-il, mais pas nos intentions.

Le tonnerre gronda soudain dans le ciel serein et une pluie drue s'abattit brutalement sur le petit groupe, leur piquant la peau comme autant d'aiguilles. Fox rabattit sa capuche sur sa tête et Layla l'imita. Un vent glacial se leva en violentes bourrasques qui faisaient ployer les arbres et arrachaient les jeunes feuilles aux branches. Fox glissa le bras autour de la taille de Layla et, les épaules voûtées, continua d'avancer.

— Tout va bien, derrière ?

Il avait déjà sondé l'esprit de ses amis, mais leurs réponses affirmatives le rassurèrent.

— On va former une chaîne, expliqua-t-il à Layla. Va derrière moi et accroche-toi à mon ceinturon. Caleb sait comment faire. Il se tiendra à toi et ainsi de suite.

— Chante quelque chose ! lui cria-t-elle.

— Quoi ?

— Chante un truc dont on connaît tous les paroles. On va faire un joyeux bazar.

Fox lui sourit dans la tempête.

— Je suis amoureux d'une femme géniale.

Des chansons que tout le monde connaît ? Facile, se dit-il, tandis que Layla se plaçait derrière lui et s'arrimait à son ceinturon.

Il commença par Nirvana. Selon lui, tous avaient forcément appris les paroles de *Smells Like Teen Spirit* à un moment ou un autre au lycée. Les *Hello !* du refrain résonnèrent avec défi entre les arbres, tandis que la pluie redoublait de violence. Il enchaîna avec plusieurs titres des Smashing Pumpkins, un peu de Springsteen (il n'était pas le Boss sans raison), puis passa à Pearl Jam qu'il adoucit ensuite avec Sheryl Crow.

Vingt minutes durant, ils chantèrent à tue-tête le rock anti-démon de Fox, progressant pas à pas dans la tourmente qui se déchaînait autour d'eux.

La tempête s'apaisa peu à peu et se réduisit bientôt à une légère bruine à peine agitée par un souffle froid. Comme un seul homme, ils se laissèrent choir sur le sol détrempé, le temps de reprendre leur souffle et de détendre leurs muscles endoloris.

Les mains tremblantes, Quinn fit passer une Thermos de café.

— C'est tout ce qu'il a dans le ventre ? Parce que…

— Non, la coupa Fox. Il joue juste avec nos nerfs. Mais malheur à nous si nous n'avions pas trouvé de riposte. Avec toute cette pluie, on risque d'avoir du mal à allumer un feu.

— J'ai prévu le coup, dit Caleb qui décrocha de son ceinturon la laisse de Balourd. On ferait mieux de continuer.

À cet instant, l'imposant molosse noir apparut au bout du sentier, les crocs luisants sous ses babines retroussées. Avant que Fox ait le temps de porter la main à son couteau, Cybil, qui s'était levée d'un bond, sortit un revolver de sa veste et tira froidement six coups.

Le chien maléfique hurla de douleur et de rage. Son sang, qui gouttait sur le sol, s'évapora en grésillant. Avec un saut spectaculaire, il disparut dans un tourbillon.

— Ça lui apprendra à bousiller mon brushing, bougonna Cybil qui repoussa en arrière sa crinière emmêlée par le vent et ouvrit la glissière d'une poche de sa veste pour en sortir un nouveau chargeur.

— Joli, commenta Gage, la main tendue.

Il examina le revolver – un élégant .22 avec crosse en nacre. En temps ordinaire, ce genre de joujou de salon l'aurait fait sourire, mais elle s'en servait comme une pro.

— Un petit engin que j'ai acheté *légalement*, précisa Cybil qui lui reprit l'arme et la rechargea adroitement.

Fox détestait les armes à feu – un réflexe viscéral – mais il était forcé d'admirer la classe de la tireuse.

— J'en connais un qui doit encore se demander ce qui lui est arrivé, observa-t-il.

Cybil glissa l'arme dans le holster sous sa veste.

— Ce n'est pas une scie à chevilles, mais ça a ses mérites.

L'air se réchauffa, et le soleil couchant scintilla sur les jeunes feuilles tandis qu'ils parcouraient le reste du chemin.

La Pierre Païenne se dressait au centre du cercle presque parfait que formait la clairière brûlée. Identifiée par toutes les analyses comme une banale roche calcaire, elle trônait tel un mystérieux autel sous la lumière douce du crépuscule.

— D'abord le feu, décida Caleb en se débarrassant de son sac à dos. Avant qu'il fasse trop sombre.

Ouvrant son sac, il en sortit deux bûches synthétiques.

Après leur randonnée calamiteuse, le rire de Fox leur fit l'effet d'un baume.

— Il n'y en a pas deux comme toi, Hawkins !

— Tout est dans la préparation, on ne le répétera jamais assez. On va en allumer une et disposer du bois en tipi tout autour. Avec un peu de chance, les flammes sécheront le bois.

— Il n'est pas mignon ? s'extasia Quinn qui l'étreignit avec une fougue enjouée. Franchement ?

Après avoir ramassé des pierres et branchages, ils accrochèrent leurs vestes à des piquets confectionnés par Fox dans l'espoir que le feu les sèche, firent griller les saucisses à la volaille apportées par Quinn, puis se partagèrent le brie de Cybil et les pommes de Layla. Tous avaient un appétit d'ogre.

À la nuit tombante, Fox ouvrit son paquet de Little Debbies, tandis que Caleb vérifiait les torches.

— Tiens, dit-il à Quinn qui lorgnait sur les gâteaux d'un œil mélancolique. Laisse-toi tenter.

— Ça me tomberait direct sur les hanches, soupira-t-elle. Si nous survivons, je dois entrer dans ma robe de mariée absolument spectaculaire.

Elle en prit cependant un qu'elle coupa en deux.

— Je crois que nous allons survivre, et la moitié d'un Little Debbie ne compte pas.

— Tu vas être sublime, assura Layla en lui décochant un sourire. Et ces escarpins que nous avons trouvés ? Exactement ce qu'il fallait. En plus, Cybil et moi aurons aussi fière allure. J'adore nos robes. Cette idée de la prune avec l'orchidée est tout bonnement...

— Je ressens le besoin irrésistible de parler base-ball, intervint Fox, ce qui lui valut une bourrade dans les côtes de la part de Layla.

Peu à peu, la conversation cessa, et bientôt, seul le crépitement du feu rompit le silence, ponctué de temps à autre par le hululement d'une chouette solitaire. Au-dessus de leurs têtes, le disque blanc de la lune baignait les bois d'une lumière laiteuse presque surnaturelle. Fox se leva pour ramasser les déchets. Des mains affairées rangèrent les reliefs du pique-nique ou alimentèrent le feu de camp.

Sur un signe de Cybil, les femmes déballèrent ce que Layla avait baptisé le kit rituel. Une petite coupe en cuivre, un sachet de sel marin, des herbes fraîches, des bougies, de l'eau de source.

Suivant les instructions de Cybil, Fox répandit une traînée de sel en un large cercle autour de la pierre.

— Bien, dit-elle en reculant pour étudier les accessoires disposés sur l'autel. J'ignore dans quelle mesure il ne s'agit pas seulement de supports visuels, mais toutes mes recherches m'ont recommandé ces différents éléments. Le sel est une protection contre le mal, une sorte de barrière. Nous devons nous tenir à l'intérieur du cercle tracé par Fox. Il y a six bougies blanches. Nous allons tous en allumer une, chacun son tour. Mais d'abord il faut verser l'eau de source dans la coupe, puis les herbes et enfin les trois morceaux de la calcédoine. Q ?

— J'ai imprimé en six exemplaires les paroles que nous devons prononcer, annonça Quinn qui sortit une chemise cartonnée de son sac. Là encore, chacun son tour, dans l'ordre du cercle, en faisant couler son sang avec le couteau de Caleb.

— Au-dessus de la coupe, précisa Cybil.

— Oui, au-dessus de la coupe. Quand le dernier aura terminé, nous nous donnerons la main et répéterons les paroles ensemble six fois.

— Ça devrait être sept, intervint Layla. Nous sommes six, je sais, mais sept, c'est le nombre magique. La septième, ce serait, disons, pour le Gardien ou alors le symbole de l'innocence, du sacrifice. Je ne sais pas pourquoi, mais dans mon esprit, le sept s'impose.

— Et sept bougies, réalisa Fox. Une septième bougie que nous allumerions tous. Bon sang, pourquoi n'y a-t-on pas pensé ?

— C'est un peu tard maintenant, ronchonna Gage. On en a six, on va faire avec.

— On peut en fabriquer une septième, observa Caleb. Layla, puis-je t'emprunter ta scie ?

— Attends, je m'en occupe, intervint Fox qui sortit son couteau. Ce sera plus pratique avec ça. Voyons voir...

Il s'empara d'un des épais fûts blancs.

— Cire d'abeille, parfait. J'ai passé beaucoup de temps à manipuler la cire et les mèches à bougies quand j'étais gamin. La longueur a-t-elle de l'importance ? demanda-t-il à Cybil.

— Non, mais mes sources disaient six, objecta celle-ci en regardant Layla, avant de hocher la tête. Laissons tomber les sources. Fais-en une autre.

Fox se mit au travail. La cire allait faire des dégâts sur sa lame, mais si tout se passait bien, il la nettoierait et l'affûterait en rentrant chez lui. L'opération lui prit du temps, assez pour se demander pourquoi Cybil n'avait pas choisi des bougies plus fines. Il réussit quand même à couper un tronçon d'une dizaine de centimètres, dans lequel il creusa un puits pour la mèche à l'aide de l'outil qu'il avait prêté à Layla.

— J'ai déjà fait mieux, mais ça brûlera.

— Nous l'allumerons en dernier, proposa Layla. Tous ensemble.

Elle regarda les autres tour à tour, puis inspira un grand coup pour empêcher sa voix de trembler lorsqu'elle annonça :

— Il est presque l'heure.

— Il nous faut les morceaux de pierre, enchaîna Cybil. Et le couteau suisse rituel, ajouta-t-elle avec une ombre de sourire.

Le garçon démoniaque émergea d'entre les arbres, exécutant de joyeux sauts périlleux. Les traces qu'il laissait dans la terre se gorgèrent aussitôt de sang.

— Il serait bon que tu le saches, nous avons déjà essayé le sel, dit Gage à Cybil, avant de sortir le Luger coincé dans son ceinturon sous sa chemise. Efficacité zéro.

Le garçon frôla le sel de la main. Aussitôt, il poussa un piaillement de douleur et sauta en arrière. Gage haussa les sourcils.

— Ça doit être une marque différente.

Il visa le démon, mais celui-ci laissa échapper un feulement menaçant et se volatilisa.

— Il faut commencer.

D'une main ferme, Cybil versa l'eau dans la coupe, puis la parsema d'herbes.

— Et maintenant, les pierres. Caleb, Fox, Gage.

Un éclair déchira le ciel dans un grondement de tonnerre assourdissant et une pluie de sang dégringola du ciel, aussitôt absorbée par la terre brûlée dans un nuage de vapeur.

— Le cercle tient, fit Layla après avoir jeté un coup d'œil par-dessus son épaule.

Fox serrait dans le poing le morceau de calcédoine qu'il conservait, comme un espoir, depuis presque vingt et un ans. Il le glissa dans l'eau après Caleb.

À l'extérieur du cercle, c'était le chaos : la terre tremblait, comme secouée par un séisme, et une mer de sang venait lécher par vagues la barrière de sel, rongeant peu à peu leur protection.

« Le cercle va finir par lâcher », songea Fox.

Il alluma sa bougie, puis tendit le briquet à Layla.

À la lueur des six bougies, ils allumèrent ensemble la septième.

— Dépêchez-vous, avertit Fox. Il revient, et il est fou de rage.

Caleb tendit la main au-dessus de la coupe et s'entailla la paume en prononçant les paroles rituelles. Quinn, puis Fox l'imitèrent.

— Mon sang, leur sang. Notre sang, son sang. Un pour trois et trois pour un. Que les ténèbres s'unissent à la lumière, et que le sacrifice s'accomplisse. Tel est notre serment.

Une clameur terrifiante, ni humaine ni animale, déchira la nuit. Attaché au pied de la pierre, Balourd rejeta sa grosse tête en arrière et hurla à la mort.

Layla se saisit du couteau. La douleur fugitive sur sa paume lui arracha une grimace, puis elle lut les paroles rituelles. Son esprit s'envola ensuite vers celui de Fox, tandis que c'était au tour de Gage. *Le froid ! Il a presque franchi le cercle !*

Le sol se mit à osciller sous leurs pieds. Fox agrippa la main ensanglantée de Layla.

Le vent se déchaîna de nouveau. Impossible d'entendre les autres, pas même par télépathie, mais il cria vers le ciel les paroles du serment, espérant que les autres faisaient de même. Sur la Pierre Païenne, les sept bougies se consumaient tranquillement sans même que leurs flammes ne vacillent, et dans la coupe, l'eau rougie bouillonnait.

Soudain, le sol se souleva brutalement, précipitant Fox contre l'autel de pierre avec tant de force qu'il en eut le souffle coupé. Des griffes lui labourèrent le dos, puis il eut l'impression de tournoyer à toute vitesse sur lui-même telle une toupie. Au désespoir, il poussa son esprit vers celui de Layla. Le jaillissement de lumière et de chaleur le projeta dans les ténèbres.

À tâtons, il rampa vers l'écho indistinct qu'il percevait, s'aidant de son couteau qu'il plantait dans la terre mouvante.

De son côté, Layla crapahutait tant bien que mal dans sa direction, et lorsqu'il trouva sa main, sa peur se dissipa presque entièrement. Comme ils entrelaçaient leurs doigts, la lumière les aveugla de nouveau dans un vacarme terrifiant. Le feu engloutit la Pierre Païenne. Avec un grondement assourdissant, un geyser de flammes jaillit vers la lune froide, spectatrice indifférente, et encercla la clairière d'un rideau de feu. Fox distingua les silhouettes de ses compagnons, étendus sur le sol ou à genoux, tous piégés par la barrière de flammes infranchissable, tandis qu'au centre de la clairière, la Pierre Païenne continuait de cracher son jet incandescent.

« À la vie, à la mort, ce sera ensemble », pensa-t-il, la peau poisseuse de sueur. Serrant la main de Layla dans la sienne, il l'entraîna le plus loin possible des flammes. Il retrouva

Caleb qui l'agrippa par le bras et l'aida à avancer, puis croisa le regard de Gage, à genoux dans la terre noircie.

Et tandis que l'incendie faisait rage, ils se tinrent de nouveau tous les six par la main.

Ensemble, pensa de nouveau Fox, alors que la muraille de feu se rapprochait inexorablement. Ce n'était plus qu'une question de minutes. Il pressa sa joue contre celle de Layla.

— Ce qu'on a fait, on l'a fait pour les innocents, cria-t-il d'une voix que la fumée rendait rauque, et s'il le fallait, bordel de m…, on recommencerait.

Bien qu'éreinté, Caleb trouva la force de rire et porta la main de Quinn à ses lèvres.

— Et comment, bordel de m…

— Entièrement d'accord, bordel de m…, approuva Gage. Autant partir en beauté.

Sur ce, il attira Cybil à lui et captura ses lèvres avec fougue.

— On pourrait peut-être quand même essayer de s'en sortir, proposa Fox, les yeux irrités et la gorge piquante. Pourquoi attendre de se faire griller alors qu'on… Hé, on dirait que le feu s'apaise !

— Tu vois bien que je suis occupé, protesta Gage qui releva la tête et parcourut la clairière du regard avec un sourire à la fois sombre et satisfait. J'embrasse super bien, non ?

— Idiot, bougonna Cybil qui le repoussa et s'agenouilla.

Les flammes refluaient vers la pierre, remontant le long de ses flancs.

— On a dû faire ce qu'il fallait, hasarda Layla, éblouie par le faisceau de feu qui regagnait la coupe baignée d'un halo doré. Le fait qu'on se soit retrouvés et qu'on soit restés ensemble a aussi sûrement joué un rôle.

— On ne s'est pas enfuis, approuva Quinn qui frotta sa joue noire de suie contre l'épaule de Caleb. Toute personne sensée aurait pris ses jambes à son cou. Pas nous. Même si je ne suis pas sûre qu'on en avait la possibilité.

— Je t'ai entendu, dit Layla à Fox. « À la vie, à la mort, ce sera ensemble. »

— Le feu est éteint, fit-il remarquer en se redressant péniblement. On ferait mieux d'aller jeter un coup d'œil à…

Il s'était retourné vers l'autel et resta sans voix. La Pierre Païenne se dressait, intacte, dans la clarté lunaire, et en son centre trônait la calcédoine. Entière.

— Ça… ça a marché, s'étrangla Cybil. Je n'arrive pas à y croire.

Fox fit volte-face vers Caleb et agita la main devant son visage.

— Tes yeux, ça va ? Tu vois bien ?

Caleb repoussa sa main.

— Laisse tomber, ma vision est parfaite. Suffisante en tout cas pour me permettre de voir la pierre reconstituée. Beau boulot, Cybil.

Ils s'en approchèrent et, comme durant le rituel, reformèrent le cercle autour de la pierre sur la pierre.

Quinn s'humecta les lèvres.

— Bon, eh bien… il faudrait que quelqu'un la prenne. Un des garçons, je veux dire, vu qu'elle leur appartient.

Avant que Fox ait le temps de désigner Caleb, celui-ci et Gage pointèrent en silence l'index sur lui.

— C'est pas vrai…

Il s'essuya les paumes sur son jean, carra les épaules et tendit la main vers la calcédoine.

Soudain, sa tête bascula en arrière et son corps fut secoué de spasmes. Comme Layla l'empoignait, il éclata de rire.

— Je plaisante.

— Bon sang, Fox !

— Un peu d'humour ne peut pas faire de mal.

Il s'empara de la pierre verte veinée de rouge et la posa dans sa paume.

— Elle est chaude. Peut-être à cause du feu de joie infernal de tout à l'heure. Mais… elle rougeoie ou je rêve ?

— Elle rougeoie, à présent, oui, murmura Layla.

— Il… il ne comprend pas cette pierre. Il ignore son existence. Je ne vois plus…

Fox tituba, pris d'un soudain vertige. Layla lui agrippa la main et le monde autour de lui retrouva sa stabilité.

— Je tiens sa mort dans le creux de la main, souffla-t-il, effaré.

— Sa mort ? Comment ça, Fox ? demanda Cybil en se rapprochant de lui.

— Je ne sais pas… Elle contient un peu de nous tous maintenant. Depuis le pacte, c'est notre sang qui la lie. Elle peut nous aider à détruire le démon. Nous avons ce pouvoir. Nous l'avions depuis le début.

— Nous avons rempli notre mission, murmura Quinn en effleurant la pierre du bout des doigts. Et nous avons survécu. À présent, nous possédons une nouvelle arme.

— Dont nous ignorons le mode d'emploi, souligna Gage.

— Rapportons-la à la maison. On va lui trouver un endroit où elle sera en sécurité, proposa Caleb qui, après avoir jeté un regard à la ronde, ajouta : J'espère que personne n'avait de choses précieuses dans son sac, parce qu'ils sont tous réduits en cendres.

— Tant pis pour mes Nutter Butter, soupira Fox qui prit la main de Layla et embrassa sa paume blessée. Ça te dit, une balade au clair de lune ?

— Excellente idée. J'ai bien fait de laisser mon sac à main chez Caleb. Ce qui me rappelle… Caleb, j'ai les clés dans mon sac, mais j'aimerais les garder encore un peu si ça ne vous dérange pas, ton père et toi.

— Pas de problème.

— Quelles clés ? s'enquit-il en essuyant une traînée de suie sur le visage de Layla.

Ils s'engagèrent sur le sentier.

— Celles de la boutique dans Main Street. J'en ai eu besoin pour la faire visiter à Quinn et à Cybil. Toi, tu vois l'endroit avec des yeux de menuisier, ou d'avocat, mais si je veux ouvrir une boutique de mode, il me fallait un regard féminin.

— Si tu *quoi* ? fit-il en s'immobilisant.

— Mais je vais avoir besoin de toi, et aussi de ton père pour les travaux, continua-t-elle. Je vais devoir lui faire du charme genre « Je suis tellement amoureuse de votre fils, monsieur O'Dell » pour obtenir un rabais. Un gros rabais parce que je suis très amoureuse, précisa-t-elle, brossant avec une application exagérée la poussière qui salissait la chemise de Fox. Tu sais, même avec le prêt – et je compte sur toi pour me décrocher un taux défiant toute concurrence –, mon budget sera très serré.

— Tu disais que tu ne voulais pas.

— Je disais que je ne savais pas ce que je voulais, nuance. Ce n'est plus le cas.

Elle leva vers lui ses beaux yeux verts dans lesquels brillait une lueur amusée.

— J'ai oublié de t'en parler ?

— Oui, complètement.

Elle lui cogna affectueusement l'épaule.

— Désolée, j'ai beaucoup de choses en tête ces derniers temps.

— Layla…

— Je veux cette boutique, Fox, le coupa-t-elle. Je suis prête à tenter de réaliser mon rêve. C'est le moment ou jamais, non ? Au fait, je te présente ma démission avec deux semaines de préavis.

Fox prit son visage entre ses mains, tandis que les autres les dépassaient d'un pas fatigué.

— Tu es sûre ?

— Je vais être trop occupée à superviser les travaux, constituer mon stock et combattre les démons pour m'occuper de ton secrétariat. Tu vas devoir t'en accommoder.

Il lui effleura le front, les joues et la bouche des lèvres.

— D'accord.

Épuisé mais heureux, il s'empara de la main de Layla et l'entraîna sur le sentier baigné par la clarté de la lune. À ses yeux, cette nuit était magique à plus d'un titre. Ils avaient fait des choix, et trouvé leur voie.

Le reste n'était que détails.

Composition Chesteroc Ltd
Achevé d'imprimer en Italie
par Grafica Veneta
le 3 mai 2009.
Dépôt légal mai 2009
EAN 9782290012994

Éditions J'ai lu
87, quai Panhard-et-Levassor, 75013 Paris
Diffusion France et étranger : Flammarion